BIRGIT ERWIN /
ULRICH BUCHHORN

Die Gauklerin von Buchhorn

BLUTZOLL FÜR BUCHHORN Nach jahrelanger Gefangenschaft in Ungarn hofft Graf Udalrich von Buchhorn auf ein friedlicheres Leben mit seiner Frau Wendelgard am Bodensee. Doch als sie im September 919 dem Ruf des neu gekrönten Königs, Heinrich dem Vogeler, nach Konstanz folgen, um dort die Strapazen der Vergangenheit zu vergessen, ereilt sie neues Ungemach: Während einer Jagdpartie ersticht ein Meuchelmörder einen Beamten des königlichen Hofs. Kurz darauf wird auch ihr eigener Burgverwalter in Buchhorn ermordet.

Weder Eckhard, Sekretär des Bischofs von Konstanz, noch Gerald, treuer Schmied der Grafenfamilie, glauben an einen Zufall. Gemeinsam machen sie sich auf die Suche nach den Mördern. Die Spur führt sie zu einer Gruppe Fremder, die im Wald um Buchhorn lagern. Unter ihnen befindet sich die ebenso attraktive wie geheimnisvolle Gauklerin Kunigunde …

Birgit Erwin, geboren 1974, hat Anglistik und Germanistik in Heidelberg und Southhampton studiert und lebt heute als Gymnasiallehrerin in Karlsruhe. Sie hat mehrere Romane sowie zahlreiche Kurzgeschichten unterschiedlicher Genres veröffentlicht.

Ulrich Buchhorn, Jahrgang 1961, lebt in Heidelberg. Der Althistoriker unterrichtet Latein und ist Autor von Kriminalkurzgeschichten, die in verschiedenen Anthologien erschienen sind. Nach »Die Herren von Buchhorn« ist »Die Gauklerin von Buchhorn« der zweite historische Roman des Autorenduos.

Bisherige Veröffentlichungen im Gmeiner-Verlag:
Die Herren von Buchhorn (2008)

BIRGIT ERWIN /
ULRICH BUCHHORN

Die Gauklerin von Buchhorn

Historischer Roman

Besuchen Sie uns im Internet:
www.gmeiner-verlag.de

Im Ehnried 5, 88605 Meßkirch
Telefon 07575/2095-0
info@gmeiner-verlag.de

1. Auflage 2010

Lektorat: Claudia Senghaas, Kirchardt
Herstellung / Korrekturen: Doreen Fröhlich / Katja Ernst, Sven Lang
Umschlaggestaltung: U.O.R.G. Lutz Eberle, Stuttgart,
unter Verwendung des Bildes: Albrecht Dürer:
Wunderbare Errettung eines ertrunkenen Knaben aus Bregenz
http://commons.wikimedia.org
Druck: Fuldaer Verlagsanstalt, Fulda
Printed in Germany
ISBN 978-3-8392-1039-0

In dankbarer Erinnerung an den Menschen,
der mir die Welt der Bücher eröffnet hat.

I

Der Falke zog über den Baumwipfeln enge Kreise. Ab und zu sorgte er mit leichtem Flügelschlag für Auftrieb, um den Wind zu nutzen, der ihn der Sonne entgegentrug. Einen wunderbaren Augenblick lang kam es der einsamen Beobachterin so vor, als sei dieser Falke das einzige Lebewesen vor dem reinen Blau des Spätsommerhimmels. Erst als der Raubvogel seine Flügel anlegte und im Sturzflug niederschoss, entdeckte Wendelgard den silbergrauen Reiher, der im Schatten der Baumkronen dem Verfolger zu entkommen versuchte.

»Er wird es nicht schaffen«, schoss es ihr durch den Kopf.

Im nächsten Moment mischte sich der Schrei der Beute mit dem Kreischen des Falken, und beide Vögel verschwanden zwischen den Bäumen.

Wendelgard ließ den Atem entweichen. Sie drehte sich um und erstarrte in der Bewegung. Ein Mann stand in der Tür und beobachtete sie mit verschränkten Armen. Sein Haar, silbergrau wie das Gefieder des Reihers, war vom Wind zerzaust. Bei seinem Blick wurde ihr warm. Sie streckte die Hand aus und lächelte. »Solltest du nicht schon längst bei der Jagdgesellschaft sein?«

»Schickst du mich fort?«

Statt einer Antwort warf sie die Arme um seinen Hals und presste sich an ihn. Sein Körper war hart und knochig und erinnerte sie an die langen Jahre der Einsamkeit. Am liebsten wäre sie unter seine Haut gekrochen, nur um sicher zu sein, dass er sie nie wieder verließ. Sie spürte seine Hände in ihrem Haar und hob das Gesicht. Ihre Lippen berührten sich.

Sein Mund wanderte weiter zu ihrem Ohr. »Ich bin ein glücklicher Mann«, raunte er. »Ich …«

»Ähm … Herr …«

Udalrich und Wendelgard fuhren auseinander. Der Graf von Buchhorn bedachte den jungen Mann, der verlegen zu ihnen hinübersah, mit einem finsteren Blick. »Was?«

»Mein Herr hat nach Euch gefragt …«

»Ich komme ja schon!« Udalrich wandte sich wieder seiner Frau zu, und sein Gesicht wurde weich. »Ich bin bald zurück, mein Liebes. Wünsch mir Glück für die Jagd.«

Wendelgard nickte halbherzig. »Ich wünschte, du müsstest nicht fort«, sagte sie und berührte sein ergrautes Haar. »Versprich mir wenigstens, dass du vorsichtig bist. Überlass alles meinem Oheim, was größer ist als …«

»Ein Kaninchen?« Udalrich lachte. »Keine Angst, ich werde einem begeisterten Waidmann nicht in die Quere kommen, vor allem dann nicht, wenn dieser Waidmann der König ist. Ich weiß, wem der größte Bock gebührt. Ruh du dich in der Zwischenzeit aus. Du weißt, dass du dich schonen sollst.« Er umschloss ihr Gesicht mit beiden Händen und betrachtete es liebevoll.

»Herr, verzeiht, aber …«

»Geh, ehe der König ärgerlich wird«, flüsterte Wendelgard und wich seinem Kuss aus.

Udalrich ließ mit einem Stirnrunzeln die Hände sinken. »Bring mir mein Pferd«, befahl er dem Diener und nickte zu dem Hengst hinüber, der in einiger Entfernung an einen Baum gebunden war. »Beeilung, Junge!«

Der Diener rannte davon; wenig später reichte er Udalrich die Zügel des hochbeinigen Braunen. Während der Graf sich in den Sattel schwang, starrte der Junge ihn mit schlecht verhohlener Neugier an. Udalrich seufzte. Er konnte nur vermuten, welche abenteuerlichen Geschichten über ihn und seine Zeit in der Gefangenschaft erzählt wurden. Einen Augenblick lang war er versucht, den Jungen mit der ganzen schmutzigen Erbärmlichkeit der Wahrheit zu konfrontieren. Er öffnete den Mund, aber als er in die großen blauen Augen sah, die staunend auf ihn gerichtet waren, überlegte er es sich anders. Er nickte dem Jungen nur zu und überließ es ihm, den Weg durch den dichter werdenden Wald zu finden.

Udalrich war froh, als das Auftauchen der Jagdgesellschaft seine Gedanken in eine andere Richtung lenkte. Er suchte den König und entdeckte ihn inmitten einer Schar Edelleute. Sogar auf die Entfernung stach seine hochgewachsene Gestalt deutlich aus der Menge heraus. Die Ungeduld seiner Bewegungen erinnerte Udalrich an die Bluthunde, die am Rand des Lagers an ihren Leinen zerrten. Er stieg vom Pferd und versuchte, den dumpfen Schmerz zu ignorieren, der ihm jäh in die Knochen fuhr.

Gleichzeitig hob Heinrich den Kopf und sah in seine Richtung. »Gott zum Gruß, Graf Udalrich. Wir haben Euch schon erwartet! Meine Jäger haben eine Hirschfährte gefunden. Ich hoffe, das Wild ist nicht so schwer aufzustöbern wie Ihr. Man munkelt, Ihr habt andere Jagdgründe gefunden?«

Einige der jüngeren Edelleute, die den König umringten, grinsten anzüglich.

Udalrich verbeugte sich steif. »Gott zum Gruß, Herr. Ich entschuldige mich für meine Verspätung, aber meine Frau, Eure Nichte, war heute Morgen unpässlich.«

»Oh? Ich hoffe doch, ihr geht es wieder gut?«

»Ja. Das tut es.«

Heinrich nickte, aber seine Aufmerksamkeit galt wieder dem dichten Unterholz. »Das freut mich. Aber nun ans Werk! Das Wild kümmert sich nicht um Weiberlaunen!«

»Natürlich, mein König.« Udalrich nahm Bogen und Pfeilköcher vom Sattel, überließ dem Diener die Zügel und gesellte sich zu den Edelleuten. Heinrich hob die Hand, und sofort senkte sich Stille über die Gruppe, während einer der Jagdgehilfen neben der Spur niederkniete. Der König winkte Udalrich an seine Seite. Seine Augen blitzten. »Gebt zu, das ist ein anderes Leben als daheim bei den Frauen zu sitzen.«

»Man lernt auch das zu schätzen. Ich bin ein alter Mann.«

»Ach was! Euch stecken sicher noch die Jahre der Gefangenschaft in den Knochen, das ist alles.« Die hellen Augen des Königs veränderten ihren Ausdruck beinahe unmerklich. »Man sagt, Ihr sprecht nicht gern über diese Zeit in Ungarn?«

Udalrichs Blick schweifte über das verästelte Geflecht der Baumkronen, die leise scherzenden Edelleute, die Diener, die die Hundemeute kaum zu bändigen vermochten. »Wer das sagt, spricht die Wahrheit«, antwortete er kurz. Er wich den Augen des Königs aus.

Ehe Heinrich etwas erwidern konnte, sprang der Jagdgehilfe auf die Füße und zeigte ins Unterholz. »Dort entlang, Herr!«

Heinrich bedeutete dem Mann mit einem Nicken, dass er verstanden hatte, ehe er sich noch einmal kühl an Udalrich wandte. »Nun, vielleicht ändert Ihr Eure Meinung ja mir zuliebe.«

Udalrich verbeugte sich. Mit einem Gefühl von Erleichterung hörte er, wie der König den Befehl zum Aufbruch gab. Ein Falke kreischte über ihren Köpfen. Der Graf fragte sich flüchtig, ob es derselbe war, der zuvor Wendelgard in seinen Bann gezogen hatte. Für die Dauer eines Herzschlags roch der Wald nach ihrem warmen, süßen Duft. Er bemerkte, dass Heinrich ihm einen ungeduldigen Blick zuwarf. Die Züge des Königs waren hart und konzentriert, das grelle Morgenlicht, das durch die Baumkronen fiel, sprenkelte sein dunkelblondes Haar und ließ die Spuren von Silber im Licht zerfließen. Mit dem Singen der Vögel, dem Rauschen der Wipfel und dem Knacken im Unterholz rings herum schien der König eins mit der Natur, jeder Zoll ein Jäger. Udalrich hätte viel darum gegeben, seine eigenen Dämonen hinter sich zu lassen und sich derart dem Augenblick hingeben zu können. Er wischte sich heimlich den Schweiß von der

Stirn und murmelte: »Ich bin daheim. Ich bin in Sicherheit. Ungarn ist weit.«

Noch einmal holte er tief Luft und folgte den frischen Trittsiegeln, die jetzt eine sanfte Steigung hinaufführten. Ihr Führer signalisierte ihnen, dass es nicht mehr lange dauern konnte, ehe sie das Wild sahen. Heinrich streckte stumm die Hand aus und ließ sich eine Lanze reichen. Zum ersten Mal spürte Udalrich, wie die Anspannung der anderen auch auf ihn übergriff. Er wollte eben nach einem Pfeil langen, als ein tiefes langgezogenes Röhren ihn innehalten ließ. Kurz darauf trat der Hirsch in ihr Blickfeld.

»Was für ein majestätisches Tier! Der gehört mir!«, hauchte Heinrich. Sein warmer Atem streifte die Wange des Grafen. Udalrich nickte nur, er vermochte die Augen nicht von dem prächtigen Sechzehnender zu lösen, der in einiger Entfernung auf einem Felsvorsprung stehen geblieben war und mit spielenden Lauschern den Kopf hin- und herdrehte.

»Er ist zu weit weg«, flüsterte ein junger Edelmann und kauerte sich neben ihnen ins Gras.

Der Hirsch legte den Kopf zurück und ließ ein zweites Röhren folgen.

Udalrich legte den Finger an die Lippen.

»Er wird uns wittern, er …«

Heinrich fuhr herum. Er sagte nichts, aber sein Blick trieb dem jungen Mann das Blut aus den Wangen. Die Faust des Königs war fest um den hölzernen Schaft der Lanze geschlossen. Udalrich befeuchtete seinen Zeigefinger mit Speichel und hielt den Finger in den Wind. »Ich treibe ihn Euch zu, Herr.«

Während Heinrich sich zur Flanke des Felsens schlich, umrundete Udalrich das freie Gelände, um sich mit dem Wind an den Hirsch anzupirschen. Die Ohren des Tieres zuckten stärker. Es hatte die Witterung des Menschen aufgenommen.

Heinrich trat aus dem Schatten des Felsens. »Mit Gott!«, stieß er hervor und hob die Lanze.

Im gleichen Augenblick spannte der Hirsch die Muskeln und wirbelte herum. Mit angewinkelten Beinen sprang er den Felsen hinunter, federte ab, fand Tritt und stob davon. Der König schleuderte die Lanze. Mit unglaublicher Wucht durchschnitt sie die Luft und traf den Hirsch am Hinterlauf. Das Tier schrie auf und jagte in irrwitziger Flucht weiter. Der Schaft der Lanze schleifte hinter ihm her.

Während der König dem Wild mit einem wütenden Fluch nachsah, riss Udalrich den Bogen hoch. Bilder stiegen in ihm auf, aber sie hatten nichts mit der Jagd zu tun, nichts mit einem Hirsch. Mit einem heiseren Schrei ließ er den Pfeil von der Sehne schnellen. In den Hals getroffen, brach der Hirsch zusammen.

»Das war ein Meisterschuss!«, rief Heinrich und schlug dem Grafen im Vorbeigehen auf die Schulter. »Aber wenn ich ihn nicht verwundet hätte, wäre er Euch entkommen, Graf.«

Udalrich lächelte matt. »Ja, es ist Euer Verdienst, mein König. Das Geweih ist eine stolze Trophäe. Aber warum habt Ihr nicht gewartet?«

»Weil ich zeigen wollte, dass ich ihn treffe. Ich habe einen Ruf als Jäger zu verlieren. Das versteht Ihr sicher.«

Udalrich zuckte die Achseln.

Heinrich hob mahnend die Hand. »Ein guter Schuss gibt Euch nicht das Recht, überheblich zu werden. Ich habe Euch beobachtet. Als Ihr den Hirsch getötet habt, habt Ihr nicht an Wildbret gedacht, oder?«

»Ich habe mich auf den Schuss konzentriert, Herr.«

»Wie Ihr meint.« Der König wandte sich zu den Edelleuten um. »Ihr tragt meine Beute zu den Pferden. Und dass ihr mir ja auf das Geweih aufpasst!«

»Ja, Herr.«

Während die Männer den Hirsch forttrugen, winkte der König Udalrich zu sich. »Ihr seid ein hervorragender Schütze. Habt Ihr diese Kunst wirklich in unseren heimischen Wäldern gelernt?«

»Wie meint Ihr das, Herr?«

Heinrich kniff die Augen zusammen. »Euer Bogen gefällt mir.«

»Ein Erbstück.«

»Ein Erbstück?«, wiederholte der König kalt. »Haltet Ihr mich für einen Narren?«

»Man kann auf mehr als eine Art erben, Herr.«

»Habt Ihr von demselben Mann auch Euer Schwert geerbt?«

Udalrichs Gesicht verschloss sich. »Ich wäre Euch dankbar, wenn Ihr die Vergangenheit ruhen lassen könntet. Es ist meine Vergangenheit.«

»Nur dass Eure Vergangenheit leicht unser aller Zukunft werden könnte. Gebt mir Euren Bogen und folgt mir!«

Udalrich schloss sekundenlang die Augen. »Wie Ihr befehlt.«

Während sie zu Fuß zur Lichtung zurückkehrten, drehte Heinrich die Waffe in den Händen. Zwischen seinen Brauen entstand eine steile Falte. »Ein Bogen aus Knochen, interessant.« Er machte eine Pause, aber Udalrich schwieg. Endlich fuhr der König mit einem ungeduldigen Seufzer fort: »Ich kenne die Ungarn, und ich kenne auch ihre Waffen, und das ist eine ungarische Waffe, ebenso wie Euer Schwert. Ich will Euch nichts unterstellen, aber ich weiß, dass Herzog Arnulf von Bayern, Euer Anführer, nach dem Sieg am Inn vor sechs Jahren mit den Ungarn einen Pakt geschlossen hat. Nach seiner Vertreibung suchte er Zuflucht bei ihnen und kam mit ihrer Hilfe letztes Jahr zurück. Bayern mag jetzt vor den Ungarn Ruhe haben, aber der Rest des Reiches nicht, und das wisst Ihr!«

Um Udalrichs Mund zuckte es. Er verschränkte die Arme hinter dem Rücken und ballte die Fäuste. »Haltet Ihr mich für einen Verräter, Herr?«

»Warum haben sie Euch nach sechs Jahren Gefangenschaft ziehen lassen?«

Udalrich starrte ihn an. »Mich ziehen lassen?« Er stieß ein abgerissenes Lachen aus. »Macht Ihr mir zum Vorwurf, dass die Ungarn mich gefoltert und geschlagen haben? Dass ich geflohen bin?« Heinrich legte ihm seine Hand auf die Schulter, aber Udalrich machte einen Schritt rückwärts. »Bin ich in Euren Augen ein Verräter, Herr?«

Heinrich musterte ihn lange. »Nein«, sagte er schließlich, »Ihr könnt sicher sein, dass ich andernfalls nicht zugelassen hätte, dass Ihr erneut meine Nichte ehelicht. Was meintet Ihr übrigens damit, dass sie unpässlich war?«

Udalrich lächelte bitter. »Vier Jahre als Inkluse, das würde auch eine robustere Frau schwächen. Unsere zweite Ehe hat zwei Versehrte zusammengeführt.« Er sah den Gesichtsausdruck des Königs und fügte hinzu: »Aber ich bin glücklich.«

Heinrichs Züge entspannten sich. »Das höre ich gern. Ihr habt schwere Zeiten durchlitten. Aber Gott war mit Euch.«

»Und Fürstbischof Salomo.«

Heinrichs Schritt verlangsamte sich, bis er schließlich ganz stehen blieb. »Ja, der weise alte Fürstbischof. Ihr haltet viel von ihm, nicht wahr?«

»Sehr viel«, erwiderte Udalrich ernst. »Ich verdanke ihm mein Leben, mein Glück, mein Weib. Und ich denke, auch das Reich verdankt ihm viel. Er wird Euch helfen, am Bodensee die nötige Unterstützung zu finden. Meine habt Ihr gewiss.«

»Das glaube ich Euch. Gerade darum kann ich nicht begreifen, warum Ihr mir nicht über Eure Zeit bei den Ungarn berichten wollt. Ihr wisst selbst, dass wir nie Ruhe haben werden, wenn wir nicht in Verhandlungen mit ihnen treten.«

Udalrich schwieg.

»Ich kann Euch befehlen zu sprechen, Graf!«

»Das könnt Ihr in der Tat, Herr.«

»Ihr wart fast sechs Jahre lang ihr Gefangener. Ihr müsst etwas gesehen oder gehört haben, was mir hilft.«

Udalrich schwieg.

»Mein Gott, Mann! Neffe! Seid Ihr all die Jahre im Verlies gehockt? Redet endlich!«

Udalrichs Augen flammten auf. »Nein, das Verlies durfte ich irgendwann verlassen. Als Sklave! Ich habe für meine neuen Herren geschuftet, und sie haben mich ausgepeitscht. Wenn es mich verdächtig macht, dass ich noch am Leben bin, dann lasst mich Euch sagen, Herr, dass ich mehr als einmal Gott angefleht habe, ein Ende zu machen!«

Heinrich strich gedankenverloren über die perfekte Rundung des Bogens. »Könnt Ihr ungarisch?«

»Nein!«

»Sie sind keine Christen, habe ich gehört.«

»Nein! Nein, es sind gottverdammte Heiden!« Udalrich fuhr sich mit beiden Händen durch die Haare. »Heiden und Tiere!«

»Dann helft mir, sie zu besiegen! Oder wollt Ihr, dass diese … Tiere über die Grenze kommen. Ich habe sie gesehen, als sie bis nach Sachsen gelangt sind. Ich weiß, was sie anrichten können. Denkt an unsere Frauen und Kinder! Denkt an Wendelgard!«

Udalrichs Gesicht wurde eisig. »Das ist wohl das Letzte, was Ihr mir befehlen müsst, Herr!«

»Dann sagt, was Ihr wisst!«

»Ich weiß nichts.«

»Lügt mich nicht schon wieder an!«

Udalrich drückte den Rücken so steif durch, dass der Schmerz in den alten Wunden aufflammte. »Mein König, mit Verlaub, ich will nicht darüber reden.«

»Und genau darüber reden wir noch!«, brummte Heinrich. Er drückte Udalrich den Bogen in die Hand. »Glaubt nicht, dass Ihr mir so billig davonkommt!« Er beschleunigte seinen Schritt. Jeder Zoll seines hochgewachsenen Körpers drückte Wut aus. »Los Männer, zur Rehjagd!«, rief er. Plötzlich blieb er wie angewurzelt stehen. »Und was bei allen Heiligen will sie hier?« Er starrte die Frau an, die in einiger Entfernung von den Dienern bei den Pferden stand. »Nichte, welcher Teufel hat Euch geritten, nicht in Konstanz bei Euren Kindern zu bleiben?«

Wendelgard verneigte sich mit höfischer Eleganz. »Kein Teufel, mein Herr und König, nur die Sehnsucht nach meinem Mann und meinem Oheim. Seid unbesorgt, eine Dienerin hat mich begleitet.« Sie lächelte, aber ihre Aufmerksamkeit richtete sich auf Udalrich, der langsam näher gekommen war. Ein Anflug von Unsicherheit huschte über ihr Gesicht. »Ist alles …?« Sie verstummte mit einem fragenden Blick.

»Alles in bester Ordnung. Bisher war die Jagd erfolgreich.« Heinrich hatte die Zeit genutzt, seinen Ärger hinter einer verbindlichen Maske zu verbergen. »Aber jetzt werdet Ihr auf Euren Gemahl noch ein wenig warten müssen, bis nach der Rehhatz. Kommt, Graf!«

Wendelgard neigte den Kopf. Erst als die Männer den

getöteten Hirsch auf die Lichtung trugen, bedeckte sie Mund und Nase mit der Hand. Die Hunde hechelten und zerrten an ihren Riemen. Der Gestank von Blut und Schweiß hing schwer in der Luft. »Wahrhaftig, eine erfolgreiche Jagd«, sagte sie und drängte sich dichter an Udalrich.

Heinrich lächelte geschmeichelt und bedeutete den Trägern, den Hirsch ins Gras zu legen, damit alle seine Beute bewundern konnten.

Wendelgard nutzte die Pause, um Udalrichs Hand zu ergreifen. »Du bist doch nicht böse, dass ich gekommen bin? Ich habe es einfach nicht ausgehalten. Ist zwischen dir und dem König etwas vorgefallen?«

Udalrich ließ seinen Blick über die Menschen wandern. »Später«, sagte er leise.

»Aber es gab Streit zwischen euch«, beharrte Wendelgard. »Bitte, sei vorsichtig, er mag mein Oheim sein, aber er ist in erster Linie der König!«

»Das ist mir klar!«, sagte Udalrich trocken. »Aber mach dir keine Sorgen. Ich werde aufpassen. Lächele ein bisschen, mein Liebes, er schaut zu uns herüber.«

Wendelgard verzog automatisch die Lippen. Gleichzeitig ließ sie den Kopf an den Oberarm ihres Mannes sinken. »Wie lange dauert die Jagd noch? Ich bin so müde.«

»Aber es geht dir doch gut?« Udalrich legte die Hand unter Wendelgards Kinn und hob es an. »Du bist blass! Du hättest nicht herkommen sollen.«

»Wir scheinen zum ersten Mal an diesem Tag einer

Meinung zu sein, Graf.« Heinrichs langer Schatten fiel verzerrt auf den Waldboden. Das morgendliche Gold war strahlender Helligkeit gewichen, die über den Baumkronen gleißte. »Dein Mann sagte mir, dass du dich heute früh nicht wohlgefühlt hast?«

Wendelgard und Udalrich wechselten einen Blick. »Es ist nichts Ernstes. Kein Grund zur Sorge, mein König, ich bin wohl noch immer geschwächt von meiner Klausnerzeit.«

Der König verzog den Mund mit einem Anflug von Spott.

Wendelgard errötete hitzig. »Ich weiß, dass Ihr meinen Entschluss nie gebilligt habt«, sagte sie leise. »Aber ich bereue die Zeit an Wiboradas Seite nicht. Sie hat mich viel gelehrt, auch über mich selbst. Sie ist eine wahre Heilige!«

»Eben!«, unterbrach Heinrich sie ironisch. »Sie ist eine Heilige, und du bist ein verwöhntes Kind. Das ist der entscheidende Unterschied. Ich frage mich nur, ob es wert war, deinen Körper derart zu schwächen, nur damit du diesen Unterschied selbst begreifst.«

Wendelgard wurde abwechselnd rot und blass. Ihre Hände krampften sich in Udalrichs Ärmel. »Ich bin nicht krank!«

Heinrich hob die Augenbrauen.

»Ich bin … ich bin guter Hoffnung.« Sie drückte die Hand ihres Mannes, ohne ihn anzusehen, während sie dem König fest ins Gesicht schaute. »Im Frühjahr wird mein … wird unser Sohn geboren werden. Und ich werde ihn der Kirche weihen! Das habe ich Gott gelobt, und Bischof Salomo hat meinen Schwur gehört.«

»Ach, der verehrte Fürstbischof kennt die frohe Kunde demnach schon«, bemerkte Heinrich beißend.

Wendelgard senkte den Kopf.

»Dann gratuliere ich dir. Auch Euch, Graf, Ihr habt die Zeit wirklich gut genutzt, das muss ich zugeben!«

Udalrich zwang sich zu einem Lächeln, während er seine Frau um die Mitte fasste und sie sacht an sich zog. Sie hatte die Rechte auf den Bauch gelegt und blickte in eine Ferne, in die die beiden Männer ihr nicht folgen konnten. »Ich wünsche nur, mein Sohn wird Frieden erleben«, flüsterte sie. »Mehr will ich gar nicht.«

Der König schien etwas darauf erwidern zu wollen, doch dann begnügte er sich damit, Wendelgard sanft eine Haarsträhne aus der Stirn zu streichen. »Ich habe es ernst gemeint, als ich dir Glück gewünscht habe. Und deinem Wunsch schließe ich mich an. Was ich dazu beitragen kann, werde ich tun. Aber jetzt sollten wir aufbrechen. Die Rehhatz verschieben wir auf einen anderen Tag, im Augenblick scheint es mir wichtiger, die werdende Mutter sicher nach Konstanz zu bringen. Außerdem steht die Sonne für eine erfolgreiche Jagd bereits zu hoch!«

Er nickte Udalrich und Wendelgard zu und trat zu den Übrigen, die auf weitere Befehle warteten. In diesem Moment hätte der König ein beliebiger Jäger sein können, der eifersüchtig überwachte, dass sein Sechzehnender mit Sorgfalt behandelt wurde. Die Hunde waren von dem Geruch nach Blut wie toll und rissen kläffend an ihren

Leinen. Im allgemeinen Gedränge half Udalrich Wendelgard aufs Pferd und schwang sich selbst in den Sattel.

»Woran denkst du?«

Udalrich fühlte Wendelgards Besorgnis und strich ihr über die Wange. »An Buchhorn. Ich wäre gern wieder daheim.«

»Oh, ich auch. Ob sie diesen grässlichen Wulfhard schon hingerichtet haben?« Wendelgard schob die Unterlippe vor. »Er verdient den Tod mehr als jeder andere Mensch, den ich kenne, aber ich bin froh, dass ich nicht zusehen musste.«

»Reinmar wird sich darum kümmern. Keine Sorge, bis wir wieder in Buchhorn sind, ist dieser feige Mörder nur noch eine Erinnerung. Eine von vielen.«

Wendelgards Herz zog sich zusammen. Während sich die Gesellschaft um sie herum in Bewegung setzte, beugte sie sich zu ihrem Mann hinüber und legte ihre Hand auf seine. »Irgendwann wirst du mir alles erzählen, ja?«, bat sie.

»Vielleicht.«

»Graf!« Die Stimme des Königs durchdrang den Augenblick der Zweisamkeit laut und fordernd.

Udalrichs Gesicht verfinsterte sich. »Aber sicher nicht heute!« Er drückte seinem Pferd leicht die Fersen in die Flanken, löste sich von Wendelgards Seite und ritt hinter dem König her, der den Zug in nördlicher Richtung anführte. Die Bäume standen hier so dicht, dass das Sonnenlicht kaum den Boden erreichte. Grünlich-golden flirrte es durch die Baumkronen und berührte das Laubwerk mit warmen Glanzfingern. Bald würden die Herbstfarben das Grün ablösen, und dann würde es Winter werden. Udalrich drehte sich um und betrachtete Wendelgard, die jetzt wieder an der Seite ihrer Dienerin ritt.

»Graf!«

Udalrich fuhr hoch und bemerkte, dass er verstohlene Blicke auf sich zog. Niemand ließ den König zweimal rufen.

Heinrich hatte angehalten und sich im Sattel umgedreht, sodass er nicht nur die Gesellschaft, sondern auch den Weg überblickte. Sein dunkelblondes Haar leuchtete. Die Blätter an den niedrig hängenden Zweigen raschelten immer lauter. Mit aller Kraft wehrte Udalrich sich gegen die Erinnerungen. Tage wie dieser hatten ihn als einsamen Flüchtling im Wald gesehen. Mit zusammengekniffenen Augen versuchte er, das dunkle Unterholz zu durchdringen. Überall konnten Gefahren lauern, überall …

»Graf!« Die Stimme des Königs klang gereizt. »Träumt Ihr?«

»Kein Traum.« Udalrich holte mühsam Atem. »Nur eine Erinnerung.«

»Bei Gott, der Mann hat Ahnungen!«, rief Heinrich spöttisch. »Reden mag er nicht über die Vergangenheit, aber durch einen Wald zu reiten, fällt ihm ganz offensichtlich schwer. Ich glaube fast, der Graf von Buchhorn ist nicht mehr der Mann, der er einmal war.«

Um sie herum wurde unterdrückt gelacht.

Wendelgard schoss das Blut in die Wangen. Sie öffnete

den Mund. Udalrich hörte, dass ihre Worte hitzig und ein wenig schrill klangen, aber was sie sagte, verstand er nicht. Er drehte den Kopf hin und her auf der Suche nach dem Ursprung der Gefahr. Sein Verstand brüllte ihm zu, dass er sie sich nur einbildete, doch sein Körper hörte nicht. Über seinem Kopf raschelte es. Ein großer Vogel, größer als der Falke, zu groß … etwas blitzte im Sonnenlicht.

Ohne nachzudenken warf Udalrich sich herum und fiel Heinrichs Pferd in die Zügel. Das Tier stieg mit einem schrillen Wiehern auf die Hinterbeine. Der König verlor das Gleichgewicht und wurde mit rudernden Armen aus dem Sattel geschleudert. Sekundenlang herrschte ein unbeschreibliches Durcheinander. Diener packten Udalrichs Arme, doch er riss sich los. In der nächsten Sekunde teilten sich die Zweige. Ein Mann sprang in geduckter Haltung von einem der niedrig hängenden Äste. Der Aufschrei der Umstehenden wiederholte sich. Hastig vergewisserte sich Udalrich, dass Heinrich immer noch auf dem Boden lag. Sein Gesicht war vor Schmerz verzerrt, während er versuchte, auf die Füße zu kommen.

»Helft dem König!«, brüllte Udalrich, während er sich vom Pferd warf. Schmerz schoss aus seinen Hüften in den Rücken und nahm ihm den Atem. Als er wieder klar sehen konnte, bemerkte er gerade noch, wie der Mann sein Messer aus dem Hals eines der Diener zog, der blutend in die Arme seiner Gefährten taumelte. Mit einem wütenden Schmerz in der Brust erkannte Udalrich, dass es der Junge war, der ihn vor wenigen Stunden zur Jagd gerufen hatte. Er stieß einen Schrei aus, als der Meuchelmörder erneut das Messer hob. Der Mann schien zu zögern. Mit hassverzerrtem Gesicht wandte er sich seinem neuen Gegner zu. Doch Udalrich hob seine eigene Waffe nur noch halbherzig. Es war nicht mehr nötig. Die Gefolgsleute des Königs fielen über den Mörder her und hackten ihn in Stücke.

Udalrich senkte die Lider. Als er sich wieder gefangen hatte, war das Blutgericht vorbei. Mit einem Anflug von Ekel betrachtete er den zerstückelten Leichnam. Als er den Kopf hob, begegnete er dem starren Blick seines Königs.

»Ich scheine Euch mein Leben zu verdanken. Gottes Wege sind wahrhaftig unergründlich.«

»Aber heute war er uns allen gnädig. Es geht Euch gut, Herr?«

»Mein Bein ...« Heinrich stöhnte auf, als er das Gewicht verlagerte. Erst jetzt sah Udalrich, dass er von zweien seiner Gefolgsleute gestützt wurde. »Wie habt Ihr den Mörder sehen können?«

»Ich habe ihn nicht gesehen. Es muss ... so etwas wie eine Ahnung gewesen sein.«

Heinrich hob die Augenbraue, sagte aber nichts. Sein Gesicht war blass und hart. Er beugte sich über den Toten. »Kennt Ihr ihn?«

»Nein.«

»Ihr habt ihn gar nicht angesehen!«

»Weil ich meine Frau suche! Im Übrigen haben Eure Leute kaum genug übrig gelassen, was ich mir anschauen könnte. Wo ist Wendelgard?«

Heinrich machte eine vage Geste. »Zum Glück war sie ein Stück hinter uns, das hat ihr vielleicht das Schlimmste erspart. Welche Idee, eine schwangere Frau mitzunehmen!« Er warf Udalrich noch einen wütenden Blick zu, ehe er seinen Begleitern befahl, ihm aufs Pferd zu helfen.

»Und die Leiche?«

»Lasst sie liegen!«, knurrte Heinrich. »Sollen sich die Tiere daran gütlich tun!«

Noch einmal beugte sich Udalrich über den Toten. Unter dem Blut glaubte er das Gesicht eines jungen Mannes auszumachen.

»Udalrich!«

Er fuhr herum und hatte gerade noch Zeit, Wendelgard aufzufangen, die sich ihm in die Arme warf. In ihrem Gesicht las er Sorge, Liebe und fassungslose Angst. Er sah die Tränenspuren und vergrub das Gesicht in ihrem Haar, als ob sein Duft ihn retten könnte.

II

»DER KÖNIG BITTET EUCH zu einer Unterredung, Herr.«

»Er bittet mich, soso.« Bischof Salomos spröde Lippen kräuselten sich. »Ich nehme an, es ist nicht ratsam, ihm diese Bitte abzuschlagen. – Schon gut, ich werde selbstverständlich kommen!«, unterbrach er den Diener, der den Mund zu einer hastigen Erklärung öffnete. Er erhob sich mühsam; das Alter machte sich inzwischen unbarmherzig bemerkbar. Umso wichtiger war es ihm, den Schein zu wahren, während er dem Mann zu den Gemächern folgte, die Heinrich bezogen hatte. Er spürte die Anspannung, die über dem Bischofssitz lag, in jeder Faser seines Körpers. Verstohlene Blicke, zusammengesteckte Köpfe und immer wieder das Wort ›Mord‹. Die Jagdgesellschaft war noch keine Stunde zurück, und schon gab es niemanden mehr, der nicht jede Einzelheit über das Attentat zu kennen glaubte. Salomo brannte darauf zu erfahren, was Eckhard herausgefunden hatte. Doch der Diener ließ ihm keine Zeit zu weiteren Grübeleien. Salomo registrierte mit einem Hauch von Ärger über seine eigene Schwäche, wie sein Puls sich beschleunigte, als die Tür geöffnet und sein Name genannt wurde. Dann gab der Diener den Blick frei. Bischof Salomo verneigte sich, nicht zu tief, aber wer konnte es einem alten Mann übel nehmen, wenn sein Rücken sich nicht mehr so leicht beugen ließ? Seine grauen Augen wanderten forschend über Heinrichs verschlossenes Gesicht.

»Gott mit Euch, Heinrich, König aller Stämme«, sagte er förmlich.

Heinrich nickte mit einem flüchtigen Lächeln, das aufblitzte und sofort wieder verschwand, und deutete auf einen Stuhl. »Setzt Euch, Bischof von Konstanz. Ich danke Euch, dass Ihr meiner Bitte um ein Gespräch so prompt nachgekommen seid. Ich hätte Euch den Weg unter anderen Umständen erspart, aber Ihr seht selbst, dass meine Bewegungsfreiheit eingeschränkt ist.« Er klopfte mürrisch auf sein verbundenes Bein.

»Ich hoffe, es ist nichts gebrochen.«

»Nur ein verstauchter Knöchel. Der Herr war mit mir.«

»Das war er in der Tat.« Durch das Fenster konnte Salomo die Umrisse des Konstanzer Münsters erkennen. Er faltete die Hände im Schoß und sah dem König ruhig ins Gesicht. »Und wie soll es nun weitergehen?«

»Wie meint Ihr das?« Heinrichs Stimme klang lauernd.

Salomo unterdrückte einen Seufzer. »Lasst uns offen sprechen, mein Herr und König. Ihr seid nur durch ein Wunder einem Anschlag auf Euer Leben entkommen. Das legt den Verdacht nahe, dass es Kräfte gibt, die die Einigung des Reiches, die Ihr anstrebt, verhindern wollen. Was wollt Ihr also unternehmen?«

Heinrich lehnte sich in seinem Stuhl zurück und trommelte sacht mit den Fingerkuppen auf die Lehne. Schließlich lächelte er kühl. »Nichts.«

Salomo hob leicht die Augenbrauen.

»Nichts«, wiederholte der König und beugte sich vor. »Die ganze leidige Angelegenheit ist nie passiert. Meine Männer haben Anweisung zu schweigen und zu vergessen, und ich erwarte, dass Ihr für die Euren garantiert. Ihr habt es selbst gesagt, ich habe ein Reich zu einen. Und ich will keinen Krieg!« Bei den letzten Worten war seine Stimme lauter geworden.

Zum ersten Mal bemerkte Salomo die Linien der Erschöpfung, die sich um Heinrichs Augen und Lippen eingegraben hatten. Er nickte langsam.

»Teilt Ihr meine Meinung nicht?«, fragte Heinrich scharf.

»Im Gegenteil, ich halte dies für einen überaus weisen Entschluss. Und natürlich habe ich keinen Zweifel, dass Eure Männer sich an Eure Befehle halten werden, dennoch …« Heinrichs Augen verengten sich zu wütenden Schlitzen. Der Bischof fuhr unbeeindruckt fort: »Dennoch würde mich interessieren, ob Ihr einen bestimmten Verdacht hegt. Dieser Anschlag ist auf meinem Grund und Boden verübt worden, und deswegen fühle ich mich für das Geschehene verantwortlich.«

»Schwäbischer Grund und Boden«, ergänzte der König, ohne Salomo aus den Augen zu lassen. »Und die schwäbischen Adligen lieben mich, den Sachsen, nicht.«

Um Salomos Mund zuckte ein Lächeln. »Dennoch habt Ihr Herzog Burchard dazu gebracht, sich Euch kampflos zu unterwerfen. Nicht wenige haben den Krieg schon da für unvermeidlich gehalten.«

Heinrich stand auf und humpelte zum Fenster.

Sekundenlang waren nur seine breiten Schultern zu sehen. Abendsonnenstrahlen verfingen sich in seinem Haar und färbten es dunkelrot. Als er sich wieder zu Salomo umdrehte, war sein Gesicht maskenhaft starr. »Gibt es einen bestimmten Grund, warum Ihr gerade jetzt auf Burchard zu sprechen kommt?«

Salomo lehnte sich zurück. »Es ist nicht einmal zwei Wochen her, dass eben jener Herzog Burchard Euch mit Waffengewalt gegenüberstand. Gewiss, er hat sich ergeben, aber welcher Mann denkt gern an eine Niederlage zurück? Und heute bedroht ein Meuchelmörder Euer Leben. Kein Befehl auf der Welt wird verhindern, dass es Gerüchte geben wird, wenn nicht in der Stadt, so doch hier in diesen vier Wänden, wo jeder weiß, was heute passiert ist. Und da der Herzog heute Abend auf dem Bankett anwesend sein wird, wüsste ich gern, wie Ihr zu ihm steht.«

»Und wie steht Ihr zu ihm?« Heinrich lächelte mit schmalen Lippen. »Wenn ich richtig unterrichtet bin, lagt Ihr selbst einmal im Streit mit Burchard. Käme es Euch vielleicht gelegen, wenn er sich als Drahtzieher herausstellt? Schon sein Vater wurde hingerichtet. Warum nicht auch der Sohn?«

Salomo schloss seine Finger fester umeinander. Dicke Adern pochten unter seiner schlaffen Haut. »Wie ich zu Burchard persönlich stehe«, sagte er steif, »tut nichts zur Sache. Ich will den Frieden wie Ihr. Aber mir ist daran gelegen, einen Skandal in meinem Haus zu vermeiden.«

Einen Augenblick lang hielt der König seine harte

Fassade aufrecht, dann entspannten sich seine Züge. »Ich wollte Eure Treue nicht anzweifeln, Bischof von Konstanz. Und ich hoffe, Ihr glaubt mir, wenn ich sage, dass ich nicht weiß, wer den Mörder gedungen hat. Ich habe viele Feinde, und ich werde mir noch mehr machen. Welfen, Schwaben, Bayern, sie alle fürchten um ihre Unabhängigkeit, ihre Macht. Auch die Kirche steht mir mit Misstrauen gegenüber.« Er wehrte Salomos Protest mit beiden Händen ab. »Ich habe mich in Fritzlar nicht salben lassen, und ich weiß, dass ich mir damit Feinde gemacht habe. Dieser Mörder kann von jedem gedungen worden sein, sogar von Männern der Kirche. Und ich kann jetzt zwei Dinge tun. Ich kann anfangen, alles und jeden zu verdächtigen, oder ich kann meine Pflicht als König nach bestem Wissen und Gewissen erfüllen und auf Gott vertrauen. Wozu ratet Ihr mir, Bischof?«

Salomo nickte vor sich hin. »Ihr seid ein weiser Mann, mein Herr und König. Ich werde für Euch beten. Und wenn ich mehr tun kann, so verfügt über mich.«

Die beiden Männer schwiegen; stumm hingen sie ihren Gedanken nach. Von der Straße her waren gedämpfte Stimmen zu hören. Heinrich kehrte zu seinem Stuhl zurück und setzte sich, wobei er versuchte, seinen Fuß nicht zu belasten. Über sein Gesicht lief ein Zucken aus körperlichem Schmerz und unterdrückter Wut. Der Fürstbischof musterte ihn verstohlen, sagte aber nichts.

»Glaubt Ihr an Eingebungen?«, fragte Heinrich plötzlich.

Salomo blickte überrascht auf. »Wenn Ihr meint, ob

wir Menschen von Gott berührt werden können, dann lautet meine Antwort ja. Es hat immer wieder Auserwählte gegeben.«

»Und haltet Ihr es für möglich, dass Graf Udalrich zu diesen Auserwählten gehört?«

»Graf Udalrich?« Salomo versteifte sich. »Ich verstehe Euch nicht.«

»Ihr wisst sicher, dass er mir das Leben gerettet hat. Ich begreife nur beim besten Willen nicht, wie er den Mörder bemerkt haben kann.«

»Ihr glaubt doch nicht …«

»Was wisst Ihr über die Gefangenschaft des Grafen?«

»Nichts, er spricht nicht über diese Zeit. Aber egal, welche Verletzungen er davongetragen hat, er ist treu. Treu!«

»Ihr werdet ja richtig hitzig, Fürstbischof.« Heinrich lächelte, aber das Lächeln erreichte nicht seine Augen.

Salomo erhob sich. »Er ist ein Freund, und er ist ein Mann, dem ich jederzeit mein Leben anvertrauen würde. Und ich hätte gedacht, dass Ihr diese Erfahrung heute auch gemacht habt.«

Heinrich antwortete mit einer vagen Handbewegung. »Was Burchard angeht«, sagte er plötzlich, »so erwarte ich, dass Ihr auch ihm gegenüber Stillschweigen bewahrt. Wenn er über das, was heute geschehen ist, Bescheid weiß, ist das umso interessanter.«

Salomo verneigte sich.

»Dann bleibt mir nur noch, Euch für Eure Gastfreundschaft zu danken. Ich hoffe, das Festmahl heute

Abend wird unsere Hoffnung auf Eintracht und Frieden erfüllen.« Heinrich grinste mit unerwarteter Jungenhaftigkeit. »Den Anblick von Spielleuten seid Ihr ja gewöhnt.«

Salomo zwang sich, das Lächeln zu erwidern. »Ihr spielt auf Weihnachten vor acht Jahren an, als Euer Vorgänger Konrad mein armes St. Gallen zum Schauplatz eines rauschenden Festes gemacht hat? Nun, wenn ein paar zotige Lieder das einzige Ärgernis heute Abend sind, so werde ich Gott dem Herrn mit Inbrunst danken.«

»Ja, ein wenig Ablenkung tut uns allen gut. Auch Ihr seht erschöpft aus.«

»Ich danke Euch für Eure Anteilnahme«, erwiderte Salomo. Er wartete noch eine Sekunde lang, aber da Heinrich schwieg, zog er sich mit einer letzten Verbeugung zurück.

Auf dem dämmrigen Flur erwartete ihn eine stumme Gestalt mit gesenktem Kopf. Die Gesichtszüge des Mannes waren von einer Kapuze verhüllt, die Hände gefaltet, als bete er. Die Kutte machte den Mönch fast unsichtbar. Salomos Mundwinkel zuckten kurz, dann gab er dem Mann einen Wink, ihm zu folgen. Als die beiden in den Gemächern des Bischofs angekommen waren, deutete Salomo auf einen freien Stuhl, worauf der Mönch sich setzte und die Kapuze zurückschlug. Ein schmales Gesicht mit harten, klugen Augen kam zum Vorschein.

»Man hat dir folglich gesagt, wo ich bin, Eckhard.«

Der Sekretär nickte. Besorgt durchforschte er das faltige Gesicht des Bischofs.

»Und vor der Tür überkam dich der unwiderstehliche Drang zu beten. Ich nehme an, du hast alles gehört?« Salomo lächelte. »Zufällig?«

»Ganz zufällig, Herr«, bestätigte Eckhard, und in seinen dunklen Augen zeigte sich ein Widerschein der Belustigung seines Herrn. Eine Weile schwiegen die beiden Männer.

»Und was denkst du?«, fragte Salomo endlich.

»Dass Konrad in seiner Regierungszeit eine einzige kluge Entscheidung getroffen hat, nämlich Heinrich zu seinem Nachfolger zu erheben. Nichts für ungut, ich weiß, dass Ihr Konrad gemocht habt.«

»Ja, Konrad war ein liebenswerter Mann, aber als König war er schwach. Heinrich ist stark.« Salomos graue Augen überschatteten sich. »Und ganz offensichtlich gibt es Leute, denen er *zu* stark ist. Eckhard!«

Der Sekretär richtete sich auf. »Ja, Herr?«

»Reite in den Wald! Schau dir die Leiche an. Ich hoffe, die wilden Tiere haben noch etwas davon übrig gelassen. Ich will wissen, wer er war. Ich werde Gott danken, wenn er nicht von Burchard oder einem ehrgeizigen Adligen aus fehlgeleiteter Freiheitsliebe geschickt wurde.«

»Aber warum sollte Burchard rebellieren, so kurz nachdem er sich unterworfen hat? Heinrich hat ihn in seiner Herzogwürde bestätigt. Letzten Endes hat er nur gewonnen.«

»Er ist ein stolzer Mann. Wer weiß, was in seinem Kopf vor sich geht. Aber das ist es nicht, was dich beschäftigt, nicht wahr, Eckhard?«

Ein leichtes Rot färbte die mageren Wangen des Mönchs. Er senkte die Augen.

Salomo beugte sich vor und legte dem anderen die Hand auf den Arm. »Heraus damit. Was macht dir zu schaffen?«

»Dass er Euch zu verdächtigen scheint. Er war nach außen hin sehr freundlich, aber ich traue ihm nicht. Herr, ich … ich habe Angst um Euch.« Endlich hob er den Blick, und sein Gesicht wurde noch röter. »Ihr lacht?«

»Mein guter Eckhard, Heinrich ist misstrauisch, aber in mir sieht er nur noch einen alten Mann, der bald vor seinen Schöpfer treten wird. Und leider hat er mit dieser Einschätzung recht.«

»Herr!«

»Ich werde sterben.« Salomo ließ seine Hand auf Eckhards liegen. »Und das wissen wir beide. Es ist Gottes Wille«, sagte er sanft.

Eckhard nickte mit zusammengepressten Lippen. »Soll ich sofort aufbrechen?«

Salomo lehnte sich mit einem wehmütigen Ausdruck zurück. »Ja, reite los! Auf dem Gehöft wirst du übernachten. In aller Frühe suchst du die Leiche. Gott mit dir, Eckhard. Ich werde inzwischen«, er lächelte plötzlich verschmitzt, »ein weiteres Gelage mit Wildbret und Spielleuten überstehen müssen.«

»Noch mehr Sünde! Ich hatte gehofft, Heinrich unterscheidet sich in allen Dingen von Konrad, nicht nur in seinem Machthunger.«

Salomo warf Eckhard einen überraschten Blick zu,

dann lachte er laut auf. »Manchmal bist du ein unerträglicher Moralist!«

Der Mönch schwieg. Langsam zog er die Kutte wieder über den Kopf. »Verzeiht, Herr. Ich mache mich sofort auf den Weg.« Er erhob sich und ging lautlos zur Tür.

»Eckhard.«

Er drehte sich um. »Herr?«

»Mach dir keine Sorgen um mich. Ich bin ein alter Sünder, aber der Herr wird ein Einsehen mit mir haben. Und solange ich lebe, werde ich ihm auf die Weise dienen, auf die ich mich am besten verstehe. Ich verlasse mich also auf deine wachen Augen und deinen scharfen Verstand.« Sein Lächeln folgte Eckhard in die Dämmerung.

Nachdem die Tür sich geschlossen hatte, schaute Salomo versonnen aus dem Fenster, durch das sich der Abend in grellen Farben verabschiedete. »Herr! Endlich haben wir einen König, der imstande ist, dieses Reich zu neuen Höhen zu führen, und du lässt es zu, dass der Tod an meine Tür pocht? Warum, Herr?« Er machte eine Bewegung, als wolle er niederknien, doch der Schmerz in den Beinen hinderte ihn daran. »Ein alter Sünder … Verzeih ihm, mein Herr und Gott. Und beschütze den König. Und Udalrich.«

Wendelgards Augen begannen zu glänzen. Mit einem strahlenden Lächeln legte sie ihre Hand in Udalrichs und ließ sich zu ihrem Sitz an der langen Tafel führen. Die Fackeln an den Wänden blakten und rußten gegen die geschwärzten Balken und tauchten den Saal in heißes, unruhiges Rot. Es roch nach frischem Wildbret, Gebäck und Honigkuchen.

Udalrichs Blick streifte sie zärtlich. »Wenn ich dich so ansehe, mein Liebes, wird mir klar, dass ich dir auf Buchhorn mehr Abwechslung bieten muss.«

Wendelgard winkte ab, aber sie konnte die Augen nicht von den Akrobaten lösen, die in einer Ecke des Raums ihre Kunststücke vorführten.

»Was muss das für ein Fest sein, das ein Mann einer Nonne auszurichten wagt?«

Udalrich und Wendelgard drehten gleichzeitig die Köpfe.

Die Hand des Grafen zuckte zum Gürtel. »Ottmar von Altdorf«, sagte er grollend.

Der junge Mann neigte mit übertriebener Demut den Kopf. »Derselbe, Graf Udalrich. Ich bin geehrt, dass Ihr ein Nichts wie mich sofort erkennt. Man spricht viel von dem berühmten Heimkehrer.«

»Ihr seid weit fort von Eurem welfischen Stammland. Habt Ihr die Hoffnung auf meine Ländereien immer noch nicht aufgegeben?«

Der junge Mann schüttelte die blonden Haare zurück, und seine Augen glitzerten im Fackelschein. »So hübsch ist dieses Buchhorn dann auch wieder nicht.«

»Das klang anders, solange ich fort war.«

»Unterstellungen, Graf?«, erkundigte sich der junge Edelmann.

Unter dem Tisch legte Wendelgard die Hand auf den

Schenkel ihres Mannes und drückte ihn kräftig. »Ihr habt mich gefragt, welche Art von Vergnügungen man einer Nonne bieten kann. Es beginnt mit höflicher, vorzugsweise intelligenter Konversation«, lächelte sie. »Oh, und Honigkuchen. Ich gebe zu, dass ich die in der Klause arg vermisst habe.« Sie nickte Ottmar freundlich zu und wandte ihre Aufmerksamkeit demonstrativ den Gauklern zu.

In diesem Augenblick erhob sich Fürstbischof Salomo, gleichzeitig verstummten die Gespräche, die Musikanten unterbrachen ihren Vortrag, und alle sahen zur Tür.

Geschmückt mit den königlichen Insignien betrat Heinrich die Halle. An seiner Seite schritt ein hünenhafter Mann mit blonden Locken und durchdringenden grünblauen Augen. Beide begrüßten Bischof Salomo, höfliche Worte wurden gewechselt, dann hob der König leutselig die Hand. Musik und Gespräche setzten wieder ein.

»Das ist also Herzog Burchard. Was für ein Auftritt«, raunte Wendelgard ihrem Mann zu. »Aber findest du nicht auch, dass Salomo müde aussieht?«

Udalrich zuckte die Achseln. »Er ist ein alter Mann«, sagte er leise. In seiner Stimme klang ein Hauch von Wehmut. »Aber sein Geist ist messerscharf wie eh und je. Den Wenigsten gelingt es, unter drei Königen zu dienen. Das muss Burchard erst einmal schaffen.«

»Jedenfalls versteht er es zu bezaubern«, stellte Wendelgard fest, während ihr Blick auf dem Herzog ruhte, der an Heinrichs Seite zum unbestrittenen Mittelpunkt des Festes geworden war. Immer wieder wehte sein tiefes warmes Lachen zu ihnen herüber. »Wenn man ihn so sieht, könnte man meinen, er und mein Oheim seien seit Jahren die besten Freunde. Hältst du es wirklich für möglich, dass er keinen Groll mehr hegt? Udalrich?«

Der schreckte auf. »Was hast du gesagt?«

Wendelgard kicherte. »Ich spreche von Politik, und du bist in den Anblick einer Gauklerin versunken. Ich hoffe, ich muss nicht eifersüchtig werden. Du würdest eine Klausnerin zur Todsünde verführen.«

Er griff so heftig nach ihrer Hand, dass sie erschrocken zusammenzuckte. »Niemals, Wendelgard.« Er warf der dunkelhaarigen Frau, die sich mit verschwitztem Gesicht und fliegenden Haaren zu den Klängen einer Leier drehte, einen beinahe wilden Blick zu. »Du bist mein Leben, du allein.«

»Udalrich, ich habe einen Scherz gemacht! Was ist mit dir?«

»Nichts!« Er fuhr sich mit der Hand über die Stirn und betrachtete die Feuchtigkeit auf seinen Fingern, ehe er sie fortrieb. »Ich möchte nur, dass du weißt, dass ich dich liebe. Es gibt so viel, was du nicht weißt.«

»Dann sprich mit mir!«

Aber er schwieg.

Wendelgard griff nach einem Honigkuchen und knabberte daran, doch das süße Gebäck schmeckte schal und trocken. Die Tänzerin beendete ihren Vortrag und zog sich schwer atmend unter dem Beifall der Gäste zurück. Wieder war es Burchards Stimme, die die entstandene Stille füllte. Der Herzog war aufgestanden und hob seinen Becher. Seine Wangen glänzten im Fackelschein hitzig.

»Verehrte Freunde, edle Damen, lasst mich einen Trinkspruch ausbringen, einen Trinkspruch auf eine Welt des Friedens und der Freundschaft. Ich hoffe und bete, dass alle Edlen meinem Beispiel folgen und unseren König als ihren einzigen rechtmäßigen Herrscher anerkennen. Dann werden wir in einer neuen Zeit leben dürfen, in der statt Waffen unblutigere Zerstreuungen an der Tagesordnung sind, die Musik, der Tanz und die Jagd.«

Im Saal wurde es sehr still. Es war, als ob die Erwähnung der Jagd sich wie Eis auf die Herzen der Gäste gelegt hätte. Der Herzog schien nichts davon zu bemerken. Er leerte seinen Becher, und seine grünblauen Augen funkelten.

In die Stille hinein erhob sich Salomo. »Auch ich trinke auf den Frieden und eine lange, segensreiche Herrschaft unseres Königs.«

Zögernd wurde der Trinkspruch aufgegriffen, aber erst jetzt, da auch Heinrich seinen Becher hob, löste sich die Erstarrung.

Wendelgard nippte mit heißen Wangen an ihrem Wein. »Udalrich, er weiß etwas«, zischte sie. »Das kann doch kein Zufall sein. Oder?«

Sie verstummte, als Udalrich warnend den Kopf schüttelte.

Um sie herum wurde erst vereinzelt, dann lauter nach Musik gerufen. Mit einer tiefen Verbeugung trat ein grauhaariger Sänger aus der Schar der Artisten und fragte artig nach den Wünschen der Gäste.

»Warum nicht ein Lied über die wundersame Heimkehr des Grafen Udalrich aus jahrelanger Gefangenschaft?«

Aller Augen wandten sich dem Sprecher zu. Der junge Ottmar deutete mit weitausholender Geste auf Udalrich. »Oder von seiner Gefangenschaft. Da er nicht darüber spricht, mag ein Sänger uns die Wahrheit schildern.«

Wendelgard sah, wie eine Ader an Udalrichs Hals zu pochen begann. Am liebsten hätte sie das Gesicht in den Händen versteckt, aber sie zwang sich zu einem maskenhaften Lächeln.

Udalrichs Stimme klang belegt. »Ihr seid sehr großzügig, dass Ihr ein so unbedeutendes Ereignis wie meine Heimkehr vorschlagt. Zumal meine Rückkehr das Ende so mancher Hoffnung Eurer Familie war.« Ottmar presste die Lippen zusammen, und Udalrich lächelte. »Aber ich denke doch, dass am heutigen Tag Männer unter uns sind, deren Taten höher zu bewerten sind als die meinen. Im Übrigen wissen wir doch alle, wie wenig Poesie und Wahrheit miteinander gemein haben.«

Burchard lachte dröhnend. »Eure Bescheidenheit ehrt Euch, aber wollt Ihr nicht tief in Eurem Herzen auch zu einer Legende werden?«

Sehr langsam wandte Udalrich sich Burchard zu. »Legenden leben nur in der Fantasie, Herzog. Was ich durchgemacht habe, ist leider die Wirklichkeit. Es ruht hier«, er schlug seine Faust auf das Herz, »und da soll es bleiben.« Er ließ den Blick über die versammelten Gäste schweifen, verharrte kurz auf dem Gesicht seiner Frau und wandte sich schließlich an den Sänger. »Sing von der Liebe, Spielmann«, sagte er leiser. »Denn was wären unsere Taten, wenn wir sie nicht zum Preis schöner Frauen vollbringen könnten.«

Beifälliges Gemurmel folgte seinen Worten, und der Sänger gehorchte erleichtert dem Befehl. Udalrich fuhr sich mit einer Hand über die Augen, dann drehte er sich zu dem Welfen um, der ihn mit einem Ausdruck von Spott musterte. »Reizt mich nicht weiter, Mann, sonst werdet Ihr es bereuen«, flüsterte er. »Das schwöre ich Euch.«

Der Welfe winkte lässig ab, doch ganz konnte er das Zittern seiner Hände nicht verbergen. Wendelgard atmete auf. Während sie einen weiteren Honigkuchen in den Mund steckte, legte sie ihre Linke heimlich auf ihren Bauch. Noch regte ihr Sohn sich nicht, aber bald würde sie seine starken Tritte fühlen. Sie legte das Gebäck aus der Hand, und einen Moment lang glaubte sie, Wiboradas strenge Blicke auf sich zu spüren. Morgen würde sie beichten gehen. Wieder dachte sie an Salomo, ihren Freund und einstmaligen Abt. Sie sah zu ihm hinüber und erschrak. Ein Mann, seiner Kleidung nach einer der Reisigen, die in seinem Dienst standen, war unbemerkt eingetreten und redete leise auf ihn ein. Wendelgard berührte den Arm ihres Mannes und zeigte mit dem Finger auf die Gruppe. Udalrich runzelte die Stirn und beugte sich vor, aber durch den Lärm in der Halle war es unmöglich, die leise geführte Unterhaltung zu verstehen.

»Das ist doch …« Burchards Stimme dröhnte und brach sofort wieder ab. Er sprang auf. Auch der König und Salomo erhoben sich. Mit kurzen Worten bat der Fürstbischof die Gäste, sitzen zu bleiben und das Fest zu genießen. Sein Blick streifte Udalrich, er nickte kurz. Auch der Graf stand auf. Wendelgard machte eine rasche

Bewegung, aber ihr Mann legte ihr die Hand auf die Schulter und drückte sie auf ihren Platz zurück. »Du bleibst hier!«

»Aber …«

»Keine Widerrede, Frau!«, befahl er und folgte Salomo, ohne auf ihr betroffenes Gesicht zu achten. Auf dem Flur gelang es ihm, den Bischof einzuholen. »Was gibt es?«

Salomo drehte sich um, und der Graf erschrak, wie grau und müde sein Gesicht selbst in der Dunkelheit wirkte. »Streit unter den Knechten«, sagte er knapp.

»Wegen …« Udalrich winkte verstohlen zum König hinüber, der mit eiserner Verbissenheit sein Hinken unterdrückte und mit Burchard Schritt hielt.

»Davon ist auszugehen. Udalrich, Ihr seid hier, weil ich jemanden brauche, der gegebenenfalls mäßigend eingreift.«

»Burchard …«

»Ist zu betrunken«, schloss Salomo trocken. »Er verbirgt es gut, aber lasst Euch nicht täuschen. Ich zähle auf Euch.«

Udalrich konnte nur noch nicken, denn in diesem Augenblick betraten sie den Innenhof. Salomo stieß eine leise Verwünschung aus, die aber von wütenden Schreien und Waffengeklirr verschluckt wurde.

Der rote Fackelschein beleuchtete eine wüste Szene. Zwei Männer hieben mit blanken Schwertern aufeinander ein, während die anderen sie umringten und mit erhobenen Fäusten anfeuerten. Die Gesichter der Kämpfer waren von Hass verzerrt.

»Aufhören!«, brüllte Burchard, doch nicht einmal seine Stimme konnte den Lärm übertönen. Ehe jemand ihn zurückhalten konnte, hatte er die Nächststehenden beiseite geschleudert, einem riss er das Schwert aus der Hand. Seine hellen Augen waren unnatürlich geweitet, als er sich zwischen die Kämpfenden warf. Mit wenigen Hieben konnte er die beiden Männer auseinander treiben, dann drosch er seinem eigenen Kriegsknecht die geballte Linke ins Gesicht. Der Mann stolperte und landete auf allen Vieren auf dem schmutzigen Boden. »Kennst du kein Gastrecht, du Hund! Wie kannst du wagen, mich derart zu entehren!«, brüllte der Herzog und drückte dem Mann die Schwertspitze gegen die Kehle.

Der wich zurück. Sein Atem ging keuchend, aber er sah eher wütend als ängstlich aus. »Herr, Vergebung«, stieß er hervor, »aber nicht wir haben das Gastrecht gebrochen. Dieser verfluchte Sachse hat Euch einen Mörder genannt!« Er machte eine Geste, als wolle er aufspringen, nur das Schwert des Herzogs hinderte ihn daran.

»Lüg nicht!«

»Es ist keine Lüge, Herr. Es war von einem Mordanschlag die Rede. Während der Jagd! Und dass Ihr dahintersteckt!«

Burchard stieß einen wütenden Schrei aus.

Sofort war der König an seiner Seite und legte ihm schwer die Hand auf den Arm. »Ist das wahr?«, fragte er den Kriegsknecht. Im Gegensatz zu der rasenden Wut des Herzogs wirkte seine Ruhe noch bedrohlicher.

Der Schwabe schluckte, aber er nickte. »Ja, Herr.«

»Du!«

Auch der sächsische Krieger sank auf die Knie. Blut sickerte aus einem Schnitt über seinem Auge. Er wischte es mit dem Handrücken fort und betrachtete es trotzig.

»Ist es wahr, was er sagt?«

»Es sind Schwaben. Jeder weiß, dass die …«

Ohne seine Linke vom Arm des Herzogs zu nehmen, versetzte der König dem Mann zwei scharfe Ohrfeigen. »Genug! Du hast meine ausdrücklichen Befehle missachtet. Leute wie dich kann ich in meinem Dienst nicht brauchen. Verschwinde!«

Der Mann wurde bleich. Er stammelte etwas, aber der König hatte sich bereits abgewandt. »Der Zwischenfall tut mir leid, Herzog«, sagte er zu Burchard.

Der Schwabe schüttelte die Hand seines Königs ab. »Ein Mordanschlag während der Jagd? Und ich bin nicht davon in Kenntnis gesetzt worden? Warum?« Ehe Heinrich die Frage beantworten konnte, schrie er: »Weil Ihr mich verdächtigt? Ihr haltet mich für einen, der gedungene Mörder losschickt? Ich habe mich Euch unterworfen, und Ihr macht mich zum ehrlosen Buben? Herr?«

Heinrich hatte die Arme verschränkt und betrachtete den Tobenden mit undeutbarem Gesichtsausdruck. Über dem Hof lastete gespenstische Stille.

Burchard richtete sich zu seiner vollen Höhe auf. »Wenn das so ist, werde ich …«

»Ihr werdet Euch beruhigen, ehe Ihr etwas sagt, das wir alle bereuen könnten!«, unterbrach Udalrich. Er machte einen Schritt vorwärts, drückte den erhobenen Arm des

Herzogs nieder und sah ihm fest ins Gesicht. »Beruhigt Euch, verdammt!«

Burchard stieß ihn zurück. »Bringt Ihr erst Eure Grafschaft in Ordnung, ehe Ihr gute Ratschläge erteilt!«

Udalrich bemerkte, wie Salomo beschwörend den Kopf schüttelte. Er biss eine wütende Antwort zurück. »Die Welfen könnt Ihr getrost meine Sorge sein lassen.«

Burchard lachte hohl. »Wenn die Welfen überhaupt noch an Euch und Eurem Land interessiert sind.«

»Ihr denkt, ich bin zu alt?«

»Ja!« Burchard wandte sich ab.

Udalrich sah ihm nach, während er mit unsicheren Schritten ins Haus zurückkehrte. »Zu alt!« Er bewegte den Kopf, als wolle er die Worte des Herzogs abschütteln. »Wendelgard ist da anderer Meinung, Burchard!«

Hilfe suchend schaute er sich nach Salomo um. Der Fürstbischof sagte nichts, sondern hob nur müde die Schultern. Gemeinsam gingen sie in den Festsaal zurück. Dort bemerkten sie sofort, dass etwas nicht stimmte, doch Udalrich brauchte eine Weile, um zu erkennen, was es war.

Ein Diener verneigte sich vor Salomo. Sein Gesicht war verlegen. »Herr, die Spielleute verlassen die Stadt.«

Salomo scheuchte ihn mit einer Handbewegung fort. Er maß Heinrich und Burchard mit einem ernsten Blick. »Ihr habt es gehört. Es tut mir leid, aber ich fürchte, das Fest ist zu Ende.«

Das Licht des frühen Morgens tanzte rein und unverbraucht zwischen den Zweigen. Durch das Laubwerk konnte Eckhard den letzten Goldschimmer des Sonnenaufgangs sehen. Vögel schmetterten ihr Lied in die frühe Morgenluft. Die Unschuld des jungen Tages ließ den Anblick zu Eckhards Füßen noch grausamer erscheinen. Mit einem flauen Gefühl in der Magengegend beugte der Mönch sich über das, was einmal ein Mensch gewesen war. Geronnenes Blut klebte noch an den Blättern und im Gras. Es war schwer zu sagen, welchen Schaden die Schwerter der Bewaffneten, welchen der Tierfraß angerichtet hatte. Eckhard blickte in die leeren Augenhöhlen des Attentäters und sprach ein Gebet für seine Seele, ehe er sich auf den Boden kauerte, um die Fetzen zu untersuchen, die der Tote noch immer auf dem Leib trug. Doch sie gaben keinen Aufschluss. Es waren die Kleider eines einfachen Mannes.

»Verzeih, Herr, dies ist nicht die Arbeit eines Mönchs«, flüsterte er, während er ein Messer zückte, mit dem er die Reste des groben Leinenhemds aufschnitt. Sekundenlang starrte er auf den zerschlagenen Körper. Er schüttelte den Kopf, als könne er so das Bild vertreiben, das sich vor seinem inneren Auge formte: Wie die Männer des Königs in mörderischer Wut auf diesen Menschen einschlugen, selbst als er längst am Boden lag, ja, sogar als er schon tot war. Mit einem Seufzen entkorkte Eckhard eine Flasche, aus der er Wasser über das Gesicht und den Rumpf des Toten laufen ließ. Geronnenes Blut sickerte in Schlieren über die blasse Haut und wurde vom Waldboden aufgesogen. Neben den verheerenden Wunden wurden gut verheilte Narben sichtbar. Eckhard berührte die alten Wundmale. »Du bist im Krieg gewesen. Wie alt magst du sein? 20? Älter? Deine Haut ist sonnengebräunt, noch jung. Was hat dich zum ehrlosen Meuchelmörder gemacht? Deine Hände …« Er unterdrückte zum ersten Mal ein Würgen, als er erkannte, dass der eine Arm vom Rumpf gehauen war. »Die Hände eines Kriegers, keines Knechts. Obwohl du harte Zeiten hinter dir hast. Hast du dich verdingen müssen? Aber warum zu dieser Arbeit? Es gibt andere Aufgaben für einen jungen Kerl, der ein Schwert führen kann.« Beinahe sanft strich Eckhard dem Toten die dunklen, blutverkrusteten Haarsträhnen aus dem Gesicht und betrachtete das, was von seinen Zügen übrig geblieben war. Er kratzte sich am Hinterkopf. »Ich glaube nicht, dass du ein Söldner bist, ganz sicher bist du kein Bauer, aber welcher Edelmann gibt sich für diese Tat her?«

Er stand auf und klopfte das feuchte Laub von seiner Kutte. Sein Blick wanderte den Baumstamm empor. »Ein Seiltänzer? Einer, der auf solche Bäume kommt und wieder herunter, ohne sich den Hals zu brechen. Und du hast den Weg des Königs gekannt. Woher wusstest du, dass der König hier jagen würde?« Er unterbrach sein leises Selbstgespräch jäh, da ihm bewusst wurde, in welche Richtung seine Gedanken gingen. Ein Mörder aus dem Umfeld des Königs, das würde dem Fürstbischof gar nicht gefallen. Er dachte an die Sorgenfalten auf Salomos Stirn, als Udalrichs Name gefallen war. Ein Mörder aus dem Umfeld des Königs!

»Verflucht!«, hauchte Eckhard und schlug das Kreuz. Er zwängte sich am Baumstamm vorbei ins Unterholz, fand aber keine Spur eines Pferdes oder gar das Pferd selbst. »Denk logisch!«, befahl er sich. »Wie hat Graf Udalrich wissen können, dass jemand dem König auflauert? Er muss etwas gesehen haben. Den Attentäter.« Er schloss die Augen und malte sich das Bild aus. »Aber du wolltest nicht gesehen werden. Deshalb saßest du auf einem Baum. Du wolltest …« Eckhard riss die Augen auf. »Du wolltest nicht springen, denn dir war klar, dass die Männer des Königs dich erwischen würden. Du wolltest leben.«

Auf seinen mageren Wangen entstanden rote Flecken. Mit konzentriertem Gesichtsausdruck schaute er zu dem Baum zurück, als wolle er die Entfernung abschätzen, dann beugte er sich über den Waldboden, den er Schritt für Schritt absuchte. Ein Sonnenstrahl fiel auf einen Gegenstand und ließ ihn aufblitzen. Ohne auf Dornen und Brennnesseln zu achten, riss Eckhard das Gesträuch auseinander und zog vorsichtig ein Messer aus dem Waldboden. Er wischte es an seiner Kutte ab und betrachtete es. Die Klinge war lang und scharf, der Griff mit vergoldeten Metallplatten beschlagen. »Nein, du bist wirklich kein Bauer«, flüsterte er. Noch einmal kehrte er zu dem Toten zurück und ging neben ihm in die Hocke. Als er sich tiefer beugte, fiel ihm ein Beutel auf, der halb unter der Leiche lag. Mit spitzen Fingern zog er ihn hervor, schlug das Messer vorsichtig in dem steifen Leder ein und ließ das Bündel in der Kutte verschwinden.

Er zögerte, dann häufte er ein paar Handvoll Laub auf das Gesicht des Attentäters, schlug das Kreuz und band sein Pferd los.

Als er Stunden später in Konstanz einritt, bemerkte er, dass die Fröhlichkeit, die in den letzten Tagen auf dem Markt geherrscht hatte, einer bedrückten Stimmung gewichen war. Eckhard trieb das Pferd zu schnellerer Gangart an und saß im Hof des Bischofssitzes ab.

»Der Fürstbischof erwartet mich.«

Ein breitschultriger Knecht sah gelangweilt auf. »Da werdet Ihr Euch gedulden müssen. Der Fürstbischof ist beim König. Wichtige Angelegenheiten.« Der Mann verzog das Gesicht. »Na, Ihr wisst ja selbst …«

»Was weiß ich?«

»Na, dass sich die Männer vom König mit denen vom Herzog geprügelt haben.« Der Mann spuckte durch eine Zahnlücke und grinste. »Soll hoch hergegangen sein. Und jetzt sitzen sie da und tun so, als wäre nichts geschehen. Als ob es nicht längst jeder wüsste. He, wo wollt Ihr denn hin?«

»Es ist wichtig!«, rief Eckhard über die Schulter und drängte sich an dem Mann vorbei. »Ich muss sofort zum Fürstbischof!«

»Nicht da lang!«, rief ihm der Knecht nach, »im Speisesaal!«

Ohne auf den Mann zu achten, eilte Eckhard zum Zimmer des Bischofs. Zuerst nahm er das Messer aus seiner Umhüllung und legte es auf den Tisch. Einen Augenblick lang betrachtete er nachdenklich die Tasche mit ihrem ungewöhnlichen gehärteten Deckel, dessen Details unter einer Blutkruste verborgen waren. Kurz dachte er darüber nach, sie mit dem Fingernagel abzukratzen, doch stattdessen ging er zum Fenster. Die eindrucksvolle Fassade des dreigeteilten Münsters vermittelte ihm eine so innige Nähe zu Gott, wie er sie sonst selten spürte. Aber sein inneres Zwiegespräch endete abrupt, als die Tür aufgerissen wurde. Salomo trat ein. Sein Gesicht war gerötet, die Zornesäderchen an den Schläfen traten hervor. »Das darf doch nicht wahr sein, ich …«

»Herr?«

Salomo blieb unvermittelt stehen. »Ach, Eckhard.« Er ließ sich auf einen Stuhl fallen. »Letztlich sind sie alle gleich! Der König beschließt, irgendwo zu nächtigen, und wir dürfen zahlen. Heinrich hat beschlossen, ein paar Tage länger zu bleiben, weil er sein verletztes Bein auskurieren will. Und jetzt habe ich auch noch diesen verdammten Burchard am Hals! Bringst du mir wenigstens gute Nachrichten? Sonst kannst du dich gleich wieder rausscheren!«

Eckhard zeigte auf das Messer. »Ob es gute Nachrichten sind, weiß ich nicht, aber …«

Salomo betrachtete die Waffe mit kurzsichtig zusammengekniffenen Augen. »Wir können wohl davon ausgehen, dass das diesem Verbrecher gehört hat.«

Eckhard nickte. »Ja. Ich denke, der Attentäter hat es geworfen, und Graf Udalrich hat es gesehen, ohne zu wissen, was er gesehen hat. Das erklärt seine prompte Reaktion.«

Salomo schnaubte zufrieden.

Vorsichtig fuhr Eckhard fort: »Eine außergewöhnliche Arbeit, nicht?«

Der Bischof hielt das Messer ein Stück weiter weg und blinzelte. »Ein Wurfmesser.«

»Ja, aber es ist eher der Griff, der mich interessiert. Ich kann mich irren, aber ich denke, er ist aus Knochen, ein Tierknochen, mit Gold verziert. Eine kostbare Waffe.«

Salomo gab den Versuch auf, die Einzelheiten zu erkennen. Er kniff sich in den Nasenrücken und legte das Messer weg. »Hm … was glaubst du, woher stammt es?«

»Nicht aus dieser Gegend.«

»Wie die Spielleute.«

Eckhard sah überrascht auf. »Ja, richtig. Aber woher sollten Gaukler an so eine kostbare Waffe kommen? Und selbst wenn sie sie gestohlen hätten«, er lächelte schief, »würden sie so ein Stück nicht eher zu Geld machen, als es einem König hinterherzuwerfen?«

Salomo schmunzelte. »Da könntest du recht haben. Also, was denkst du? Ich sehe doch genau, dass dir etwas im Kopf herumgeht. Heraus damit!«

Eckhard wich dem Blick des Bischofs aus. »Ungarn«, sagte er schließlich. »Ich glaube, das ist eine ungarische Waffe.« Er zögerte. »Udalrichs Schwert hat einen ähnlichen Griff.«

Salomo ließ ein Stöhnen hören.

Eckhard hob beschwichtigend die Hände. »Jeder, der einmal in Kontakt mit den Ungarn gekommen ist, kann so ein Messer besitzen. Das muss auch dem König klar sein.«

Der Bischof schien ihn gar nicht zu hören. Er kaute auf seiner Unterlippe. »Kein Wort zu Udalrich! Oder zum König!«

Eckhard hob die Augenbrauen.

»Ich muss erst selbst mit dem Grafen sprechen. Er muss seine Haltung ändern, was die Ungarn angeht, aber wenn der König ihm in dieser Situation zusetzt, steigert er sich nur weiter in seinen Trotz. Außerdem habe ich gehört, dass es Wendelgard nicht gut geht.« Er stieß ein Knurren aus. »Hätten sie mit der Zeugung ihres nächsten Sohnes nicht warten können, bis die Ärmste wieder bei Kräften ist?«

»Ich glaube nicht, dass der Akt der Zeugung im Vordergrund stand«, bemerkte Eckhard trocken.

Salomo starrte ihn an, dann brach er in schallendes Gelächter aus. »Ich bin froh, dass du deinen Realismus nicht ganz verloren hast, mein Lieber. Wir sind uns demzufolge einig. Strengstes Stillschweigen, bis ich etwas anderes anordne. Warte noch, am besten nimmst du das Messer mit. Wer weiß, welche Neugierigen sich in dieses Zimmer verirren könnten.«

Eckhard machte eine rasche Bewegung. »Ihr denkt …«

»Gar nichts. Ich denke gar nichts! Und nun geh!«

III

»He, fühlsch dich wohl bei de Ratte, du miese Sau?«

Wulfhard presste die Zähne aufeinander und schwieg.

»Was frisst'n so 'ne Ratte? Alten Fisch?«, grölte ein anderer.

Das Gelächter der Buchhorner antwortete ihm.

»Jedenfalls stinkt er so!«

Wulfhard drehte den Kopf, so gut er konnte, und spähte durch die Ritzen der Bretterwand. Er glaubte, den Schein von Fackeln zu erkennen.

Plötzlich rüttelte jemand an der schweren Tür des Lagerhauses, in das sie ihn vor drei oder vier Tagen gesperrt hatten. »Bring mal a Axt!«

Wulfhard warf sich mit aller Macht nach vorn und riss an seinen Fesseln. »Schlagt nur die Tür ein! Los, worauf wartet ihr?« Er wünschte, seine Stimme hätte weniger brüchig geklungen, aber er konnte sich nicht erinnern, wann er das letzte Mal zu trinken bekommen hatte.

»Lasst gut sein, Leute!«, rief draußen eine jugendlich klingende Stimme.

Das Rütteln hörte auf.

Wulfhard ließ sich gegen die Wand sinken und tastete mit der Zunge über die aufgesprungenen Lippen. Der Schmerz in seinen Gelenken verebbte zu einem dumpfen Pochen.

»Hasch Angst vor morge?«, rief der erste Trunkenbold. »Na, sag schon!“

Wulfhard fühlte, wie rohe Wut jede Vorsicht beiseite spülte. »Wieso? Habt ihr endlich einen Mann gefunden, der mehr Mumm hat als ihr? Falls nicht, ist mir nicht bange vor morgen.« Er lachte heiser. »Das traut sich keiner von euch! Meine Freunde werden euch kriegen!«

»Und was für Freunde solle das sein? Schweine habe keine Freunde!«

Wulfhard presste die Lippen zusammen, er hatte das Gefühl, als ob die Fackeln sich ein Stück zurückzogen. Trotzdem gaben seine Peiniger nicht auf.

»Der Verwalter vom Grafe tut dich in Schtücke haue und de Ratte vorwerfe.«

»He, Wulfhard, ich stell mir das grad vor, wie du morge versuchsch, deine Eingeweide wieder reinzuschtopfe.«

»Genau, pass auf, dass du net drauf ausrutsche tusch!«

Wieder warf Wulfhard sich in hilfloser Wut gegen die Wand des Lagerhauses. Die Bretter erbebten leicht. »Passt ihr lieber auf! Wenn ich hier raus bin, mach ich euch fertig!«

»Du und raus?«

Sie lachten und schlugen sich auf die Schenkel.

Dann verstummte das Lachen plötzlich. Wulfhard richtete sich so gut auf, wie die Stricke an seinen Armen es erlaubten, und lauschte, aber er konnte die getuschelten Worte nicht verstehen. Sein Herz schlug schneller. Verbissen versuchte er sich einzureden, dass es besser war, schnell zu sterben, als noch länger die Ungewissheit zu ertragen. Es funktionierte nicht. Er wollte leben.

»He, Drecksau, du kannsch net rauskomme, aber wir könne rein zu dir. Keine Sorge, wir lasse Reinmar noch g'nug übrig, aber jetzt gebe wir dir erscht mal en kleine Vorgschmack auf das, was dich erwartet. Holt scho' die Axt!«

»Noch kannsch bereue, dass dich gege de Grafe gschtellt hasch! Solle wir de Paffe hole, damit dem sage kannsch, wieso du die Leut vom Gerald umbracht hasch?«

»Hab ich ja nicht!« Wulfhard bäumte sich auf und trat in ohnmächtiger Wut um sich.

»Hat er net!«, höhnte der eine. »Hat sich der Graf da geirrt, Drecksack? Willsch du sage, der Graf lügt?«

»Wie hell isch's denn da drin?«

»Ja, er braucht Licht!«, nahm der Zweite den Gedanken auf.

Unsichere Schritte entfernten sich.

Wulfhard keuchte. Er fühlte, wie der kalte Schweiß über sein Gesicht rann, aber er konnte ihn nicht einmal abwischen. Er drückte sich gegen die Wand in seinem Rücken und ertappte sich dabei, zu beten. »Herr, gib mir die Gelegenheit, diesen Feiglingen entgegenzutreten. Ich gelobe, ich …«

Erneut näherten sich Schritte dem Lagerhaus. Wulfhard brach ab und hielt den Atem an, da der Riegel zurückgeschoben wurde. Die Tür schwang auf, und Fackelschein drang in den fensterlosen Schuppen.

»Da wären wir!« Ein untersetzter, breitschultriger

Mann mit einer rußenden Fackel in der Hand trat ein. Wulfhard konnte seine Gesichtszüge nicht erkennen, aber er erinnerte sich an die Stimme. Es war die, die die Trunkenbolde zur Ordnung gerufen hatte. Er blinzelte gegen die ungewohnte Helligkeit an.

»Keine Dummheiten!«, befahl der Mann und hielt ein Messer ins Licht. Er stieß die Tür ein wenig weiter auf. Leichter Wind wehte, der Himmel war sternenklar, und es duftete nach Herbst. Ein zweiter, größerer Mann, in dem Wulfhard den Wirt des Dorfs zu erkennen glaubte, drängte sich herein. Obwohl Wulfhard wusste, dass es sinnlos war, spannte er seine Muskeln an. Seine Augen waren unverwandt auf das Messer gerichtet.

»Das stinkt ja schlimmer als in einem Schweinestall«, fluchte der Erste. »Los, Hannes.«

Der Wirt holte aus, ein Schwall eiskalten Wassers ergoss sich über Wulfhard.

»Was zum Teufel …!«

Im nächsten Augenblick riss Hannes Wulfhards Kopf in den Nacken, während sein Gefährte sich mit dem Messer über ihn beugte. »Hör auf zu strampeln!«, befahl er gleichgültig. »Das nützt dir sowieso nichts!« Mit ein paar groben Schnitten stutzte er die verfilzten roten Haare und den Bart des Gefangenen. Dann nickte er Hannes zu, der den Rest des Wassers über Wulfhard ausleerte.

»Abgekühlt?«, fragte er mit einem kurzen Auflachen.

Wulfhard spuckte und musterte die beiden Männer aus zusammengekniffenen Augen. Er nickte langsam.

»Lass es uns hinter uns bringen, Eberhard«, murrte

der Wirt. »Ich muss morgen früh raus. Also«, wandte er sich an Wulfhard, »Eberhard wird dich jetzt losschneiden. Wenn du Dummheiten machst, wirst du es bereuen.«

»Ich sag euch, ihr bereut es, wenn ihr mich tötet. Meine …«

»Wir werden dich nicht töten«, unterbrach Eberhard ihn, »das übernimmt ein anderer. Und zwar morgen.« Er ließ ein kurzes humorloses Grinsen aufblitzen, während er Wulfhards rechtes Handgelenk packte und den Strick durchtrennte, der es an einen Balken fesselte. Dann verfuhr er mit seiner linken Hand ebenso. Sekundenlang standen die beiden Männer sich lauernd gegenüber, ehe Wulfhard sich demonstrativ gegen die Wand sinken ließ. Eberhard entspannte sich. Wieder nickte er Hannes zu.

»Zieh die Lumpen aus«, befahl der Wirt, indem er Wulfhard einen sauberen Kittel zuwarf. »Und dann iss. Wir wollen dich doch morgen bei Kräften haben.« Er bückte sich. Wulfhard sah eine Schüssel und nahm den Geruch von Hirsebrei wahr. Sein Magen zog sich zusammen. Misstrauisch starrte er die Schüssel an.

»Jetzt fragst du dich sicher, ob ich schon reingespuckt habe.« Hannes lachte böse, und Eberhard stimmte ein.

»Drecksau!«, murmelte Wulfhard, aber er ging in die Hocke und hob die Schüssel auf.

Hannes machte einen Schritt auf den Gefangenen zu, doch Eberhard packte ihn am Arm und sagte: »Da kommen sie wieder.«

Die drei Männer drehten den Kopf zur Tür, auch Wulfhard, der nicht aufhörte, sich mit den Fingern den faden Brei in den Mund zu stopfen. Fackelschein erleuchtete die Nacht, die plötzlich von lauten Männerstimmen erfüllt war. Bald waren die ersten Wortfetzen zu hören.

»Abfackeln!«

»Nee, ertränken!«

Wulfhard blickte mit einem dreisten Grinsen zu Eberhard und Hannes auf. »Nicht mal in Ruhe essen kann man! Schmeckt übrigens widerlich!«

»Sei froh, dass du überhaupt was kriegst«, knurrte Hannes und stieß mit dem Fuß nach dem Gefangenen. »Reinmar hat es befohlen.«

»Und warum?«

Hannes lachte grob. »Das weißt du nicht? Weil es morgen vorbei ist mit dir. Wir haben Reinmar zum Fronboten gewählt, und er war begeistert, dass er ein Stück Dreck wie dich vom Leben in den Tod befördern darf. Glaub mir, ich werde das Geschäft meines Lebens mit dir machen. Wenn deine Gedärme hervorquellen, wird das Bier nur so fließen. He, Eberhard, halt mal die Fackel höher, ich glaub, jetzt macht er sich in die Hose.«

»Verdammt!« Eberhard drehte sich ungeduldig um. »Die meinen es ernst, Hannes!«

Auf dem Platz zwischen Lagerhaus und Hafen hatten sich sieben oder acht Gestalten versammelt.

»Hannes, Eberhard! Kommt raus! Wir übernehmen jetzt!«

Eberhard zerrte Wulfhard am Kragen hoch und drückte ihm das Messer in den Rücken. »Du isst ruhig weiter!«

»Ach, komm schon, lass mich mit ihnen kämpfen!«

»Nichts da!«

In der Zwischenzeit hatte sich Hannes breitbeinig in die Tür gestellt. »Verschwindet!«, rief er den Männern zu. »Ich gebe eine Runde aus, wenn ihr jetzt sofort in die ›Buche‹ zurückgeht.«

»Nee, Hannes, das tun wir net!«

»Ja, wir wolle den jetzt abmurkse!«

»Und dann, Dietger?« Hannes stieß seine Fackel näher an das Gesicht des Wortführers. Der Mann zuckte mit einem erschrockenen Keuchen zurück. »Ich sag's dir. Dann wird der Graf dich zur Rechenschaft ziehen! Bis zu seinem Tod gehört dieser Mann ihm! Und wir alle dienen dem Haus Buchhorn, oder?«

»Schon, aber der da nicht!«

»Jetzt komm schon«, zischte Wulfhard mit vollem Mund. »Ich zeig's dem Pack!« Er machte eine Bewegung, als wolle er vorwärtsstürzen, aber noch ehe er sie zu Ende geführt hatte, schlang Eberhard ihm von hinten den Arm um die Kehle und verstärkte den Druck des Messers. »Noch eine Bewegung und du bereust es!«

»Was hab ich denn zu verlieren?«, keuchte Wulfhard. »Ich hab keine Angst zu sterben.«

»Heute vielleicht noch nicht, aber schau mal …« Hannes hatte sich zu Wulfhard umgedreht und deutete hinaus auf die Gasse, wo die Menschenmenge sich vor einem Reiter teilte. Der Mann brachte sein Pferd mit einem scharfen Ruck zum Stehen. Im Dunkeln war sein Gesicht nicht zu erkennen, aber seine Stimme übertönte den Lärm mühelos. »Was ist hier los?«

»Das ist Reinmar«, tuschelte Hannes schadenfroh. »Mach dir nichts draus, wenn du sein Gesicht heute nicht siehst, sein Anblick wird das Letzte sein, was du morgen in die Hölle hinübernimmst.«

Wulfhard versuchte sich loszureißen, aber Eberhards Griff war eisern.

»Was geht hier vor?«, wiederholte der Fronbote. »Eberhard! Lass den Mann los! Du sollst ihn bewachen, nicht umbringen!«

»Genau das versuch ich ja!«

»Und ihr!«, wandte Reinmar sich an die Betrunkenen, als habe er den Einwand nicht gehört, »ihr werdet ja wohl bis morgen Mittag warten können!« Er beugte sich tiefer in den Schein der Fackeln, sodass jeder das Lächeln auf seinem Gesicht sehen konnte. »Ich verspreche euch, dass ihr morgen auf eure Kosten kommen werdet!« Sein Blick suchte Wulfhard. »Mit deinen großkotzigen Reden ist es dann auch vorbei, glaub mir!« In Wulfhards Gesicht arbeitete es, aber er schwieg. Sein Mund war wie ausgedörrt. Mit einem befriedigten Nicken richtete Reinmar sich wieder auf. »Und ihr verschwindet jetzt alle! Als Verwalter des Grafen und als euer Fronbote befehle ich euch, euch hier nicht mehr blicken zu lassen. Eberhard wird den Rest der Nacht Wache halten. Wenn mir zu Ohren kommt, dass jemand meine Befehle missachtet hat, werde ich den Schuldigen streng bestrafen! Morgen Mittag werdet ihr eure Hinrichtung bekommen, aber bis dahin steht das Leben des Gefangenen unter meinem Schutz, und das heißt, unter dem Schutz des Grafen!«

»Und wo isch der Graf jetzt? In Konschtanz, oder!«, rief Dietger trotzig.

Reinmar riss das Pferd herum. »Ja und? Er ist euer Herr! Und ihr sorgt dafür, dass ich meine Pflicht erfüllen kann! Ich hoffe, ich habe mich verständlich ausgedrückt!«

Er trieb dem Pferd die Fersen in die Flanken, und sekundenlang war nur das Geräusch der Hufe auf dem festgetretenen Boden zu hören, dann räusperte sich Eberhard. »Ihr habt es gehört, Leute. Zieht ab!«

Zuerst schien es, als ob die Männer Widerstand leisten wollten, endlich spuckte Dietger auf den Boden. »Wie war das mit der Runde, die du ausgeben willsch?«

»Ja, ja«, sagte Hannes ungeduldig. »Ich komme gleich nach. Aber gebt Ruhe.«

»Solange die Drecksau morgen wirklich geschlachtet wird …«

»Dann verschwindet auch das Geschmeiß aus unseren Straßen«, murrte ein anderer. »Verdammte Spielleute!«

Die Männer entfernten sich langsam. Als nur noch ihre Fackeln in der Dunkelheit auf und ab tanzten, gab Eberhard Wulfhards Kehle frei.

Der hustete. Nachdem er sich beruhigt hatte, setzte er wieder sein freches Grinsen auf. »Spielleute – das heißt, es gibt ein richtiges Fest zu meinen Ehren! Da will ich doch nicht fehlen!«

Eberhard musterte seinen Gefangenen von Kopf bis Fuß und zuckte die Achseln. »Lass gut sein, Mann, wir wissen beide, dass du dir vor Angst fast in die Hosen machst. Ist ja auch kein schöner Tod, der dich erwartet.

Du solltest lieber Frieden mit deinem Herrgott machen, solange du kannst. Hannes!«

Die massige Gestalt des Wirtes schob sich durch die Tür. Während er Wulfhard mit einem Druck seiner mächtigen Pranke bedeutete, sich auf den Boden zu setzen, bemerkte er: »Weißt du, Eberhard, mit den Fahrenden hat Dietger schon recht. Das ist ein räuberisches Pack, und ich weine denen auch keine Träne nach, wenn sie fort sind.« Ächzend beugte er sich nieder, zerrte Wulfhard die Arme auf den Rücken und fesselte sie wieder an den Balken. »Kommst du mit in die ›Buche‹?«

»Du hast ja gehört, ich muss hier Wache schieben. Wer weiß, was Dietger und seinen Kumpanen noch einfällt.«

»Wie du meinst. Ich schick dir jemanden mit einem Becher Bier rüber.« Hannes leuchtete Wulfhard mit der Fackel ins Gesicht und lachte. »Mach's gut, Drecksau. Genieß deine letzten Stunden! Wenn du dich sehen könntest! Und so eine armselige Gestalt wollte es mit unserem Grafen aufnehmen!« Kopfschüttelnd verließ er das Lagerhaus, dicht gefolgt von Eberhard. Sekunden später hörte Wulfhard, wie der Riegel vorgeschoben wurde. Er ließ den Kopf auf die Brust sinken und schloss die Augen.

Der Hof des Anwesens lag wie ausgestorben im ersten Licht der Morgensonne. Ab und zu fegte ein Windstoß loses Stroh über den Boden. In den Ställen waren leises

Wiehern und die Stimmen der Stallknechte zu hören. Gudrun stemmte die Fäuste ins Kreuz und streckte sich. Sie liebte diese Zeit des Tages, und seit die Herrschaften mitsamt den Kindern nach Konstanz abgereist waren, konnte sie in aller Ruhe die Stille des Morgens genießen. Die alte Köchin lächelte in sich hinein, als sie an Udalrichs und Wendelgards Kinder dachte. »Wie froh sie waren, nach Hause zu kommen.« Sie erinnerte sich noch lebhaft an die Freudenschreie, als die Jungen und das Mädchen den so lange vermissten Vater wieder vor sich gesehen hatten und ihn und die Mutter umarmen durften.

Sie wandte sich der Küche zu, als ihr ein hochgewachsener junger Mann mit einem Bündel in den Armen entgegenkam. Im ersten Augenblick dachte sie, dass es ihr Sohn war, doch der Mann wirkte größer und noch muskulöser als ihr Eberhard. Seine Haare schimmerten im Licht der Morgensonne in einem dunklen Goldton. Sie blieb stehen und blinzelte dem Ankömmling kurzsichtig entgegen.

»Guten Morgen, Gudrun!«

Ein Lächeln erhellte ihre verwitterten Züge. »Gerald? Bist du das?«

»Ja, ich bin's! Gott zum Gruß, Gudrun.«

»Schön, dich zu sehen. Wie geht es deiner Frau?«

Ein leicht selbstgefälliges Lächeln huschte über das Gesicht des jungen Schmieds. »Bestens, danke. Sie fürchtet sich ein wenig vor den Spielleuten, die gestern hier eingefallen sind, aber sonst geht es ihr blendend.«

Gudrun schnaubte belustigt. »Fridrun? Die fürchtet sich bestimmt nicht. Wieso? Beunruhigen dich diese Leute etwa?«

Gerald schüttelte heftig den Kopf. »Mich? Nein! Aber«, fügte er mit gerunzelter Stirn hinzu, »man sagt, sie stehlen. Wir können nicht noch mehr Ärger im Ort brauchen. Ich habe gehört, Reinmar war gestern bei ihnen in ihrem Lager am Waldrand. Wo steckt er übrigens? Ich bringe ihm das Schwert für die Hinrichtung.« Er klopfte auf das Bündel. »Die Schneide ist frisch geschliffen, aber nicht zu scharf. Die Leute sollen ihren Spaß haben.«

Gudrun trat einen Schritt näher und spähte von unten in Geralds grimmiges Gesicht. »Die Klinge ist dein Teil, zu Wulfhards Tod beizutragen, ja?«

»Wenn du so willst.«

Gudruns Gesicht wurde ernst. »Du willst Rache für deine Eltern. Rache ist nie gut!«

Geralds helles Gesicht rötete sich. »Wulfhard hat jeden Tod verdient, den Reinmar sich für ihn ausdenken kann. Er hat Udalrich verraten und …«

»Die Mörder deiner Eltern gedungen, ich weiß. Wulfhard mag ein schlechter Mensch sein, aber dein Zorn ist sündhaft.«

»Reinmar wird Gottes Willen vollstrecken.«

Gudrun schnalzte mit der Zunge und schüttelte den Kopf. »Ich wünschte, ich wüsste so genau, was Gottes Wille ist. Ich habe euren Fronboten jedenfalls heute noch nicht gesehen. Vielleicht besinnt er sich ja und lehnt es ab, euren Richter zu spielen. Du würdest das ohnehin am liebsten selbst tun, oder? Oder?« Ihre alten Augen musterten Gerald durchdringend.

Der Schmied umklammerte das Schwert unter dem schützenden Tuch fester. »Ja«, stieß er hervor, »am liebsten würde ich ihn selbst töten. Er hat meine Eltern auf dem Gewissen.«

»Die Toten werden nicht mehr lebendig. Aber das musst du mit dem Herrgott ausmachen«, sagte Gudrun und verschwand ohne ein weiteres Wort in der Küche.

Gerald schaute sich im Hof um. Der Turm und die Mauerumgänge wirkten von Weitem weitaus bedrohlicher, als sie aus der Nähe waren. Nach kurzem Zögern wandte er sich dem Gesindehaus zu, das sich an das Haupthaus anschloss. Er winkte eine junge Magd heran, die eben einen vollen Eimer aus der Küche schleppte.

»Gott zum Gruß, Anna. Ich suche Reinmar. Kannst du mir sagen, wo ich ihn finde?«

Das Mädchen wurde rot. »Ich weiß es nicht, wirklich nicht. Vielleicht … vielleicht ist er in seinem Zimmer!« Mit dem Kinn machte sie eine Bewegung nach dem Gesindehaus hinüber. »Am Ende des Ganges.«

Gerald rief ihr einen kurzen Dank nach, doch seine Worte gingen ins Leere. Anna verschwand bereits zwischen den Gebäuden des Anwesens. Kopfschüttelnd sah er ihr nach, ehe er dem angezeigten Weg folgte. Vor der Tür der Kammer blieb er stehen und klopfte. »Reinmar? Ich bin es, Gerald, der Schmied. Ich bringe Euch das Schwert! Reinmar?« Gerald drückte ein Ohr an die Tür, aber in der Kammer regte sich nichts. Er wollte sich gerade abwenden, als er von drinnen ein Scharren, dann einen dumpfen Schlag hörte. Ein unterdrückter Schrei folgte. Gerald handelte, ohne nachzudenken. Er riss die Tür auf und stand mit wenigen Schritten in der Mitte der schmalen Kammer. Überrascht sah er auf einen stämmigen Mann hinunter, der vor einer schweren Holztruhe kniete und leise Schmerzenslaute von sich gab.

»Reinmar …«, der Mann drehte den Kopf, »seid Ihr nicht!«, vollendete Gerald betroffen. »Was macht Ihr hier?«

»Mir ist die verdammte Truhe auf die Hand gefallen!«, schimpfte der Mann und hielt Gerald seine verfärbten Finger entgegen. Er kam stöhnend auf die Füße und klopfte seine Hose ab. »Ihr seid der Schmied, nicht wahr? Gerald? Was macht Ihr hier?«

»Ich suche Reinmar. Und Ihr?«

»Das tue ich auch …«

»In der Truhe?«, unterbrach Gerald ihn argwöhnisch. »Ich denke, Reinmar wird nicht begeistert sein, wenn er erfährt, dass Ihr in seinen Sachen herumgewühlt habt.« Zu seiner Überraschung huschte ein Grinsen über das kantige Gesicht des Mannes.

»Da mögt Ihr recht haben, junger Freund, aber vielleicht ist es nicht ganz so schlimm, wie Ihr denkt. Ich dachte, Ihr kennt mich, aber natürlich seid Ihr erst ein paar Monate in Buchhorn. Ich bin Rigbert, Reinmars Bruder. Ich habe die Oberaufsicht über die Ställe des Grafen.«

»Oh!«

Der Mann klopfte auf seinen Bauch. »Denkt Euch ein

paar Jahre und ein paar Pfunde weg, und Ihr erkennt vielleicht die Familienähnlichkeit. Ihr habt demnach auch keine Ahnung, wo mein kleiner Bruder sich aufhält? Dann sollten wir ihn gemeinsam suchen. Kommt Ihr?«

Etwas überrumpelt ließ Gerald sich von Rigbert aus der Kammer drängen. Im Licht der einfallenden Sonnenstrahlen konnte er gerade noch einen Blick auf das unberührte Bett des Verwalters werfen, ehe die Tür sich schloss.

»Und das ist also das Schwert?«, fragte Rigbert, während er Gerald mit sich zog. »Ich bin überrascht, dass mein kleiner Bruder nicht schon zur Stelle ist. Er ist ja fast geplatzt vor Stolz, nachdem ihr ihn zum Fronboten gemacht habt.«

»In seinem Bett hat er jedenfalls nicht geschlafen.«

Rigbert musterte ihn aus seinen klugen kleinen Augen. »Ach, das habt Ihr gesehen. Nun, das hat nichts zu sagen, mein Bruder ist in vielen Betten zu Hause.« Obwohl er lachte, schien in seinem Tonfall eine gewisse Schärfe mitzuschwingen. Er stieß die Tür zu einem weitläufigen Gebäude auf, und sofort umgab sie der warme Geruch von Pferden.

»Das sind die Ställe!«, entfuhr es Gerald.

Rigbert schlug ihm seine flache Hand ins Kreuz. »Ihr seid wirklich ein guter Beobachter, Schmied«, prustete er. »Ihr glaubt doch nicht, dass ich den ganzen Weg nach Buchhorn zu Fuß gehe.«

»So bin ich hergekommen!«

»Habt Euch nicht so. Ihr seid ein verheirateter Mann,

da werdet Ihr doch eine Stute reiten können! Ich such Euch auch eine zahme heraus!«

Gerald zwang sich, in Rigberts anzügliches Gelächter einzustimmen, während er sich ins Gedächtnis rief, was er über Pferde wusste. Aber im Gegensatz zu seinem alten treuen Wildfang schien jeder dieser Gäule riesig und wild. Mit zusammengebissenen Zähnen machte er sich daran, die braune Stute, zu der Rigbert ihn schob, aufzuzäumen, dabei streichelte er vorsichtig ihren Hals. Das Tier warf den Kopf zurück und bleckte die Zähne.

Gerald machte einen Satz rückwärts und wäre fast gegen Rigbert gestolpert, der ihn belustigt beobachtete.

»Ich seh schon, Ihr seid kein Reitersmann«, grinste der Stallmeister und zog die Braune und sein eigenes Pferd hinter sich her ins Freie. »Steigt auf, ich halte sie!«, befahl er Gerald. »Ich hoffe nur, das hier taugt mehr!« Er reichte dem Schmied das Schwert hinauf.

Gerald brachte nur ein Nicken zustande. Er fühlte, dass sein Gesicht vor Ärger und Scham brannte. »Wohin?«, fragte er kurz.

»Ins Dorf. Mal sehen, wo mein lieber Bruder die Nacht verbracht hat.«

»Vielleicht gab es Ärger mit dem Gefangenen.«

»Vielleicht auch nicht«, gab Rigbert trocken zurück und trieb sein Pferd an.

Eine Weile ritten sie schweigend, und Gerald hatte alle Mühe, sich im Sattel zu halten, doch plötzlich zügelte Rigbert sein Tier. »Hört Ihr das?«

»Stimmen!«, sagte Gerald, nachdem er eine Weile

gelauscht hatte. »Sie kommen aus Buchhorn. Hoffentlich ist nichts passiert.« Unbeholfen ließ er sich aus dem Sattel fallen und machte ein paar vorsichtige Schritte, als die ersten Gestalten zwischen den Bäumen auftauchten. Er hob die Hand. »Eberhard! Hannes!«

»Gerald!« Mit großen Schritten kamen die beiden auf ihn zu. »Gut, dass du da bist. Wir suchen Reinmar! Es gibt wieder Ärger!«

Gerald unterdrückte einen Fluch. »Demnach ist er also nicht bei euch? Wir …«, er machte eine flüchtige Geste zu Rigbert hinüber, der die beiden Pferde an einen Baum band, »…suchen ihn auch schon.«

Eberhard und Hannes schüttelten gleichzeitig die Köpfe. »Das ist nicht gut!«

»Wulfhard?«

Eberhard verzog das Gesicht. »Natürlich. Gestern wollten Dietger und seine Freunde Reinmar die Arbeit schon abnehmen, da ist Reinmar eingeschritten, und heute Morgen …«

»Ja?«, drängte Gerald.

»Nun, Wulfhard scheint endlich begriffen zu haben, dass er bald vor seinem Richter steht, jedenfalls brüllt er jetzt abwechselnd nach dem Pfaffen, stößt wilde Drohungen aus und gebärdet sich wie ein Wahnsinniger. Ganz Buchhorn ist auf den Beinen. Die Stimmung ist … sagen wir vorsichtig: aufgeheizt!«

»Verdammt! Und gestern Nacht war Reinmar noch da?«

»Gesund und munter.«

Gerald und Rigbert tauschten einen Blick. Der Stallmeister öffnete den Mund, aber Gerald kam ihm zuvor: »Gut! Eberhard, du kümmerst dich weiter um die Bewachung des Gefangenen. Schick uns auch noch ein paar Männer vorbei, die nicht ganz den Kopf verloren haben, damit sie uns bei der Suche helfen. Vielleicht ist Reinmars Pferd vom Weg abgekommen, oder er hatte einen Unfall.«

»Oder sitzt besoffen in der Schenke!«, brummte Rigbert.

Gerald achtete nicht auf ihn. »Verteilt euch!«, befahl er. »Wir müssen Reinmar so schnell wie möglich finden!«

»Lasst mich raus! Ihr könnt mich nicht töten! Ich habe wichtige Informationen für den Grafen!« Wulfhard stemmte die Füße in den Boden und warf sich nach vorne. Die Stricke gruben sich noch tiefer in seine Handgelenke. Er glaubte zu spüren, wie ihm das Blut über die Handrücken lief. Von draußen drangen Spott und Gelächter der Menschen zu ihm herein, aber er konnte sich nicht zügeln. Zu lange hatte er schweigend zugesehen, wie sich das Licht, das durch die Ritzen zu ihm hereinkroch, verfärbte, wie die Nacht von schwarz zu grau, der Tag von rosa zu gold wurde. Sein letzter Tag. »Ihr begeht einen großen Fehler! Ich warne euch, ihr dummen Bauern!«, brüllte er.

Eine neue Lachsalve beantwortete seine sinnlosen Drohungen. »He, Drecksack! Kriegschs jetzt mit der Angscht?«, rief einer.

Wulfhard glaubte, die Stimme wiederzuerkennen.

»Ja, bald ischs soweit«, kreischte eine Frau. »Wenn der Pfaffe zwölfe ruft!«

»Zwölfe, zwölfe, zwölfe!«, schallte es zur Antwort aus Frauen-, Männer- und Kinderkehlen.

»Dreckspack!«, schrie Wulfhard. »Ich will mit dem Grafen reden.«

»Mit Gott zu reden, daran tätsch gut!«

»Lasst mich hier raus!« Wulfhard fühlte, wie nackte Panik ihn schüttelte. »Meine Freunde werden euch nicht davonkommen lassen!«

»Freunde? Du? Dass ich net lach!«

Schritte kamen näher. Wulfhard konnte Schatten erkennen. Wahrscheinlich versuchten sie, durch die Spalten zwischen den Brettern zu spähen, um einen Blick auf ihn zu erhaschen wie auf ein wildes Tier. Er warf sich gegen die Wand. »Ihr werdet schon sehen!«

»Hole wir'n raus und schtelle ihn auf'm Kirchplatz auf.«

»Gute Idee!«

»In Gottes Namen! Lasst den Mann in Ruhe!«, donnerte plötzlich eine Stimme. Auf dem Platz wurde es schlagartig still. Wulfhard verfluchte Hannes und seine straffen Knoten, während er versuchte, Kopf und Schultern zu drehen.

»Geht nach Hause oder zu eurer Arbeit!«, rief die gleiche Stimme. »Noch hat die Stunde dieses Mannes nicht geschlagen.«

»Aber für eine Beichte wird es auch nicht mehr reichen«,

johlte ein junger Bursche. »Nicht bei dem, was der Kerl auf dem Kerbholz hat!«

»Beichte?«, flüsterte Wulfhard. »Das muss der Pfaffe sein! He da! Ich will meine Sünden beichten. Bei Gott, das will ich!«

»Ich höre!« Die Stimme klang jetzt leiser und näher. Wulfhard konnte sich den Priester beinahe vorstellen, wie er sich von Christenpflicht durchdrungen zu ihm niederbeugte.

Am liebsten hätte er ausgespuckt, aber sein Mund war zu trocken. »Nein, in der Kirche.«

»Wenn du wirklich bereust, macht die Umgebung keinen Unterschied«, bemerkte die Stimme nüchtern. »Ich werde die Leute wegschicken, dann kannst du deine Seele erleichtern.« Er wandte sich wieder an die Menge: »Ihr habt es gehört. Verlasst uns in Gottes Namen. Um zwölf wird dieser Mann gerichtet, nicht eher!«

Die Leute murrten, zogen sich aber langsam zurück, danach hörte Wulfhard erneut die Stimme des Pfaffen. »Wir sind jetzt allein, Wulfhard. Beichte!«

»Leck mich!«

Der Pfaffe seufzte. »Ja, das dachte ich mir. Du bist ein gottloser Mensch. Aber bedenke, dass dies deine letzte Gelegenheit ist, Frieden mit deinem Schöpfer zu schließen.«

»Und was hat dieser Schöpfer jemals für mich getan?« Wulfhard ballte die Hände zu Fäusten. »Was ich heute bin, bin ich, weil ich für mich selbst gesorgt habe. Gott hat sich nie um mich gekümmert.«

»Und wo bist du heute?«, fragte der Pfaffe ernst.

»Verpiss dich!«, knirschte Wulfhard.

Der Pfaffe richtete sich auf. »Wie du willst. Aber du solltest beten. Dir bleibt nicht mehr viel Zeit.«

Er wartete noch eine Weile, aber als aus dem Lagerhaus nur trotziges Schweigen kam, entfernte er sich langsam und gesellte sich zu Eberhard und einem alten Fischer.

»Ich dachte wirklich, er hätte mehr Mumm«, brummte Eberhard verächtlich. Der Alte zuckte nur die Achseln und beobachtete seinen Enkel, der sich dem Lagerhaus bis auf wenige Schritte genähert hatte. Aus seinen Augen strahlte die Abenteuerlust. Er schien hin- und hergerissen zwischen seiner Scheu und dem Wunsch, einen Blick auf den Verurteilten zu werfen.

»Komm, wir müssen noch die Netze flicken, die der Wels zerrissen hat.«

Der Kleine zog eine Schnute. »Aber heute Mittag kommen wir wieder her, nicht wahr? Wird er in Ketten sein? Warum hat der Pfaffe die Leute weggeschickt, Großvater? Er ist doch ein Mörder, oder?«

»Ja, aber es muss alles seinen rechten Gang nehmen, sonst sind wir nicht besser als er.«

Der Pfaffe und der Fischer tauschten ein Lächeln, während der kleine Junge ernsthaft nickte. »Aber warum ist der Mann böse, wenn Gott auch für ihn da ist?«

»Weil der Teufel in ihm ist«, antwortete der Pfaffe und strich dem Jungen über das wirre Haar.

»Fährt der Teufel aus ihm raus, wenn der Fronbote ihn nachher aufschlitzt?«

Die beiden Männer lachten. »Ja, aber du kannst den Teufel nicht sehen. Und jetzt hilf deinem Großvater bei der Arbeit.«

Der Junge nickte. »Heute Morgen hat ein Wels Vaters bestes Netz zerrissen. Ich hab es selbst nicht gesehen, aber ein paar der Fischer haben es erzählt«, berichtete er mit leuchtenden Augen. »Der Wels hat getobt wie der Mann da!«

»Dann danke Gott, dass er deinen Vater beschützt hat. Und nun lauf!«, sagte der Pfaffe und schob den Jungen sanft zu seinem Großvater. Mit einem letzten Blick auf den Schuppen schlug er das Kreuz und machte sich auf den Weg zur Leutkirche.

Der Junge zupfte den alten Mann am Ärmel. »Was brauchst du, Großvater?«

»Ein paar Steine, mit denen ich das Netz beschweren kann. Dann sehe ich die schadhaften Stellen.«

»Ich hol welche!«, rief der Junge und stob davon.

Sekundenlang sah der Alte ihm mit einem liebevollen Schmunzeln nach, ehe er zum Ufer ging und das Netz auf dem groben Kies ausbreitete. Er seufzte. Es würde nicht leicht sein, es noch zu flicken. Es war wohl Glück im Unglück. Der Pfaffe hatte recht, der Fisch hätte seinen Sohn leicht in den Tod reißen können. Der alte Mann richtete sich auf und schaute auf das Wasser hinaus. Der Bodensee schimmerte im Licht der Vormittagssonne, und in der Ferne waren die ersten Boote zu erkennen, die den Fang heimbrachten. Grüßend hob er die Hand.

In dieser Sekunde gellte ein Schrei durch die friedliche

Stille. Der alte Fischer fuhr herum und sah, wie sein Enkel kreidebleich auf ihn zurannte.

»Junge, was ist passiert? Was hast du?«

Das Kind deutete hinter sich und schluchzte.

»Nichts?«

Hannes schüttelte den Kopf. »Weit und breit keine Spur. Und bald ist Mittag!«

»Ich sag doch, dass wir im Dorf suchen sollten. Irgendwo ist mein werter Bruder schon untergekrochen.« Rigbert lächelte säuerlich.

Hannes warf Gerald einen fragenden Blick zu, während er die Männer heranwinkte, die in kleinen Gruppen aus dem Wald kamen. Auf allen Gesichtern lag Anspannung und Ratlosigkeit.

»Was sagen die Spielleute?«, fragte Gerald.

»Die wollen natürlich nichts gesehen haben. Aber etwas Verdächtiges haben wir auch nicht bemerkt.« Es schien beinahe, als sei der Mann enttäuscht.

Gerald kaute auf seiner Unterlippe herum, endlich gab er sich einen Ruck. »Ich glaube zwar nicht, dass Reinmar sich betrunken hat, aber mir fällt auch nichts anderes ein, als nach Buchhorn zurückzukehren. Rigbert und ich werden …«, er unterdrückte einen Seufzer, »vorausreiten, die anderen kommen nach. Und haltet weiter die Augen offen.« Gerald fasste die Mähne der Braunen und kletterte unbeholfen in den Sattel. Als er aufrecht saß und die Zügel umklammerte, hörte er Rigberts spöttisches Räuspern. »Was ist?«

»Die Rolle des Befehlshabers füllt Ihr ja schon ganz gut aus, junger Mann. Vielleicht solltet Ihr darüber nachdenken, Euch ein Pferd zuzulegen. Nicht den alten Klepper Eures Vaters, einen richtigen Gaul, der etwas hermacht.«

»Kein Geld!«, antwortete Gerald kurz.

»Oh, mit dem Preis könnte ich Euch entgegenkommen, wenn es nur daran liegt. Ich habe da meine Kontakte. Nun, was meint Ihr?«

»Dass das im Moment meine geringste Sorge ist. Reitet Ihr voraus, Rigbert, dieser verdammte Gaul tut eher das, was Ihr macht, als was ich von ihm möchte.«

Rigbert lachte und lenkte sein Pferd an Gerald vorbei. Einige Zeit später sahen sie die Umrisse der ersten Hütten vor sich. Geralds Unbehagen verdichtete sich zu einem Gefühl von Angst. »Wo sind die nur alle?«, fragte er. Aus den verlassenen Gassen antwortete gespenstische Reglosigkeit.

»Hör doch hin, die stimmen sich auf die Hinrichtung ein. Und wahrscheinlich ist Reinmar längst da!« Rigbert machte eine Kopfbewegung nach vorne.

»Zwölfe, zwölfe, zwölfe!« Die Rufe der Leute wurden lauter, je näher sie kamen.

»Schneller!«, befahl Gerald, während er sich über den Hals des Pferdes beugte, um so besser das Gleichgewicht zu halten. Doch weiter kam er nicht. Die Gasse, die zum See führte, war von Menschen verstopft. Rigbert schwang sich aus dem Sattel und warf einem Jungen die Zügel zu.

Dann bahnte er sich seinen Weg durch die Menge, die unentwegt »zwölfe, zwölfe« skandierte. Gerald drängte sich an seine Seite. »Wo ist Reinmar? Und was macht der Pfaffe da?«

Er starrte den schmächtigen Mann an, der mit ausgebreiteten Armen vor dem Lagerhaus stand. Seine Lippen bewegten sich, doch was er sagte, wurde von dem wütenden Sprechchor verschluckt. An seiner Seite stand Eberhard mit entblößtem Schwert und verkniffenem Gesicht. Er stieß die letzten Schreihälse beiseite und rannte auf den jungen Kriegsknecht zu. »Verdammt, Eberhard, was ist hier passiert? Wo ist Reinmar? Warum sorgt er nicht für Ordnung?«

Eine Mischung aus Erleichterung, Wut und Entsetzen zog in rascher Folge über Eberhards Gesicht. »Gott sei Dank, dass du da bist. Reinmar ist tot!«

Gerald wurde blass. »Tot?«, wiederholte er.

»Ja, tot!«, schrie eine Frau aus der Menge. »Und wir wissen, wer es war. Die Freunde von dem Saukerl da drin!«

Gerald drehte sich verwundert zu Eberhard um. »Freunde von Wulfhard?«

Der Kriegsknecht zuckte die Achseln. »Wulfhard hat in den letzten Tagen immer wieder gedroht, dass seine Freunde ihm helfen werden. Ich hab ja bisher nichts auf das Geschwätz gegeben, aber nun …« Er machte ein hilfloses Gesicht und brach ab.

Gerald presste die Lippen aufeinander. Er warf einen raschen Blick auf Rigbert, der mit versteinertem Gesicht dastand und auf den Boden stierte. Die Adern in seiner Stirn pulsierten.

»Wo ist Reinmar?«

»Unten am See. Ein Fischerjunge hat die Leiche gefunden. Wir haben sie nicht hergebracht, weil … weil …« Hilflos rang Eberhard nach Worten.

Gerald schüttelte ungeduldig den Kopf. »Und er?« Er zeigte auf Wulfhards Gefängnis. »Weiß er, was passiert ist?«

»Dass Reinmar tot ist, meinst du? Keine Ahnung, was man da drin hören kann. Wieso?«

»Weil er es gleich erfahren wird«, zischte Gerald. »Und dann werden wir ja sehen, wie er reagiert. Rigbert, wollt Ihr dabei sein?«

Der ältere Mann schien aus einer Trance zu erwachen. Er hob den Kopf, blinzelte und nickte. Sein Gesicht sah aus, als habe er immer noch nicht ganz begriffen, was passiert war.

Gerald schob den Pfaffen beiseite und betrat das Lagerhaus. Er brauchte eine Weile, ehe er sich an das matte Dämmerlicht gewöhnt hatte. Aus den Augenwinkeln sah er eine Bewegung. Er drehte sich um und erkannte den Gefangenen. Mit ein paar Schritten war der Schmied bei ihm, packte ihn und riss ihn hoch, so weit der Strick, der Wulfhards Hände an den Balken fesselte, es erlaubte. »Nun gut! Wer sind deine Freunde? Rede!«

Zuerst glaubte Gerald, echte Fassungslosigkeit in dem zerschlagenen, abgemagerten Gesicht zu erkennen, dann erschien ein kaltes Funkeln in Wulfhards Augen. »Welche Freunde?«

»Die, mit denen du dich dauernd brüstest. Hör zu, Reinmar ist ermordet worden! Wenn es jemand war, den du kennst, hast du noch ein Menschenleben auf dem Gewissen. Hast du geglaubt, dass dich das rettet?« Er ließ Wulfhard auf den Boden fallen und durchtrennte den Strick, der ihn an den Balken fesselte. »Auf die Füße, du Mörder. Du sollst dir dein neues Opfer mit eigenen Augen ansehen.«

»Da raus?« Wulfhard wich zurück. »Die reißen mich in Stücke.«

Gerald packte ihn an der Schulter und stieß ihn vorwärts. »Vielleicht. Und ich werde dir keine Träne nachweinen. Oder willst du erst mit ihm abrechnen, Rigbert?«

Der Stallmeister warf Gerald aus geröteten Augen einen seltsamen Blick zu und schüttelte den Kopf.

»Dann los.«

Die Menge empfing die drei mit einem wüsten Gemisch aus Flüchen und Beschimpfungen.

»Ruhe!«, brüllte Gerald. In seinem Gesicht war ein Ausdruck, der die Menschen dazu bewog, leiser zu werden. »Ich bringe diesen Mann jetzt zu Reinmar. Vielleicht überzeugt ihn das davon, sein neues Verbrechen zu gestehen.«

»Die Wunden des Toten werden wieder aufbrechen!«, rief eine vereinzelte Stimme aus der Menge.

Gerald packte Wulfhard am Ellenbogen und zerrte ihn vorwärts. Der Gefangene hatte jede Gegenwehr aufgegeben. Im grellen Licht bot er einen beinahe erbarmungswürdigen Anblick. Der Kittel, den er trug, war bereits wieder verschmutzt, und er schien Mühe zu haben, sich aufrecht zu halten. Gerald dachte an seine Eltern, und der Hass drohte ihn zu überwältigen. Hastig wandte er das Gesicht ab und konzentrierte sich auf die kleine Gruppe, die in der Bucht wie erstarrt wartete. Ein Ruck ging durch Gerald, als er das blonde Haar einer Frau im Sonnenlicht glänzen sah. Sie hatte die Arme um einen kleinen Jungen gelegt und redete beruhigend auf ihn ein. Er überließ Wulfhard der Aufsicht von Eberhard und Rigbert und beschleunigte seinen Schritt. »Fridrun!«

Die Frau hob den Kopf. Ein klägliches Lächeln zog über ihr Gesicht. »Gerald! Ich habe so gehofft, dass du kommen würdest. Es ist schrecklich!« Sie stand auf, ohne die Hand des kleinen Jungen loszulassen, und machte ein paar Schritte auf ihren Mann zu.

»Ist das der Junge, der Reinmar gefunden hat?«

Fridruns Lächeln erstarb. Sie nickte.

»Dann erzähl. Was hast du gesehen? Und wo ist der Tote?«

Das Kind zog die Nase hoch und deutete mit der Hand zum Ufer. »Da, beim Boot! Ich wollte den Stein da anheben, dann hab ich Blut gesehen und dann …« Seine Unterlippe begann zu beben.

Mit verärgertem Gesicht zog Fridrun den Kleinen an sich und streichelte seine nassen Wangen. »Schon gut!«, flüsterte sie. »Du musst nicht noch einmal hingehen! Gerald, er …«

Aber Gerald hatte sich schon abgewandt. Die Menschen wichen scheu auseinander, um ihn durchzulassen. Langsam trat er näher. Zuerst sah er nur die blutbefleckten Steine und das umgedrehte Boot. Er hob es an und prallte zurück.

»Gott, erbarme dich seiner Seele«, flüsterte der Pfaffe und verstummte.

Fassungslos starrte Gerald auf die verstümmelte Leiche des Verwalters. Reinmar war mit einer scharfen Waffe der Brustkorb bis zum Unterleib aufgeschlitzt worden, Fliegen summten über den hervorquellenden Gedärmen.

»Wer schneidet einem Mann den Schwanz ab?«, flüsterte Eberhard rau. Seiner Stimme war anzuhören, dass er nur mit Mühe ein Würgen unterdrückte.

Gerald fuhr sich mit beiden Händen über das Gesicht, und gab Wulfhard einen Stoß. »Sag du es uns!«

Wulfhard starrte erst ihn an, daraufhin die Leiche und schüttelte den Kopf. »Du musst verrückt sein, wenn du mir das zutraust.«

»Nicht dir, das weiß ich selbst, aber was ist mit deinen Freunden?«

Wulfhard lachte kurz auf. »Du solltest am besten wissen, dass ich keine Freunde habe!«

Gerald musterte ihn wütend, dann beugte er sich wieder über die Leiche. Beim Anblick des schmutzverkrusteten Gesichtes stutzte er. »Was hat er für ein Zeichen auf der Stirn?«

»Sieht aus wie 'ne Raute oder so.« Eberhard beugte sich tiefer. »Kann aber auch einfach eine Messerwunde sein.«

»Vielleicht!« Gerald merkte kaum, dass Fridrun an

seine Seite trat. Erst als sie ihm die Hand auf die Schulter legte, sah er sie an. »Was ist?«

»Die Leute warten auf eine Entscheidung. Was soll jetzt passieren?« Ihr Blick streifte Wulfhard. Hastig wandte sie das Gesicht ab.

Erst jetzt fiel Gerald auf, wie still es geworden war. Er hob den Kopf und schaute in besorgte, erwartungsvolle Gesichter. »Ich … der Graf muss davon erfahren«, sagte er langsam. »Und wir brauchen einen neuen Fronboten. Rigbert, habt Ihr eine Ahnung, wo Euer Bruder die Nacht verbracht haben kann?«

»Nein!«

»Aber Ihr sagtet doch …«

»Weiß ich, mit welcher Schlampe er das Lager geteilt hat? Ich muss zurück an meine Arbeit. Eines der Pferde ist krank. Darum muss ich mich kümmern. Aber dass ihr mir den da nicht ohne mich hinrichtet!«, setzte er hinzu und drehte sich schroff um.

Gerald sah ihm mit offenem Mund nach, ehe er sich wieder den anderen zuwandte. »Ihr habt es gehört. Ich schlage vor, dass wir heute noch eine Versammlung einberufen, auf der wir alles Weitere besprechen. Die Hinrichtung ist …«, seine Stimme klang heiser, »vorerst aufgeschoben.«

Wulfhard gab sich keine Mühe, ein Grinsen zu unterdrücken, als er das wütende Murmeln hörte, das Geralds Worte auslösten. Der Schmied brachte sein Gesicht näher an Wulfhards. »Dann stirbst du eben morgen. Oder den Tag danach. Aber du stirbst, das schwöre ich dir!«

Wulfhard zuckte mit den Schultern. »Sterben müssen wir alle. Krieg ich ein Bier zur Feier des Tages?«

Ohne nachzudenken, versetzte Gerald dem Gefangenen einen Schlag in den Magen. »Das kriegst du! Bringt ihn zurück ins Lagerhaus und bindet ihn gut fest. Und deckt den Toten hier zu! Können wir die Versammlung in Eurer Kirche abhalten?«

Der Pfaffe nickte. »Das ist eine gute Idee. Womöglich wird das die Gemüter etwas beruhigen. Es gibt derzeit zu viel Hass in Buchhorn. Vielleicht sollten wir einen Boten nach Konstanz schicken. Zum Grafen und zum Fürstbischof. Die sollten Rat wissen.«

»Vielleicht. Aber erst einmal hätte ich selbst gern noch ein paar Fragen beantwortet.« Gerald blickte ins Leere, schließlich riss er sich zusammen. »Und dann brauchen wir einen neuen Fronboten. Damit diese Sache endlich zu Ende gebracht wird! Ich habe das Richtschwert dabei!«

»Aber er hat recht«, sagte Fridrun leise und wechselte einen Blick mit dem Pfaffen. »Reinmars Tod hat alles verändert. Der Graf wird wissen wollen, ob Wulfhard wirklich für den Tod seines Verwalters verantwortlich ist.«

Gerald schüttelte ungeduldig den Kopf. »Unsinn! Der Mord zeigt nur, dass dieses Schwein auch im Gefängnis gefährlich ist.«

»Hoffentlich hast du recht, Gerald.«

»Bestimmt!« Er wollte seine Frau auf die Wange küssen, aber sie entzog sich ihm.

IV

»Es liegt bei Gott, zu vergeben! Gottgefällig ist es, wenn wir unsere schwachen menschlichen Kräfte für Recht und Gerechtigkeit einsetzen. Aufwiegelei und Rachsucht jedoch ist Gott ein Gräuel, und die, die den Hass im Herzen tragen, können nicht von sich sagen, dass sie Gottes Werk tun.« Der Pfaffe machte eine bedeutsame Pause, und einen Herzschlag lang glaubte Gerald, die ernsten braunen Augen auf sich zu spüren. Allerdings bemerkte er auch, dass er nicht der Einzige war, der sich von den Worten getroffen fühlte. Dietger rutschte auf seinem Sitz hin und her, während Rigbert noch immer ins Leere starrte, als suche er in der Maserung der dunklen Holzwände Antworten.

»Und deshalb«, rief der Pfaffe, indem er beschwörend die Arme ausbreitete, »will ich, dass ihr eure Herzen prüft, ob ihr nicht zu jenen Verblendeten gehört. Bedenkt, wer von euch die Hand gegen Wulfhard erhebt, ohne von der Gemeinschaft beauftragt worden zu sein, ist ein Mörder und lädt schwere Sünde auf sein Haupt. Da mit Reinmar der Fronbote gestorben ist, bestimmt jetzt einen Mann, der seine Nachfolge antreten soll. Er muss gottesfürchtig und gesetzestreu sein und sich nicht von blindem Eifer leiten lassen.« Wieder machte er eine Pause. Als er fortfuhr, klang seine Stimme sehr ernst: »Auch nicht den Spielleuten gegenüber, die derzeit am Dorfrand ihr Lager aufgeschlagen haben. Ja, ich sehe es euch an, dass ihr sie am liebsten wieder fortjagen wollt. Sie sind nicht sesshaft, sie haben kein Haus, sie üben kein ehrenvolles Handwerk aus, und doch sind sie Gottes Kinder wie ihr!«

Leise anschwellendes Raunen erfüllte die Kirche, als der Pfaffe geendet hatte. Hannes beugte sich zu Gerald und raunte ihm zu: »Schau dir mal Dietger an. Der platzt gleich vor Wut. Fronbote wird der nur über meine Leiche!«

Gerald nickte nur. Er legte den Kopf in den Nacken und betrachtete die Decke. Die Dachgiebel wirkten stabil genug, um eine Glocke zu tragen, zumal das Mittelschiff von festen Querbalken aus Eiche verstärkt wurde, aber ob sie auch eine geschmiedete Glocke aushielten, bezweifelte er.

»Es müsste ein richtiger Glockenturm gebaut werden, am besten aus Stein, genau da, hinter dem großen Kreuz.«

Hannes warf ihm einen schrägen Blick zu. »Wovon faselst du da?«

»Ich habe mich mit dem Pfaffen neulich darüber unterhalten, dass immer mehr Kirchen aus Stein gebaut werden und eine Glocke haben. Er dachte …«

»Vergiss das jetzt!«, fuhr Hannes empört auf. »Hier geht es nicht um eine Glocke, hier geht es um Wulfhard. Du hast doch selbst gesagt, dass du ihn tot sehen möchtest. Also …« Er gab dem Schmied einen Stoß in die Rippen.

»Ich bin nicht der richtige Mann für das Amt des Fronboten. Du hast selbst gehört, was der Pfaffe gesagt hat. Wir dürfen nicht aus Rachsucht töten. Und alles, woran ich denken kann, wenn ich dieses Schwein sehe, sind die blutigen Leichen meiner Eltern. Ich darf das Amt nicht annehmen.«

»Aber du wärst der richtige Mann für uns. Wer soll es denn sonst machen? Dietger etwa?« Hannes verzog spöttisch den Mund.

In diesem Augenblick hob Rigbert den Kopf. »Ich würde einer Wahl des Schmieds zustimmen«, sagte er laut. Das Gemurmel verebbte. Da er sich der allgemeinen Aufmerksamkeit sicher war, huschte ein Abglanz seines alten Grinsens über sein strenges Gesicht. »Natürlich weiß ich nicht, ob Ihr ein Schwert nur zu schmieden, nicht aber zu führen wisst. Kriegserprobt seid Ihr ja nicht.«

Gerald schoss das Blut in die Wangen. »Vor allem gehört die Zustimmung des Grafen dazu. Er hat uns zwar gestattet, dass wir nach altem Brauch einen Fronboten wählen, aber jedem von uns war klar, dass er die Wahl seines eigenen Verwalters billigen würde.«

»Aber mit dem Tod meines Bruders ist diese Wahl nun einmal hinfällig«, wandte Rigbert ein, »und ich als sein nächster Verwandter halte Euch für geeignet.«

»Warum macht Ihr es nicht?«, fragte Gerald scharf. »Ihr wart schließlich im Krieg.« Die Betonung auf dem ›Ihr‹ hing drohend zwischen den beiden Männern.

Rigberts Gesicht verfärbte sich dunkler. »Ich habe andere Sorgen!«

»Moment!« Dietger sprang auf die Füße und verschränkte die Arme vor der Brust. »Bloß weil ich mit meine Biene am Dorfrand lebe tu, bin ich net weniger wert als der da! Dein Gschäft isch net besser als meins, Schmied.«

»Aber darum geht es doch gar nicht!«

»Doch, Hannes, da drum geht's!«

Der Wirt verdrehte die Augen und setzte zu einer scharfen Entgegnung an, da hob der Pfaffe die Hand. »Keinen Streit in meiner Kirche! Ich schlage vor, ihr lasst euch die Sache daheim mit kaltem Blut durch den Kopf gehen. Der, auf den morgen die Wahl der Gemeinschaft fällt, wird Reinmars Pflichten als Fronbote übernehmen und Wulfhard hinrichten. Geht mit Gott!«

»Das war ein Rausschmiss«, tuschelte Hannes mit einem Schmunzeln und erhob sich. Auch die anderen Männer drängten ins Freie.

Auf dem Platz vor der Kirche hielt Rigbert Gerald am Arm fest. »Ich wollte Euch mit der Bemerkung über den Krieg nicht verärgern, Schmied. Aber ich verstehe Eure Zurückhaltung nicht. Ihr hasst diesen Wulfhard doch mehr als jeder andere.«

»Eben!« Gerald drehte sich zur Kirche um und deutete auf den kreuzbewehrten Giebel. »Siehst du«, erläuterte er Hannes, »das Dach würde beim ersten Glockenschlag in sich zusammenfallen.«

»Wovon redet der Mann?«, schnaubte Rigbert.

»Davon, dass er nicht zur Verfügung steht«, seufzte Hannes. »Ist doch so?«

»Ja, ich tauge nicht zum Fronboten oder Richter oder wie auch immer.« Plötzlich fuhr Gerald zu den beiden herum. »Verdammt, ich rede über diesen Glockenturm, weil mich der Gedanke, dass Wulfhard immer noch atmet, wahnsinnig macht. Heute Morgen hab ich Reinmar noch um die Ehre beneidet, ihn abzuschlachten. Aber ich möchte seinetwegen keine Sünde auf mich laden! Das ist er nicht wert!«

»Und Eure Eltern, sind sie das nicht wert?«, fragte Rigbert.

Hannes machte einen raschen Schritt vorwärts, aber Gerald stieß ihn beiseite. »Und Euer Bruder?«, presste er hervor. »Wulfhard ist an seinem Tod ebenso schuld wie an dem meiner Eltern. Tötet Ihr ihn!«

»Ich werde auf dem Anwesen des Grafen gebraucht! Jetzt mehr als vorher. Überdenkt es. Ihr findet mich bei den Pferden.« Rigbert stakste davon.

Hannes schob die Daumen in den Gürtel und sah ihm nach. »Armer Kerl! Das mit Reinmar macht ihn fertig. Den eigenen Bruder so grauenhaft verstümmelt zu sehen, das kann einen Mann arg mitnehmen.«

»Aber gerade dafür ist er viel zu ruhig, finde ich!«

»Ach Gerald, es kann nicht jeder ein junger Hitzkopf sein!«

»Wie ich?« Der Schmied bedachte Hannes mit einem schiefen Lächeln.

Der Wirt erwiderte es erleichtert.

»Trotzdem«, sagte Gerald nach einer Weile, in der sie schweigend nebeneinander hergegangen waren. »Was weißt du über Rigbert? Ich werde nicht schlau aus ihm. Wie stand er zu seinem Bruder?«

Hannes spielte mit seinem Gürtel. »Wie Brüder eben

zueinander stehen. Mal besser, mal schlechter.« Er sah Geralds Blick und zuckte die Achseln. »Ich glaube, Rigbert hat immer ein wenig damit gehadert, dass der Graf Reinmar als Verwalter eingesetzt hat, und ihn, den Älteren, nur als Stallmeister.«

»Hat er das gesagt?«

»Nicht so direkt. Aber nach ein paar Bechern Bier hat er gern von früher geredet, als sie gleichgestellt zu Udalrichs Gefolgschaft zählten. Bis zu dem Feldzug gegen die Ungarn.«

»Rigbert war wirklich dabei?«

Hannes warf Gerald einen mitleidigen Blick zu. Er wusste, dass der Ungarnfeldzug ein schmerzhaftes Thema für Gerald war, der in jungen Jahren nach Bregenz geflohen war, um sich dem Grafen nicht anschließen zu müssen. Udalrich hatte dem jungen Mann zwar verziehen, aber die Erinnerung fraß an Gerald. »Ja«, sagte er mit ungewohnter Sanftheit. »Er und Reinmar sind damals mit dem Rest der Truppe zurückgekommen. Du hast den letzten Verwalter ja noch kennengelernt. Er war ein alter Mann und dankbar für tatkräftige Unterstützung.«

»Und ganz offensichtlich hat der Graf beiden vertraut?«

»Gerald, du denkst immer noch darüber nach, wie du Rigbert überzeugen kannst, das Amt anzunehmen. Aber er hat nein gesagt. Wie du!«

»Aber ich habe keinen jüngeren Bruder, auf den ich eifersüchtig bin und dessen Platz ich einnehmen möchte. Wenn ich Wulfhards Schuld an Reinmars Tod beweisen könnte …« Gerald schaute nachdenklich in die Richtung, in der das Lagerhaus stand.

Hannes schlug ihm auf die Schulter. »He, du klingst ja wie dieser schlaue Mönch, mit dem du vor vier Monaten hier angekommen bist. Wie hieß er doch gleich?«

»Eckhard.« Gerald ballte die Faust. »Das ist eine hervorragende Idee, Hannes. Was würde Eckhard jetzt tun? Er würde Wulfhard befragen.«

»Und das willst du übernehmen? Hältst du das für einen guten Plan?«

»Ich weiß es nicht.« Gerald lächelte grimmig. »Und darum wirst du mich begleiten!«

»Aber meine Schenke! Ich muss …«

»Du hast den Pfaffen gehört. Wir alle müssen der Gerechtigkeit dienen.« Gerald packte den stämmigen Wirt am Arm und zog ihn mit sich.

Geralds Gedanken überschlugen sich, während sie an der ›Buche‹ vorbei zum See hinuntergingen. Neben sich hörte er Hannes leise über den Verdienst jammern, den er sich entgehen lassen musste, aber er achtete ebenso wenig darauf wie auf die klare Schönheit dieses Septembernachmittags. Die Luft regte sich kaum, der Bodensee lag da wie gemalt, und in der Ferne erkannte man die scharfen Umrisse der Alpen. Auf der anderen Seite des Sees waren sogar die Häuser Rorscahuns als kleine Tupfer vor dem Aufstieg zu den Vorbergen auszumachen.

In Rorscahun war er Wulfhard das erste Mal begegnet. Damals hatte dieser noch in den Diensten des Junkers von Bregenz gestanden, ein stolzer, arroganter Mann, der gar nicht weit genug auf den einfachen Schmied hatte herabsehen können. Die Zeiten waren vorbei. Geralds Herz pochte schmerzhaft, als sie auf den abseits gelegenen Schuppen zugingen, der Fischern und Handwerkern als Lagerraum diente. Die Luft in dem fensterlosen Bretterbau musste bei dieser Hitze mörderisch sein. Gerald fühlte, wie seine Stimmung sich bei diesem Gedanken hob. »Schade, dass der Saukerl erst seit ein paar Tagen hier schmort.«

»Was meinst du?«

Gerald sah Hannes in die Augen. »Ich meine, dass Wulfhard gleich hier hätte eingesperrt werden sollen. Ein kühles Verlies in Bregenz hat der gar nicht verdient. Und die Befragung hat ja wohl auch nichts erbracht. Jedenfalls hört man nichts davon, dass seine Aussage geholfen hätte, dieses Welfenpack zur Verantwortung zu ziehen. Immerhin stand er in ihren Diensten, als sie sich gegen den Grafen verschworen haben.«

»Vielleicht hat Wulfhard einfach nicht mehr gewusst. Schließlich war er nur ein Handlanger. Gerald, im Ernst, dieser Mann trägt nicht an allem die Schuld.« Er streckte die Hand aus, aber Gerald entzog sich ihm mit einer schroffen Drehung und ging auf Eberhard zu. »Wir müssen da mal rein. Haben noch ein paar Fragen an den Gefangenen.«

»Was für Fragen?«

»Ich glaube, Rigbert überzeugen zu können, das Amt des Fronboten zu übernehmen, wenn wir Wulfhards Schuld an Reinmars Tod beweisen können. Und das habe ich vor.« Geralds Kiefer war angespannt, seine Augen hart.

Eberhard wechselte einen kurzen Blick mit Hannes, der unmerklich die Achseln zuckte. »Na gut«, sagte der junge Kriegsknecht langsam. »Ich lasse euch rein. Aber du versprichst mir …«

»Ja, ja!« Gerald schob den Riegel zurück und drängte sich an Eberhard vorbei. Die brütende Hitze, die ihm entgegenschlug, ließ ihm augenblicklich den Schweiß aus den Poren treten.

»Wulfhard, ich habe ein paar Fragen an dich!«

»Aber ich hab keine Antworten!«

Gerald fuhr zu der Stimme herum und machte ein paar Schritte vorwärts. Der Gestank wurde schlimmer. Hinter sich hörte er Hannes keuchen. »Sicher? Immerhin ist mit Reinmar der Mann gestorben, der dich hinrichten sollte.« Gerald atmete durch den Mund. Er war stolz auf seine Beherrschung.

Wulfhard lachte bitter auf. »Ob der oder ein anderer, welchen Unterschied macht das? Soll ich das ganze Dorf töten? Und wie? Wirfst du mir jetzt auch noch Hexerei vor?«

»Halt dein dreckiges Maul! Mit dir würde sich wahrscheinlich nicht einmal der Teufel einlassen.« Aus den Augenwinkeln sah Gerald, wie Hannes sich bekreuzigte. »Nein«, fuhr er ruhiger fort. »Aber ich möchte wissen, wer deine Freunde sind und wo sie sind.«

Wulfhard ließ den Kopf dumpf gegen die Bretterwand fallen und starrte zu Gerald empor. Er grinste.

»Ich frage dich nicht noch einmal«, drohte Gerald.

»Ist das ein Versprechen? Gehst du dann?«

»Bei Gott, ich schwöre, ich breche dir jeden Knochen im Leib, wenn du mir nicht die Antworten gibst, die ich brauche!«

Wulfhard verdrehte die Augen und schüttelte den Kopf. »Bei allen Heiligen, er hat's immer noch nicht begriffen!«

»Wo sind sie?«, brüllte Gerald.

Wulfhards falsches Lächeln erstarb jäh. Er richtete sich auf, so gut er konnte. »Herrgott, Schmied, geht das nicht in deinen Schädel? Es gibt keine Freunde. Ich hab mir das ausgedacht, um euch Bauern eure selbstgerechte Nachtruhe zu vergällen. Aber selbst wenn es jemanden gäbe, der meinetwegen einen Mord begehen würde, dann sicher nicht auf diese Art. Ein sauberer Schnitt durch die Kehle, in Ordnung, aber seinen Schwanz abschneiden? Wer tut denn so was?«

Gerald atmete schwer. »Abschaum wie du! Du …«

»Gerald«, mahnte Hannes aus dem Halbdunkel. »Denk an diesen Mönch.«

Der Schmied machte eine abwehrende Handbewegung. Sein Blick irrte zu den schmalen Lichtstreifen, die durch die Bretterritzen drangen. »Die Frage ist, warum sie nicht den Karren überfallen haben, auf dem du hergebracht worden bist. Ein Hinterhalt, sagen wir, bei Wasserburg, hätte doch genügt.«

»He, Wirt, kannst du ihm vielleicht klarmachen, dass …?«

Gerald brachte Wulfhard mit einem Tritt zum Schweigen. »Dazu waren sie nicht stark genug. Aber einen einzelnen Mann konnten sie überfallen. Ist es jemand aus dem Dorf? Ist es so? Rede endlich!«

»Und was soll ich sagen?« Auch Wulfhard wurde laut. Er schüttelte die verfilzten roten Strähnen aus den Augen, um Gerald im Zwielicht besser erkennen zu können. »Du kannst mich totschlagen, aber davon wird dein Vater auch nicht wieder lebendig. Red dir bloß nicht ein, dass es hier um Gerechtigkeit geht. Du brauchst einen Sündenbock, weil du dich nicht mehr mit deinem Alten versöhnt hast. Du …«

»Halt's Maul, du Narr!« Mit ausgebreiteten Armen warf sich Hannes zwischen die beiden Männer und fing Gerald ab, ehe der sich auf Wulfhard stürzen konnte. »Gerald, es reicht! Wenn du ihn umbringen willst, werd Fronbote. Schau ihn dir doch an! Wer sollte für den sein Leben riskieren?«

»Aber er ist der Einzige, dem Reinmars Tod nützt!«, schrie Gerald frustriert. »Er muss etwas mit seinem Tod zu tun haben!«

»Muss er das? Weil du es so willst?«, fragte Hannes ruhig.

Gerald wandte sich ab und starrte in die Dunkelheit, wo die Umrisse von alten Kisten und Säcken ihn an kauernde Dämonen erinnerten. Er dachte an das Richtschwert, das er dem Pfaffen vor der Versammlung in Verwahrung gegeben hatte, und fragte sich, ob die kalte Schneide seine Dämonen zum Verstummen bringen würde. »Was soll ich tun, Hannes?«, fragte er und rieb sich die Schläfen. »Was soll ich nur tun?«

»Mich in Ruhe lassen?«, schlug Wulfhard hämisch vor. »Gebt mir Bescheid, wenn ihr einen neuen Fronboten habt. Bis dahin haut ab.«

Gerald spürte, wie seine Schultern sich verspannten. »Bete, Wulfhard, bete zu Gott, aber er wird dich an den Teufel verweisen. Bete zum Teufel, und er wird dich an den Fronboten überstellen. Glaub mir, in deinem Fall sind sich alle einig!«

Wulfhard ließ sich in seinen Fesseln zurücksinken. »Heißt es nicht, alles liege in Gottes Hand? Ich glaube, unser Herr hat noch einiges mit mir vor. Vielleicht ist ja er der Freund, der …«

Geralds Faust krachte so plötzlich in Wulfhards Gesicht, dass dessen Kopf gegen die Wand geschleudert wurde. »Du wirst Gott nicht lästern!«

Ehe er noch einmal zuschlagen konnte, packte Hannes sein Handgelenk und drückte es mit überraschender Kraft nach unten. »Er ist es nicht wert. Komm!«

Während er sich ins Freie führen ließ, fiel Geralds letzter Blick auf Wulfhard, aus dessen aufgeplatzter Lippe das Blut sickerte. Sie sahen sich an, und Gerald fragte sich, warum er in Wulfhards Augen keine größere Wut las.

Irgendwie war es Hannes gelungen, Gerald davon zu überzeugen, dass ein Bier ihn auf andere Gedanken bringen würde. Jetzt saß er an einem Tisch in der ›Buche‹ und drehte den Becher in seinen großen Händen. Nur wenige andere Gäste hatten sich um diese Zeit in der Schenke eingefunden, und Gerald war erstaunt, dass keiner von ihnen über Wulfhard und die bevorstehende Wahl des Fronboten sprach. Das Leben dieser Menschen drehte sich um Bodenseefelchen, günstigen Wind und zerrissene Netze.

Köpfe drehten sich, als die Tür geöffnet wurde und ein stämmiger Mann den Schankraum betrat. Er grüßte Hannes mit einem Nicken und ging zielstrebig auf Geralds Tisch zu. Der Schmied stöhnte innerlich auf, als er in Rigberts gerötete Augen blickte. »Was wollt Ihr? Es gibt doch nicht schon wieder Ärger?«

Rigbert ließ sich auf einen Hocker fallen und winkte Hannes, noch zwei Bier zu bringen. »Nicht direkt. Allerdings könnte es dazu kommen. Vorhin sind zwei der Spielleute aus dem Ort gejagt worden. Ich frage mich, warum sie nicht einfach ihr Lager abbrechen und verschwinden.«

»Wegen der verdammten Hinrichtung. So etwas bringt immer Geld.«

»Schon. Trotzdem sollten wir lieber zu ihrem Lager reiten und nach dem Rechten sehen. Egal, wer nun Fronbote wird, irgendjemand muss sich um alles kümmern.« Rigbert lachte kurz auf. »Ich hab die braune Stute gleich mitgebracht.«

Gerald ließ ein Ächzen hören. »Wir können ebenso gut zu Fuß gehen.«

»Macht aber nicht so viel Eindruck. Diesen Leuten muss man gleich zeigen, wer der Herr ist. Ich könnte

Euch die Stute übrigens verkaufen, zu einem Freundschaftspreis.«

»Ich habe ein Pferd.«

Rigbert hob spöttisch die Augenbrauen. »Den alten Klepper? Der ist doch das Futter nicht wert, das Ihr ihm zu fressen gebt. Die Stute ist zwar auch nicht mehr ganz jung und taugt nicht mehr für den Stall des Grafen, aber es wäre schade, wenn sie geschlachtet würde.«

»Hör nicht auf ihn«, warnte Hannes, während er die Becher vor ihnen abstellte. »Keiner schlachtet so ein prächtiges Tier. Er will nur den Preis schönreden.«

Rigbert warf dem Wirt einen finsteren Blick zu. »Halt dich da raus! Ich red den Leuten ja auch nichts ins Bier, oder?«

Hannes zuckte die Achseln und kehrte zu seinem Schanktisch zurück, während Gerald seinen Krug leerte und aufstand.

»Gehen wir«, sagte er müde.

Ihr Ziel war der Uferwald zwischen Buchhorn und Argenau, an dessen Rand die Spielleute ihr Lager aufgeschlagen hatten. Geralds Augen wurden groß, als er zwischen den Bäumen zwei Männer sah, die sich Bälle und blitzende Messer zuwarfen und mühelos wieder auffingen. Ihre Hände bewegten sich so schnell, dass der Schmied den Bewegungen nicht folgen konnte. In einiger Entfernung lehnte ein blutjunger Bursche an einem Baum und wirbelte ein Schwert in den Händen, sodass es in der Sonne aufgleißte.

»Eine schöne Waffe hast du da. Sieht gefährlich aus!«

Der junge Mann fuhr auf, als er Geralds Stimme vernahm. Er stieß sich vom Baum ab und richtete das Schwert auf die Reiter, während er sein zottiges blondes Haar aus den Augen strich. »Ja, es ist eine gute Waffe!«, rief er. Seine Stimme war hell, aber es war nicht mehr die Stimme eines Knaben. »Und so wahr ich Tankmar heiße, ich weiß sie zu benutzen!«

Gerald stieg unbeholfen vom Pferd und ging auf den Gaukler zu. Die beiden anderen hatten ihre Bälle und Messer eingesammelt und sahen besorgt zu. »Wie gesagt, eine schöne Waffe. Nur ein bisschen leicht, oder? Was ist es? Holz mit etwas Metall? Wozu brauchst du das?«

Tankmar warf die Lippen auf und schwieg.

»Für einen Trick.« Alle drehten sich nach dem Mann um, der lautlos näher getreten war. Gerald schaute in ein Paar heller, grüner Augen, die auf den ersten Blick darüber hinwegtäuschten, dass dieser Mann für die Härten eines Lebens als Fahrender eigentlich zu alt war. Der Mann wartete mit einem leichten Lächeln, bis Gerald seine Musterung abgeschlossen hatte, dann verbeugte er sich schwungvoll und ein wenig spöttisch. »Ihr habt ein scharfes Auge. Ihr seid Schmied, nicht wahr?«

Gerald nickte. »Und Ihr seid?«

»Mein Name ist Ansgar, gebürtig aus Sachsen, und ich bin verantwortlich für diese kleine Schar.« Er hob eine feingliedrige Hand und machte eine Geste, die die drei Männer und die dahinter liegende Lichtung mit einschloss. »Und man könnte sagen, dass auch ich ein Schmied bin.«

Tankmar feixte, als er Geralds Verwirrung sah. »Ein Verseschmied!«

Ansgars Augen lächelten. »Na und? Auf die Kunst kommt es an, nicht auf den Stoff, den man schmiedet.«

Gerald schwieg. Er wusste nicht genau, wovon Ansgar sprach, und seine eigene Unbeholfenheit ärgerte ihn. Er fühlte die Belustigung der Gaukler und räusperte sich. »Ich habe gehört, es gab Streit?«

Ein Schatten huschte über Ansgars Gesicht. »Man misstraut uns. Das ist überall so. Allerdings haben wir gehofft, hier noch ein paar Tage bleiben zu dürfen, bis nach der Hinrichtung. Nachdem wir schon aus Konstanz fliehen mussten, sind unsere Mittel knapp. Doch jetzt hören wir, dass es auch bei Euch einen Toten gegeben hat.« Er zögerte. Sein Gesicht sah plötzlich verzagt aus.

»Ihr kommt aus Konstanz?«

»Ja.« Tankmar ließ sein Schwert tanzen. »Aber wir sind abgehauen, als es losging.«

»Als was losging?«

»Es gab Gerüchte von einem Anschlag auf das Leben des Königs. Schwaben und Sachsen haben sich gegenseitig beschuldigt, und wir haben das Feld geräumt, bevor jemand mit dem Finger auf uns zeigen konnte. Nachdem wir gehört hatten, dass in Buchhorn eine Hinrichtung ansteht, haben wir uns dorthin gewandt. Aber es scheint, als ob hier auch keine Festlaune herrscht.« Ansgar lächelte ein halb trauriges, halb ironisches Lächeln.

Gerald tauschte einen entsetzten Blick mit Rigbert. »Es hat einen Anschlag geben?«, fragte er. »Auf König Heinrich?«

»Und kaum seid ihr hier, wird mein Bruder ermordet!« Rigbert baute sich vor Ansgar auf und stieß ihm den Finger gegen die Brust. »Wo wart ihr heute Nacht?«

Ansgar machte keine Anstalten, der fleischigen Hand des Stallmeisters auszuweichen. »Hier«, sagte er müde. »Im Lager!«

»Wir sind keine Mörder!«, rief Tankmar. Er hielt sein Schwert so fest umklammert, dass die Knöchel weiß hervortraten.

»Zerbrich nicht dein Spielzeug!«, riet Rigbert ihm spöttisch. »Ruf lieber die anderen her. Ich will euch allen ins Gesicht sehen.«

Tankmar sah Ansgar hilfesuchend an, aber der nickte nur. Der junge Gaukler steckte zwei Finger in den Mund und stieß einen lauten Pfiff aus. Augenblicklich wurde es zwischen den Büschen lebendig, und wenig später hatte sich die ganze Truppe um Rigbert, Gerald und Ansgar versammelt. Flüchtig nahm Gerald wahr, dass sich unter den Gauklern auch zwei Frauen befanden.

»Und das sind alle?«, fragte Rigbert und ließ seinen harten Blick über die Gesichter schweifen.

»Alle, die noch da sind«, antwortete Ansgar. »Einige waren schon vor uns hier, aber die sind weitergezogen, als der Mord bekannt wurde.«

»Und warum ihr nicht?«

»Wie gesagt, wir brauchen Geld. Außerdem seht Ihr

ja selbst, dass meine Frau hochschwanger ist.« Er legte den Arm um eine der beiden Frauen. Überrascht stellte Gerald fest, dass sie fast noch ein Mädchen mit blassen blonden Haaren und schmalen Schultern war. Ein Lächeln kräuselte Ansgars Lippen. »Meine sehr junge Frau«, ergänzte er. »Es ist ihre erste Geburt.«

»Aha!« Gleichgültig setzte Rigbert seine Musterung fort. Plötzlich veränderte sich sein Gesichtsausdruck. »Und die da?«

»Das ist Kunigunde. Sie spielt Flöte, und zu unser aller Erleichterung kennt sie sich mit Kräutern aus.« Er nickte der Frau, die mit ausdruckslosem Gesicht zu Boden sah, freundlich zu. Es schien, als ob Kunigunde den Blick gespürt hatte, denn sie hob den Kopf. Gerald schaute in ein fremdartiges Gesicht mit einer kleinen, aufwärts gebogenen Nase und dunklen Augen.

»Habt Ihr sonst noch Fragen?« Tankmars Stimme klang schrill.

Gerald errötete flüchtig, da ihm bewusst wurde, dass er die Frau angestarrt haben musste. »Sie ist nicht von hier, nicht wahr?«, fragte er.

Langsam drehte Kunigunde den Kopf und fixierte ihn. »Nein«, antwortete sie schließlich. Sie sprach mit starkem Akzent und hielt immer wieder inne, als müsse sie die richtigen Wörter suchen. »Ich bin nicht von hier. Ich bin aus Pannonien. Slawin«, fügte sie hinzu, als sie Geralds verwirrtes Stirnrunzeln sah. »Ich musste fliehen, weil die Ungarn kamen.«

»Das … das tut mir leid.« Gerald biss sich auf die

Zunge und gab sich einen Ruck, als er Ansgars belustigten Gesichtsausdruck sah.

»Was wird nun?«, fragte der alte Spielmann. »Aus uns, meine ich?«

»Ihr bleibt!«, bestimmte Rigbert streng. »Möglicherweise gibt es noch Fragen im Zusammenhang mit dem Tod meines Bruders. Bis dahin genießt ihr den Schutz des Grafen von Buchhorn.«

Tankmar wollte auffahren, aber Ansgar legte ihm rasch die Hand auf den Arm. »Ich danke Euch, edle Herren. Der Verwalter hat uns gestattet, die herabgefallenen Zweige für unser Feuer aufzulesen. Gilt das noch?«

Gerald, der sich schon zum Gehen gewandt hatte, blieb stehen. »Demnach war Reinmar bei euch?«

»Ja, vielleicht zwei Stunden nach Sonnenuntergang.«

»Und wann ist er gegangen?«

»Er ist nicht lange geblieben, dann ist er fortgeritten.«

»Wohin?«

Ansgar zuckte die Achseln. »Richtung Buchhorn. Er schien es eilig zu haben, aber vielleicht war das auch nur mein Eindruck.«

Gerald nickte nachdenklich. »Das ist gut zu wissen. Das Holz dürft ihr nehmen.«

Ansgar verbeugte sich leicht. »Und ins Dorf kommen?«, fragte er.

»Meinetwegen! Beruft euch auf meinen Schutz!« Rigbert schwang sich wieder auf sein Pferd. »Kommt Ihr, Schmied?«

Gerald streckte zögernd die Hand nach den Zügeln aus.

Kunigunde warf den Kopf zurück und lachte. »Kommt Ihr, Schmied?«, äffte sie Rigbert spöttisch nach. »Oder wollt Ihr uns noch ein wenig Euren Schutz angedeihen lassen? Nein?« Mit wiegenden Hüften drehte sie sich um und verschwand zwischen den Bäumen.

Als Gerald zu Rigbert aufgeschlossen hatte, drehte der Stallmeister den Kopf. Er lachte wieder, aber zwischen seinen Brauen stand eine kleine Falte. »Ihr wisst aber noch, dass Ihr verheiratet seid?«

Gerald konzentrierte sich ganz auf die Stute. »Ja, und?«

»Die Gauklerin hat es auf Euch abgesehen. Seid vorsichtig! Die macht jedem schöne Augen!«

»Auch Reinmar?« Gerald war selbst überrascht über die Frage. Er sah, wie Rigberts Augen kleiner wurden.

»Ich sag's Euch noch einmal, Schmied, ich weiß nicht, in welchen Betten mein Bruder seine Manneskraft gelassen hat! Lebt wohl, ich muss zu meinen Pferden!«

»Rigbert hat mir die braune Stute, mit der ich gekommen bin, zum Kauf angeboten.«

»Oh!« Fridrun verschluckte sich fast. Belustigt beobachtete Gerald, wie sie versuchte, ihr Gesicht unter Kontrolle zu bekommen. »Und? Was hast du geantwortet?«

»Ich habe ihm gesagt, dass ich schon ein Pferd habe.«

»Aber … aber Wildfang ist doch schon so alt. Den kannst du nicht mehr lang vor den Karren spannen. Und ein Pferd brauchst du, wenn du auf den Markt willst. Und außerdem …« Sie brach ab, da ihr die Argumente ausgingen.

»Und außerdem würde ich damit eine hübsche blonde Frau, die zufällig meine Ehefrau ist, sehr glücklich machen«, schloss er.

Fridrun errötete. »Wie hoch ist denn der Preis?«

»Das hat er mir noch nicht gesagt. Es war bisher nur ein allgemeines Angebot. Ich bin sowieso überrascht, dass Rigbert einfach die Pferde des Grafen verkaufen kann. Aber als Stallmeister wird er schon das Recht dazu haben.« Gerald steckte sich ein Stück Brot in den Mund und kaute langsam.

»Du siehst müde aus«, bemerkte Fridrun nach einer Weile. Sie beugte sich über den Tisch und legte ihre Hand auf die ihres Mannes.

Er lächelte kurz und schob ihren Arm beiseite, um nach dem Käse zu greifen. Sein Blick schweifte aus dem kleinen Fenster, durch das gedämpftes Licht fiel. Er konnte die alten Bäume sehen, die dort standen, solange er denken konnte. Manchmal fiel es ihm immer noch schwer, sich selbst als verheirateten Mann zu sehen, der auf dem Platz seines Vaters an seinem Esstisch saß. Mit seiner Frau.

»Meinst du, mein Vater wäre stolz auf mich?«, fragte er unvermittelt.

Fridrun ließ das Messer sinken, mit dem sie gerade frisches Brot aufschnitt, und nickte heftig. »Aber natürlich wäre er das. Die Leute wollen dich als Fronboten. Alle vertrauen dir!«

»Ich habe das Gefühl, dass mir das alles zu viel wird.«

»Ach Gerald!« Sie strich ihre Haare zurück und nahm ihre Tätigkeit wieder auf. Ohne ihm in die Augen zu sehen, sagte sie leise: »Alles wird besser, wenn dieser Mensch endlich tot ist, nicht wahr?«

Er griff nach seinem Becher und nahm einen tiefen Schluck, sodass Fridrun sein Gesicht nicht mehr erkennen konnte. Sie ballte die Hand um den Messergriff und seufzte. »Hast du noch Arbeit für heute?«, fragte sie schließlich mit veränderter Stimme.

Er schüttelte den Kopf. »Und das Geld für Reinmars Schwert habe ich auch noch nicht. Ich hoffe, Rigbert bezahlt mir die Arbeit.«

»Das meinte ich nicht.« Fridrun stand auf und ging langsam zum Fenster. Die Sonne tanzte auf ihren Haaren. Sie waren so hell wie Kunigundes dunkel gewesen waren. »Willst du eigentlich immer noch Kinder?«

Gerald erwachte jäh aus seinen Träumereien. »Was für eine Frage!«

Sie drehte sich hastig um. »Dann streng dich mehr an! Jetzt zum Beispiel. Du hast doch sonst nichts vor, oder?«

»Fridrun!«

»Ich meine es ernst.« Plötzlich lag sie in seinen Armen und presste sich mit aller Macht an ihn. »Ich will dir eine gute Frau sein, und ich will dich glücklich machen!«

»Aber das weiß ich doch.«

Sie hob das Gesicht und schloss die Augen. »Dann küss mich!«

»Gerald!«

Fridrun erstarrte, als sie die Stimme vor der Tür hörte.

»Das ist Hannes«, sagte Gerald und ließ sie los.

»Schick ihn weg!«

Aber Gerald hatte bereits geöffnet. Im Türrahmen stand die massige Gestalt des Wirtes und hinter ihm eine zweite, eine schlanke Frau mit schwarzen Haaren und schwarzen Augen. »Kunigunde!«, rief er.

Hannes blickte zwischen ihm und der Frau hin und her. »Ach, du kennst sie? Na, das erklärt, warum sie zu dir wollte. Glaube ich jedenfalls.« Er grinste.

»Zu mir? Warum denn?« Gerald hörte, wie Fridrun näher kam.

»Hannes, willst du nicht hereinkommen, wir …« Sie brach ab. Gerald wagte nicht, ihr ins Gesicht zu sehen. »Wer ist das?«

Die beiden Frauen maßen sich.

»Das … äh … ist Kunigunde«, sagte Gerald.

»Aha. Und warum wollte sie zu dir?«

»Das weiß ich auch nicht. Hannes?« Gerald wandte sich beinahe flehend an den Wirt.

Der grinste noch breiter. »Sie ist mit Dietger aneinandergeraten, als er sie beim Lagerhaus erwischt hat.«

»Beim Lagerhaus?« Gerald warf der Frau einen raschen Blick zu. Sie erwiderte ihn, ohne zu blinzeln. »Was wolltest du da?«

»Nichts. Was soll ich da wollen? Ich dachte, es wäre die Schenke. Ich kenne Buchhorn nicht.«

»Und Dietger hat sich gleich eine Verschwörung eingebildet.« Gerald stöhnte. »Wunderbar! Hannes, sag bitte nicht, dass er jetzt im ganzen Dorf herumerzählt, dass er weiß, wer Wulfhards Freunde sind.«

»Vielleicht hat er ja recht.«

»Fridrun!«

Die junge Frau zuckte die Achseln. Ihr Gesicht war verschlossen. »Und was willst du nun von meinem Mann?«, fragte sie mit einer scharfen Betonung auf den letzten beiden Worten.

Kunigunde hielt ihrem Blick mit einem winzigen Lächeln in den Mundwinkeln stand. »Er hat gesagt, wir könnten uns auf seinen Schutz berufen. Ist es nicht so?«

Gerald nickte.

Fridrun sah erst ihren Mann, dann die Gauklerin an. Auch über ihr Gesicht zog ein Lächeln, das kurz vor ihren Augen halt machte. »Warum bringst du sie nicht zu Gudrun auf das Anwesen des Grafen? Ich hab gehört, denen ist eine Magd weggelaufen. Da kann sie sich doch gleich nützlich machen.«

Ein Funke blitzte in Kunigundes schwarzen Augen auf, aber Hannes legte ihr schwer die Hand auf die Schulter. »Das ist eine hervorragende Idee. Gudrun ist eine Seele von einem Menschen, Mädchen, die passt auf dich auf. Was ist, Gerald? Warum spannst du nicht gleich den Wagen an und bringst sie hin? Allein kann sie nicht gehen, der Wald ist jetzt unsicherer denn je.«

»Dann kannst du mich gleich mitnehmen. Ich muss sowieso mit Gudrun sprechen.« Fridrun legte den Kopf schief und bedachte ihren Mann mit einem liebreizenden Augenaufschlag. Eine Sekunde lang hielt der ihrem Blick stand, dann zuckte er die Schultern, nickte und verließ das Haus. Wenig später hörten sie ihn im angrenzenden Schuppen rumoren.

Hannes beugte sich zu Fridrun und tätschelte freundschaftlich ihren Rücken. »Alle Achtung«, raunte er. »Dich hätte ich in der ›Buche‹ behalten sollen. Du verstehst es, mit Männern umzugehen.«

Fridruns Lächeln war kläglich. »Vielleicht habe ich eine bessere Schankmagd als Ehefrau abgegeben«, murmelte sie und schaute auf ihre Hände.

Gerald führte Wildfang aus dem Stall und schirrte ihn vor den Karren, der schon seinem Vater als Fuhrwerk gedient hatte. Der alte Hengst wieherte leise. »Schon gut, Alter«, raunte Gerald und streichelte die warmen Nüstern, »für dich gibt es immer einen Sack Hafer.« Er drehte sich um und stolperte gegen den Karren, weil er dicht hinter sich die Gauklerin stehen sah. Sie musterte ihn aus ihren dunklen Augen, deren Ausdruck er nicht deuten konnte.

»Warum nehmt Ihr nicht die Stute? Der da«, sie zeigte auf Wildfang, »war einmal ein gutes Pferd, aber jetzt taugt er nichts mehr.«

»Die Stute gehört mir nicht. Und Wildfang ist treu.« Kunigunde zuckte die Achseln, und wieder scheiterte der Schmied an der fremdartigen Starre ihrer Züge. »Steig auf«, sagte er kurz. »Fridrun, kommst du?«

Er half seiner Frau auf den schmalen Sitz, während Kunigunde sich auf die Ladefläche hockte. Als er die Zügel auf Wildfangs Rücken schnalzen ließ, tauchte wieder das Bild seines Vaters vor ihm auf. So war er jahrelang mit seiner Mutter gereist. Er wandte den Kopf, wie um sich zu vergewissern, dass es Fridrun war, die neben ihm saß, und drückte ihre Hand. Er ließ sie nicht mehr los, und als sie den Ortsrand hinter sich gelassen hatten, erklang hinter ihnen eine traurige kleine Melodie. Überrascht wandte Fridrun den Kopf und erkannte, dass es Kunigunde war, die ihre Flöte hervorgeholt hatte. Für die Dauer einiger Herzschläge betrachtete sie die junge Frau, deren Finger über den dünnen Leib des Instruments glitten, während ihr Blick in die Weite gerichtet war. Sie schien etwas sagen zu wollen, doch schließlich drehte sie sich schweigend um und lehnte ihren Kopf an Geralds Schulter. Ihr Gesicht war nachdenklich. Irgendwann verstummte das Spiel, und nur das Rauschen der Bäume und das rhythmische Quietschen der alten Karrenräder war zu hören.

Endlich brach Gerald die Stille: »Das ist die Burg des Grafen.«

Kunigunde hob die Brauen. »Wo?«

»Na da, auf der Anhöhe.«

»Das nennt ihr eine Burg?« Die Gauklerin lachte hell. »Da solltet ihr mal die Burg sehen, die der Herzog von Bayern am Inn errichtet hat.« Ihre Stimme senkte sich. »Gegen die Ungarn. Geholfen hat es meinem Volk nichts, aber es ist ein stolzer Anblick mit Wehrmauern und Türmen. Das …«, sie wedelte mit der Hand, »das ist ein Haus. Euer Graf kann nicht viel Macht haben.«

»Immerhin haben wir in seinem Schutz eine Heimat!«, schnappte Fridrun.

»Fridrun«, mahnte Gerald, als er sah, wie Kunigunde erblasste, aber seine Frau presste nur die Lippen zusammen und starrte stur geradeaus. Den Rest des Weges legten sie in unbehaglichem Schweigen zurück. Als sie auf den Hof fuhren, übergab Gerald Wildfang einem Knecht und entschuldigte sich mit den Worten, Rigbert suchen zu müssen.

Sekundenlang herrschte feindselige Stille zwischen den beiden Frauen, bis Fridrun sich endlich brüsk umdrehte. »Komm. Ich stelle dich Gudrun vor. Sie wird dir Arbeit geben.«

»Danke.«

Stumm führte Fridrun Kunigunde zur Küche, aus der ihnen Wärme und die verschiedensten Gerüche entgegenströmten. Doch gerade, als Fridrun sich angesichts der vertrauten Umgebung entspannen wollte, hörte sie heftige Stimmen.

»Du teilst doch eine Kammer mit dem undankbaren Geschöpf. Wo ist sie?« Fridrun blieb unvermittelt stehen, da sie Gudruns Stimme erkannte. So wütend hatte sie die freundliche Köchin noch nie erlebt.

Eine zweite, jüngere Stimme antwortete nicht weniger heftig: »Ich weiß es nicht, Mutter! Sie hat mir nichts gesagt. Und sie ist auch kein undankbares Geschöpf. Wenn sie immer noch nicht da ist, dann ist ihr etwas zugestoßen.«

»Ach was, das eitle Ding hat doch nichts anderes im

Kopf als die Kerle. Mit ihren roten Hexenhaaren und ihren blauen Augen! Aber du kannst ihr sagen, dass es etwas setzt, wenn die wieder hier auftaucht. Und nun raus mit dir zu den Hühnern!«

Fridrun konnte gerade noch zur Seite springen, als eine rundliche junge Frau mit blitzenden Augen an ihr vorbeistürmte. Vorsichtig betrat sie die Küche, wo Gudrun mit ihrem Messer einem Berg Gemüse zu Leibe rückte, während sie leise vor sich hinschimpfte.

»Gudrun? Gott zum Gruß.«

Die Köchin drehte sich unwirsch um, doch ihr verkniffenes Gesicht entspannte sich, da sie die junge Frau erkannte. »Endlich einmal eine angenehme Überraschung, Kind. Komm herein, ich habe gerade frisches Brot gebacken. Setz dich!«

Fridrun folgte der Einladung, während Kunigunde in der Tür stehen blieb. Ihr Blick huschte interessiert über die verschiedenen Kräuterbündel, die neben dem Fenster zum Trocknen aufgehängt waren.

»Hilde ist immer noch nicht aufgetaucht?«, fragte Fridrun und brach ein Stück Brot ab, das sie sich in den Mund steckte.

Das Geräusch des Messers wurde heftiger. »Die kleine Hure! Nein! Und ich kann auf sie verzichten. Das nächste Mal kommt mir keine ins Haus, die nur an ihr hübsches Gesicht denkt! Jetzt ist sie fort, und ich hab die doppelte Arbeit.«

»Vielleicht kann ich dir helfen.« Fridrun gab der Gauklerin einen Wink, die gehorsam näher kam.

Gudrun musterte die Fremde mit einer Mischung aus Neugier und Misstrauen. »Und wen bringst du mir da mit?«

»Das ist Kunigunde. Ich dachte, vielleicht kann sie dir zur Hand gehen, bis du eine neue Magd gefunden hast.«

»Kunigunde, soso.« Gudrun kniff die Augen kurzsichtig zusammen und streckte den Kopf vor. »Wie eine Magd siehst du nicht aus. Wer bist du?«

»Ich bin mit den Spielleuten gekommen. Aber ich bin keine Gauklerin, keine Diebin. Ich bin aus meiner Heimat vertrieben worden. Ich tue, was ich muss, um zu überleben.« Kunigundes Stimme war leise geworden.

Gudrun stieß einen mitleidigen Laut aus, fasste sich aber schnell. »Nimm dir zu essen. Du gehörst also zu den Spielleuten. Was kannst du denn sonst noch außer gottlosen Kunststücken?«

»Ich kann arbeiten«, antwortete Kunigunde ausdruckslos. »Ich kenne mich mit Kräutern aus, verstehe etwas von Pferden, kann kochen.« Sie zuckte die Achseln. »Ich tue, was verlangt wird.«

»Und warum bleibst du nicht bei den Spielleuten?«

»Sie sagen, ich hätte mit dem eingesperrten Mann gesprochen, aber das ist gelogen. Ich habe Angst.«

»Hmhm«, machte Gudrun. »Schlimme Geschichte, das mit Reinmar. Ich hoffe nur, meinem Eberhard stößt nichts zu, wenn er diesen Kerl bewacht. Was sagt denn Gerald dazu, dass die Hinrichtung verschoben werden musste?«

Fridrun stützte das Kinn in die Hand und schüttelte den Kopf. »Er ist wie besessen von diesem Wulfhard. Oh, ich wünschte, er wäre tot!« Mit wütender Energie begann Fridrun, ihr Brot in Stücke zu reißen. »Gudrun, du warst doch auch verheiratet! Wie wird man eine gute Ehefrau?«

Abrupt ließ die Köchin das Messer sinken. »Wieso fragst du das, Kind? Habt ihr Streit?«

»Nein, aber ... es ist manchmal so, als sähe er mich gar nicht mehr!« Fridrun hob den Kopf und warf der älteren Frau einen flehenden Blick zu.

Die verschränkte die Arme vor der Brust. »Albernheiten, Mädchen! Wenn du erst Kinder hast, wirst du keine Zeit mehr haben, dich zu bedauern. Sei froh, dass dein Mann so gut für dich sorgt.«

Fridrun starrte unglücklich auf die Brotkügelchen vor sich auf dem Tisch. »Ich will ja Kinder«, sagte sie leise. Eine Bewegung ließ sie innehalten. Kunigunde hatte den Kopf in die Hände gelegt, und ihre Schultern bebten. Zum zweiten Mal fühlte sie widerwilliges Mitleid in sich aufsteigen. »Hast du Kinder?«, fragte sie.

Kunigunde riss den Kopf hoch und blickte wild um sich. »Ich hatte. Aber es starb, noch ehe es geboren wurde.«

»Und dein Mann?«

»Tot!« Kunigunde fuhr sich mit der Hand über die trockenen Augen. »Unter dem Frankenkönig waren wir Slawen sicher, aber die Ungarn haben uns vertrieben. Dann haben wir uns am Inn angesiedelt, aber es hat eine Schlacht gegeben.«

»Aber die Ungarn sind doch vernichtend geschlagen worden!«, rief Gudrun.

Kunigunde stieß ein bitteres Lachen aus. »Ja, sie haben sich zurückgezogen. Und auf dem Rückzug haben sie unser Dorf dem Erdboden gleichgemacht. Ich habe alles verloren. Familie, Heim, beinahe mein Leben. Ich bin nach Bayern geflohen und anschließend hierher. Die Spielleute haben mich aufgenommen. Heute …« Sie hob die Schultern und ließ sie müde fallen. »Ich habe überlebt.«

»Du armes Mädchen!« Gudrun schniefte verstohlen und drückte die Gauklerin an sich.

Kunigunde versteifte sich, dann legte sie vorsichtig die Arme um die ältere Frau. »Darf ich bleiben, bis …«

»Natürlich bleibst du. Keine Sorge, ich finde schon Arbeit für dich. Und wenn du nicht mehr weiterziehen willst, bleibst du ganz hier.« Sie zögerte plötzlich. »Du bist doch Christin?«

»Christin, ja!«, bestätigte Kunigunde ernst.

»Dann ist ja alles in Ordnung!«, rief Gudrun und klatschte in die Hände. »Wir sorgen schon dafür, dass du die Vergangenheit vergisst.« Sie sah, wie Kunigundes Gesicht sich verfinsterte, und setzte rasch hinzu: »Wunden heilen, glaub mir. Ich habe meinen Mann und zwei Kinder begraben. Aber fünf hat der Herr mir gelassen, und jeden Tag, wenn ich Anna und Eberhard sehe, danke ich ihm für seine Gnade. Du bist noch so jung, Kunigunde. Ihr beide seid noch so jung.« Sie lächelte gerührt. »Unser Herr, der Graf, ist nach sechs Jahren Gefangenschaft bei diesen ungarischen Heiden, der Herr verfluche sie, gerettet worden. Du darfst nicht verzagen.«

Kunigundes Blick war starr, aber sie nickte. Gudrun gab ihr einen aufmunternden Klaps. »Genug geredet. Du wirst in Annas Kammer schlafen. Und Fridrun, du solltest mit deinem Mann aufbrechen, bevor es vollkommen dunkel wird. In der Nacht ist der Wald kein guter Ort.« Sie bekreuzigte sich flüchtig. »Und vergiss nicht zu beten, dann erfüllt Gott dir auch deinen sehnlichsten Wunsch.« Sie umarmte die jüngere Frau kurz und scheuchte sie aus der Küche.

Fridrun war sehr still, als sie neben Gerald auf dem Karren saß und die Abendlandschaft an sich vorbeiziehen ließ, aber er spürte, dass es nicht das wütende Schweigen war, in das sie sich auf dem Hinweg gehüllt hatte. Vorsichtig lenkte er Wildfang über den unebenen Weg, auf dem das satte Abendgold glänzte. Die Bäume warfen lange Schatten, während die Farben am Himmel langsam einem weichen Blau Platz machten. Gerald sah sich unbehaglich um. »Hoffentlich erreichen wir Buchhorn noch vor Einbruch der Dunkelheit.«

Statt einer Antwort faltete Fridrun die Hände im Schoß. »Gott ist mit uns«, sagte sie, während sie an Gudruns Worte dachte.

»Das ist er. Aber hier läuft ein Mörder frei herum. Mir war eben schon so, als ob ich einen Mann durch den Wald hätte rennen sehen.« Er lachte verlegen. »Ich sehe wohl schon Geister.«

Fridrun schauderte. Mit einem Mal schienen die Bäume

noch schwärzer in den Himmel zu ragen. Sie schob ihren Arm unter Geralds und rückte näher zu ihm. Eine Weile begleiteten sie nur die Geräusche des Waldes, das Rauschen und Krachen der Zweige, der leiser werdende Gesang der Vögel. Plötzlich hob Fridrun den Kopf. »Gerald, was ist das?«

Er fragte nicht, was sie meinte. Er schlug Wildfang die Zügel auf den Rücken, bis der alte Hengst eine schnellere Gangart anschlug. Der Karren ächzte und schwankte.

»Gerald?«, rief Fridrun ängstlich.

Seine Antwort kam flüsternd. »Feuer, Fridrun! Es brennt!«

Wie durch ein Wunder erreichten sie ohne Radbruch die Schmiede. Gerald sprang vom Wagen. »Das kommt vom See! Ich muss nachsehen, was los ist.«

»Ich komme mit!«

»Nein!« Er fasste ihre Hände und schloss sie fest um die Zügel. »Ich brauche dich hier.«

»Sei vorsichtig!«

Ohne sich noch einmal zu ihr umzudrehen, hob er die Hand und rannte in die Dunkelheit.

Der Schuppen stand in Flammen. Keuchend stützte Gerald die Hände auf die Oberschenkel und rang nach Atem, während er versuchte, zu begreifen, was da vor seinen Augen geschah. Wie Dämonen kamen ihm die Menschen vor, die sich vor dem Schuppen versammelt hatten. Gerald war nicht sicher, wie viele es waren, vielleicht zehn, vielleicht aber auch 30. Gierig sahen sie zu, wie die Flammen das Holz Stück für Stück verschlangen. Der Rauch biss in seinen Augen, die Hitze wurde unerträglich.

»Eberhard!«, schrie er, obwohl er keine Hoffnung hatte, sich über das Brüllen des Feuers hinweg Gehör zu verschaffen.

Fackeln flogen wie riesige Glühwürmchen durch die Luft und vereinigten sich mit der Feuersbrunst.

»Eberhard!« Endlich entdeckte er den jungen Mann mit rußgeschwärztem Gesicht in der Menge. Er stürzte auf ihn zu und schüttelte ihn. »Wir müssen das Feuer löschen! Jetzt gleich!«

»Zu spät!« Der Feuerschein spiegelte sich in Eberhards Augen, während er zu dem brennenden Schuppen blickte. »Zum Glück ist es windstill, das Feuer wird sich nicht ausbreiten. Die Narren! Natürlich war es Dietger, der die anderen aufgehetzt hat. Und der will Fronbote werden!« Sein Mund war zu trocken, sonst hätte er ausgespuckt.

»Aber wir müssen löschen!«, schrie Gerald fassungslos.

»Das da? Es hat keinen Sinn! Bleib hier!« Eberhard packte Gerald am Arm, ehe der Schmied zum See rennen konnte. Der Abglanz des Feuers brach sich in den schwarzen Wellen.

Gerald riss sich los. »Aber da verbrennt ein Mensch!«

»Komm mit!«

Widerstrebend ließ Gerald sich aus der Menge ziehen. Ganz allmählich gelang es ihm, seine Gedanken zu ordnen. Der Mensch, der dort verbrannte, war Wulfhard. Er hatte es verdient. Gerald schauderte. »Wohin bringst du mich?«, fragte er heiser.

Eberhard riss zwei Männern ihre Fackeln aus der Hand und reichte eine davon Gerald, sodass sie notdürftig den Weg beleuchten konnten. Sein Gesicht zuckte unruhig. »Ich habe keine Angst vor Geistern«, sagte er zusammenhangslos und bekreuzigte sich.

»Das mag ja sein. Aber wohin gehen wir?«

»Warte! Ich muss auf den Weg achten.« Ein paar Minuten stapften sie am Waldrand entlang, ehe Eberhard einen Seufzer der Erleichterung ausstieß. Er hob die Fackel, und endlich flackerte auch das jungenhafte Grinsen wieder auf. »Das wollte ich dir zeigen.«

Geralds Mund klappte auf. Im unsicheren Feuerschein sah er einen Mann, der aufrecht an einen Baumstamm gebunden war. »Wulfhard?«, stieß er hervor. »Aber ich dachte …« Er hielt seine Fackel näher an das Gesicht des Gefangenen. Nachdem er gesehen hatte, dass Wulfhard geknebelt war, nickte er grimmig. »Du glaubst also auch, dass er seine Kumpane gerufen hätte!«

Die Züge des jungen Kriegsknechtes nahmen einen verlegenen Ausdruck an. »Vielleicht. Aber vielleicht steht er wirklich mit dem Teufel im Bunde.« Er zog Wulfhard den Stofffetzen aus dem Mund. »Ich dachte, so ist es sicherer.«

Wulfhard machte ein spöttisches Geräusch, während er die Lippen mit der Zunge befeuchtete. »Enttäuscht, Schmied?«, krächzte er.

Gerald achtete nicht auf ihn. »Warum ist er hier?«

»Ich wusste, dass es Ärger geben würde.« Obwohl niemand in der Nähe war, senkte Eberhard seine Stimme zu einem Flüstern. »Sie haben noch eine Leiche gefunden. Eine Frau. Ich hab ihn«, er deutete mit dem Daumen auf Wulfhard, »sofort weggebracht, als ich gehört hab, wie Dietger gehetzt hat. Allein hätte ich ihn und seine Freunde nicht aufhalten können.«

»Aber die Frau!«, unterbrach Gerald ihn. »Wer war sie? Wo ist sie gefunden worden?« Plötzlich kam ihm ein Gedanke. »Es ist die verschwundene Magd, nicht wahr?«

Eberhard nickte bekümmert. »Hilde, ja.«

»War sie … war sie auch verstümmelt?«, flüsterte der Schmied.

»Soweit ich gehört habe, ist sie mit einem einzigen Schlag getötet worden. Wahrscheinlich müssen wir dafür dankbar sein. Die Ärmste. Sie war eine Freundin meiner Schwester.«

»Wo ist sie gefunden worden?«

»Nicht weit von Reinmar entfernt. Die Leiche trieb im Wasser.«

Gerald fuhr sich mit den Händen durch die Haare. »Gut! Wir müssen jetzt schnell handeln«, sagte er. »Die Leute denken, dass Wulfhard tot ist. Das ist gut. Er muss aus Buchhorn verschwinden. Noch heute Nacht.«

»Aber wohin?«

»Du bringst ihn nach Konstanz zum Grafen. Soll der sich um ihn kümmern.« Finster musterte er Wulfhard, der der Unterhaltung schweigend, aber mit wachem Blick gefolgt war. »Du hast ja selbst gesagt, dass es dir egal ist, wer dich hinrichtet.«

»Das muss dich hart ankommen, Schmied.«

Gerald drehte sich schroff um. »Wir bringen ihn zur Schmiede, packen ihn auf meinen Wagen, und du bringst ihn nach Konstanz. Die Ketten, in denen er hergebracht worden ist, habe ich noch in der Werkstatt. Kennst du einen vertrauenswürdigen Mann, der dich begleiten und den Grafen benachrichtigen kann?«

Eberhard dachte kurz nach. »Ich werde Hannes fragen, ob er auf seinen Neffen verzichten kann.«

»Gut, Hannes ist vertrauenswürdig. Wir treffen uns in der Schmiede. Beeil dich!«

Als Eberhards Schritte sich in der Nacht verloren hatten, durchtrennte Gerald die Stricke, die Wulfhard am Baum hielten. Mit einem leisen Stöhnen rollte der die Schultern. Seine Hände waren immer noch auf den Rücken gefesselt.

»Du hast es gehört. Zur Schmiede!«

»Schade, ich habe mich so auf die Spielleute gefreut. Die sollten doch kommen, oder? Sehr schade!«, bemerkte Wulfhard, aber sein Spott klang müde.

Es wurde ein mühsamer Weg, nur von einer dünnen Mondsichel und dem schwachen Lichtkegel der Fackel erleuchtet. Gerald atmete auf, als er die Silhouette seiner Schmiede erkannte. Hinter dem Tuch vor dem Fenster sah er die Umrisse seiner Frau.

»Rein da!«, befahl er und stieß Wulfhard in die Schmiede. Gleichzeitig hörte er aus der angrenzenden Hütte ein

Geräusch. Er machte eine Bewegung, als wolle er zur Tür gehen, die die Werkstatt vom Wohnraum trennte, aber Fridrun war schneller. Mit einem Windlicht in der Hand glitt sie in die Schmiede. »Gerald, endlich!« Ihr Blick fiel auf den Gefangenen, und sie verstummte.

Wulfhard deutete eine unbeholfene Verbeugung an.

»Was hat das zu bedeuten, Gerald? Was macht er hier?«

»Wir bringen ihn nach Konstanz. Dietger und seine Kumpane wollten ihn bei lebendigem Leib verbrennen. Eberhard wird gleich hier sein. Empfang ihn und schick ihn zu mir, ja?« Er küsste sie auf die Wange. Fridrun nickte und lief auf den Hof.

»Eine gehorsame Frau«, bemerkte Wulfhard. »Und so hübsch!«

»Sprich nicht über Fridrun!«, warnte Gerald. Er wuchtete die Ketten auf den Amboss und drehte Wulfhard an der Schulter herum, um seine Fesseln zu zerschneiden. Die Stricke waren glitschig vom Blut des Gefangenen. »Umdrehen und Hände nach vorn!«

Wulfhard gehorchte stumm, nur ein kurzes Zucken lief über sein Gesicht, während Gerald die eisernen Schellen um seine Gelenke legte und mit dem Hammer den Bolzen hineintrieb. Vorsichtig spannte der Gefangene die Kette.

Gerald lachte bellend auf. »Gib dir keine Mühe, die nimmt dir allenfalls der Henker ab. Aber wenn Gott gerecht ist, dann trägst du die noch in der Hölle!«

»Du weißt, dass ich deine Eltern nicht getötet habe.«

»Aber du hast ihre Mörder gedungen.«

»Auf Befehl meines Herrn. Was tätest du, wenn dein Graf das Gleiche von dir verlangen würde? Dich weigern?« Ein sarkastischer Funke glomm in Wulfhards Augen. »Wirklich?«

Gerald öffnete den Mund und schloss ihn wieder. Schließlich bückte er sich und legte Wulfhard schweigend die Fußfesseln an. Er war gerade fertig geworden, als Eberhard und ein junger Bursche von vielleicht 16 Jahren in die Schmiede kamen.

Der Junge musterte Wulfhard mit unverhohlener Neugier. »Das ist er also? Den hab ich mir gefährlicher vorgestellt. Na, dann rauf auf den Wagen mit ihm. Eure Frau hat das Pferd schon wieder angespannt.«

Neben dem Karren in der Dunkelheit stand Fridrun. Ihr Gesicht war ein bleicher Fleck im Schein des Windlichts. Sie reichte Eberhard einen Beutel. »Wegzehrung«, sagte sie leise. Danach streifte sie Wulfhards aufgesprungene, geschwollene Lippen mit einem kurzen Blick, ihre Mundwinkel zuckten. Plötzlich hielt sie ihm den Wasserkrug hin. Ihre Hände zitterten. »Trink«, sagte sie, ohne Gerald anzusehen. »Um Christi Barmherzigkeit willen.«

Wulfhard entkorkte den Krug unbeholfen. Die Ketten an seinen Gelenken klirrten, als er ihr die Flasche schließlich zurückgab. »Ich danke Euch. Ich werde beten, dass ich Gelegenheit bekomme, diese Schuld zurückzuzahlen«, sagte er mit einem halben Lächeln, ehe er die Männer ansah. »Nun? Wohin geht meine Reise?«

Eberhard packte ihn hart am Kragen. »In die Hölle, hoffe ich.«

»Lass ihn!«, entfuhr es Fridrun.

»Schaff ihn auf den Wagen!«, befahl Gerald. Zu Hannes' Neffen sagte er: »Du nimmst die Stute.« Er legte den Arm um Fridrun und strich ihr über das Haar. »Und damit wäre das Tier wohl gekauft. Ich hoffe, Rigbert hält Wort und macht mir einen guten Preis.«

Fridrun schloss die Augen und schmiegte sich in die schützende Wärme der Umarmung, während Karren und Stute den Weg nach Konstanz einschlugen.

V

Eberhard lehnte sich gegen den Karren und schirmte mit der flachen Hand die Augen ab. Er fühlte sich wie betäubt: die vielen Häuser, die sich um den hölzernen Bau der St. Stephanskirche scharten, die Händler auf dem Markt, die sogar ihre eigenen Bootsstege zu haben schienen, Waren, deren Namen er kaum kannte. Er musste sich zwingen, an das zu denken, was vor ihm lag. »Herr, ich bringe schlechte Nachrichten aus Buchhorn …«, flüsterte er vor sich hin. »Herr, ich danke Euch, dass Ihr mich empfangen habt, aber ich bringe …« Ein Gähnen zwang ihn, innezuhalten. Als er die Augen wieder geöffnet hatte, sah er einen Trupp von fünf Reitern auf sich zukommen. In der klaren Morgenluft blitzten und funkelten ihre Waffen. Hastig schlug er die Faust gegen die Seitenwand des Karrens: »Aufwachen!«

Das gleichmäßige Schnarchen, das seit geraumer Zeit von der Ladefläche kam, verstummte abrupt, und Wulfhards zerzauster Haarschopf tauchte über dem Rand des Karrens auf. »Soldaten!« Plötzlich wirkte er hellwach, so wach, dass Eberhard sich insgeheim fragte, ob er wirklich den ganzen Weg über geschlafen hatte. »Ich bin ja richtig wichtig, wie?«

»Bild dir was drauf ein, wenn es dich glücklich macht. Ich möchte jedenfalls nicht mit dir tauschen«, antwortete Eberhard gähnend, während er sich mit einem kurzen Griff überzeugte, dass Wulfhards Ketten festsaßen.

Hannes' Neffe erreichte sie als Erster. Der Junge strahlte über das ganze Gesicht, während er die braune Stute vor dem Karren zügelte. »He, Eberhard, stell dir vor, ich hab den Fürstbischof gesehen! Und Herzog Burchard selbst hat mich empfangen!«

Eberhard hatte gerade noch Zeit für einen skeptischen Blick, als der Junge von den vier Soldaten beiseite gedrängt wurde.

»Wir sind hier im Namen des Herzogs, also halt's Maul, du Prahlhans«, knurrte der Älteste, ein untersetzter Mann mit buschigen Brauen und einer tiefen Narbe über dem linken Auge. Abfällig sah er auf Wulfhard hinunter. »So sieht einer aus, der Hochverrat begangen hat. Nun, da habe ich schon beeindruckendere Verräter gesehen.« Er drehte sich zu seinen Männern um. »Ihr übernehmt ihn jetzt!«

Sofort kletterte ein Soldat auf den Kutschbock. Als er die Peitsche auf Wildfangs Rücken knallen ließ, wieherte der alte Hengst vor Schreck laut auf.

»He!«, rief Eberhard. »Immer schön sachte. Wildfang ist …«

Schallendes Gelächter übertönte den Rest seines Satzes.

»Wie nennst du den Klepper?«, prustete der Anführer. »Wie auch immer, steig auf«, er wies auf das Pferd des Soldaten, »und folge mir.«

»Und ich?«, fragte Hannes' Neffe, der die Soldaten beinahe ehrfürchtig anstarrte.

»Dich brauchen wir hier nicht mehr. Reit nach Hause und erzähl den Bauern daheim, wie du den Herzog gesehen hast.« Der Anführer lachte, und seine Männer fielen mit ein. Es schien, als ob der Junge protestieren wollte, aber dann besann er sich eines Besseren. »Ich seh dich in Buchhorn, Eberhard!«, rief er und schwang sich auf den Rücken der Stute.

»Und sag deinen Leuten, sie bräuchten keinen neuen Fronboten zu wählen!«, rief der Offizier ihm nach. »Die Sache wird jetzt hier«, er feixte gemein, »endgültig beendet!«

Wulfhard verzog die Mundwinkel. »Warten wir's ab, mein Freund!«

Mit einem Anflug von Neid sah Eberhard der davongaloppierenden Stute und ihrem Reiter nach.

Die tiefe Stimme des Anführers riss ihn aus seinen Gedanken. »Los! Wir haben nicht den ganzen Tag Zeit!«

Hastig bestieg Eberhard das mächtige Schlachtross. Auf so einem Tier hatte er noch nie gesessen. Nervös umklammerte er die Zügel, während sich um ihn der Zug formierte. »Und er?«, erkundigte er sich und deutete auf Wulfhard.

»Um den musst du dich nicht mehr kümmern, das hab ich doch gesagt. Warum habt ihr den Kerl eigentlich nicht längst in die Hölle geschickt?« Der Offizier hatte sein Pferd neben Eberhards gelenkt und musterte ihn streng.

Der junge Kriegsknecht fragte sich, ob es die Augenbrauen waren, die ihm einen derart finsteren Ausdruck verliehen, oder ob der Zorn des Mannes sich wirklich gegen ihn richtete. »Ich weiß nicht. Ich hab nur auf ihn aufgepasst.«

»Na, das ist ja jetzt unsere Sache. Schon mal in Konstanz gewesen?«

Eberhard schüttelte den Kopf. »Ich habe nie eine so große Stadt gesehen«, sagte er mit einem andächtigen Blick auf das hoch aufragende Gotteshaus.

Der Anführer musterte ihn verdutzt und stieß ein wieherndes Gelächter aus, in das seine Männer erneut pflichtbewusst einstimmten. »Du glaubst, dass das Konstanz ist? Schau mal da vorne, das ist die Stadtmauer. Die stammt noch von dem heidnischen Römerkastell. Und da …«, sein Finger wanderte höher, »siehst du die Kirche ›Unserer Lieben Frau‹.«

Eberhards Mund klappte auf. »Und das?«, fragte er mit einer schwachen Handbewegung, die das bunte Treiben am Ufer einschloss.

»Das ist nur der Markt, den der Fürstbischof gegründet hat. Hier findest du Waren aus aller Welt, sogar aus Italien und aus dem Orient. Aber nun mach dein Maul zu und komm! Wir werden erwartet!«

Eingeschüchtert hielt Eberhard sein Pferd an der Seite des Soldaten. Nie in seinem Leben hatte er einen Ort mit einer Stadtmauer gesehen. Das mannshohe, altersdunkle Gemäuer schien ihn zu erdrücken. Eberhard war froh, dass die Wachen am Stadttor sie kaum beachteten, aber seine Erleichterung war von kurzer Dauer. Kaum hatten sie die Stadt betreten, als ihn eine überwältigende Geräuschkulisse empfing. Bettler baten mit schrillen Stimmen um Almosen, prächtig gekleidete Frauen scherzten und lachten, Männer fluchten. Sogar die Häuser wirkten bedrohlich in ihrer Größe und Vielzahl. Plötzlich musste Eberhard an Geralds Erzählungen aus Bregenz denken. Er verstand nicht, wie der Schmied in so einer Umgebung hatte leben können. Nicht einmal die Gerüche waren ihm vertraut. Die Straße war gepflastert mit den Hinterlassenschaften von Pferden und Zugvieh, und wer auf seine Kleider achtete, drückte sich an den Hauswänden entlang, stets auf der Hut, nicht einen Eimer Wasser oder Schlimmeres auf den Kopf geschüttet zu bekommen. Eine Böe fuhr durch die Gassen und brachte beißenden Fischgestank mit sich. Eberhard drehte den Kopf in den Wind und erstarrte, als er die Kirche sah, deren Steinmauern ein dunkles Viereck in den hellblauen Himmel schnitten.

»Gott im Himmel«, entfuhr es ihm. »Heilige Muttergottes! Die ist ja aus Stein!«

»Ja, aus Lehm ist sie nicht! Schau nach vorne, Kerl!«

Je weiter sie in das Herz der Stadt eindrangen, desto schwieriger wurde es, vorwärtszukommen, zumal der Anblick eines Mannes, der in Ketten durch Konstanz gebracht wurde, die allgemeine Neugier anstachelte.

»He, was hat der ausgefressen?«

»Er war zu neugierig!«, knurrte der Offizier und stieß den Frager mit einem Fußtritt beiseite.

»Warum sagst du es ihm nicht, mein Freund?« Wulfhard lachte spöttisch. »Oder geht dir das Wort ›Verrat‹ nicht über die Lippen?«

»Halt dein Schandmaul!«, fuhr der Offizier ihn an, und seine dunklen Augen flammten auf. »Und ich bin ganz bestimmt nicht dein Freund, du Landplage!«

Wulfhard schüttelte in gespieltem Bedauern den Kopf. »Ich scheine überall Freunde zu sehen, wo keine sind, stimmt's, Eberhard?«

»Beachtet ihn gar nicht«, raunte der junge Kriegsknecht dem Offizier zu, aber der verzerrte wütend den Mund.

»Auf die Ratschläge eines Bauernlümmels verzichte ich!«

»Ich bin kein Bauer, ich stehe in Diensten des Grafen von Buchhorn!«

»Na und? Dann wühlst du eben in seinem Dreck herum!«

Eberhard schwieg verunsichert. Er konnte sich die plötzliche Wut des Mannes nicht erklären. Insgeheim bewunderte er ihn sogar für sein selbstsicheres, herrisches Auftreten. »Darf ich noch eine Frage stellen?«, bat er schüchtern.

Der Offizier knurrte.

»Wart Ihr im Krieg?«

Der Mann fuhr so heftig herum, dass er beinahe die Zügel verrissen hätte. Das Pferd tänzelte. »Was willst du damit andeuten, Bursche?«

»Gar nichts«, stammelte Eberhard. »Ich wollte doch nur …«

Die Ketten rasselten, während Wulfhard sich schwankend auf die Füße stemmte. »Oh Eberhard, mein Lebensretter, ich fürchte, das war die falsche Frage. Nicht jeder Schwabe hat gegen die Ungarn gekämpft. Ich würde einiges darauf verwetten, dass dieser brave Kriegsmann sich mit seinem Herrn Burchard gegen unseren verehrten König gestellt hat. Deswegen weiß er auch so genau, wie ein beeindruckender Verräter aussieht. Vor nicht allzu langer Zeit war er selbst noch einer. Heute allerdings tafelt Burchard als Herzog von Schwaben mit den Großen des Reiches. Mir macht das Hoffnung, du solltest allerdings besser den Mund halten und unseren Freund nicht weiter reizen.«

»Hör auf den Kettenhund, Bursche!«, presste der Offizier mit hochrotem Kopf heraus.

Eberhard ließ die Schultern hängen und richtete seine Aufmerksamkeit wieder auf seine Umgebung. Die Straße mündete auf den großen Kirchplatz mit dem steinernen Münster, und daneben erhob sich der Sitz des Bischofs, der in diesen Tagen den König beherbergte. Zwei schwer bewaffnete blonde Hünen hielten vor dem Tor Wache.

Bei ihrem Anblick vergaß Eberhard seinen Vorsatz zu schweigen. »Sind das Sachsen?«, rief er und reckte den Hals.

Der Offizier nickte. »Leg dich nicht mit denen an! Aber lass dir auch nichts gefallen. Nur weil ihr Herr König ist, sind sie noch lange nichts Besseres als wir Schwaben!«

Eberhard schwieg, aber Wulfhard ließ nicht locker. »Sieh sie dir nur gut an, Eberhard, das sind wahre Männer. Macht einen von denen zum Fronboten, und es herrscht Ordnung!«

»Ruhe!«, schrie der Offizier und hieb mit der Faust so heftig gegen den Karren, dass Wildfang nervös zuckte. »Zeig Demut angesichts des Hauses Gottes. Du verdankst es nur seiner Gnade, dass du noch lebst.«

»Und ich genieße jeden Atemzug, mein Freund!« Wulfhard richtete sich auf und schaute zu den Sachsen hinüber.

In diesem Moment erklang ganz in ihrer Nähe Hufschlag. Wulfhards Kopf flog herum, als drei Edelleute in flottem Trab an ihnen vorbeigeritten kamen. Sein Gesicht wurde kreideweiß, er umklammerte mit beiden Händen den oberen Rand des Karrens. »Gott oder der Teufel«, flüsterte er mit einem scheuen Blick auf die Fassade des Münsters. »He, Eberhard …«

Aber seine Worte verhallten ungehört. Sie hatten das Tor passiert und standen nun in einem weitläufigen Innenhof.

»Dein Herr erwartet dich«, sagte der Offizier zu Eberhard. »Jemand wird dich zu ihm bringen. Und benimm dich, Bauernlümmel!«

Eberhard stammelte einen Dank und saß ab, als er Geräusche eines Handgemenges hörte, dann Wulfhards Stimme: »Ich muss den Grafen sprechen! Lasst mich los!«

Wütend drehte der junge Mann sich um. »Beim heiligen Georg, versuch doch einmal, Mut zu zeigen, Mann!«, fuhr er Wulfhard an. »Dein Gejammere war schon in Buchhorn erbärmlich!«

Wulfhards Gesicht überzog sich mit fleckiger Röte. »Aber ich habe … ich habe eine Erleuchtung gehabt!«

Eberhard schnaubte.

»Glaub mir, der Graf würde es dir nicht verzeihen, wenn du es ihm vorenthältst, was ich weiß!« Wulfhards Stimme war so beschwörend, dass Eberhard zögerte. »Ich belüge dich nicht, Lebensretter!«

»Was …?«

»Hör nicht auf das Geschmeiß!«, fuhr der Offizier

dazwischen und versetzte Wulfhard einen Stoß in die Rippen, der ihn taumeln ließ. »Bringt ihn fort.«

Eberhard sah zu, wie die Soldaten Wulfhard von der Ladefläche schleiften. Er wollte sich eben verächtlich abwenden, als Wulfhards Worte ihn erreichten.

»Sag dem Grafen, dass ich weiß, wer ihn töten wollte. Sag ihm das!«

Während die Soldaten ihn über den Hof stießen, fragte Wulfhard sich verzweifelt, ob Eberhard seine Worte verstanden und geglaubt hatte. Was würde der Graf tun, wenn er seine Botschaft bekäme? Mehr als einmal hatte Wulfhard in den letzten vier Monaten um den Tod gebetet, aber wann immer die Schmerzen erträglich geworden waren, war sein Lebenswille mit Macht zurückgekehrt. Er drehte den Kopf und musterte den Offizier, der, unnötige Befehle bellend, neben ihm herstapfte. Aus der Nähe konnte er die geplatzten Äderchen in seinen Wangen und die schlechten Zähne sehen. Als er einen Blick des Mannes auffing, grinste er herausfordernd. Dieses Grinsen würde ihm weitere Prügel einbringen, aber die sprachlose Wut in den Augen dieses aufgeblasenen Wichtigtuers war es ihm wert.

Sie betraten einen Nebentrakt des Bischofssitzes, durchquerten Gänge, bis sie schließlich an einer grob in den Stein gehauenen Treppe Halt machten. Wulfhard starrte in die Finsternis zu seinen Füßen und biss die Zähne zusammen. Neben sich fühlte er das Grinsen des Offiziers mehr, als dass er es sah.

»Da runter!«

Die Ketten an seinen Füßen schleiften auf dem Boden, während er im rötlichen Fackelschein seinen Weg ertastete. Ab und zu erinnerte ihn ein leichter Stoß an die Anwesenheit seiner Bewacher. Einer der Soldaten ging voraus und sah sich in dem Raum um, in den die Gefangenen gebracht wurden. Er lachte, und das Geräusch wurde meckernd von den Wänden zurückgeworfen. »Keiner da! Die sind wohl alle sehr fromm hier! Na ja, jetzt wohnt hier der Ehrengast.«

Wulfhard fühlte, wie ihm der Schweiß ausbrach. Eiserne Ringe, von denen schwere Ketten mit Halseisen hingen, glänzten matt im Fackelschein. Der scharfe Geruch von Urin und Moder, der aus den Ecken stieg, weckte Erinnerungen, die er lieber vergessen hätte.

Der Offizier kam mit einer Fackel herein. »Für eine Landplage wie dich genau der richtige Ort«, dröhnte er.

»Warst selbst schon mal hier drin, wie?«

Auf ein Zeichen ihres Anführers hin packten zwei Soldaten Wulfhard an den Armen und hielten ihn fest, während der Offizier ihm die Faust ein, zwei Mal in den Bauch drosch. Dann ließen sie ihn los und sahen gleichgültig zu, wie er auf den Boden sackte.

»Das war dafür, dass du den Herzog einen Verräter genannt hast. Und das …«, er trat Wulfhard, der zu spät begriff, in die Seite, »war eine Warnung. Nenn mich nie wieder Freund, du Sack!«

Wulfhard keuchte, aber es gelang ihm, sich an der Wand hochzuschieben, bis er aufrecht saß und den Offizier anblicken konnte. »Hat sich denn jemand die Mühe gemacht, dir einen Namen zu geben, *Freund*?«

Der Offizier bleckte die Zähne und trat erneut zu. »Bernulf!«

Wulfhard lächelte gequält. »Bernulf«, wiederholte er, als wollte er den Namen auf der Zunge schmecken. »Sollte ich aus der Hölle zurückkommen, Bernulf, schick ich dich dahin!«

Der Offizier ging vor ihm in die Hocke und schob sein Gesicht so dicht an das des Gefangenen, dass Wulfhard jede Einzelheit der wulstigen Narbe über seinem Auge sehen konnte. »Ich kenne Kerle wie dich«, zischte er. »Die glauben nicht mal dann, dass es vorbei ist, wenn sie ihre Gedärme rausquellen sehen. Glaub mir, es ist vorbei. Mach deinen Frieden mit Gott!« Er spuckte Wulfhard ins Gesicht.

Der hob mühsam die Hand und rieb den Speichel mit dem Handrücken fort. »Ich werde beten«, sagte er leise, doch das Echo warf seine Stimme zurück, »denn jetzt habe ich eine Rechnung offen, Bernulf. Ich töte dich, und wenn ich dazu aus der Hölle zurückkommen muss.«

Er sah den Schlag kommen und schloss die Augen, ehe die Schwärze der Bewusstlosigkeit ihn aufnahm.

Ein Mönch bedeutete Eberhard, am Ende des Ganges zu warten. Der junge Mann wusste, dass sich hier das Zimmer des Fürstbischofs befand. Er sah die dunkle Kutte hinter einer Tür verschwinden und fühlte sich plötzlich grenzenlos verlassen. Obwohl der Mönch nur das Notwendigste mit ihm gesprochen hatte, war er ihm dennoch wie ein Beschützer in dieser furchteinflößenden Umgebung erschienen. Während Eberhard darüber nachdachte, wie hoch die Flure und die Decke sein mochten, versuchte er sich in Erinnerung zu rufen, was er sagen wollte. »Herr, ich danke Euch, dass Ihr mich empfangen habt …«

Eberhard unterbrach seinen geflüsterten Monolog, da er Schritte und Stimmen vom anderen Ende des Gangs kommen hörte. Er drückte sich mit dem Rücken gegen die Mauer und betete darum, unsichtbar zu sein, während die beiden hochgewachsenen Edelleute an ihm vorbeischlenderten. Beide waren von respekteinflößender Statur, und im gedämpften Licht des Flurs bemerkte Eberhard ihre hellen Haare.

»Sachsen«, schoss es ihm durch den Kopf. Atemlos sah er zu, wie die beiden das Zimmer des Fürstbischofs betraten.

Eberhard wagte gar nicht, sich vorzustellen, welche Staatsgeheimnisse hinter dieser Tür besprochen werden mochten. »Herr, ich danke Euch, dass Ihr mich empfangen habt, aber ich bringe schlechte Nachrichten …«, flüsterte er. Er klammerte sich an die Worte wie an einen letzten Halt, während er mit wachsender Nervosität darauf wartete, dass der Mönch zurückkehrte.

Wieder erklangen Schritte, eine tiefe Stimme sagte: »Du musst Eberhard sein!«

»Wie?« Eberhard fuhr herum und wurde blass, als er in ein ihm vage bekanntes Gesicht blickte. »Herr? Ja …«

Er sank auf ein Knie. »Ich …« Sein Gehirn war wie leergefegt. »Ich … ich …«

Udalrich sah sekundenlang auf den jungen Mann hinunter. »Du dankst mir für den Empfang und bringst schlechte Nachrichten«, sagte er mit einem Anflug von Belustigung. »Ich bin gespannt, was für Nachrichten das sind. Aber nun steh auf. Spar dir den Kniefall für den König. Ich erwarte Haltung von meinen Männern.«

»Ja, Herr!«

»Warum stehst du vor der Tür?«

»Ein Mönch hat mich hierher gebracht. Ich warte auf ihn.« Eberhard dachte an Udalrichs Worte und versuchte, den kläglichen Unterton aus seiner Stimme zu verbannen. Seine Augen brannten vor Erschöpfung. »Dann sind noch zwei sächsische Edelleute hineingegangen.«

»Sachsen?«

»Ich glaube, einer hat gehinkt, Herr!«

Ein Zucken, das Eberhard nicht deuten konnte, lief über Udalrichs Gesicht. »Und der andere war blond mit grünblauen Augen?«

»Ja, Herr.«

»Du bist eben den beiden mächtigsten Männern des Reiches begegnet. Herzog Burchard.« Er machte eine bedeutungsvolle Pause. »Und dem König.«

Eberhard fühlte, wie seine Knie weich wurden. Er stammelte eine Rechtfertigung, aber Udalrich brachte ihn mit einer knappen Geste zum Schweigen. »Haben sie dich angesprochen?«

»Nein, Herr.«

»Wenigstens etwas.« Udalrichs weiße Augenbrauen waren gerunzelt. Endlich schien er zu einem Entschluss zu kommen. »Ich lasse dich rufen. Und denk an den Kniefall, wenn du dem König gegenüberstehst.«

Er ging und ließ Eberhard zurück. Sekunden dehnten sich zu Ewigkeiten. Endlich winkte der schweigsame Mönch ihn herein. Haltung!, dachte Eberhard. Er drückte das Kreuz durch, hob das Kinn und folgte der dunklen Kutte.

Licht flutete ihm entgegen, als er das Zimmer des Fürstbischofs betrat. Nach dem Zwielicht musste Eberhard die Augen zusammenkneifen, um überhaupt etwas zu erkennen. Flüchtig sah er Udalrich im Gegenlicht, dann die beiden Sachsen. Er holte tief Luft und fiel auf die Knie. »Vergebt mir, mein Herr und König, dass ich Euch nicht erkannt habe!«, stieß er hervor und senkte den Kopf.

Tiefes Schweigen breitete sich aus. Nach einer Weile wagte Eberhard den Kopf zu heben. Leuchtende grünblaue Augen starrten drohend auf ihn herab. Eberhard schaute hilfeflehend auf Udalrich, aber das Gesicht des Grafen war zu einer Maske erstarrt. Plötzlich erhob sich eine vierte Gestalt, die bisher stumm am Fenster gesessen hatte. Es war ein alter Mann, den Eberhard bislang gar nicht wahrgenommen hatte. Obwohl auch dieses Gesicht ernst war, glaubte Eberhard in den hellen grauen Augen unbändige Belustigung tanzen zu sehen.

»Als Schwabe ist es angemessen, dass du vor diesem Mann kniest, junger Freund, allerdings handelt es sich nicht um den König«, sagte er und nickte milde zu dem Begleiter des Herzogs hinüber.

Eberhard brachte nur ein Krächzen zustande. Das Schweigen dehnte sich unbarmherzig.

»Ich denke, wir sollten dem jungen Mann seinen Fehler verzeihen.« Die ruhige Stimme füllte den Raum bis in die letzte Ecke. Eberhard brauchte einige Sekunden, ehe er begriff, dass er den Herrscher sprechen hörte. Er wagte einen Blick in das bärtige Gesicht und stellte fest, dass ein leichtes Lächeln um den königlichen Mund spielte. »Er ist hier nicht als Hofmann, sondern als Bote. Fürstbischof, ich werde über Eure Worte nachdenken und mit meinem Medicus beraten, wann er die Abreise für unbedenklich hält.« Er lächelte mit feinem Spott. »Natürlich ist mir bewusst, dass der Säckel der Reichskirche nicht bodenlos ist.« Er nickte dem Bischof und Udalrich zu und verließ mit Burchard das Gemach.

Eberhard überlegte, ob er sich erheben sollte. Graf Udalrich hatte Haltung von ihm gefordert, aber der junge Mann bemerkte die Zornesadern in den Schläfen seines Herrn. »Heilige Muttergottes«, betete er stumm. »Hilf mir!«

Wieder war es der alte Mann, der das Schweigen brach. »Steh auf, junger Freund«, befahl er. »Du heißt Eberhard, nicht wahr?«

»Ja, Herr«, antwortete der mit schwankender Stimme.

»Und du weißt, wer ich bin? Sprich frei.« Wieder tanzten heitere Irrlichter in den grauen Augen. »Niemand zürnt, wenn du es nicht weißt.«

»Ihr … Ihr seid der Fürstbischof«, flüsterte Eberhard und stand unbeholfen auf.

Salomo lachte leise. »Das ist richtig.« Er kehrte zu seinem Stuhl am Fenster zurück und ließ sich mit einem Ächzen hineinfallen. »Und nun berichte, was dich nach Konstanz führt.«

»Ja, Herr.« Eberhard machte ein paar Schritte vorwärts, bis das kurzsichtige Blinzeln, das er von seiner Mutter kannte, sich legte. Sein scheuer Blick streifte Udalrich, aber das Gesicht des Grafen war immer noch dunkel vor Wut. Stockend berichtete er von den Morden an Reinmar und der Magd und von dem Aufruhr in Buchhorn.

»Und warum hast du diesen verdammten Verräter wieder hergeschleppt?«

Eberhard zuckte zusammen und zwang sich, dem Grafen ins Gesicht zu sehen. »Gerald ... der Schmied ... er meint, er würde sonst einfach getötet, obwohl der Pfaffe sagt, das sei nicht recht. Sie wollten ihn in seinem Gefängnis verbrennen.«

Udalrich stieß ein Schnauben aus und wandte sich ab. Salomo musterte ihn streng. »Der junge Gerald hat ganz richtig gehandelt, Udalrich«, sagte er. »Der Mord ist schlimm, aber einen Menschen deswegen zu verbrennen, ist auch eine Sünde.«

»Und ob der Mord schlimm ist! Reinmar hat Seite an Seite mit mir gekämpft!« Hilflos ballte Udalrich die Hände. Er warf sich in einen Stuhl und starrte vor sich hin. »Abgeschlachtet und verstümmelt!«

Salomo legte ihm leicht die Hand auf die Schulter und ließ sie dort liegen, während er sich wieder an Eberhard wandte: »Du siehst erschöpft aus. Lass dir etwas zu essen geben und ruh dich aus, ehe du heimreitest.«

»Ja, Herr, danke.« Eberhard zögerte.

»Ist noch etwas?«

»Der Verurteilte … Wulfhard … er hat mir noch etwas gesagt, bevor er weggebracht wurde. Er sagte, es sei wichtig.«

»Ach«, höhnte Udalrich. »Auf der Folter wusste er nichts, und jetzt will ihm etwas eingefallen sein?«

»Verzeiht, Herr, ich weiß, es klingt unglaubwürdig.« Eberhard hatte das Gefühl, dass er auf der Stelle hätte einschlafen können. Wulfhards beschwörender Blick und Udalrichs zornige Augen vermischten sich in seiner Vorstellung zu einem Basiliskenblick.

»Sprich trotzdem«, forderte Salomo ihn auf, während seine altersfleckige Hand ihren Druck auf Udalrichs Schulter verstärkte.

Eberhard straffte sich mit letzter Kraft. »Wulfhard hat gesagt, er wisse, wer Euch, Herr, töten wollte.«

Udalrich sprang auf die Füße und packte Eberhard an der Schulter. »Das hat er gesagt?«

»Ja, Herr.«

»Wer ist es?«

»Das … das weiß ich nicht.«

»Geschwätz eines Verräters!« Der Graf ließ ihn so heftig los, dass Eberhard taumelte. Ängstlich schaute er von seinem Herrn zum Bischof und wieder zurück. Salomos Gesicht war so plötzlich ernst geworden, dass der junge Mann glaubte, einen anderen Menschen vor sich zu haben.

»Vielleicht ist es wirklich das Geschwätz eines Verräters«, sagte der Fürstbischof, »aber du musst der Sache auf den Grund gehen, Udalrich!«

»Du meinst, ich soll ihn herbringen lassen?« Die Stimme des Grafen bebte. »Hierher?«

Eberhard dachte an den stinkenden Gefangenen und verzog das Gesicht.

»Nein«, entgegnete Salomo ernst. »Das ist eine Sache, in der du kein Aufsehen erregen möchtest. Geh zu ihm und finde heraus, was er weiß.«

»Niemals!« Udalrich verschränkte die Arme. Sein Gesicht war sehr weiß geworden.

»Udalrich! Er ist der Gefangene, nicht du! Schließ ab mit der Vergangenheit und geh.«

In den Bruchteilen von Sekunden, die der Blickwechsel zwischen Udalrich und Salomo dauerte, wurden die vielfältigsten Botschaften ausgetauscht, und obwohl Eberhard keine davon verstand, war er nicht überrascht, als der Graf sich mit einem Seufzer entspannte. »Du hast gewonnen. Ich gehe.«

Udalrich zwang sich, gleichmäßig zu atmen, während er dem Reisigen folgte, der ihm mit einer Fackel den Weg ausleuchtete. Am Fuß der Treppe blieb er stehen, ließ sich von dem Mann die Fackel geben und schickte ihn fort. Er wartete, bis die Schritte verhallt waren, danach wischte er seine feuchten Handflächen an seinem Wams ab und betrat den Kerkerraum. Langsam schob er die Fackel in die eiserne Halterung und sah sich nach dem Gefangenen um. Er wusste, was Folter und Hunger aus einem Mann machen konnten, dennoch war es ihm, als fasse eine kalte Hand nach ihm, während er Wulfhard betrachtete.

»Du hast mir etwas zu sagen?«

Wulfhard sah aus müden Augen auf. Das Lächeln, das sein Mund zu formen versuchte, fiel in sich zusammen, als er den Grafen erkannte. »Ja, Herr.« Er stemmte sich mit übermenschlicher Anstrengung an der Wand hoch.

Udalrich zuckte beim Anblick der Ketten unmerklich zusammen. Er fühlte den Schweiß über seinen Rücken rinnen, während die Stimmen der Erinnerung lauter flüsterten. »Du sagst, du weißt, wer mich töten wollte?«

»Ja, Herr.«

»Dir ist jetzt etwas eingefallen, was die Folter dir nicht entlocken konnte?«, fragte Udalrich rau. »Halt mich nicht zum Narren. Ich weiß, wozu die Peitsche einen Mann bringt.«

»Ich habe gesagt, dass ich die Gesichter jener Männer nie gesehen habe, und das ist die Wahrheit. Aber heute bin ich einem Mann begegnet, der auf einem prächtigen Rappen mit einer weißen Zeichnung auf der Hinterhand saß. Herr, mit Pferden kenne ich mich aus. Und dieses habe ich oft genug versorgt, wenn der Junker sich mit seinen Freunden traf. Ich schwöre, dieser Mann ist hier.«

»Hier in Konstanz?«

»Besser!« Die alte Frechheit blitzte in Wulfhards Augen auf. »Hier im Sitz des Bischofs.«

Trotz des Gestanks, der von dem Gefangenen ausging, trat Udalrich dicht an ihn heran und blickte direkt in sein abgemagertes Gesicht. »Warum erzählst du mir das? Du bist zum Tode verurteilt. Was hast du zu gewinnen?«

Etwas in Wulfhards schmutziger Wange zuckte. »Alles.«

»Oder nichts.«

Wulfhard hob die Schultern.

Sekundenlang waren nur das Zischen der Fackel und Udalrichs schwerer Atem zu hören. »Vielleicht war es wirklich Gottes Wille, dass du in Buchhorn nicht gestorben bist. Vielleicht hatte Reinmars Tod einen Sinn.« Der Widerhall warf seine Stimme verzerrt zurück. »Ich muss darüber nachdenken. Du wartest hier.«

»Ja, das werde ich wohl«, brummte Wulfhard, aber der Graf hörte ihn schon nicht mehr.

Udalrich war nicht überrascht, Salomo nicht allein anzutreffen. Am Fenster stand Eckhard. Der Mönch verbeugte sich ehrerbietig, ehe er wieder in statuenhafte Starre verfiel. Udalrich nickte ihm kurz zu und warf sich in einen Stuhl. »Es ist dieser verdammte Welfe, Ottmar!«, rief er.

Eckhard sah Salomo fragend an. Der hob die Augenbrauen und musterte seinerseits Udalrich. Da niemand etwas sagte, ergriff Salomo endlich das Wort: »Du hältst Wulfhard demnach für glaubwürdig.«

»Ja! Es passt alles zusammen!«

Salomo seufzte. »Also war es Gottes Vorsehung, dass Wulfhard nach Konstanz gekommen ist. Jetzt allerdings liegt die Sache in der Hand des Herzogs. Und ich weiß leider, dass er nichts gegen das welfische Haus unternehmen wird. Er braucht die Unterstützung jedes Grafen, um gegen Rudolf von Burgund Stärke zeigen zu können. Er kann es sich einfach nicht leisten, mit Ottmars Familie zu brechen.«

Der Graf ballte seine Rechte zur Faust. »Dann soll der König entscheiden!«

Salomo schüttelte milde den Kopf. »Heinrich hat momentan andere Sorgen. Du kannst froh sein, wenn er dir deinen Willen lässt, von der Vergangenheit zu schweigen.«

»Ihr spielt auf die Ungarn an?«

Eckhard trat einen Schritt ins Licht. »Angenommen, die Welfen haben Verbindungen zu den Ungarn …«

»Eckhard, du redest Unsinn!«

Eckhard lächelte dünn. »Drücken wir es so aus: Angenommen, der König glaubt das.«

Salomo schüttelte den Kopf. »Heinrich ist alles andere als dumm. Nein, schlagt euch das aus dem Kopf, alle beide.«

Der Graf presste die Lippen aufeinander und rieb seine Handflächen mit einem hässlichen Geräusch über das Holz der Armlehnen, aber Eckhards Lächeln vertiefte sich. »Es wäre dennoch interessant zu sehen, wie Ottmar auf den Gefangenen reagiert, vor allem in Gegenwart des Königs. Burchard würde sich jeder Entscheidung Heinrichs beugen, gerade in seiner jetzigen Situation.«

»Und deine Eitelkeit wäre auch befriedigt. Die Welfen, die du nicht hast überführen können, wären doch noch bloßgestellt«, sagte Salomo mit einem leichten Lächeln. Er stützte das Kinn auf die gefalteten Hände und dachte nach. »Andererseits haben wir auch nichts zu verlieren. Ich werde mit Heinrich sprechen. Wenn ihm der Fall wichtig genug erscheint, dann soll es so sein.«

»Und danach werde ich sofort nach Buchhorn zurückkehren.«

»Wir wollen nichts überstürzen. Udalrich, in welchem Zustand befindet sich Wulfhard?«

»Er stinkt erbärmlich!«

»Eckhard, du wirst veranlassen, dass er gewaschen wird und saubere Kleidung erhält. Lass ihm auch die Ketten abnehmen. Wir wollen dem König einen Menschen vorführen, kein verwahrlostes Tier. Und hör dich weiter um, ob du etwas über den Anschlag auf den König herausbekommen kannst.«

»Ja, Herr.«

»Lasst mich jetzt allein. Ich bin ein alter Mann und brauche meine Ruhe.«

Nachdem die beiden das Gemach durch verschiedene Türen verlassen hatten, lehnte Salomo sich zurück und blickte hinaus auf den Platz, das Münster und die Häuser. In den letzten Wochen fühlte er immer häufiger eine bleierne Müdigkeit in den Knochen, während sein Geist nach wie vor rastlos arbeitete. Er griff nach dem Becher, der auf seinem Tisch stand, und ließ den schweren Wein über die Zunge rollen.

Ein leises Klopfen schreckte ihn auf. Ein Mönch trat ein und flüsterte ihm ein paar Worte ins Ohr. Salomo lächelte. »Natürlich. Schick sie herein.«

Er schob den Krug zurück und sah der Gräfin von Buchhorn freundlich entgegen. Wendelgard blieb in der Tür stehen und senkte den Kopf. Ihr helles Kleid und der Schleier, der ihr Haar bedeckte, verliehen ihr einmal mehr das Aussehen einer sehr viel jüngeren Frau. Erst als sie näher trat, wurden die zarten Falten um Augen und Mund sichtbar.

»Setz dich doch, Wendelgard.« Der Bischof zeigte auf den Stuhl, auf dem eben noch Udalrich gesessen hatte.

Wendelgard folgte seiner Aufforderung und faltete die Hände im Schoß. Sie saß nahe genug, dass Salomo das Zittern ihrer Unterlippe erkennen konnte.

Er beugte sich vor. »Ich freue mich, dich zu sehen, Wendelgard. Ich hoffe, deine Kinder sind wohlauf.«

Die Frage zauberte ein Lächeln auf ihr angespanntes Gesicht. Sie nickte lebhaft. »Es geht ihnen gut. Sie werden nur viel zu schnell erwachsen. Udalrich ist fast schon ein junger Mann mit seinen elf Jahren. Jedenfalls glaubt er das. Ich bin so froh, meine Kinder wiederzuhaben. Und meinen Mann.« Das Beben ihrer Lippen kehrte zurück.

Salomo nahm ihre gefalteten Hände in die seinen. »Und warum habe ich bei all diesem Glück das Gefühl, dass unter der Oberfläche ein Orkan schlummert, der den Bodensee erschüttern könnte?«

Rote Flecken erblühten auf ihrem Hals. »Udalrich will zurück nach Buchhorn. Ohne mich und die Kinder. Er sagt, er müsse nach dem Rechten sehen, er müsse den Mann bestrafen, der seinen Gefolgsmann getötet hat. Aber der ist tot! Ich lebe, und trotzdem bin ich weniger wichtig für ihn!« Sie spürte den Druck seiner Hand und senkte ihre Stimme beschämt. »Ich will nicht, dass er geht! Ich will nicht!«

»Spricht so eine Frau, die jahrelang als Inkluse gelebt hat?«, fragte Salomo ernst.

Wendelgard schüttelte verzweifelt den Kopf. »Aber ich bin keine Inkluse mehr. Ich bin wieder Udalrichs Frau, und ich will an seiner Seite sein. Wir haben so viele Jahre verloren. Manchmal glaube ich, dass ich ihn ganz neu kennenlernen muss. Wenn ich die Narben auf seinem Körper sehe, habe ich Angst.« Unter den Wimpern hervor warf sie Salomo einen scheuen Blick zu. »Ist das schlimm?«

Er strich ihr stumm über die Wange. Sein Nicken forderte sie auf weiterzusprechen.

Sie blinzelte eine Träne weg. »Ich bin eine schlimme Sünderin, Salomo. So schlimm, dass ich es gar nicht aussprechen kann.«

»Versuch es!«

»Ich bin nicht traurig über Reinmars Tod!« Unter dem beherrschten Tonfall zitterte ungehemmte Leidenschaft. »Udalrich soll endlich die Möglichkeit bekommen zu vergessen, was geschehen ist. Und jedes Mal, wenn er Reinmar gesehen hat, hat er an Ungarn gedacht, an den Krieg, an die Gefangenschaft, und alles ist düster geworden.« Sie schlug die Hände vor das Gesicht. »Oh Salomo, ich weiß, dass ich ein schlechter Mensch bin, du brauchst es mir nicht zu sagen.«

»Du bist nicht schlecht, mein Kind, nur leidenschaftlich und gedankenlos. Bete, dass der Versucher nicht die Oberhand gewinnt.« Er wartete, bis ihr Schluchzen sich gelegt hatte, dann hob er sanft ihr Kinn und zwang sie, ihm in die Augen zu sehen. »Du willst, dass dein Mann mit der Vergangenheit abschließt. Dann musst du ihn darin unterstützen, seine Pflichten wieder wahrzunehmen. Und zu seiner Pflicht als Graf gehört Buchhorn. Selbst wenn dir Reinmars Tod nicht nahegeht, was ist mit dem Schicksal der jungen Frau?«

»Welcher Frau?«

»Der Magd, die ebenfalls ermordet worden ist.«

Wendelgard rückte ihren Schleier zurecht. »Davon hat Udalrich mir gar nichts erzählt.« Sie schien eine bittere Bemerkung machen zu wollen, besann sich aber. »War sie …« Sie errötete leicht. »Sind sie zusammen ermordet worden?«

Salomo musterte Wendelgard überrascht. »Ich weiß es nicht. Das ist ein interessanter Gedanke. Ich werde mit Eckhard darüber sprechen. Und was wirst du tun?«

Wendelgard fasste die Hand des alten Mannes und betrachtete mit einem Ausdruck von überströmender Zärtlichkeit die dünne Haut, die sich über den Knochen spannte. »Ich werde tun, was ein weiser Freund mir geraten hat. Ich werde zu meinem Mann gehen und ihm eine gute Frau sein.«

»Und was bedeutet das?«

In ihren blauen Augen erschienen goldene Pünktchen. »Ich werde ihn nicht mehr bestürmen zu bleiben.

Ich werde ihn bitten, mich und die Kinder mitzunehmen.«

Salomo lachte leise. »Das ist zumindest ein Schritt in die richtige Richtung, mein Kind. Und nun lauf, bevor du deine guten Vorsätze wieder vergisst.«

Diesmal fiel ihre Verbeugung spielerisch aus. »Ich danke Euch, mein Abt!«, rief sie und verließ das Zimmer durch die Tür, die zum Gang führte.

Salomo wartete, bis alles wieder still war, dann drehte er den Kopf nach der anderen Tür und sagte ruhig: »Eckhard!«

Lautlos betrat der Sekretär das Zimmer und verneigte sich. Sein Gesichtsausdruck war herb.

»Nun, was denkst du?«

»Dass die Gräfin eine gedankenlose, gottlose Frau ist. Sie kennt keine Demut! Und sie erschöpft Euch!«

»Ich denke, das macht ihren Liebreiz aus«, bemerkte Salomo gütig. »Und wenn jemand Udalrich aus seiner Finsternis locken kann, ist sie es. Aber was hältst du von ihrer Idee hinsichtlich Reinmar und dieser Frau?«

»Das wird leicht herauszufinden sein.« Eckhards Nasenflügel blähten sich. »Es ist eine Spur, die ich in jedem Fall verfolgt hätte.«

»Eckhard, auch du musst dich vor dem Teufel hüten.« Diesmal lächelte der Fürstbischof nicht. »Du nennst Wendelgard gottlos, aber Stolz ist die schlimmste Todsünde. Und du bist stolz!«

»Herr!« Die Kutte des Mönchs raschelte leise, als er vor Salomo auf die Knie fiel. »Ihr habt recht.«

»Natürlich habe ich recht. Ich kenne dich gut genug. Sag mir, was hältst du von Frauen?«

Ein überraschtes Zucken lief über das schmale Gesicht des Mönchs. »Sie sind Sünderinnen, die den Mann versuchen.«

Salomo schnaubte. »Ich wollte nicht wissen, was Augustin von ihnen hält, sondern du. Also? Was macht das Leben einer Frau aus?«

Einen Herzschlag lang wanderte Eckhards Blick am Gesicht des Bischofs vorbei aus dem Fenster. »Liebe«, sagte er langsam. »Und Verlust.«

»Und dieser Widerstreit macht sie gleichzeitig stark und schwach«, sagte Salomo mit einem Nicken. »Ein göttliches Paradox …«

»Ja, Herr.« Eckhard zögerte und erhob sich. »Warum fragt Ihr?«

»Ich weiß es nicht. Ich habe das Gefühl, dass es wichtig ist, aber ich weiß nicht, warum. Ich werde um Erleuchtung beten.« Er wedelte mit der Hand. »Bring mir meinen Becher und dann geh!«

Wulfhard lauschte atemlos in die Stille des Kerkers hinein. Das Warten, die Bewegungslosigkeit, zu der er verdammt war, war ihm nie so quälend vorgekommen. Dass der Graf selbst zu ihm gekommen war, übertraf alles, was er sich je erhofft hatte. Aber er war gegangen, ohne mehr als einen vagen Hoffnungsschimmer zurückzulassen. Hunger, Durst, und dieser elende Fetzen Hoffnung vereinigten sich zu etwas, das ihm einen Vorgeschmack auf die Hölle geben zu wollen schien. Wütend drehte er die Gelenke in den eisernen Schellen und brüllte einen Fluch gegen die nackten Wände. Sogar das Echo schien ihn zu verhöhnen. Er schloss die Augen. Und wartete.

Geräusche auf der Treppe ließen ihn erneut auffahren. Er glaubte, die Schritte von zwei Männern zu unterscheiden. Sein Herzschlag beschleunigte sich. Zwei Gestalten lösten sich aus der Dunkelheit. Wulfhard erkannte ihre Gesichter und heulte auf vor Wut und Enttäuschung.

Bernulf grinste ihm seinen schlechten Atem ins Gesicht. »Na, bereit für deine Hinrichtung? Hast du dir von den Ratten die letzte Ölung geben lassen?«

Wulfhards Gedanken rasten. Er konnte nicht begreifen, dass der Graf ihn so schnell hinrichten lassen wollte. Es sei denn, es war nicht der Wunsch des Grafen! Während er sich von Bernulf auf die Füße zerren ließ, versuchte er, in dem Gesicht des zweiten Soldaten zu lesen. Es wirkte unbeteiligt, aber Wulfhard glaubte, eine Spur von Missbilligung darin zu erkennen, die nicht ihm galt.

»Ich denke, der Herzog will dich persönlich aufschlitzen, Verräter!«

»Lass das Denken, Bernulf, es bekommt dir nicht!«

Bernulf holte aus, ließ aber den Arm sinken, weil sein Begleiter ein scharfes »Halt« ausstieß. »Du kennst die Befehle!«

Wulfhard drehte sich um. »Befehle? Dann denke ich mal – und ich kann das – dass meine Gebete erhört worden sind. Also, wohin sollst du mich bringen? Lass mich raten, zum Grafen von Buchhorn?«

Bernulf stierte ihn mit hervorquellenden Augen an.

Wulfhard hob seine Hände, dass die Ketten sich spannten. »Hab ich recht?«

»Genug jetzt!«, befahl der andere Soldat mit der gleichen ruhigen, befehlsgewohnten Stimme. »Wir haben Anweisungen und die werden wir ausführen. Oder siehst du das anders, Bernulf? Und was dich angeht«, er wandte sich an Wulfhard, der automatisch in Abwehrhaltung ging, »du tust dir selbst einen Gefallen, wenn du den Mund hältst und tust, was man dir sagt!«

»Und was sagt man mir?«

Etwas wie Belustigung zuckte um den harten Mund des Mannes. »Geh vor, Kerl! Wir bringen dich in die Schmiede.«

Mit den festen Schritten und den wütenden Atemzügen Bernulfs im Rücken schleppte sich Wulfhard die enge Treppe hinauf. Oben überholte der Offizier ihn und zerrte ihn an den Ketten durch einen Durchlass in die Schmiede, die zum Anwesen des Fürstbischofs gehörte. Es roch nach Holzkohle und Ruß. Wulfhard war froh, dass der Schmied keinerlei Ähnlichkeiten mit Gerald aufwies. Er war ein älterer Mann mit schütterem Haar und blassblauen Augen. Nur die Muskeln seiner Oberarme wölbten sich ähnlich wie die des jungen Buchhorners. Sein Blick ging durch den Gefangenen hindurch. Er musterte die Ketten mit professionellem Interesse, nickte vor sich hin und griff nach einem Hammer. »Stell den Fuß auf den Amboss und halt still!« Er hatte die raue Stimme eines Mannes, der nicht viele Worte machte. Ein Hammerschlag, und der Bolzen sprang aus der rechten Fußschelle. Ein weiterer Schlag, und Wulfhards Beine waren frei. »Hände da drauf.« Er klopfte mit dem schmutzigen Zeigefinger auf den Amboss.

Nachdem Wulfhard gehorcht hatte, zischte Bernulf: »Hau nur einmal daneben, Schmied!«

Der musterte den Soldaten eisig. »Ich schlag nie daneben!«, knurrte er und befreite Wulfhard mit zwei sicheren Schlägen von den Ketten.

Wulfhard schloss die Augen und tastete vorsichtig über das wunde Fleisch seiner Gelenke. »Und jetzt«, sagte er, ohne sich zu bewegen, »solltest du anfangen zu rennen, Bernulf.«

»Keine Dummheiten!« Der zweite Soldat legte ihm schwer die Hand auf die Schulter. »Komm!« Er führte Wulfhard zu den Unterkünften der Wachsoldaten und öffnete eine Tür. Überrascht sah Wulfhard einen Wasserzuber und saubere Kleider auf einer Pritsche. Er streckte die Hand aus und berührte mit den Fingerspitzen das Messer, das zuoberst lag.

»Damit rasierst du dich«, sagte der Soldat. In seiner Stimme lag eine Mischung aus Warnung und Belustigung. »Zu etwas anderem taugt es ohnehin nicht. Und jetzt beeil dich!« Er schloss die Tür und ließ Wulfhard allein. Der brauchte ein paar Sekunden, ehe er sich aus seiner Erstarrung löste. Dann riss er die stinkenden Lumpen herunter und schleuderte sie in eine Ecke, tauchte die Hände in das Wasser und trank gierig. Erst als sein Durst gestillt war, machte er sich daran, den Schmutz der letzten vier Monate von seinem Körper zu waschen. Das Wasser brannte in den verschorften Peitschenstriemen, die die Folter auf seinem Rücken hinterlassen hatte. Vorsichtig reinigte er seine Gelenke, damit sie sich nicht entzündeten. Weiter wagte er nicht zu denken. Er streifte Hose und Wams über und griff nach dem Rasiermesser.

Als er draußen Stimmen hörte, schrak er zusammen und lauschte.

»Er wäscht sich gerade«, sagte sein Bewacher respektvoll.

»Öffne, ich habe dem Verräter etwas zu sagen!«

Atemlos fixierte Wulfhard die Tür. Im letzten Moment fiel ihm ein, dass er das Messer in der Hand hielt. Er warf es auf die Pritsche und wich zurück. Die schmale Tür schwang auf und gab den Blick auf einen hünenhaften Mann in vornehmer Kleidung frei. Seine stechenden Augen richteten sich auf Wulfhard, der sofort auf die Knie fiel und den Kopf senkte.

»Herr?«

Der blonde Mann packte ihn am Kragen und riss ihn hoch. Einen Moment lang schien die Welt nur aus seinen hellen grünlichen Augen zu bestehen. »Du sagst, dass du etwas über die Welfen weißt? Damit willst du dir dein Leben erkaufen? Nun, habe ich recht?«

Wulfhard schwieg.

»Gut, ich brauche deine Antwort nicht. Hör mir einfach nur zu: Mir ist es egal, ob du lebst oder verreckst. Aber der Frieden in meinem Herzogtum ist mir nicht gleichgültig, und du wirst keinen meiner Grafen anschwärzen. Wenn doch, kannst du dich gleich in diesem Bottich da ersaufen, haben wir uns verstanden?«

»Ja, Herr.«

»Gut!« Der blonde Hüne ließ Wulfhard los. »Vergiss es nur nicht!« Mit diesen Worten schmetterte er die Tür hinter sich zu. Wulfhard holte ein paar Mal tief Luft. Er griff nach dem Rasiermesser, stellte aber fest, dass seine Hände zu stark zitterten. »In was bist du hier hineingeraten?«, flüsterte er. »Und wie kommst du wieder heraus?«

»Bist du fertig da drin?«

»Gleich!« Hastig schabte Wulfhard sich die schmierigen Stoppeln aus dem Gesicht und trat ins Freie. Das strahlende Sonnenlicht tauchte den Hof in einen Glanz, der ihm göttlich vorkam.

Der Soldat bedachte ihn mit einem schrägen Blick. »Mach dir nur keine zu großen Hoffnungen«, brummte er. »Der König findet einfach keinen Gefallen an stinkenden, schmutzigen Gefangenen. Und jetzt komm.«

Er packte Wulfhard am Arm und führte ihn über den Hof zum Hauptgebäude des Bischofssitzes. Ganz allmählich fühlte Wulfhard, wie Angst die Oberhand über die Euphorie gewann. »Wer war das eigentlich vorhin?«, fragte er gepresst.

Der Soldat stieß ein Lachen aus. »Das? Das war der Herzog von Schwaben. Du musst wirklich ein wichtiger Mann sein. Und jetzt schweig, wir sind da.«

Wulfhard biss sich auf die Lippen. Der Mann hatte recht. Er war wichtiger, als ihm lieb war. Vor der Tür des

Audienzsaals versetzte sein Bewacher ihm einen letzten Rippenstoß, aber er sagte nichts. Stattdessen öffnete er die Tür.

»Ich bringe den Gefangenen.«

»Er soll vor uns treten.«

Zum ersten Mal in seinem Leben drohte seine Frechheit Wulfhard im Stich zu lassen. Er schluckte trocken und überschritt die Schwelle.

Hinter dem langen Tisch am Ende des Raumes saßen vier Männer. Zwei von ihnen kannte er, Udalrich und Burchhard. Der Alte mit dem kahlen Schädel musste der Fürstbischof sein. Die Worte des Soldaten klangen ihm plötzlich in den Ohren. ›Der König liebt den Anblick stinkender Gefangener nicht.‹ Er sah den vierten Mann an und fiel wortlos auf die Knie.

»Erhebe dich, im Namen Gottes!«, gebot Salomo mit einer ruhigen Geste. Aus den Augenwinkeln bemerkte Wulfhard, wie Burchard finster die Brauen zusammenzog, aber da kein Einwand kam, gehorchte er. Plötzlich wusste er nicht mehr, wohin mit seinen Händen. Er verschränkte sie hinter dem Rücken und ballte sie zu Fäusten. Keines der vier Gesichter ließ auf Gnade schließen.

»Schwörst du bei Gott«, begann Salomo, der offensichtlich den Vorsitz führte, »dass das, was du Graf Udalrich erzählt hast, der Wahrheit entspricht?«

»Ich schwöre.«

»Du kannst den Mann, der das Komplott mit Junker Ludowig von Bregenz geschmiedet hat, eindeutig identifizieren?«

Burchard beugte sich vor. In seinen Augen loderten grünblaue Flammen. Wulfhard starrte ins Leere. »Den Mann nicht, aber sein Pferd.« Er lauschte seinen eigenen Worten nach und verwünschte sie dafür, dass sie so lächerlich klangen. Gleichzeitig sah er, wie der Herzog sich mit einem grimmigen Lächeln zurücksinken ließ.

»Sein Pferd?« Heinrich sah von Salomo zu Udalrich. Seine Hände bewegten sich unruhig. »Soll das ein Scherz sein? Ihr klagt einen Mann aufgrund seines Pferdes an? Sprich, was meinst du damit?«

Am liebsten wäre Wulfhard erneut auf die Knie gefallen. Seine Beine zitterten. »Herr, es war meine Aufgabe, für die Pferde meines damaligen Herrn, des Junkers, zu sorgen, ebenso wie für die seiner Gäste. Und darunter befand sich auch ein Rapphengst mit weißer Zeichnung. Ich habe selten ein schöneres Tier gesehen. So eines verkauft ein Mann nicht, Herr.«

»Und dieses Tier gehört Ottmar von Altdorf!«, rief Udalrich.

»Schweigt! Bringt Ottmar her. Ich will hören, was er zu sagen hat.«

»Aber Herr …«

»Auch Ihr werdet schweigen, Herzog!«, befahl der König scharf.

Wulfhard hatte das Gefühl, als erstarre alles um ihn herum, während sie auf den jungen Welfen warteten. Als der eintrat, zeigte sein Gesicht nur unbekümmerte Arroganz. Er beugte das Knie kurz vor dem König und erhob sich auf einen Wink hin wieder. Wulfhard musterte das scharf geschnittene, gut aussehende Gesicht verstohlen. Alter und Statur stimmten mit seiner Erinnerung überein, aber die Züge des Mannes hatte er nie gesehen. Er ballte die Hände noch fester.

»Ihr habt mich rufen lassen?«, rief Ottmar in die Stille hinein.

Heinrichs Blick wurde kühl. »Wir wissen, dass Ihr einen Rapphengst besitzt. Wie lange ist er in Eurem Besitz?«

Ehrliches Erstaunen zuckte um Ottmars geschwungene Lippen. »Seit zwei Jahren, Herr. Wieso?«

»Beschreibt mir das Tier.«

»Wie Ihr sagtet, ein Rapphengst.« Der Welfe spreizte die Hände. »Er hat einen weißen Fleck an der Hinterhand. Darf ich wissen, warum Ihr das fragt?«

»Später. Kennt Ihr diesen Mann?« Heinrich zeigte auf Wulfhard.

Ottmar drehte nicht einmal den Kopf. »Gewiss nicht, Herr.«

»Seht ihn Euch an!«

Der junge Edelmann rümpfte die Nase und drehte sich demonstrativ zu Wulfhard um. »Nein, Herr, wieso sollte ich einen Stallburschen kennen?« Sein Gesicht verfinsterte sich plötzlich. »Oder ist er etwa ein Dieb?«

Udalrich knetete seine Hände so fest, dass die Knöchel weiß hervortraten. »Nein, aber ein Verräter, wie du …«

»Graf!«

Udalrich biss sich auf die Lippen, während Heinrich sich wieder an Ottmar wandte. Der Welfe schien eine Spur blasser geworden zu sein. »Dieser Mann behauptet, Ihr hättet Euch mit dem Junker Ludowig von Bregenz gegen den Grafen von Buchhorn verschworen. Identifiziert hat er Euch an Eurem Ross, das er versorgt haben will, wenn Ihr bei dem Junker zu Gast wart. Was habt Ihr dazu zu sagen?«

Ottmar warf den Kopf zurück. Sein Lachen klang hell durch den hohen Raum. »Muss ich dazu wirklich etwas sagen?«

»Ja.« Die Stimme des Königs klang unerbittlich.

Ottmars Lachen erstarb jäh. »Nun denn, ich kannte Junker Ludowig von Bregenz. Eine unselige Freundschaft, aber das konnte ich nicht wissen. Wenn die Bekanntschaft mit einem Verräter einen Mann verurteilt, dann frage ich mich, was das über die Gräfin aussagt, die bekanntermaßen …«

Udalrich sprang auf und brüllte: »Lass meine Frau aus dem Spiel!«

»Setzt Euch!«

Aber diesmal hörte Udalrich nicht auf den Befehl. »Ihr seid ein Verräter, schlimmer als der da, und Ihr wolltet mich töten und mein Land stehlen!«

»Und Ihr seid ein törichter alter Mann, dem die Gefangenschaft den Geist verwirrt hat!«

»Ruhe!«, brüllte Heinrich. »Beherrscht Euch, Graf! Und Ihr, Ottmar, wagt nicht noch einmal, meine Nichte zu beleidigen!«

Ottmar wurde blass. »Verzeiht, Herr, ich habe mich hinreißen lassen. Aber es verletzt mich, dass der Graf von Buchhorn mich so verkennen sollte. Wir waren doch immer die besten Nachbarn.«

»Dann soll es auch so bleiben!« Mit einer einzigen Geste brachte der König Udalrich zum Schweigen. »Ich werde in der Tat einen Mann nicht für den Besitz eines Pferdes bestrafen. Und ich möchte auch keine weiteren Verdächtigungen in dieser Richtung hören.«

Ottmar verneigte sich tief, während Burchard offen grinste.

»Aber …« Blitzschnell legte Salomo seine Hand auf die Udalrichs und schüttelte warnend den Kopf.

Heinrich fuhr mit erhobener Stimme fort: »Ich treffe diese Entscheidung, weil ich Frieden unter meinen Grafen will, nicht weil ich von Eurer Unschuld überzeugt bin, Ottmar von Altdorf.«

Das Gesicht des Welfen gefror. »Aber, Herr, wer glaubt einem verurteilten Verräter?«

»Niemand, da habt Ihr recht. Doch anders sieht es aus, wenn es sich um das Zeugnis eines freien Mannes handelt, nicht wahr?« Er legte die Fingerspitzen aneinander und machte eine Pause. »Aus diesem Grund begnadige ich diesen Mann. Er wird mein Faustpfand für den Frieden sein, denn, Ottmar, solltet Ihr oder Eure Familie jemals wieder die Finger nach Buchhorner Ländereien ausstrecken, werde ich seinem Zeugnis sicher mehr Gehör schenken. Mehr habe ich in dieser Angelegenheit nicht zu sagen.«

»Dann soll dieser … dieser Mensch als freier Mann hier herausspazieren und überall seine Lügen verbreiten dürfen?«, keuchte Ottmar mit verzerrtem Gesicht.

»Was aus ihm wird, überlasse ich seinem Herrn, dem Grafen Udalrich.«

»Ich nehme ihn mit nach Buchhorn! Ihr werdet sicher Verständnis haben, dass ich sofort dahin aufbrechen möchte, um nach dem Rechten zu sehen. Immerhin ist mein Verwalter und alter Waffengefährte ermordet worden.«

»Verständnis schon.« Heinrich lächelte dünn. »Dennoch werde ich Euch meine Erlaubnis nicht geben. In drei Tagen werde ich abreisen, bis dahin wird keiner von Euch Konstanz verlassen. Ich gebe Euren Gemütern Zeit, sich zu beruhigen.«

Udalrichs Kiefer spannten sich, aber ehe er erneut protestieren konnte, ergriff Salomo das Wort. »Konstanz wird Euch mit Freuden beherbergen. Und damit Graf Udalrich nicht das Gefühl hat, seine Grafschaft im Stich zu lassen, schlage ich vor, meinen Sekretär vorauszuschicken. Ihr kennt aus eigener Erfahrung seine Fähigkeiten, nicht wahr?«

Udalrich nickte mürrisch.

»Wulfhard mag ihn begleiten.« Salomo lächelte Ottmar gütig zu, und nur wer ihn gut kannte, bemerkte die leise Bosheit in diesem Lächeln. »Ihr kennt ja die Worte: Und führe uns nicht in Versuchung …«

»Amen«, sagte der König laut. »Ich gestatte allen, zu gehen.«

Die Anwesenden erhoben sich.

Udalrich fasste Wulfhard ins Auge. »Du!«

Wulfhard schluckte. Er war überzeugt, dass Udalrich die Begnadigung des Königs wieder aufheben würde. Da war kein Funken Milde in den harten Augen des Grafen. »Ja, Herr?«

»Geh in die Kapelle und danke deinem Schöpfer für die unverdiente Gnade. Der Sekretär des Fürstbischofs wird dich dort abholen. In Buchhorn wirst du dich bei Gerald melden. Ich bin sicher …«, zum ersten Mal gestattete Udalrich sich ein dünnes Lächeln, »dass er eine angemessene Aufgabe für dich findet.«

»Ja, Herr. Und was immer es wert sein mag, ich schwöre Euch Treue.«

»Was die wert ist, werden wir in der Tat sehen.«

Langsam verließ Wulfhard den Saal. Er fühlte sich immer noch wie betäubt, doch allmählich wurden seine Schritte schneller. Die Sonne, die Luft, alles schmeckte, roch und fühlte sich anders an als noch vor Minuten. Er war frei. Wulfhard ballte die Faust und stieß einen Triumphschrei aus. Ein paar Soldaten wandten die Köpfe und musterten ihn neugierig. Wulfhard sah die Würfel in ihren Händen und trat näher. »Habt ihr noch Platz in der Runde?«

»Hast du Geld?«

Ein Grinsen blitzte in Wulfhards abgezehrtem Gesicht auf. Er reckte die Arme. »Gib mir ein paar Minuten, danach beantworte ich deine Frage«, sagte er und streckte die Hand nach den Würfeln aus. »Zu einem Schluck aus deiner Flasche würde ich auch nicht nein sagen.«

Wulfhard wusste nicht, wie viel Zeit vergangen war, da fiel über ihn ein Schatten. Er hob den Kopf und blickte in die strengen Züge eines Mönchs, der aus dunklen Augen auf ihn herabsah. »Oh … Ihr seid … Eckhard?« Seine Zunge war schwerer, als er gedacht hatte.

Der Mönch nickte.

»Habt Ihr mich in der Kapelle gesucht?«, fragte Wulfhard mit einem Anflug von Verlegenheit, während er den Haufen Münzen einsammelte, der sich vor ihm angehäuft hatte.

Ein Lächeln streifte die asketischen Zügen des Mönchs und verriet Wulfhard, dass Eckhard jünger war, als er zunächst angenommen hatte. »Wenn ich ehrlich bin, nein. Es gibt verschiedene Arten, die Freiheit zu feiern. Manche Männer beten, andere betrinken sich. Ich hegte wenig Zweifel, zu welcher Sorte du gehörst. Jetzt aber los! Der Graf hat uns Pferde zur Verfügung gestellt, damit wir so schnell wie möglich nach Buchhorn kommen. Die Frage stellt sich nur, kannst du in diesem Zustand reiten?«

»Reiten?« Ein Ausdruck echter Freude verwandelte Wulfhards Gesicht. Er sprang auf. »So besoffen kann ich gar nicht sein, dass ich mich nicht auf einem Pferd halten könnte. Mönch, ich glaube, wir werden gut miteinander auskommen!«

VI

Eckhard war sich der Blicke der Menschen, die Missfallen, Verwunderung oder Belustigung ausdrückten, durchaus bewusst. Sie bekamen nicht oft einen berittenen Mönch zu sehen, dessen Beine bis zu den Knien entblößt waren. Aber vielleicht lag es gar nicht an ihm, sondern an seinen Begleitern, dass die Leute die Köpfe zusammensteckten. Neben ihm ritt ein Verbrecher, der am Morgen noch in Ketten seiner Hinrichtung entgegengeblickt hatte, und hinter ihm, mit mürrischem Gesicht, der junge Kriegsknecht aus Buchhorn. Nachdem sie das Stadttor hinter sich gelassen hatten, drückte er dem Pferd die Fersen in die Flanken. Leichtfüßig stob der Rappe davon.

»He!«, rief Wulfhard. »Nicht so hastig! Gebt einem Mann Gelegenheit, seine Freiheit zu genießen!«

Eberhard ritt so dicht an ihm vorbei, dass er sein Pferd vom Weg abdrängte. »Er will, dass wir schneller reiten, deshalb reitest du schneller. Dass der König dich begnadigt hat, bedeutet nicht, dass du das Maul aufreißen darfst.«

Wulfhard grinste. »Dafür, dass du mir zweimal das Leben gerettet hast, wirkst du wenig begeistert. Und ich dachte schon, du magst mich. Außerdem wird die Fähre nicht gleich ablegen, nur weil dieser Kuttenträger es will.«

Eberhards müde, gerötete Augen blitzten auf. »Ich sag's dir nicht noch einmal: Dem Mönch gegenüber zeigst du Respekt. Sonst bring ich ihn dir bei!«

Wulfhard bedachte seinen Begleiter mit einem langen, ironischen Blick, dann trieb er sein Pferd so unvermittelt an, dass er Eberhard weit hinter sich ließ. An der verwaisten Anlegestelle der Fähre zügelten die beiden Männer ihre Tiere. Die Sonne glitzerte auf den Wellen, und am Ufer lagerten ein paar Pilger, die wie sie auf den Schiffer warteten.

»Und wo ist er jetzt?«, fragte Wulfhard, indem er sich nach Eckhard umsah.

»Da drüben.«

Wulfhard folgte Eberhards Fingerzeig und pfiff leise durch seine Zahnlücke. »Ich will verdammt sein, wenn ich das Zeichen nicht kenne!«

»Du bist verdammt!«

Wulfhard überhörte Eberhards Einwurf und betrachtete mit hochgezogenen Brauen das Schiff, auf dessen flachem Heck das Wappen des Fürstbischofs eingebrannt war. Obwohl es nur geringen Tiefgang hatte, wirkte es geräumig genug, um Männer und Pferde aufzunehmen. Der Mönch war bereits abgestiegen und wies einen der Ruderknechte an, sein Pferd an Bord zu führen. Das Tier scheute heftig, als es den schwankenden Untergrund betreten sollte.

Während er den Hufschlag näher kommen hörte, drehte Eckhard sich um. »Da seid ihr endlich! Merkt euch für die Zukunft: Ich gebe das Tempo vor, ihr habt zu folgen! Wir haben keine Zeit zu verlieren. Bringt die Pferde an Bord!«

»Das soll ein Mönch sein?«, raunte Wulfhard seinem Begleiter zu. »Wo bleibt die Demut?«

»Da wo du sie niemals findest«, fauchte Eberhard und stieg ab.

Wulfhard verschränkte die Hände auf dem Nacken des Tieres und sah auf den Mönch hinab. »Wozu die Eile?«, fragte er spöttisch. »Die Toten sind tot, oder?«

»Willst du die Schuld auf dich nehmen, wenn deiner Saumseligkeit wegen ein weiterer Mensch stirbt?«, fragte Eckhard kühl. »Gott wird dir das nicht vergeben.«

Wulfhard öffnete den Mund und schloss ihn wieder. Mit einem unbehaglichen Blick auf das ausdruckslose Gesicht des Mönchs glitt er vom Pferd und führte es auf die schmale Rampe. Beruhigend redete er auf das widerstrebende Tier ein, ohne auf die Knechte zu achten, die das Schiff auf das Ablegen vorbereiteten. Erst ein derber Stoß lenkte seine Aufmerksamkeit von dem ängstlichen Pferd ab. Er schaute in ein hämisch verzogenes Gesicht.

»O Verzeihung, Herr Verräter. Tut mir leid, Herr Begnadigter!«

Wulfhard ballte die Faust. »Pass auf, du ...«

»Ruhe!«, befahl Eckhard. »Für solche Kindereien haben wir keine Zeit. Kapitän, wir werden sofort ablegen. Der Wind steht günstig.«

Der Schiffer drehte den Kopf, um den Stand der Sonne zu erkennen. Die Augen über dem ungepflegten Bart wirkten plötzlich ruhig und gelassen. »Und wenn er noch so günstig weht, Herr, vor Sonnenuntergang schaffen wir das nicht.«

»Gott lässt die Seinen nicht im Stich.«

»Dann sollte der elende Verräter da besser nicht an Bord sein.«

»Kümmert Euch nicht um ihn, sondern um Eure Pflichten.«

»Wie Ihr meint. Aber mir wäre wohler, Ihr würdet für unsere sichere Überfahrt beten«, knurrte der Mann. »Ich fürchte nicht das Wetter, aber den Teufel.« Er schüttelte noch einmal den Kopf, dann brüllte er seinen Männern die nötigen Befehle zu. Wenig später fuhr das Schiff mit geblähten Segeln und sanftem Schaukeln in die sinkende Sonne hinaus.

Eckhard stellte sich neben Wulfhard an die Bordwand. »Wie fühlst du dich, jetzt, da du die Freiheit wiedergewonnen hast?«

»Nicht frei genug.« Ohne den Blick vom Wasser zu lösen, setzte er hinzu: »Ihr mögt ein Mönch sein, aber Ihr bedient Euch recht weltlicher Mittel in der Durchsetzung Eurer Wünsche.«

»Der Arm des Fürstbischofs reicht weit.« Eckhard beobachtete das Zucken, das über Wulfhards Gesicht lief, und nickte still vor sich hin. Nach einer Weile sagte er mit veränderter Stimme: »Wenn der Wind so günstig bleibt, können wir mit dem letzten Abendlicht Buchhorn erreichen.«

»Ich verstehe immer noch nicht, warum wir es so eilig haben. Der Welfe wird bestimmt nichts unternehmen, solange der König ein Auge auf ihn hat.« Wulfhard grinste schief. »Ich weiß das. Ich kann mich recht gut in seine Situation hineinversetzen.«

Eckhard unterdrückte ein Lächeln. »Du denkst, Ottmar von Altdorf steckt hinter alledem?«

»Ich würde ihm das zumindest zutrauen.«

»Demzufolge kennst du ihn gut?«

»Nein!« Wulfhard spuckte ins Wasser. »Nein, verdammt! Ich kenne nur seinen Gaul.«

»Und was hat der dir erzählt?«

Wulfhard blickte den Mönch verständnislos an. »Ein Pferd redet nicht.«

»Sicher?«

»Ach so«, machte Wulfhard langsam. »Ihr meint den Dreck unter den Hufen.«

»Zum Beispiel.«

»Warum fragt Ihr danach?«

»Berichte einfach, was dir aufgefallen ist.«

»Er ist viel herumgeritten«, sagte Wulfhard. »Und sein Pferd war oft genug schweißgebadet. Dieser Ottmar ist niemand, den es lange an einem Fleck hält. Ein Abenteurer, einer aus einer adligen Familie, aber trotzdem ein Abenteurer.« Er zuckte die Achseln. »Vielleicht auch ein Unruhestifter.«

»Ich dachte es mir: Du bist ein guter Beobachter.«

»Ah ja?«

Eckhard nickte. »Ich brauche einen guten Beobachter. Die nötigen Schlüsse ziehe ich, aber ich kann nicht überall sein und alles sehen. Kann ich auf dich zählen?«

»Fragt Ihr mich oder meinen Lebensretter?«, erkundigte sich Wulfhard ironisch. »Die Antwort könnte sehr unterschiedlich ausfallen.«

»Ich frage dich.«

Die beiden Männer maßen sich mit Blicken. Endlich

zuckte Wulfhard die Achseln. »Ich hab nichts mehr zu verlieren, also nehme ich an, dass Ihr mir vertrauen könnt.«

»Ist das dein Bild von Treue?« Eckhard musterte sein Gegenüber von Kopf bis Fuß. »Du dienst dem Herrn, von dem du am meisten zu erwarten hast?«

Wieder hob Wulfhard die Schultern. Sein Kiefer wirkte plötzlich verspannt. »Ich hab die Erfahrung gemacht, dass die hohen Herren letztlich nur eins wollen: Unterwerfung. Sollen sie haben, ich bin mir nicht zu gut, ein bisschen Staub zu fressen. Aber ich habe ein gutes Gedächtnis. Eurem Herrn verdanke ich mein Leben, er kann auf mich zählen.«

»Das freut mich zu hören. Ich erwarte jedoch mehr Gottesfurcht von dir.«

Wulfhard schaute wieder auf den See hinaus. Das Wasser hatte einen rötlichen Schimmer angenommen. »Glaubt mir, Mönch, einen gottesfürchtigeren Mann als mich findet Ihr nicht! Ich habe im Verlies geschworen, nach Rom zu pilgern, wenn er mir hilft.«

»Sogar mit Gott willst du handeln?«, fragte Eckhard ernst. »Du solltest ihm danken!«

Wulfhard drehte das Gesicht noch weiter in den Schatten. »Denkt, was Ihr wollt.«

Eckhard legte ihm seine Hand auf die Schulter. »Gott hat dich auserkoren, ihm zu dienen. Wie sonst erklärst du dir, dass er deine Gebete erhört hat? Er stellt die Bedingungen, nicht du! Wir sind alle seine Diener.«

Wulfhard schwieg.

»Bist du anderer Ansicht?«

»Nein, aber …« Wulfhard zögerte. »Ich mag nur das Gefühl nicht, in der Schuld von jemandem zu stehen, dessen Gnade ich nicht verdiene.«

Eckhard lächelte wissend. »Wenn du dir das klarmachst, bist auf dem rechten Weg, Gott zu dienen.«

Wulfhard versteifte seine Schultern. »Ich meinte eigentlich König Heinrich.«

Eckhard zog die Hand zurück.

»Verzeiht! Ich weiß, dass ich Glück gehabt habe, unverdientes Glück. Ich werde mich auch sicher nicht darüber beschweren, wie alles gekommen ist, aber … nun, ich werde eben von vorne anfangen müssen.«

»Dass du überhaupt die Gelegenheit zu einem Neuanfang erhalten hast, ist eine Gnade. Also beschwer dich nicht. Gott liebt dich.«

»Ach?«

»Dieser König«, Eckhard faltete die Hände, »hat auf die Salbung der Kirche verzichtet, und dennoch findet Gott Zugang zu ihm, damit er dich begnadigt. Offenbar hat der Herr mit euch beiden, jedem in seinen Möglichkeiten, Großes vor!«

»Mit mir?« Wulfhard stieß ein humorloses Lachen aus. »In Buchhorn wollten sie mich verbrennen, weil ich mit dem Teufel im Bunde sein soll. Ich bezweifle, dass Gott mehr als diesen einen Gedanken an mich verschwendet.«

Eckhard schüttelte den Kopf. »Alles ist vorherbestimmt, demnach auch, dass dein und des Königs Weg sich kreuzten. Glaub mir, alles, was du von jetzt an tust, wird von unserem Herrn genau beobachtet.«

Wulfhard setzte wieder sein Grinsen auf. »Und ich soll Euer Beobachter sein. Dann sagt mir doch, wie ein Mönch an so etwas kommt.« Er zeigte auf den Beutel, den Eckhard an die Kordel seiner Kutte gebunden hatte. »Ein blutbefleckter Lederbeutel. Was der wohl enthalten mag?«

»Nichts, was dich angeht.« Eckhard legte die Hand auf die Tasche und ließ ihn stehen.

Wulfhard schaute hinüber zum Nordufer, das immer näher kam. »Ich stehe auf einer Stufe mit dem König?« Er lachte in sich hinein, warf einen verstohlenen Blick über die Schulter und bekreuzigte sich.

»Auch im Galopp werden wir den Sonnenuntergang nicht überholen«, bemerkte Wulfhard, während sie die Pferde über die Rampe aufs Ufer führten.

»Halt dein gottloses Maul!«, fuhr Eberhard ihn an. Er wollte noch mehr sagen, aber ein Gähnen unterbrach ihn.

Eckhard raffte kopfschüttelnd seine Kutte und zog sich auf sein Pferd. »Ich denke, es wird Zeit, dass ihr Abstand voneinander gewinnt. Eberhard, du reitest voraus. Sag Gerald, dass der Graf in Konstanz aufgehalten wird.«

Eberhard nickte. »Und was sag ich über ihn?«

»Über Wulfhard? Nichts. Ich glaube, diese Nachricht sollte ich Gerald besser selbst beibringen.«

»Wie Ihr meint. Aber ich lasse Euch ungern mit dem da allein.«

Eckhard lachte leise. »Ach, ich denke, unser Freund

ist ganz handzahm. Er hat eine Aufgabe, nicht wahr, Wulfhard?«

»Ich werde nicht abhauen, wenn Ihr das meint«, knurrte Wulfhard und saß auf. »Handzahm!«, grummelte er. »Pah!«

Eckhard lächelte milde, während er wartete, bis Eberhard im Zwielicht der anbrechenden Nacht verschwunden war, ehe er sich wieder an seinen Begleiter wandte. In seiner schwarz-weißen Kutte, mit dem blassen Gesicht und dem dichten schwarzen Haarkranz wirkte er einen Moment lang wie eine Statue. Seine Augen waren klug und sehr dunkel. »So, jetzt sind wir ganz unter uns. Was schlägst du vor?«

»Ich?«

Eckhard wartete ab und schwieg.

Wulfhard dachte nicht lange nach. »Ich würde den Spielleuten einen Besuch abstatten. Fahrendes Volk weiß immer mehr, als die braven Bauern sich das träumen lassen.«

»Ganz meine Meinung. Gehen wir.«

Sie ritten die Uferstraße entlang, bis sich die Umrisse der Häuser Buchhorns aus der sternenklaren Nacht lösten. Da sie von Westen kamen, die Spielleute aber am Ostrand lagerten, saßen sie am Hafen ab und führten die Pferde unbemerkt am Dorf vorbei. Aus der Entfernung konnten sie Überreste des Lagerhauses sehen. Das Dach war niedergebrochen, und einzelne Balken ragten wie dürre Finger in den Himmel.

»Da wäre ich krepiert, wenn es nach den guten Buchhornern gegangen wäre.«

Eckhard hielt sein Pferd an und zwang Wulfhard, im Schatten der Ruine stehen zu bleiben. In seiner Stimme schwang eine deutliche Warnung mit, als er sagte: »Ich hoffe, du denkst nicht an Rache.«

Die letzten Strahlen der Abendsonne verfingen sich in Wulfhards rotem Haar. »Ich werde schon niemandem das Haus über dem Kopf anzünden, wenn Ihr das befürchtet. Wenn mir allerdings der ein oder andere vor die Fäuste kommt, weiß ich nicht, was passiert.«

»Wulfhard! Du dienst Gott!«

Wulfhard zog ein mürrisches Gesicht. »Schon gut. Können wir endlich weitergehen?«

Schweigend umrundeten sie das Dorf, und bald sahen sie den Schein von Lagerfeuern zwischen den Bäumen flackern. Leise Stimmen und hin und wieder aufbrandendes Gelächter schollen ihnen entgegen.

Eckhard gab Wulfhard ein Zeichen und warf ihm die Zügel seines Pferdes zu. »Gott zum Gruß!«, sagte er laut, indem er ins Licht der Lagerfeuer trat.

Die Gespräche verstummten schlagartig. Einige der Männer sprangen auf die Füße.

»Wer seid Ihr?«

Eckhard trat noch einen Schritt näher. Seine vorgestreckten Handflächen signalisierten seine friedliche Absicht. »Mein Name ist Eckhard. Mein Begleiter und ich suchen ein Nachtlager. Ist an Eurem Feuer Platz für zwei Reisende?«

Der junge Bursche, der das Wort ergriffen hatte, hob einen brennenden Kienspan hoch. »Wer ist er?«, fragte er, indem er mit zusammengekniffenen Augen versuchte, die Schatten zu durchdringen.

»Tankmar, nennst du das Gastfreundschaft?« Ein älterer Mann schob sich zwischen die beiden. »Seid uns willkommen, Eckhard, Ihr und Euer Begleiter, und nehmt Platz. Wir teilen gern mit Euch.« Er machte eine einladende Handbewegung zum Feuer hin.

Tankmar warf die Lippen auf. Wie aus dem Nichts zauberte er ein Schwert hervor, das er mühelos um seine Hände kreisen ließ. Plötzlich nahm er Anlauf und vollführte einen perfekten Salto über das Lagerfeuer. Im Schein der Flammen wurde sein herausforderndes Lächeln sichtbar. »Warum geht Ihr nicht ins Dorf und nehmt Euch ein Zimmer für die Nacht? Mönche haben doch immer Geld, und Eure Pferde sehen auch nicht aus wie Klepper. Was wollt ihr von unseresgleichen?«

Eckhard faltete die Hände. Die Gesichter der Spielleute verrieten ihm, dass die meisten Tankmars Misstrauen teilten. Es war eine verwegene Truppe, alle waren jünger als ihr grauhaariger Anführer, einige schienen sogar jünger als Eberhard. Gleichzeitig war er verwundert, wie viel Lebenslust sich in den Gesichtern spiegelte. Diese Menschen hielten an ihrem Lebenswandel fest, obwohl sie von allen verachtet wurden. Sogar ein verurteilter Verbrecher wie Wulfhard trug diesen Abscheu deutlich zur Schau. Eckhard fragte sich, ob man ihm seine eigene Abneigung ebenfalls ansah. Mit einer raschen Geste griff er Wulfhards Arm und zog ihn in den Lichtkreis. »Ich glaube nicht, dass wir heute Nacht in Buchhorn willkommen sind«, erklärte er schlicht.

»Dieser Mann ist Wulfhard. Vielleicht sagt Euch der Name etwas. Er hätte in Buchhorn hingerichtet werden sollen.« Ohne auf Wulfhards erstickten Protest zu achten, schloss er: »Heute Nacht sind wir Ausgestoßene wie ihr.«

Er beobachtete, wie Tankmar und seine Freunde zurückwichen. »Wir haben gehört, der Kerl sei tot. Geht das mit rechten Dingen zu?«

»Willst du es ausprobieren?«, blaffte Wulfhard und schüttelte Eckhard ab.

Der Mönch hob beide Hände. »Der König selbst hat diesen Mann begnadigt. Gott hat sich seiner erbarmt. Tut ihr weniger?«

»Nein«, sagte der Anführer laut. Er zögerte einen winzigen Moment, legte Wulfhard die Hand zwischen die Schulterblätter und schob ihn sanft zum Feuer. »Nehmt beide Platz und teilt unser Mahl.«

»Die Einladung nehmen wir dankend an«, sagte Eckhard. »Wulfhard, hol den Wein aus meiner Satteltasche.«

»Aber …«

»Sofort!«, zischte Eckhard so leise, dass der Spielmann, der ein paar Schritte vorausgegangen war, ihn nicht hören konnte. Nachdem Wulfhard mit mürrischem Gesicht davongestapft war, wandte der Mönch sich erneut an den älteren Mann. »Ich wüsste gern den Namen unseres freundlichen Gastgebers.«

»Ansgar, ein fahrender Sänger aus dem schönen Sachsenland, und das sind meine Schicksalsgenossen. Und Elsbeth, mein Weib.« Warm lächelte er der jungen Frau zu, die mit blassem Gesicht am Feuer hockte.

»Ansgar … soso«, murmelte Eckhard. »Wäre das möglich?«

»Wie bitte?«

»Nichts, ich musste nur eben an etwas denken.« Mit unbefangener Miene setzte sich Eckhard in den Kreis der Spielleute und ließ sich von der schwangeren Frau eine hölzerne Schüssel und ein Stück Brot reichen. Die warme Suppe duftete verführerisch. Wenig später gesellte sich auch Wulfhard zu ihnen. Der Wein machte die Runde. Eine Weile war nur das Prasseln des Feuers zu hören. Eckhard fühlte, wie sich ein Frieden über ihn senkte, der ihn selbst überraschte.

»Ich wusste gar nicht, dass Mönche reiten wie hohe Herren«, bemerkte Tankmar, als der Krug ihn erreichte. Sein spöttischer Blick streifte Eckhards bleiche Knöchel.

»Tankmar, sei still!«

»Aber nein, Ansgar, seine Frage ist doch berechtigt. Auf die meisten Mönche trifft das zu. Wenn wir reisen, gehen wir zu Fuß. Aber bisweilen will der Herr, dass wir schnell reisen.«

Brot und Wein machten abermals die Runde.

»Ihr wollt schnell reisen«, sagte ein breitschultriger junger Mann kauend, »und Ihr seid nicht auf Pilgerfahrt, soweit ich das sehen kann. Was führt Euch sonst her? Die Morde?«

»Morde?«, fragte Eckhard. »Was für Morde? Erzähl!«

»Warum?«, brauste Tankmar auf. »Damit wir uns noch ein bisschen verdächtiger machen, weil wir etwas wissen? Es glauben doch sowieso alle, dass wir damit zu tun haben.

Das ist immer so. Keiner macht sich die Mühe, uns zu begnadigen.«

»Dann haut doch ab«, bemerkte Wulfhard laut genug, dass alle ihn hören konnten. »Auf meine Hinrichtung müsst ihr nicht mehr warten.«

»Meine Frau steht kurz vor der Niederkunft«, sagte Ansgar, als habe er nichts gehört. »Und Kunigunde ist noch immer verschwunden.«

»Verschwunden?« Tankmars hübsches Gesicht verzog sich. »Verschleppt haben sie sie! Dieser Schmied und der andere, die haben sie auf die Burg mitgenommen. Weswegen kann man sich ja denken. Unsere Frauen sind doch Freiwild für die!« Er drückte das Gesicht auf die geballten Fäuste. Betroffenes Schweigen folgte seinem Ausbruch.

»Tankmar hat recht«, sagte endlich ein anderer Mann. »So geht es nicht weiter. Ohne Hinrichtung kein Fest, und deine Frau kann ihr Kind ja wohl auch unterwegs bekommen, oder? Sie wäre nicht die Erste, die das muss. Ich hab jedenfalls keine Lust, irgendwann um mein Brot zu betteln!«

Elsbeth senkte den Kopf und wandte sich ab.

»Und Kunigunde?«, warf Tankmar leidenschaftlich ein.

»Ruhe!«, rief Ansgar. Es war das erste Mal, dass er die Stimme erhob. Ihre dunkle Klangfarbe erinnerte Eckhard an eine Glocke. Er starrte den Sänger an. Der erwiderte den Blick unbefangen, doch Eckhard sah, dass seine Hände bebten, als er ihm den Wein reichte. »Trinkt mit uns. Die Not macht uns zu schlechten Gastgebern.«

»Gern.« Eckhard setzte den Krug an die Lippen, genehmigte sich aber nur einen kleinen Schluck, ehe er den Wein weiterreichte. »Gibt es sonst noch Gründe, euch mit den Toten in Verbindung zu bringen? Außer dass ihr Fremde seid? Habt ihr sie gekannt?«

Ansgar schüttelte den Kopf. »Der Verwalter hat uns einen Besuch abgestattet, aber das war alles. Das Mädchen haben wir nicht einmal gesehen.«

»Was hat er denn gewollt?«

»Das Übliche. Dass wir keine Bäume fällen, uns von Häusern und Ställen fernhalten, keine Frauen belästigen …« Müde schüttelte er den Kopf.

»Ja, aber unsere Frauen …!«, setzte einer der Spielleute an.

»Hat niemand angerührt«, unterbrach Ansgar. Seine Hände zitterten stärker.

Tankmar riss den Kopf hoch. »Wie kannst du das behaupten? Du hast doch selbst gesehen, wie er Kunigunde …«

»Was?«, fragte Eckhard rasch.

»Es ist nichts passiert.« Ansgar schaute dem Mönch fest ins Gesicht. »Jedenfalls nichts, was unsere Frauen nicht gewohnt wären. Ich möchte Euch bitten, es auf sich beruhen zu lassen, Herr. Ich verbürge mich für jeden dieser Männer. Wir wollen keinen Ärger.«

»Den Ärger hat Reinmar bekommen«, bemerkte Wulfhard mit einem trägen Lächeln.

»Aber nicht von uns!«

»War er lange hier?«, fragte Eckhard.

Der Gaukler, der sich schon einmal ins Gespräch gemischt hatte, schüttelte den Kopf. »Er schien es eilig zu haben, wohl wegen dem da.«

»Ich heiße Wulfhard!«

Eckhard gab ihm einen warnenden Tritt, während er weiterfragte: »Über das tote Mädchen wisst ihr nichts?«

»Ihr fragt viel, Mönch.«

Eckhard lächelte. »Ich bin ein Diener Gottes. Daher muss ich die Schliche des Teufels begreifen, um Gottes Schöpfung zu bewahren. Denn in allem, auch im Bösen, steckt eine gewisse Logik.«

»St. Gallen!«, rief Ansgar plötzlich und starrte Eckhard an. »Weihnachten vor acht Jahren in St. Gallen. Daher kenne ich Euch. Wir haben im Kloster für König Konrad aufgespielt, und Ihr habt es missbilligt. Das sei gegen Gottes Schöpfung und widerspreche der Logik stiller Andacht. Der Abt selbst hat Euch befohlen, Euch zu mäßigen.«

»Dann seid Ihr tatsächlich dieser Ansgar.« Eckhard schüttelte ungläubig den Kopf. »Mir war gleich so, als ob wir uns schon begegnet sind. Sonst hätte ich von Eurer Truppe allerdings niemanden erkannt.«

»Es sind neue Gesichter hinzugekommen, andere haben uns verlassen. Das Leben eines Fahrenden ist ständigem Wechsel unterworfen. Ein einziges Wort, eine einzige Anschuldigung kann über unser Schicksal entscheiden.« Ansgars Blick blieb kurz an Tankmar haften. »Das Leben hinter Klostermauern verläuft ruhiger.«

»Trotzdem verfügt Ihr über ein hervorragendes Gedächtnis. Was war ich jung damals!«

Der Spielmann lachte leise. »Es ist schwer, einen jungen Mönch zu vergessen, der nach dieser Brandrede bei einem meiner Lieder mitsingt.«

Wulfhard hob überrascht den Kopf. Als er die leichte Röte auf Eckhards Gesicht sah, brach er in schallendes Gelächter aus. »Mönch«, prustete er, »Ihr steckt voller Überraschungen. Ich würde einiges dafür geben, zu erfahren, welches Lied das war.«

Mit einem koboldhaften Lächeln griff Ansgar nach seiner Laute und schlug die Saiten an. Eckhard wurde noch röter, aber was er sagen wollte, ging im allgemeinen Gelächter unter.

»Ich sehe, ihr kennt das Lied alle!«, rief Ansgar. »Was ist mit Euch, Mönch? Wie gut ist Euer Gedächtnis?«

»Zu gut!«, antwortete Eckhard und breitete die Arme aus. Er stand auf und stellte sich neben Ansgar. Der alte Spielmann nickte ihm auffordernd zu. Eckhards Züge wurden weich. Er blickte ins Feuer und begann zu singen. Ganz allmählich wurde es still. Einer der Männer stand leise auf und jonglierte mit ein paar brennenden Kienspänen, bis der Mönch und der Spielmann das Lied beendeten.

Johlender Beifall folgte auf den Vortrag, während Wulfhard sich zu Eckhard beugte und ihm zuraunte: »Und Ihr erzählt mir noch mal was über Gottesfurcht!«

»Wann immer du wünschst«, sagte Eckhard mit einem Lachen in den Augen. »Dieses Lied habe ich vor meiner Weihe gelernt.« Er wurde ernst. »Es zählt nicht, was du früher warst, nur, wer du bist und was du sein willst.«

Unvermittelt wandte er sich an den Mann, der die Reste der Fackeln ins Feuer warf. »Wie heißt du?«

»Guntram.«

»Du verstehst deine Kunst. Sag, jonglierst du auch mit Messern?«

»Ich kann alles springen lassen. Warum?«

»Vielleicht kannst du mir etwas hierzu sagen?« Mit einem raschen Griff öffnete Eckhard den Beutel an seinem Gürtel. Ein Messer blitzte im Feuerschein auf.

Wulfhard unterdrückte mit Mühe ein Keuchen.

»Eine vorzügliche Arbeit«, lobte Guntram, indem er das Messer in der Hand wog und von allen Seiten betrachtete. »Die Klinge ist aus reinem Eisen. Aber der Griff … so einen habe ich noch nie gesehen.« Er hob die Waffe und visierte einen Baumstamm an. Mit einer blitzschnellen Bewegung schleuderte er sie, sodass sie direkt neben einem Astloch stecken blieb. »Für so eine Waffe könnte ein Mann schon ein Verbrechen begehen. Woher habt Ihr sie?«

Eckhard schwieg.

Wulfhard sprang auf und zog die Waffe aus dem Holz. »Ein Messer zum Töten!«, rief er und drehte sich um. »Du hast einen Nachtfalter aufgespießt.«

Die Spielleute lachten, aber Eckhard blieb ernst. »Eine tödliche Waffe, für die ein Mann morden würde. Das ist interessant.« Er streckte die Hand aus und ließ das Messer in seinem Beutel verschwinden. »Wir sollten uns hinlegen. Morgen früh erwartet uns viel Arbeit.« Er nickte Wulfhard zu, der sich zögernd erhob. Auch die Spielleute begaben sich nach und nach zur Ruhe, und bald waren nur noch tiefe Atemzüge und das Knistern des kleinen Feuers zu hören.

»Eckhard?« Wulfhards Stimme war kaum mehr als ein Wispern.

Der Mönch regte sich nicht. Lautlos kroch Wulfhard zu ihm und tastete nach Eckhards Gürteltasche. Vorsichtig zog er das Messer heraus und schob es unter sein Wams. In den Beutel legte er einen Stein. Eckhard bewegte sich. Wulfhard erstarrte, aber der Mönch wachte nicht auf. Mit einem zufriedenen Lächeln streckte Wulfhard sich unter den Sternen aus und schloss die Augen.

Der Morgen begrüßte Gerald mit herbstlicher Frische. Über ihm verblassten die Sterne allmählich im ersten Morgenlicht. Fröhlich vor sich hin pfeifend ging er zum Wasserzuber, um sich Gesicht und Hände zu waschen. Als seine Haut mit dem eisigen Wasser in Berührung kam, brach das Pfeifen ab. Bald würde der Herbst das letzte Aufbäumen des Sommers vertrieben haben. Fröstelnd streifte er sein Hemd über und ging in die Schmiede, um dort die Arbeit für den Tag zurechtzulegen. Bis zum Markt in Aeschach musste er seinen Warenvorrat wieder aufgefüllt haben. Auch die Holzkohle wurde knapp. Zum ersten Mal an diesem Morgen verfinsterte sich sein Gesicht, als er an seinen Karren dachte, der immer noch in Konstanz stand. »Verdammter Wulfhard«, murrte er und versetzte dem Amboss einen Tritt, ehe er Hammer und Werkstücke bereitlegte und den angrenzenden Wohnraum betrat.

Fridrun lächelte ihm entgegen. »Guten Morgen, mein Liebster. Ich habe dich pfeifen hören.« Sie legte den Kopf schief. »Hast du an etwas Bestimmtes gedacht?«

Ihr Anblick verschlug Gerald die Sprache. Immer noch in ihrem weißen Leinenhemd, mit aufgelösten Haaren und barfuß stand sie im Schein der kleinen Lampe wie eine fleischgewordene Verführung. Gerald wusste, dass es seine Aufgabe war, seine Frau zu mehr Tugend anzuhalten, aber Tugend war in diesem Moment das Letzte, wonach ihm der Sinn stand. Er zog sie an sich und küsste sie leidenschaftlich. »Ich habe daran gedacht, wie gut Gott es mit mir meint«, flüsterte er. »Ich habe ein Weib, ein Heim, und wenn Eckhard erst da ist, werden auch die Morde bald aufgeklärt sein. Und das Beste: Wulfhard wird seine gerechte Strafe erhalten.«

Sie bog den Kopf zurück und löste sich aus seiner Umarmung. »Möglich. Gesagt hat er aber nichts.«

»Warum sollte er? Dass wir keinen Fronboten brauchen, sagt doch alles.«

»Frühstücken wir erst einmal.«

Sie nahmen gegenüber an dem kleinen Holztisch Platz und senkten die Köpfe. Gerald sprach das Gebet, bevor sie das Brot teilten.

Mit gerunzelter Stirn schaute Fridrun auf die spärlichen Speisen. »Ich könnte heute für dich ein Huhn schlachten. Würde dir das gefallen?«

Er schüttelte den Kopf. »Hirsebrei genügt. Wir haben

nur die paar Hühner. Schlag ein Ei auf, aber lass die Hennen leben.«

Fridrun legte das Messer, mit dem sie das Brot hatte schneiden wollen, mit einem Klirren auf den Tisch und zog einen Schmollmund. »Hör doch auf! So viel hat uns die Stute nicht gekostet, dass wir sie uns vom Mund absparen müssen.«

»Das wollte ich damit nicht ...« Hufschlag von der Straße her ließ ihn verstummen. »Ich seh mal nach, wer das ist. Vielleicht jemand, der einen Auftrag für mich hat.« Er beeilte sich, vor das Haus zu treten. Wahrscheinlich würde er die Frauen nie verstehen. Gerald fragte sich, ob es anderen Männern anders ging, während er zu erkennen versuchte, wer ihm aus der dämmrigen Gasse entgegenkam. Mit einem Anflug von Verwunderung stellte er fest, dass der Reiter ein zweites Pferd am Zügel führte. Wahrscheinlich ein fehlendes Hufeisen, schoss es ihm durch den Kopf.

»Gott zum Gruß, Herr!«, rief er in die Dämmerung. »Lahmt Euer Pferd?«

»Gott zum Gruße!«, antwortete eine belustigte Stimme. »Dem Pferd geht es gut, aber deine Augen scheinen gelitten zu haben.«

Gerald erstarrte. »Eckhard?« Er drehte sich zur Tür um. »Fridrun! Eckhard ist hier!«

Der Mönch war inzwischen vom Pferd gerutscht und musterte den jungen Schmied mit einem Lächeln. Gerald ging ihm entgegen, blieb zwei Schritte vor ihm stehen, unschlüssig, ob er dem alten Gefährten die Hand reichen oder ihn umarmen sollte. Eckhard beendete den Augenblick der Verlegenheit, indem er den Schmied an sich zog. »Gott zum Gruß, mein Freund!«, wiederholte er warm.

»Es tut gut, dich wiederzusehen«, sagte Gerald mit belegter Stimme.

»Ich freue mich auch …« Eckhard verstummte, seine Augen begannen zu lächeln. »Ist das dein Weib?« Er ließ Gerald los und ging auf Fridrun zu, die mit gesenkten Augen, aber strahlend in der Tür stand.

»Gott mit Euch«, sagte sie höflich.

»Gott mit dir!« Anerkennung spiegelte sich in seinen Augen, als er Gerald anschaute. »Der Herr meint es gut mit dir. Auch im Winter hast du stets die Sonne um dich.«

Gerald grinste, während Fridrun mit einem scheuen Lachen sagte: »Von einem Mönch darf ich das Kompliment gewiss annehmen. Ich danke Euch. Tretet ein und seid unser Gast, Eckhard.«

»Sehr gern, aber zuerst muss ich noch ein paar Worte mit deinem Mann wechseln.« Er nahm Gerald beiseite und musterte ihn mit einem Anflug von Mitleid. »Ich habe Neuigkeiten, die dir nicht gefallen werden.«

»Du bist wegen der Morde hier.« Gerald winkte ab. »Das weiß ich doch. Und ich bin froh, dass es so ist.«

»Die Morde, ja … aber da ist noch etwas.« Eckhard zögerte. »Eberhard wird dir gesagt haben, dass der Graf erst in ein paar Tagen kommen wird, da der König sich noch in Konstanz aufhält. Der König hat auch …«, er strich sich über die sauber geschorene Tonsur, »wie soll ich das nur ausdrücken. Also, es geht um Wulfhard.« Er sah, wie Gerald sich versteifte, und unterdrückte einen Seufzer. »Rund heraus: Der König hat aus politischen Gründen die Hinrichtung aufgehoben.«

»Wie bitte? Du meinst aufgeschoben!«

»Aufgehoben. Er hat Wulfhard begnadigt.«

»Was?« Gerald schüttelte die beruhigende Hand des Mönches ab und starrte ihn an. »Aber er ist doch rechtmäßig …«

»Begnadigt!«, fiel Eckhard ihm ins Wort. »Der Fürstbischof, Herzog Burchard und Graf Udalrich sind Zeugen von König Heinrichs Beschluss.«

»Unmöglich!«, keuchte Gerald. »Bei Gott, dem Gerechten, das ist unmöglich! Ganz und gar unmöglich!«

»Willst du dich beim König beschweren?«

Gerald fuhr herum. Zuerst sah er nur eine in Frühnebel getauchte Gestalt, die mit einer Schulter am Stall lehnte und zu ihm herüberschaute. Erst nachdem ein verirrter Strahl der aufgehenden Sonne die rötlichen Haare zum Glänzen gebracht hatte, erkannte er den Mann. Mit erhobenen Fäusten stürzte er sich auf Wulfhard. Der wich ein paar Schritte zurück und feixte. »Aber, aber! Ihr wollt doch das Eigentum des Grafen nicht beschädigen.«

Gerald stieß einen Wutschrei aus. Die Pferde scheuten. Geistesgegenwärtig griff Eckhard nach den Zügeln. »Gerald, lass es!«, rief er, während er mit aller Kraft versuchte, die verschreckten Tiere am Durchgehen zu hindern.

Aber Gerald achtete nicht auf ihn. »Dann bring ich es eben zu Ende!«, brüllte er.

Wulfhard spannte die Muskeln an und wich Geralds Schlag mit einem raschen Schritt zur Seite aus. »Ich schlag erst zurück, wenn du mich triffst!«, rief er über das grelle Wiehern der Pferde hinweg. »Überleg dir gut, was du tust.« Als er Eckhards Blick auffing, hob er beide Hände. »Wie Ihr gesagt habt, ich bin ganz handzahm.«

Wortlos griff Gerald an, doch Wulfhard war zu schnell für ihn. Erst als Geralds Faust sein Ohr streifte, veränderte sich etwas in seinem Gesicht. Seine Augen wurden kalt. Er drosch Gerald seine Rechte in die Nieren, packte sein Handgelenk und verdrehte ihm den Arm. »Ich hab dich gewarnt!«

Gerald versuchte vergeblich, sich zu befreien. »Ich hätte mir denken können, dass ein Mörder nicht fair kämpft!«, keuchte er. »Verdammt, Eckhard, warum ist das Schwein nicht tot?«

Der Mönch hatte die beiden Pferde inzwischen unter Kontrolle gebracht, trotzdem machte er keine Anstalten, in den Kampf einzugreifen. Erst als er sah, dass Fridrun sich zwischen die beiden Männer werfen wollte, machte er einen Schritt vorwärts. Er packte ihre Hand und riss sie zurück. Ohne die Stimme zu erheben, befahl er: »Das genügt!«

Augenblicklich endete der mörderische Druck auf Geralds Knochen. Der Schmied kam taumelnd auf die Füße. »Das nächste Mal bring ich ihn um!«

Er wartete auf eine höhnische Antwort, aber zu seiner Überraschung wich Wulfhard seinem Blick aus. Wortlos ging er zu den Pferden und streichelte ihre bebenden Flanken.

»Ruhig Blut.« Eckhard fasste Geralds Oberarm und zwang ihn, ihm in die Augen zu sehen. »Dieser Mann ist frei. Nimm es hin. Und lerne Demut.«

»Ich bring ihn um!«

Kopfschüttelnd ließ Eckhard Gerald los und gab Fridrun ein Zeichen.

Die junge Frau nickte. Ihre Stimme zitterte kaum, als sie die Männer zum Frühmahl rief. »Abkühlen könnt Ihr Euch mit einem Becher kaltem Wasser!«, schloss sie und verschwand in der Hütte.

Wulfhard ließ die Zügel los. »Aber mit Vergnügen.«

»Du nicht!«, stieß Gerald hervor. »Du setzt keinen Fuß über meine Schwelle! Eher erschlage ich dich mit meinem Hammer. Versorg die Pferde!«

Wulfhard öffnete seinen Mund, aber da er Eckhards Gesichtsausdruck sah, schloss er ihn wieder und nahm widerspruchslos die Zügel.

Eckhard schob den hölzernen Teller von sich und betrachtete nun Gerald, der seine Schilderung beendet hatte, mit nachdenklichem Gesicht. Im blassen Morgenlicht war nicht zu erkennen, ob die Beschreibung der Leichen ihn erschütterte oder kalt ließ. »Reinmar war übel entstellt«, fasste er zusammen. »Doch warum die Schnitte im Gesicht und … das andere.« Er runzelte die Stirn.

»Ich …« Als Fridrun die Blicke der beiden Männer

auf sich gerichtet fühlte, senkte sie den Kopf und verstummte.

»Ja?« Eckhard lächelte ihr aufmunternd zu. »Wenn du eine Idee hast, sprich nur.«

Sie sah Eckhard dankbar an. »Nichts für ungut, aber ist das nicht offensichtlich? Er war mit einer Frau zusammen, als er ermordet wurde.« Sie machte eine entsprechende Handbewegung.

Eckhard starrte sie an, während Gerald rot anlief, dann brach er in Gelächter aus. »Bei Gott, Fridrun, du hast ein loses Mundwerk. Allerdings«, fuhr er fort, nachdem er sich beruhigt hatte, »war Hildes Körper nicht verstümmelt, nicht wahr?«

»Nein, der Pfaffe hat gesagt, sie habe nur eine Wunde im Rücken gehabt.«

Eckhard legte die Fingerspitzen zusammen und sah vor sich hin. »Angenommen, Fridrun hat recht …«

»Hab ich.«

Eckhard lächelte. »Gut, angenommen, Hilde und Reinmar haben sich zu einem Stelldichein am See getroffen und wurden vom Mörder überrascht. Reinmar wird getötet, Hilde läuft weg, wird eingeholt und ebenfalls ermordet. Dass der Mörder sich die Zeit nimmt, Reinmar anschließend zu kastrieren, ist in meinen Augen ein Zeichen für Hass, Hass auf den Mann, vielleicht auf den Verführer. Warum aber das Mädchen töten? In den Augen des Mörders müsste sie doch ein Opfer gewesen sein.«

»Weil sie ihn erkannt hat.«

Alle blickten zur offenen Tür, an deren Zarge Wulfhard lehnte.

Gerald sprang auf. »Raus aus meinem Haus!«

Wulfhard zeigte auf seine Füße. »Ich habe Eure Schwelle nicht übertreten. Also regt Euch nicht auf.« Er sah Gerald offen an. »Ihr hasst mich, Schmied, und glaubt es oder nicht, das kann ich sogar verstehen. Trotzdem überseht Ihr alle etwas Wichtiges. Ich habe die Leiche auch gesehen. Und das war nicht die erste in meinem Leben. Darf ich reden?«

Eckhard legte die Fingerspitzen auf Geralds geballte Rechte und nickte.

»Das Boot, unter dem Reinmar lag, war nicht der Ort, an dem er gestorben ist. Da war zu wenig Blut. Die Vermutung des Mönchs dürfte zutreffen, dass die beiden am See getötet worden sind. Aber ich frage mich, warum der Mörder Reinmars Leiche unter dem Boot ablegt, die Frau aber im Schilf liegen lässt. Da wurde sie gefunden, oder?« Er sah Gerald an.

»Hm.«

»Sie war ihm nicht wichtig. Sie war nicht der Grund, warum Reinmar sterben musste.«

»Sondern eine andere Frau?«

»Oder die Verstümmelung ist eine falsche Fährte. Und noch was. Der Mörder muss recht kräftig sein, dass er Reinmars Leiche über den Strand zu den Booten schleifen oder sogar ein Stück weit tragen konnte.« Er verlagerte sein Gewicht an die andere Zarge und fuhr sich mit der Zunge über die Lippen.

»Wollt Ihr einen Becher Wasser?«, fragte Fridrun.

»Nur, wenn Euer Mann nichts dagegen hat.«

»Tu, was du nicht lassen kannst!«, knurrte Gerald.

Nachdem Wulfhard den Becher gierig geleert hatte, fuhr er fort: »Die Frage ist meiner Meinung nach, ob es wirklich um Reinmars Weibergeschichten ging oder ob jemand einen anderen Grund hatte, den Verwalter zu hassen.«

»So wie du«, warf Gerald böse ein.

»Demzufolge wäre Hilde einfach zur falschen Zeit am falschen Ort gewesen«, bemerkte Eckhard, ohne auf den Schmied zu achten. »Ich möchte mich jetzt im Dorf ein wenig umhören. Du hast gesagt, der Pfaffe habe Hildes Leiche gesehen. Wer noch?«

»Dietger«, sagte Gerald zögernd.

»Treffe ich diesen Dietger zu Hause an? Was macht er?«

»Unruhe stiften«, murmelte Fridrun.

»Er ist Imker«, erklärte Gerald mit einem mahnenden Blick auf seine Frau. »Was ist mit den anderen? Soll ich versuchen, sie zusammenzurufen?«

Eckhard dachte kurz nach und schüttelte den Kopf. »Nein, kein Aufsehen! Ich höre mich einfach ein wenig um. Irgendjemand wird schon reden.« Er stand auf und nickte in die Runde. »An die Arbeit.«

»Und ich?« Wulfhard verzog den Mund. »Der Graf hat gesagt, Ihr sollt mir Arbeit zuweisen, Schmied. Also, was soll ich tun?«

»Nichts. Ich habe niemanden zu ermorden.«

»Gerald«, flüsterte Fridrun bittend. »Nicht …«

»Was kann er denn sonst noch?«, brach es aus Gerald heraus. »Er …«

»Mit Pferden umgehen«, unterbrach Eckhard sanft. »Das kann er wirklich. Darum sollten wir ihn zu Rigbert schicken. Da kann er sich nützlich machen. Auch für uns«, setzte er bedeutsam hinzu.

Gerald presste die Lippen zusammen, als er das Einverständnis zwischen Wulfhard und Eckhard sah. »Wenn du meinst. Dann muss ich ihn wenigstens nicht sehen. Du hast Glück, dass du unter Eckhards Schutz stehst, Mörder.«

»Des Königs Schutz, mein Freund.«

»Ich bin nicht dein Freund!«

Wulfhard lachte laut auf. »Oh, wie mir das bekannt vorkommt! Verzeiht, Schmied, Ihr habt recht, keine Freundschaft.«

Eckhard schüttelte leicht den Kopf und verabschiedete sich von Fridrun.

Die junge Frau begleitete ihn zur Tür. »Ihr seid immer ein gern gesehener Gast, nicht wahr, Gerald?«

»Jederzeit«, stimmte ihr Mann zu. »Aber der da soll sich von meinem Haus fernhalten, Eckhard!«

»Das wird er, versprochen!« Eckhard packte Wulfhard am Arm und zog ihn zu Geralds kleinem Stall. »Du reitest ohne Umwege zu Rigbert. Stell die Pferde dort unter und sag ihm, dass ich dich im Namen des Grafen schicke. Udalrich habe dir diese Arbeit befohlen, damit du auf den rechten Weg zurückfindest.«

Wulfhard grinste vieldeutig.

»Ich meine es ernst. Sei wachsam, aber unauffällig! In der ›Buche‹ kannst du mich erreichen, wenn es etwas Wichtiges gibt.«

»So viel Vertrauen, Mönch?«

»Ich habe Vertrauen in Gott. Und der Herr muss Vertrauen in dich haben, sonst wärst du in dem Schuppen verbrannt. Denk daran, enttäuschst du mich, enttäuschst du Gott!«

Wulfhard biss sich auf die Lippe. »Das ist eine große Bürde, Mönch.«

»Betrachte es als Verpflichtung!« Eckhard wandte sich ab, doch dann drehte er sich noch einmal um. Sein Gesicht wirkte überraschend kalt. »Du hast übrigens großes Glück gehabt, dass du das Messer nicht gegen Gerald gezogen hast.«

Wulfhard wurde eine Schattierung blasser, während seine Hand an den Gürtel fuhr. »Ihr wisst?«

»Ein Stein fühlt sich nun einmal anders an als eine Klinge.« Eckhard musterte Wulfhard durchdringend. »Denk an Gott. Und denk auch daran, dass du mich auch mit dem Messer nicht überwältigen könntest. Ich brauche nicht viel Schlaf zwischen den Gebeten. Unterschätze mich nicht, weil ich diese Kutte trage.«

»Ich habe gesehen, wie Ihr zwei wild gewordene Pferde gebändigt habt«, bemerkte Wulfhard trocken. »Ich habe keine Ahnung, wer Ihr seid, aber unterschätzen werde ich Euch sicher nicht.«

»Dann ist es ja gut. Ich erwarte dich bei Sonnenuntergang hinter der ›Buche‹!«

»Ja.« Wulfhard gab sich einen Ruck. »Herr!«

Eckhard ging weiter, als habe er das letzte Wort nicht gehört. Plötzlich wurde er langsamer und blieb stehen. Er drehte sich um. »Nenn mich Eckhard.«

Gerald sah Wulfhard nach, während dieser mit Eckhards Pferd am Zügel davonritt. »Den sehen wir nie wieder!«

»Doch, Gerald, doch!«

»Wieso traust du ihm?«

»Weil der Herr es so beschlossen hat. Nun zu diesem Dietger. Wo finde ich ihn?«

Gerald löste seinen Blick vom Horizont. »Da lang. Du kannst das Haus nicht verfehlen, wegen der Bienen und dem Honigduft. Leider ist das auch schon das einzig Nette, was man über Dietger sagen kann.«

»Allmählich bin ich wirklich gespannt auf diesen Mann. Sind die Toten eigentlich schon bestattet worden?«

»Ja, gestern vor Sonnenuntergang. Rigbert hat darauf bestanden.«

»Ja, das war wohl recht so«, sagte Eckhard, aber Gerald konnte ihm die Enttäuschung ansehen. »Bis später!«

Während Gerald in die Schmiede zurückkehrte, folgte Eckhard dem Weg zum Ortsrand. Er entschied sich dagegen, am See entlangzugehen, sondern durchquerte den geschäftigen Ortskern. Von allen Seiten wurde er freundlich und respektvoll gegrüßt. Es schien fast, als sei die geschwärzte Ruine des Schuppens Teil einer anderen Welt. Die Spielleute waren nirgends zu sehen. Da Buchhorn nur aus einer Handvoll Hütten bestand, dauerte es nicht lange, bis Eckhard das Haus des Imkers entdeckte. Es stand abseits und dahinter erstreckte sich das weitläufige Grün einer Wiese. Wie Gerald gesagt hatte, stieg ihm schon von Weitem der Duft von Wachs und Honig in die Nase. Eckhard umrundete das Haus und sah einen mittelgroßen Mann zwischen seinen Bienenkörben stehen. Kopf und Körper waren in ein dickes Tuch gehüllt. Das Summen der Bienen erfüllte die warme Luft.

Eckhard blieb in respektvoller Entfernung stehen und hob die Hand. »Ihr seid Dietger, der Imker?«

Der Mann drehte sich um. »Willsch du was kaufe oder betteln?«

Einen Herzschlag lang war Eckhard sprachlos, doch die Jahre unter Salomos Anleitung kamen ihm zu Hilfe. Er setzte ein Lächeln auf und kam näher. »Mein Name ist Eckhard, ich stehe in den Diensten des Fürstbischofs. Ich würde gern mit Euch sprechen. Natürlich nur, wenn Ihr ein wenig Zeit für mich erübrigen könnt.« Eckhard konnte förmlich sehen, wie dem Mann unter dem Tuch das Blut ins Gesicht schoss.

»Ich bin sofort bei Euch!«, rief Dietger. Er nahm ein paar Handgriffe an dem Bienenkorb vor und näherte sich dem Mönch. Im Gehen zog er das Tuch vom Kopf und enthüllte ein scharf geschnittenes Gesicht mit einer gebogenen Nase, die aussah, als sei sie einmal gebrochen worden. Als er dicht vor Eckhard stand, verbeugte Dietger sich. »Ihr heißt Eckhard, habt Ihr gsagt? Ihr seid Benediktiner?«

»Aus St. Gallen, ja.«

»Und Ihr beehrt mich?« Dietger strich sich durch das zurückweichende Haar. Eckhards Blick fiel auf die roten, entstellten Hände des Mannes. Der Imker bemerkte es und winkte gleichmütig ab. »Bin oft g'stoche worde.«

»Ja, die Imkerei ist sicher kein leichtes Brot.« Eckhard setzte sein gewinnendstes Lächeln auf. »Sicher müsst Ihr auch noch Bären fürchten.«

Dietger lachte. »Nee. Die bleibe im Wald. Aber wollt Ihr net von meinem Honig koschte?«

»Da sage ich nicht nein!«

Eckhard folgte Dietger in dessen Haus, das ähnlich wie Geralds aus einem Wohnraum mit einem Ofen und einem durch ein Tuch abgetrennten Schlafraum bestand. An der Kochstelle stand eine Frau und knetete frischen Brotteig. Sie sah nicht auf, als die beiden Männer die Stube betraten.

Dietger musterte sie finster. »Willsch unseren Bsuch net begrüße, Weib«, sagte er scharf. »Der fromme Mann steht in den Dienschte vom Fürschtbischof.«

Die Frau strich mit ihren mehligen Fingern eine braune Strähne aus den Augen und drehte sich langsam um.

Eckhard sah in ein blasses, teilnahmsloses Gesicht. »Gott zum Gruß«, sagte er höflich.

Sie nickte, ohne Eckhard in die Augen zu sehen. Ihre Lippen bewegten sich, aber die Worte waren so leise, dass der Mönch nur erraten konnte, dass sie den Gruß erwidert hatte. Er warf Dietger einen fragenden Blick zu.

Der zuckte die Achseln. »Und mit dieser Frau bin

ich gschtraft«, sagte er mit einem falschen Lachen. »Na, jeder hat sei Kreuz zu trage. Ich hoff, Ihr verzeiht die Unordnung.«

Eckhard sah sich in der makellos sauberen Kammer um und schwieg, während die Frau sich wieder ihrem Brotteig zuwandte.

»Setzt Euch doch und erzählt, wie ich Euch helfe kann.« Dietger schob seinem Gast einen Hocker hin und nahm ihm gegenüber Platz. »Weib, bring Honig. Hasch schon Brot g'macht?«

Sie zeigte auf ein Brett, auf dem ein frischer Laib auskühlte.

»Ist sie stumm?«, fragte Eckhard leise, als die Frau das Haus verließ, vermutlich um den Honig zu holen.

Dietger zog ein saures Gesicht. »Nur verschtockt. Sie taugt nichts, aber sie isch nun mal mei Weib, was soll ich mache. Aber lasst uns net von meine Sorge spreche. Ihr wollt was über die Zuschtände in Buchhorn erfahre. Es isch'n Jammer. Der Abschaum im Wald und kei feschte Hand, keiner, der ein Machtwort spricht.«

»Brot und Honig.«

Eckhard zuckte zusammen, da die Frau sich über ihn beugte und ein Holzbrett auf den Tisch stellte. Er sah auf und blickte in zwei graue Augen. Eckhard hielt sich für einen guten Menschenkenner, doch er stellte fest, dass er in diesem Gesicht nicht lesen konnte. Verwirrt sah er zu Dietger hinüber, der seine Frau beinahe hasserfüllt betrachtete.

»Danke.« Eckhard versuchte vergeblich, die Aufmerksamkeit der Frau auf sich zu lenken. »Darf ich fragen, wie Ihr heißt?«

»Isentrud heißt sie. Was sagt denn der Fürschtbischof zu dem Abschaum? Aus Konschtanz soll der ja g'komme sei. Vertrieben?« Er lachte abgehackt.

»Das riecht gut.« Eckhard brach ein Stück Brot und tunkte es in den Honig. »Ich danke Euch, Isentrud.«

Ein Zucken lief um ihren Mund, aber sie schwieg.

»Geh, Weib, hasch du kei Arbeit?« Dietger versetzte seiner Frau einen Stoß und wandte sich wieder an seinen Gast. »Wie ich schon gsagt hab, die Zuschtände sind beklagenswert. Zeit für eine feschte Hand.«

»Eine Hand wie die Eure?«

Dietgers Augen blitzten auf. »Geht's dadrum? Um en neue Verwalter? Net dass ich mich vordränge möcht«, sagte er hastig, »und ich möcht mich au net rühme, aber ohne mich würde dieser Mörder, dieser Wulfhard, uns immer noch verhöhne.«

»Ihr habt ihn mitsamt dem Schuppen verbrannt, nicht wahr?«

Dietger bekreuzigte sich. »Der Graf wird den alte Schuppe hoffentlich net über die Sicherheit des Ortes schtelle. Oder?« Ein ängstlicher Ausdruck huschte über sein Gesicht. »Der Kerl war eine Bedrohung für alle ehrliche Leut. Er isch doch hia, oder?«

»Hia? Ihr meint tot?« Eckhard lehnte sich zurück und faltete die Hände. »Er ist in Gottes Obhut.«

»Gott sei's gedankt!«

Eine Stille senkte sich über den Raum, die so tief war,

dass das leise Klatschen des feuchten Brotteigs auf dem Holz zu hören war. Eckhard fühlte seine Blicke wie von selbst zu Isentrud zurückkehren. Er räusperte sich. »Ich habe Euch eigentlich nicht wegen des Brandes aufgesucht, sondern weil Ihr dabei wart, als die zweite Leiche gefunden worden ist.«

»Net dabei. Ich hab gholfe, sie raufzutrage, zur Leutkirch.«

»Wo genau hat sie gelegen?«

»Drunte am See, da isch so eine Lichtung, wo die Pärle gern hingehe. Wenn Ihr verschteht, was ich meine.«

»Waren Reinmar und Hilde denn ein Paar?«

Dietgers vielsagendes Grinsen schnitt tiefe Falten in sein Gesicht. »Ich sag nichts Schlechtes über die Tote. Allerdings ... vielleicht war Reinmar net der richtige Mann als Fronbote. Gott hat ihn gschtraft!«

»Dann haben er und Hilde ...?« Eckhard hob die Brauen.

»Ach Herr, Ihr wisst doch selbst, wie viel gschwätzt wird. Aber dass der die Weiber gmocht hat, das schteht fescht.«

Ohne es zu wollen, blickte Eckhard wieder zu Isentrud hinüber. Ihr Rücken war steif durchgedrückt, sie arbeitete mit verbissener Heftigkeit. »Lag sie mit dem Gesicht nach oben oder nach unten?«, fragte er gepresst.

»Mit'm Rücke nach obe.«

»Lag der Kopf zum Ufer hin?«

»Ich glaub, zum See raus.«

»Ist viel Blut zu sehen gewesen?«

Dietger bekreuzigte sich erneut. »Der ganze Rücke war voller Blut.«

»Und Wulfhard habt Ihr verdächtigt?«

»Der Saukerl! Jetzt noch seine Kumpane, die Spielleut, raus und dann herrscht wieder Ordnung.« Dietger schlug die flache Hand auf den Tisch. »Ich tät dene zeige, wie ich Gottes Gebote durchsetz!«

»Ist es Gottes Gebot, einen Mann zu verbrennen?«

Eckhard zuckte zusammen. Isentrud hatte sich umgedreht und starrte ihren Mann aus großen kalten Augen an.

Dietger hieb mit der Faust auf den Tisch. »Still, Weib!«, brüllte er und machte eine Bewegung, als wolle er aufspringen, aber die Gegenwart des Mönches hielt ihn zurück. »Verzeiht ihr, Herr. Sie kann halt ihr Maul net halte.«

»Ihr habt Reinmar für einen schlechten Verwalter gehalten?«, erkundigte sich Eckhard.

»Aber g'wiss! Wenn's wenigschtens der Rigbert g'wese wär. Der lebt au nach Gottes Gebote.«

Isentrud wandte sich heftig ab.

»Backt Ihr auch Honigkuchen, Isentrud?«, fragte Eckhard sie.

»Ja, sie backt gut. Etwas muss sie ja könne.« Dietger lachte hässlich auf. »Sie geht jede Woche einmal raus zum Grafe, um Honigbrot zu bringe.«

»Wann wart Ihr das letzte Mal dort?«

»Sie muss heut wieder raus. Die Gudrun wartet, weil ja bald der Graf und die Gräfin zurückkomme.«

Eckhard biss eine ärgerliche Bemerkung zurück. »Isentrud«, sagte er betont. »Habt Ihr Hilde gekannt?«

»Mein Weib redet net mit gottlose Hure.«

»Dietger, bitte! Lasst Eure Frau antworten.« Mit sanfterer Stimme wiederholte der Mönch: »Habt Ihr?«

»Nur vom Sehen«, sagte sie tonlos. »Sie war sehr schön.«

»Eine Hure!«, giftete Dietger. »Würd mich net wundern, wenn die von irgendeinem schon den Balg im Bauch ghabt hätt. Na, wenigschtens hätt sie Kinder bekomme könne.«

Isentrud wurde totenbleich.

Eckhard machte eine unbeherrschte Bewegung. »Gott der Herr schenkt die Kinder«, sagte er zu der Frau, doch sein Trost prallte an ihrem starren Gesicht ab. Ihre Augen waren wie aus Stein. Eckhard fragte sich, wann sie die letzten Tränen vergossen haben mochte. Plötzlich wollte er nur noch fort aus diesem Haus. Dietgers gehässige Worte rauschten an ihm vorbei.

»Die Hilde, die hatte ein Becken, da hätt schon ein Kind reingepasst. Und aus Eis war sie auch net. Irgendwann hätt die als Hübschlerin geendet, das schteht fest. Weiber, in denen schteckt die Sünde, net wahr? Net wahr?«

Eckhard sprang auf. Er fühlte sein Herz heftig schlagen. »Ich will Eure Zeit nicht länger beanspruchen!«, rief er und wandte sich ab.

»Ich bring Euch raus.« Dietger folgte Eckhard. »Ihr müsst ihr verzeihe, das Weib isch net zum Gottgefalle gerate.«

»Ihr verzeihe ich.«

Dietger nickte zufrieden. Eckhard sah die satten Farben draußen und zögerte, hin- und hergerissen zwischen dem Wunsch, dieser Hütte zu entkommen, und dem Drang, eine letzte Frage zu stellen. Die Neugier siegte. »Hat Eure Frau auch Reinmar gekannt, wenn sie öfters auf dem Gut war?«

Dietgers Gesicht schnappte zu. »Nein!«, sagte er. »Nie!«

VII

Die Aussicht von der Mauer bot einen klaren Blick über die Felder und das Waldstück, hinter dem Buchhorn und der See lagen, bis hin zu den Alpen. Die Sonne wärmte das Land. Trotzdem glaubte Rigbert, das Ziehen seiner alten Verletzungen zu spüren, das unweigerlich auf einen Wetterumschwung hindeutete. Er hörte Gudruns Stimme, wandte sich um und schaute hinunter, wo eine schlanke, dunkelhaarige Frau gerade die Kurbel des Brunnens betätigte.

Gudrun stand im Eingang der Küche und rief: »Ein Eimer genügt!«

»So muss ich nicht zweimal gehen«, antwortete die jüngere Frau, während sie einen zweiten Eimer füllte und beide mit unbewegtem Gesicht zu der alten Köchin trug. Rigbert musste grinsen. Diese Kunigunde gefiel ihm. Es gab nicht viele Frauen auf Buchhorn, die Gudruns Wünsche derart selbstbewusst übergingen. Und es gab nicht viele mit einer solchen Taille und solchen Haaren. Rigbert schnalzte mit der Zunge, als die junge Frau ihre Last mühelos in die Küche trug.

»Die hätte meinem Bruder gefallen«, murmelte Rigbert, und sein Gesicht verfinsterte sich. »Aber er ist tot. Ich lebe. Vielleicht sollte ich einmal …«

Das Bild eines Reiters, der den Weg von Buchhorn heraufkam und ein zweites Pferd am Zügel mit sich führte, schob sich zwischen ihn und seine Tagträume. Rigberts Hände schlossen sich fester um den Sims. »Das muss ein Trugbild sein!«

Wie zur Antwort verwandelte die schräg stehende Sonne das wirre Haar des Reiters in einen diabolischen Heiligenschein, der im Spiel von Licht und Schatten aufblitzte und wieder verlosch. Rigberts Gesicht verfärbte sich. »Da soll mich doch der Teufel holen!«, fluchte er. »Dieser Kerl … dieser …« Er stürmte die Stufen ins Burginnere hinab, riss die Tür zur Küche auf und baute sich vor der erstaunten Köchin auf. »Gudrun!«, blaffte er. »Dein Sohn kann sich auf etwas gefasst machen!«

Sie legte ohne Hast den hölzernen Löffel aus der Hand. »Welcher?«

»Du weißt genau, welcher! Eberhard, der nichtsnutzige Bursche, der diesen Verräter, diesen Wulfhard, bewachen sollte. Diesen Verräter, der eben von Buchhorn hergeritten kommt. Geritten!« Befriedigt beobachtete er, wie Gudruns Gesicht alle Farbe verlor.

Sie bekreuzigte sich. »Dann muss er direkt aus der Hölle kommen! Er ist doch tot!«

»Offenbar nicht, du dummes Weib!«, schnaubte Rigbert. »Aber der wird sich noch wünschen, Buchhorn nie gesehen zu haben!« Er riss ein langes Küchenmesser vom Tisch, schob Kunigunde aus dem Weg und rannte auf den Hof. Über dem weiten Areal, dem Brunnen und dem Gesindehaus lag immer noch morgendliche Verschlafenheit, aber von dem Frieden, den Rigbert noch vor Minuten verspürt hatte, war nichts mehr geblieben. Mit vorgerecktem Hals lauschte er auf den näher kommenden Hufschlag. Als Wulfhard mit den beiden Pferden sichtbar wurde, rammte er das Messer in den Gürtel seiner knielangen Tunika, hakte beide Daumen ein und ging Wulfhard angriffslustig entgegen.

Der Reiter sprang aus dem Sattel und blieb stehen. »Ihr seid Rigbert, nicht wahr?«

»Du weißt sehr genau, wer ich bin. Das letzte Mal hast du mich an der Leiche meines Bruders gesehen! Warum bist du nicht tot? Ich hab gehört, sie hätten dich abgefackelt.«

Wulfhard presste die Lippen zusammen. »Ich soll hier in den Ställen arbeiten«, sagte er tonlos.

»Sagt wer?«

»Der Graf von Buchhorn.«

»Der Graf? Dass ich nicht lache! Du bist ein Wurm, der unter den Stiefeln des Grafen zermalmt werden sollte, das bist du.«

»Also nicht unter Euren Stiefeln«, sagte Wulfhard und deutete auf die Pferde. »Die solltet Ihr eigentlich erkennen. Es sind Tiere aus dem Stall des Grafen. Im Übrigen hat der König selbst mich begnadigt.«

Rigbert kniff die Augen zusammen. »Das muss ein Trugbild sein!«

»Fragt den Schmied. Oder Eckhard«, entgegnete Wulfhard achselzuckend. »Er ist im Dorf. Was ist nun mit den Pferden? Sie müssen versorgt werden.«

»Da drüben!« Rigberts Stimme klang heiser vor Ärger. »Übergib sie einem der Männer, die die Ställe ausmisten. Und schau dir die Arbeit schon mal genau an. Die wirst du nämlich übernehmen. Immer vorausgesetzt, dass du die Wahrheit sagst.«

Wulfhard führte die beiden Pferde in den Stall, Rigbert folgte ihm dicht auf den Fersen und überwachte, wie einer seiner Leute die Tiere in Empfang nahm. »Ich werde das überprüfen«, knirschte er. »Ich kann mir einfach nicht vorstellen, dass einer wie du sich hier breitmachen darf.«

Wulfhard drehte sich zu ihm um. »Ihr habt schöne Pferde.«

»Die dich nichts angehen!«

»Wenn ich hier arbeiten soll, schon.«

Rigbert stieß ein Knurren aus.

Wulfhard sah ihm in die Augen. »Glaubt Ihr, ich wäre hier, wenn ich frei hätte entscheiden können? Aber es ist, wie es ist. Der Tod Eures Bruders tut mir leid, aber ich habe damit nichts zu schaffen.«

»Red nie wieder von meinem Bruder!«

Wulfhard schob die Unterlippe vor. »Wie Ihr befehlt. Was ist eigentlich mit dem Tier da los?« Er deutete auf einen Falben, der abgesondert von den anderen mit gesenktem Kopf in einer Ecke stand.

»Der ist krank«, antwortete Rigbert schroff, während er seinem eigenen Tier den Sattel auf den Rücken warf und ihn festzurrte. Plötzlich sah er, wie Wulfhard auf das kranke Tier zuging. »He! Finger weg!« Seine Stimme war so laut, dass die anderen Gäule nervös zu tänzeln begannen.

Ohne Hast trat Wulfhard einen Schritt rückwärts. »Seid Ihr sicher? Er sieht so krank nicht aus!«

»Und du willst etwas von Pferden verstehen!«, rief Rigbert mit einem höhnischen Lachen. »Ich reite jetzt zu Eckhard. Solange ich weg bin, rührst du dich nicht von der Stelle. Und gnade dir Gott, wenn du lügst.«

Wulfhard lauschte dem verklingenden Hufschlag nach und kämpfte seinen Ärger nieder. Das Blatt würde sich wenden. Der Mönch hatte gesagt, dass Gott etwas mit ihm vorhabe. Ein Mönch musste es wissen. Sein Interesse richtete sich wieder auf den Falben, der müde an einem Bündel Hafer zupfte. Das Fell des Tieres war stumpf, seine großen Augen glanzlos. Doch kaum hatte er einen Schritt vorwärts gemacht, da blickten zwei der Stallknechte drohend in seine Richtung. Wulfhard dachte gerade darüber nach, ob er es auf eine Konfrontation ankommen lassen sollte, als beide gleichzeitig die Köpfe einzogen. Er fühlte, wie er am Arm gepackt und herumgedreht wurde.

»Dich sollte man rösten!«

Wulfhard schaute verdattert auf die füllige Frau herab, die mit geröteten Backen zu ihm aufsah. »Wer …?«

»Ich bin Gudrun, Eberhards Mutter! Ich bin die Köchin und die Frau, die dir das Gift ins Essen streut, wenn du dich nicht anständig benimmst.«

»Aber ich … Eberhard hat Euch sicher gesagt, was …«

»Ach, stammel nicht rum!«, fauchte sie. »Ich weiß alles über dich! Du warst auch einer von denen, die versucht haben, unseren Grafen zu ermorden. Doch Gott hat ihn vor euch beschützt.«

»Und jetzt hat Gott der Herr mich …«

»Nimm seinen Namen nicht in den Mund, du Scheusal!« Ihre Hand krallte sich fester in seinen Arm. »Merk dir eins! Ich diene dem Grafen und der Gräfin. Und wenn ich mitkriege, dass du hier bist, um ihnen zu schaden, schicke ich dich persönlich zur Hölle.«

»Aus der komme ich!«

Sie verschränkte die Arme. »Ein Jammer, dass du nicht dageblieben bist. Ich schäme mich, dass mein Sohn, mein eigener Sohn, dich nicht aufgespießt hat.«

Er hielt ihrem Blick stand. »Er hat mehr getan als das. Er hat mich aus dem Feuer gerettet.«

»Niemals!«

Wulfhard zwinkerte ihr zu. »Warum nicht? Er hat ein gutes Herz, im Gegensatz zu mir. Ich hingegen habe gute Augen.« Er beugte sich vor und flüsterte: »Ich habe den Mann wiedererkannt, der den Grafen hat ermorden wollen.«

»Ist er tot?«, fragte Gudrun scharf.

Wulfhard schüttelte den Kopf, und die alte Frau lachte spöttisch auf. »Hab ich mir doch gedacht. Nichts als Gerede! Verschwinde hier, niemand …« Sie unterbrach sich. »Hat da gerade dein Magen geknurrt?«

Wulfhard zuckte die Achseln.

»Hast du Hunger?«

Wieder ein Schulterzucken.

Sie musterte ihn von Kopf bis Fuß und stieß ihm endlich den Finger in die Rippen. »Im Kerker kriegt man nicht viel zu essen, wie? Du machst ja jedem Grab

Schande, du Gerippe! Komm! Wenn der Graf dich wirklich geschickt hat, kenne ich meine Pflicht. Worauf wartest du?«

»Rigbert hat gesagt, ich darf mich nicht von der Stelle rühren.«

Gudrun schnaubte laut. »Der feiste Wichtigtuer braucht sich gar nichts einzubilden! Bis der zurück ist, hast du dir den Bauch vollgeschlagen.«

»Rigbert macht sich nicht eben beliebt«, bemerkte Wulfhard, während er Gudrun über den Hof in die Küche folgte. Sein Magen krampfte sich bei den verschiedenen Düften schmerzhaft zusammen.

Die alte Köchin machte eine heftige Handbewegung. »Der sieht sich doch schon als Reinmars Nachfolger. Kann gut sein. Getaugt haben sie beide nicht viel!«

»Was meint Ihr damit?«

Sie warf ihm einen misstrauischen Blick zu und verstummte. »Nichts.«

Wulfhard setzte zu einer neuen Frage an, doch die Worte erstarben auf seinen Lippen. Er stieß einen Pfiff aus. Gudrun versetzte ihm einen kurzen, harten Schlag auf den Arm. »Setz dich und hör auf, das Mädel anzugaffen. Kunigunde, gib ihm was zu essen. Nicht, dass er es verdienen würde.« Grummelnd stellte sie sich wieder an die Feuerstelle, während die Küchenmagd Wulfhard mit ausdruckslosem Gesicht Brot und eine Schale Hirsebrei hinstellte. Sogar unter dem formlosen Leinenkleid erinnerte ihr Körper ihn daran, wie lange er keine Frau mehr gehabt hatte.

Wulfhard lächelte strahlend. »Ich danke dir, schönes Kind.«

Um ihren Mund zuckte es, aber sie schwieg.

»Hast du vielleicht noch ein Messer für mich, holdes Kind!«

»Dem gibst du keine Waffe in die Hand, Kunigunde«, schnauzte Gudrun.

Kunigunde erstarrte in der Bewegung, während Wulfhard mit einem übertriebenen Seufzer den Dolch unter seinem Hemd hervorzog und nach dem Brot griff.

Kunigunde keuchte auf. »Das Messer«, sagte sie schwach. »Es ist ungarisch. Woher hast du es?«

»Ein … Geschenk.« Er tauchte sein Brot in den Brei, bis es troff. »Das schmeckt wunderbar! Du bist ein Engel, Kunigunde.«

Sie zögerte und setzte sich neben ihn. »Bist du so ausgezehrt, weil du im Krieg warst?«

»Er ist ein Verschwörer und Mörder und lebt nur noch, weil der König gnädig war. Zu gnädig, wenn du mich fragst!«, fuhr Gudrun auf.

Wulfhard zuckte unmerklich zusammen. »Die heilige Schrift lehrt Gnade«, sagte er und suchte Gudruns Blick. Der Hass der alten Frau ließ ihn nicht unberührt. »Oder gilt das hier in Buchhorn nicht?«

»In Buchhorn glauben wir, dass man sich Gnade verdienen muss.« Gudruns Mund war hart.

»Und doch war ein Mann, der nach Eurer eigenen Aussage nichts taugt, Verwalter des Grafen«, wandte Wulfhard ein.

Fleckige Röte überzog Gudruns rundliche Wangen. »Willst du den Grafen kritisieren? Reinmar war ein Tunichtgut, der seine Finger nicht von den Frauen lassen konnte, aber du bist ein Mörder.«

»Ich bin nicht … egal!« Wulfhard schüttelte den Kopf. »Und Rigbert?«

»Rigbert ist im Gegensatz zu seinem Bruder eine gottesfürchtige Seele.« Sie bekreuzigte sich. »Auch wenn man über die Toten nicht schlecht reden soll.«

»Dann war er schlecht? Der Verwalter? Wird der Graf nicht kommen und ihn rächen?«

Gudrun sah Kunigunde verwirrt an. Die Augen der jungen Frau funkelten. »Reinmar und der Herr waren zusammen im Krieg. Aber das entschuldigt nicht Reinmars Fehler. Schlecht«, Gudrun zeigte auf Wulfhard, »ist der da!«

Wulfhard kaute beherrscht. »Ich habe Befehle meines Herrn befolgt. Er ist tot. Ich würde ihn gern ruhen lassen.«

»Wagst du es auch noch, den Mann zu verteidigen, der den Grafen töten wollte?«, schrie Gudrun. »Raus aus meiner Küche!«

Wulfhard zog den Kopf ein. Er war eine Spur blasser geworden.

Kunigundes Schultern verspannten sich unmerklich. »Ist es bei euch falsch, Befehle zu befolgen? Muss man seinem Herrn nicht gehorchen?«

»Einem Verräter muss man nicht dienen!«, antwortete Gudrun, aber in ihrer Stimme schwang ein Hauch Unsicherheit mit. Sie starrte Wulfhard böse an. »Ein Verräter, der einem Verräter gedient hat, das bist du!«

»Wo ist dein Herr begraben?«, fragte Kunigunde rasch.

Wulfhard blickte sie erstaunt an. »In der Familiengruft. Wo sonst?«

»Das hätten sie nicht tun dürfen, wenn er ein schlechter Mensch war. Schlechte Menschen muss man mit dem Gesicht nach unten und mit gefesselten Händen verscharren. Sonst kommt ihr Geist zurück.«

Gudrun gab ihr eine schallende Ohrfeige. »Was ist das für heidnischer Unsinn?«, schnaufte sie empört. »Sofort sprichst du ein Gebet! Egal, was er getan hat, ein Christenmensch liegt in einem Sarg, mit auf der Brust gefalteten Händen.«

Kunigunde rieb sich die Wange. Sie nickte mit zusammengepressten Lippen. »Verzeiht! Es ist ein alter Brauch …«

»Aber keiner, den die Kirche gestattet!«, schimpfte Gudrun nur halb besänftigt. »Mädchen, du wirst doch keinem heidnischen Teufelswerk anhängen! Willst du mit dem Pfaffen sprechen?«

»Nein.« Kunigunde schüttelte den Kopf und wandte sich ab. »Verzeiht!«

Eine Weile herrschte unbehagliches Schweigen, das erst durchbrochen wurde, als Wulfhard seinen Schemel zurückschob und aufstand. »Ludowig war ein Narr«, sagte er halb zu sich. »Und jetzt ist er tot. Soll er doch verrotten, Gesicht nach oben oder nach unten. Und jetzt muss ich an die Arbeit. Ich danke Euch für das Essen. Und dir …«, er gab Kunigunde einen Klaps auf den Hintern, »für deine Gesellschaft.«

Die Küchenmagd wirbelte herum. Ihre Finger waren zu Klauen gekrümmt, aber ehe sie sich auf Wulfhard stürzen konnte, hatte Gudrun diesen am Kragen gepackt.

»Raus hier, sonst findest du deine Hand in der Suppe wieder!«, drohte sie.

Er grinste müde und verließ die Küche. Nachdem er ins Freie getreten war, sprang ihm ein kleiner rotbrauner Mischling zwischen die Beine und schnupperte an dem rissigen Leder seiner Schuhe. Wulfhards erster Impuls war, ihm einen Tritt zu versetzen, doch er schob ihn nur mit dem Fuß von sich. Der Köter wedelte mit dem Schwanz und trollte sich. Als Wulfhard sich noch einmal umdrehte, hockte der Hund auf der Schwelle der Küche und wartete auf Reste, die für ihn abfielen.

Eckhard hüllte sich in Schweigen, während er auf Geralds Stute neben dem aufgebrachten Rigbert herritt. Aufmerksam beobachtete er seine Umgebung, wobei er versuchte, die laute Stimme des Stallmeisters auszublenden, um das Wenige zu verarbeiten, das er im Gespräch mit Hannes erfahren hatte.

»… und wenn das alles nichts bewirkt, werde ich ihn des Diebstahls bezichtigen, einfach so.« Rigbert schnippte mit den Fingern. »Das wird dem Grafen zeigen, was für einer dieser Saukerl ist. Was meint Ihr?«

Eckhard reagierte nicht, und Rigbert fuhr mit gesteigertem Eifer fort: »Ja, Ihr habt recht, Diebstahl reicht nicht!« Er holte kurz Luft. »Ah, ich hab's! Ich rede mit Anna. Die Hilde hätte da sofort mitgemacht. Na, mal sehen.«

»Wobei mitgemacht?«

Rigbert verzog sein Gesicht zu einer säuerlichen Grimasse. »Ihr hört ja zu!«

»Wobei?«, hakte Eckhard nach.

»Nicht so wichtig.«

»Wobei?«, wiederholte der Mönch scharf.

»Ich habe nur laut gedacht«, wiegelte Rigbert verlegen ab. »Nach der langen Zeit juckt es den Saukerl doch sicher in der Hose. Und wenn eins der Mädchen Notzucht schreit, dann …« Seine Stimme erstarb unter Eckhards eisigem Blick.

»Und dafür hätte Hilde sich hergegeben?«

»Na ja, vielleicht.«

»Und Ihr? Schämt Ihr Euch nicht? Gott hat diesem Mann eine zweite Chance gegeben, und Ihr maßt Euch an, über ihn zu richten?«

»Und weshalb hat er eine zweite Chance verdient?«, entgegnete Rigbert hitzig. »Wir haben uns jahrelang auf Buchhorn krumm gearbeitet, bis der Graf zurückkam und uns endlich anständig entlohnt hat, und der Verräter soll sich hier einnisten dürfen? Nennt Ihr das gerecht?«

»Ich bete lieber zu einem gnädigen Gott als zu einem gerechten«, sagte Eckhard ernst. »Aber nun genug davon. Wer hat Hilde am besten gekannt?«

»Anna und sie haben sich eine Kammer geteilt.«

»Dann will ich mit Anna reden. Aber vorher möchte ich Reinmars Unterkunft sehen.«

Schweigend ritten sie in den Hof. Vor dem Stall saßen sie ab, und Rigbert brüllte: »Wulfhard! Kümmere dich um die Gäule, aber hurtig!«

Es dauerte eine Weile, bis Wulfhards hagere Gestalt in der Tür des Stallgebäudes auftauchte. »Demnach habe ich die Wahrheit gesagt?«

»Werd ja nicht frech. Von jetzt an ist es vorbei mit deiner Großmäuligkeit!«

Wulfhard setzte zu einer Entgegnung an, doch er hielt inne, da er Eckhard bemerkte, der ihn mit hochgezogenen Brauen musterte. »Oh, der Mönch!« Er deutete eine Verbeugung an. »Keine Sorge, ich mach keinen Ärger.« Er griff nach den Zügeln, zögerte aber kurz, weil er eine Bewegung zu seinen Füßen spürte.

Unbeherrscht trat Rigbert nach dem kleinen Hund. »Ist das Mistvieh schon wieder da? Ich habe Gudrun befohlen, den Köter wegzujagen!«

»Wie mich?« Wulfhards Blick streifte Rigbert, aber es waren Eckhards Züge, an denen er hängen blieb, als er sich bückte und dem Hund über den struppigen Kopf fuhr. »Ich scheine einen Freund gefunden zu haben. Diesmal einen echten, oder, Mönch?«

Eckhard lächelte. »Ich sehe mit Freude, dass du anfängst,

Demut zu lernen. Und was Euch angeht, Rigbert, ich denke, die Pferde sind bei ihm in guten Händen. Bringt mich zu Reinmars Zimmer und sagt Anna, dass sie sich bereithalten soll.«

Während Wulfhard die Pferde in den Stall führte, begleitete Rigbert den Mönch zu der Kammer seines Bruders. Er öffnete die Tür und ließ Eckhard den Vortritt. »Schaut Euch ruhig um. Es ist alles unverändert.«

Die Sonne, die durch das schmale Fenster drang, beleuchtete ein einfaches Bett, einen Hocker, auf dem noch ein Wasserkrug stand, und eine Truhe unter dem Fenster. »Euer Bruder hat nicht viel besessen«, stellte Eckhard fest, während er überprüfte, ob der Deckel der Truhe sich öffnen ließ.

Rigbert machte eine unbeherrschte Bewegung, als das Holz mit leisem Ächzen nachgab. »Wie gesagt, es gab kaum eine Möglichkeit, Reichtümer anzuhäufen. Ihr werdet nur ein paar Kleider finden.«

»Habt Ihr Euch schon Euer Erbe geholt?« Eckhard lächelte dünn, und Rigberts kleine Augen verengten sich noch mehr.

»Ich bin kein Dieb! Es fehlt nichts. Seht nach!«

Eckhard kniete sich vor die Truhe und nahm ein Kleidungsstück nach dem anderen heraus. Wenig später blickte er auf eine saubere Tunika, ein altes Wams, einen Lederharnisch und einen abgetragenen, aber warmen Umhang für den Winter. Seine Hand tastete weiter, bis er unter einer alten Pferdedecke fündig wurde. Sein Gesicht war ausdruckslos, als er eine Ledertasche und eine schmale Scheide hochhielt. »Was ist das?«

Rigbert sah flüchtig hin. »Beutestücke aus Ungarn. Nicht wertvoll, aber mein lieber Bruder hat gern damit angegeben. Und die Weiber waren bei einem echten Helden noch williger.« Er lachte hässlich auf.

»Und das Messer, das in die Scheide gehört?«

»Er wird's dabeigehabt haben«, meinte Rigbert trocken. »Geholfen hat es ihm allerdings nicht. Wird jetzt wohl im Besitz seines Mörders sein.« Er warf Eckhard einen lauernden Blick zu, aber der starrte nur wie gebannt auf die Gegenstände in seinen Händen. »Holt mir Wulfhard her.«

»Den …? Wozu?«

Eckhards Augenbrauen rutschten ein Stück nach oben.

Rigbert murmelte etwas und schloss die Tür lautstark. Als er allein war, bekam Eckhards Gleichgültigkeit Risse. Seine Hände zitterten, während er den Lederbeutel von seiner Kordel nestelte und neben die Tasche aus Rigberts Truhe hielt. Beide wiesen die gleiche verzierte Deckplatte mit ihren verschlungenen Symbolen, Kreisen und Rauten auf.

»Alles ungarisch! Heidnische Sonnensymbole!« Er spie das Wort regelrecht aus. »Und wieder finde ich sie bei einem Toten.« Er drehte die Tasche um, aus der nach leichtem Schütteln eine rotblonde Locke fiel. Er hielt das Liebespfand ins Licht, ehe er es mit einem seltsamen Gesichtsausdruck wieder in seine lederne Umhüllung schob. Erst als er Schritte vor der Tür hörte, fand er zu seiner alten Reglosigkeit zurück. Er band seinen Beutel wieder an den Strick um die Taille und stand auf.

In Wulfhards Augen flackerte die Neugier, aber er stellte keine Fragen.

Eckhard streckte die Hand aus. »Gib mir das Messer!« Er nahm Wulfhard die Waffe aus der Hand und versuchte, sie in die Scheide zu schieben. »Hm, passt nicht.«

»Weil da ein Jagdmesser reingehört, kein Wurfmesser«, bemerkte Wulfhard beiläufig. »Das kann nicht passen.«

Eckhard hielt Rigbert die Scheide hin. »Hat er recht?«

Der Stallmeister nickte mürrisch, und der Mönch gab Wulfhard das Messer zurück.

»Das war es schon«, sagte er. »Und jetzt möchte ich mit Anna sprechen.«

Eckhard nahm sich Zeit, die drei Frauen zu mustern. Die beiden jüngeren verneigten sich respektvoll, als er mit dem Stallmeister die Küche betrat, nur die alte Köchin strahlte ihn an. »Es tut gut, Euch zu sehen, Herr! Ihr werdet herausfinden, wer für diese entsetzlichen Morde verantwortlich ist, nicht wahr?«

»Wenn Gott der Herr mir beisteht.« Der Mönch lächelte und richtete seine Aufmerksamkeit auf die beiden jungen Frauen. Die eine war ein dralles Mädchen von 15 oder 16 Jahren, das ihn halb scheu, halb neugierig musterte. Die andere hielt den Kopf gesenkt, sodass ihr Gesicht von den langen dunklen Haarsträhnen fast verborgen wurde. Eckhard fiel auf, dass ihr Kleid zerrissen und nur notdürftig geflickt war. Beide schwiegen.

Gudrun runzelte die Stirn. »Verzeiht den jungen Dingern ihre Blödigkeit«, raunte sie Eckhard zu. »Das da ist meine Tochter Anna. Und da hinten ist Kunigunde, unsere neue Küchenmagd.«

»Eine Küchenmagd«, wiederholte Eckhard langsam. »Ach so?«

»Eine Gauklerin ist sie!«, sagte Rigbert, indem er zu Kunigunde trat und sie nach vorne stieß. »Zeig mehr Ehrfurcht, Mädchen!«

Eckhard musterte ihr breites Gesicht eingehend. »Du bist die Frau, die in Buchhorn in Schwierigkeiten geraten ist, nicht wahr?«

Ein Ausdruck von Überraschung huschte über ihr Gesicht. »Ja. Woher wisst Ihr das?«

»Ich habe mit deinen Freunden gesprochen«, antwortete der Mönch freundlich, während er Rigbert mit einer Geste daran hinderte, das Mädchen erneut zurechtzuweisen. »Du weißt sicher, dass der Verwalter des Grafen ermordet worden ist. Du hast ihn ja auch gesehen, als er zu euch ins Lager kam. Hat er etwas zu dir gesagt?«

»Zu mir, Herr?«

»Reinmar war dafür bekannt, dass er schöne Frauen schätzte. Es fällt mir schwer zu glauben, dass du ihm nicht aufgefallen bist.« Eckhard betrachtete mit hochgezogenen Brauen ihren zerrissenen Rock.

Kunigunde wurde blass. »Ich weiß nicht, was Ihr meint, Herr.«

»Dein Aussehen. Woher kommst du?«

»Meine Familie wurde aus Pannonien vertrieben, weil die Ungarn das Land nahmen.«

»Eine Heidin!«, schnaubte Rigbert.

Eckhard schüttelte den Kopf, ohne Kunigunde aus den Augen zu lassen. »Die Slawen sind schon lange Christen. Viele, wie die Bulgaren etwa, sind zwar Gläubige im Sinne der Ostkirche, aber es sind Christenmenschen.«

Kunigunde lächelte leicht. Ihre Augen waren tief und dunkel. Eckhard ertappte sich dabei, wie er ihr Lächeln erwiderte, ehe er sie hinausschickte und sich Anna zuwandte. Auf den runden Wangen des Mädchens erblühten rote Flecken, und sie begann an ihren Haaren herumzuzupfen.

»Es geht um Hilde, nicht wahr, Herr?«, platzte sie heraus.

Gudrun stieß einen unwilligen Laut aus, aber Eckhard brachte sie mit erhobener Hand zum Schweigen. »Wie kommst du darauf?«

»Na, weil sie doch tot ist. Und weil sie meine Freundin war.« Plötzlich schimmerten Tränen in den braunen Augen. »Und weil auf einmal alle schlecht über sie reden.«

»Du hast eine Kammer mit ihr geteilt?«

Anna nickte und schniefte.

»Und ihr habt sicher auch über die Dinge gesprochen, die euch wichtig waren. Zum Beispiel über Reinmar.«

Es war beeindruckend zu beobachten, wie schnell die Farbe in ihrem Gesicht wechselte. Sie verknotete ihre Finger und begann zu stottern.

Eckhard dachte an die Locke, die er in Reinmars Sachen gefunden hatte. »Hilde war rothaarig, nicht wahr?«

»Ja, Herr.« Annas Stimme klang ehrfürchtig.

Eckhard lächelte sanft. »Reinmar hat deine Freundin geliebt, nicht wahr?« Wieder kam aus Gudruns Richtung ein Schnauben, aber er überhörte es. Seine dunklen Augen waren fest auf Anna gerichtet. In ihren Wangen entstanden Grübchen.

»Ja, Herr!«, rief sie mit einem eifrigen Nicken. »Ein so stattlicher Herr. Aber sie war ja auch wunderschön. Er war nicht der Einzige, der ...« Sie schlug sich die Hand vor den Mund und verstummte.

Eckhard musste sich Mühe geben, sie nicht zu schütteln. »Was wolltest du sagen? Es gab andere?«

Sie verneinte mit fest geschlossenen Lippen.

»Aber es gab andere, die sich für sie interessiert haben? Wen?«

»Ich ... ich weiß nichts!«

Eckhard verdrehte die Augen zum Himmel. »Nun gut. Weißt du, wo die beiden sich getroffen haben?«

Anna warf ihrer Mutter einen scheuen Blick zu. »Meistens am See. Es durfte ja niemand wissen. Er hätt sie schon geheiratet, aber nicht jetzt gleich. Er hat es ihr doch versprochen!« Ihre Unterlippe bebte.

»Natürlich, Kind. Wusste außer dir jemand von ihrem geheimen Treffpunkt?«

»Dann wär er doch nicht mehr geheim gewesen.«

Eckhard unterdrückte ein Lachen. »Da hast du natürlich recht. Und jetzt erzähl mir etwas von ihrem letzten

Abend. Hat sie irgendetwas gesagt? Oder ist dir etwas aufgefallen?«

»Ihr fragt das alles, weil Ihr den Mörder finden wollt, nicht wahr?«, fragte Anna flehend. »Nicht wahr?«

»So wahr mir Gott helfe.«

Das Mädchen nickte. »Hilde hat mir von einem Streit erzählt. Zwei Männer. Einer davon war Reinmar. Wer der andere war, hat sie mir nicht gesagt. Sie schien Angst zu haben. Hilde hatte selten Angst.«

»Hat sie dir auch gesagt, worum es dabei ging?«

»Nein, ehrlich nicht. Sie ist zum See gegangen, um Reinmar zu treffen. Das war das letzte Mal, dass ich sie gesehen habe.« Über Annas Wangen kullerten die Tränen. »Ihr findet den Mann, bitte?«

»Das werde ich. Lauf jetzt, du hast sicher noch Arbeit.«

»Ja, Herr. Sind alle Mönche wie Ihr?«

Er lächelte milde. »Du meinst, ob wir alle so viele Fragen stellen? Aber ja. Wir alle sind auf der Suche nach der Wahrheit. Doch jeder hat seinen eigenen Weg. Gott ist die Antwort, allein der Pfad zu ihm ist steinig.«

Sie dachte mit schief gelegtem Kopf über seine Worte nach. »Betet doch!«

Sein Lächeln wurde breiter. »Das tue ich, Anna.«

Nachdem das Mädchen gegangen war, herrschte eine Weile nachdenkliche Stille in der Küche, die erst unterbrochen wurde, als Rigbert ankündigte, sich um das kranke Pferd kümmern zu müssen. Eckhard wollte ihm folgen, aber der Ausdruck auf dem Gesicht der Köchin ließ ihn zögern. »Weißt du noch etwas?«

Die Frau schnaufte. »Anna ist ein gutes Kind«, sagte sie endlich zögernd.

Er lächelte. »Daran habe ich keinen Zweifel.«

»Sie ist ein gutes Kind, aber die Hellste ist sie nicht, Herr. Da kommt sie nach meinem Mann, Gott hab ihn selig. Der Reinmar, der hätte die Hilde nie genommen. Und sie war auch nicht die Erste, das könnt Ihr mir glauben.«

»Hat sie daran geglaubt?«

Gudruns massige Schultern hoben sich. »Dumm war die Hilde nicht, eher das Gegenteil, aber wer weiß, was die jungen Dinger glauben wollen.« Sie schüttelte den Kopf. »Und die Männer nutzen das aus. Da sind sie alle gleich. So wie dieser rote Fuchs, den Ihr uns in den Hühnerstall gesetzt habt.«

»Wulfhard?«

»Alle gleich! Ich bin froh, wenn die Anna einen guten Mann gefunden hat.« Ihre Gedanken schienen abzugleiten.

Eckhard musterte sie eingehend. »Hat Reinmar …?«

»Nein!« Als Gudrun Eckhards Blick sah, blitzte unerwarteter Humor in ihren Augen auf. »Ihr denkt jetzt natürlich, ich bin auch nur eine törichte Mutter, die sich nicht vorstellen kann, dass ihr Küken erwachsen wird, aber glaubt mir, hier auf dem Anwesen ist es schwer, ein Geheimnis zu bewahren.«

»Glaubt Ihr demnach auch nicht, dass der Täter einer aus der Burg war?«, fragte Eckhard rasch.

Gudrun schwieg.

Eckhard legte ihr die Hand auf den Arm und drückte ihn leicht. »War Hilde schwanger?«

Die alte Frau blinzelte überrascht. »Davon weiß ich nichts, aber …«

»Ja?«

Gudrun sah Eckhard fest an. »Aber ich weiß, wer noch hinter der Hilde her war.«

Eckhard hielt den Atem an.

»Der Herr Stallmeister, der Rigbert.«

Die Funken stoben, während Gerald die letzte Messerklinge bearbeitete. Das glühende Eisen bog sich unter seinen Hammerschlägen, und der Amboss fing jeden Schlag mit eherner Ruhe ab. Auf dem Markt sollten diese Messerklingen gutes Geld einbringen. Die Stute hatte ein tiefes Loch in seine Kasse gerissen.

»Schmied! Seid Ihr da?«

Gerald murmelte einen Fluch, als er die Stimme erkannte. Er hieb den Hammer fester als nötig auf den Amboss. »Was denkt Ihr denn, Dietger?«

Das scharf geschnittene Gesicht des Imkers tauchte in der Tür auf. »Wir wisse, wer die Mörder vom Reinmar sind. Die hole wir uns jetzt. Kommt Ihr mit?«

Gerald ließ den Hammer sinken und wischte sich mit dem Unterarm den Schweiß vom Gesicht. »Reinmars Mörder?«, fragte er fassungslos. Er nahm das glühende Eisen mit der Zange und schreckte es im Wasser ab.

Über das Zischen hinweg vernahm er Dietgers wütende Stimme: »Es ware die Spielleut. Ein paar von ihne habe sich ins Kirchenasyl grettet. Die andre sind auf und davon. Aber die kriege wir au noch, und dann rede die schon.«

»Und es gibt Beweise für ihre Schuld?« Gerald sah, dass Dietger nicht allein war, und sein Unbehagen wuchs.

»Beweise?« Dietger lachte schneidend. »Die sind abghaue, das isch doch wohl Beweis gnug. Der Alte und das schwangere Weib habe sich in die Kirche geflüchtet. Gottlose Brut!« Seine geballte Faust krachte gegen die Hauswand.

Plötzlich sah Gerald den brennenden Schuppen so deutlich vor sich wie in jener Nacht. Er legte den Hammer weg und streifte seine Lederschürze ab. »Ich begleite Euch. Aber erst gehen wir ins Dorf. Ich will sehen, was da los ist.«

Dietger und seine Begleiter tauschten Blicke.

»Wenn Ihr nicht wollt, geht ohne mich!«, schob Gerald schroff nach, während er versuchte, in Dietgers Gesicht eine Antwort auf die Frage zu finden, warum der ihn überhaupt aufgefordert hatte mitzukommen.

Schließlich zuckte der Imker betont gleichgültig die Achseln. »Dann halt erscht ins Dorf.«

Schweigend machten sie sich auf den Weg. Gerald lauschte angestrengt, aber er hörte nichts. Das Bild der aufgebrachten Buchhorner mit Fackeln in den Händen trieb ihn zur Eile. Auf dem Platz vor der Leutkirche blieb er stehen. Statt der erwarteten Menschenmenge sah er nur ein paar müßig schwatzende Frauen, die ihn freundlich grüßten. Mit einem flüchtigen Nicken öffnete er die Kirchentür und trat gefolgt von Dietger ein.

»Ansgar?« Seine Stimme hallte leicht von den Wänden wider, aber er erhielt keine Antwort. Gerald biss sich auf die Lippe.

In diesem Augenblick öffnete sich eine Seitentür und die schmale Gestalt des Pfaffen schob sich ins Halbdunkel. »Gerald, seid Ihr das?«

»Ja. Ich … ich suche Ansgar und seine Frau. Ich habe gehört, sie haben um Kirchenasyl gebeten?«

»Kirchenasyl?« Der Pfaffe runzelte die Stirn, dann entdeckte er Dietger und lachte leise. »Nein, so schlimm ist es nicht. Die junge Frau liegt in den Wehen, da hat ihr Mann sie mit zwei Freunden hergebracht. Auf dem Handkarren. Sie ist in meinem Haus. Wenn Ihr …« Er machte eine einladende Bewegung.

Gerald sah wütend zu Dietger hinüber.

Der starrte unnachgiebig zurück. »Frag sie nur, dann wirsch du schon höre, dass die andere abghaue sind!«, zischte er und ging mit großen Schritten an Gerald vorbei.

Der Pfaffe winkte sie durch die Kirche hinaus zu seinem kleinen Haus, das sich schützend in den Schatten des Gotteshauses drängte. Dietger stieß einen Wutschrei aus, als er Guntram und Tankmar erkannte, die an der Hauswand lehnten und ihre Gesichter in die Sonne drehten. »Da sind zwei der Mörder! Die andern sind schon über alle Berge!«

Beide Männer fuhren zusammen.

Tankmars Hand zuckte an den Gürtel, doch sie blieb leer. »Bleibt bloß weg hier!«, warnte er.

Gerald sah, wie Dietger die Fäuste ballte, und packte ihn mit festem Griff am Arm. »Was ist passiert?«, fragte er Guntram. Aus den Augenwinkeln bemerkte er, wie sich Tankmar wieder gegen die Hauswand sinken ließ.

Der ältere Mann sah nervös zwischen Gerald und Dietger hin und her. »Es ist wahr, dass unsere Truppe sich getrennt hat. Da sich die Geburt immer weiter hinausgezögert hat, haben einige von uns beschlossen, zum Markt nach Aeschach vorauszugehen. Wir wollen später wieder zu ihnen stoßen.«

»Und euch au davonmache, ihr Mörder!«, brüllte Dietger.

Im gleichen Moment drang ein schriller Schmerzensschrei durch das kleine Fenster. »Ich halt es nicht mehr aus!«

»Ich brauche Wasser«, befahl eine ruhige Frauenstimme.

Dietger wurde totenblass. Er stieß den überraschten Gerald beiseite und stürzte in das Haus des Pfaffen. Auf einer schmalen Bank lag die wimmernde junge Frau, die ihre Hand um die ihres Mannes gekrallt hatte. Der Pfaffe bewegte lautlos die Lippen im Gebet.

Doch Dietger sah keinen von ihnen. Er stürzte sich auf die zweite Frau, packte ihre Haare und zerrte sie von der Gauklerin weg. »Du! Mach, dass du heimkommsch, du pflichtvergessenes Weib!«

Isentrud stieß einen unterdrückten Schrei aus, wehrte sich aber nicht, als Dietger sie brutal zur Tür schleifte.

Endlich schüttelte Gerald die Erstarrung ab. Er riss den rasenden Imker zurück und stieß ihn gegen die Wand. »Bist du wahnsinnig?«, schrie er. »Raus hier!« Er zerrte Dietger ins Freie. »Was fällt dir ein, dich so im Haus des Pfaffen aufzuführen?«

Dietger blinzelte, und einen Augenblick lang wirkte sein Gesicht nackt und verletzlich. »Es isch net recht. Mir schenkt sie keine Kinder, aber dem Gauklerpack holt sie die Brut noch auf die Welt!« Er schüttelte Geralds Hände ab. »Seit fascht zehn Jahr leb ich mit ihrer Kälte. Du wirsch noch merke, was ich mein. Deine Fridrun scheint's ja auch net eilig zu habe mit dem Kinderkriegen.«

Gerald ballte die Hände und wandte sich ab, damit er Dietgers verzweifelte Trauer nicht sehen musste. »Gehen wir«, sagte er gepresst.

Wenig später liefen fünf Männer auf der Uferstraße Richtung Aeschach.

Der Weg zog sich hin, und je länger sie durch die immer noch spätsommerliche Hitze liefen, desto mürrischer wurden die Männer. Gerald war inzwischen froh, sich Dietger und seiner Bande angeschlossen zu haben. Egal, ob die Spielleute schuldig waren oder nicht, sie würden einen Fürsprecher brauchen.

»Da vorne!«, rief plötzlich einer der Männer. Gerald hatte ihn in den letzten Monaten ein paar Mal bei Hannes in der ›Buche‹ gesehen und glaubte sich zu erinnern, dass er mit einem der reicheren Bauern verwandt war. Er folgte der Richtung, die der Finger des Mannes ihnen wies, und erkannte drei Gestalten, die durch das dichte Unterholz fast unsichtbar waren. Schuldig sahen sie nicht aus. In aller Ruhe lagerten sie zwischen den Bäumen und teilten sich ein einfaches Mahl. Hinter ihnen zeichneten sich die Hütten von Wasserburg ab.

Dietger nickte grimmig. »Packt sie!«, befahl er laut.

Die drei Männer hoben überrascht die Köpfe. Auf ihren Gesichtern zeichnete sich Erschrecken ab, aber ehe sie an Gegenwehr denken konnten, wurden sie schon auf die Füße gerissen.

»Was … was wollt Ihr?«

»Die Wahrheit!«, antwortete Dietger kalt und schlug dem Mann ins Gesicht. »Wer von euch hat unsern Verwalter ermordet? Und woher kanntet ihr Wulfhard?«

Der Mann zappelte in dem harten Griff. »Wulfhard?«, stammelte er. »Das ist dieser rothaarige Kerl, nicht wahr? Wir kennen ihn nicht!«

»Aber ihr wisst, dass er rothaarig war!«, höhnte Dietger. Wieder schlug er mit der flachen Hand zu. »Also? Wer von euch war's? Sonscht büßt ihr alle!«

Gerald machte eine Bewegung, als wolle er sich einmischen, änderte aber seine Meinung. »Wenn ihr etwas wisst, solltet ihr das jetzt sagen.«

Der Mann riss die Augen auf und schüttelte heftig den Kopf. »Ich schwöre, dass wir mit keinem der Morde etwas zu tun haben.«

Ein kaltes Lächeln überzog Dietgers Gesicht. »Dann werde wir eurem Gedächtnis wohl auf die Sprünge helfe müsse«, sagte er bedächtig.

Die Augen des Mannes quollen hervor, als er sah, wie Dietger ein Seil von seiner Taille wickelte und damit auf ihn zukam. Im Gehen knüpfte er eine Schlinge. Der Gaukler warf sich nach vorne, aber er war machtlos gegen die Arme, die ihn umschlangen. Gerald fühlte sich wie gelähmt, während er mit ansah, wie der Imker dem Mann die Handgelenke auf den Rücken zog, die Schlinge festzurrte und das Ende des Seils über einen Ast warf.

»Sicher, dass du dich an nichts erinnersch?«

»Nein! Nein …«

Dietger gab dem Seil einen kräftigen Ruck. »Wer war's? Ihr alle?«

Gerald machte einen halbherzigen Schritt vorwärts, aber ein Handgemenge hinter ihm ließ ihn innehalten. Die beiden anderen Spielleute hatten ihrem Gefährten helfen wollen, jetzt wurden sie gnadenlos von Dietgers Freunden zusammengeschlagen. Endlich fand Gerald seine Stimme wieder. »Hört auf! Das ist doch Wahnsinn!«, brüllte er. Seine Worte verhallten ungehört zwischen den Bäumen. Das Klatschen der Schläge übertönte sogar die Stimmen des Waldes.

Der Mann brüllte vor Schmerz, als seine Arme hochgerissen wurden, während Dietger mit eisiger Stimme seine Fragen wiederholte. »Wer war's? Wer von euch Gschmeiß hat Reinmar getötet?«

»Dietger, hör auf!«

Die blassen Augen des Imkers funkelten: »Halt dich raus! Was glaubsch du, warum wir dich mitgnomme habe? Damit uns nachher niemand vorwerfe kann, dass wir Unrecht getan habe.« Er lachte bitter. »Net, wenn du dabei bisch, Schmied!«

Gerald starrte ihn an. Plötzlich war er sehr ruhig. »Und wenn ich es nicht zulasse?« Er spreizte und beugte probehalber die Finger. »Du vergisst, womit ich mein Brot verdiene.«

Zur Antwort riss Dietger an dem Seil. Der Mann kreischte vor Schmerz. Eine Sekunde lang verlor er den Boden unter den Füßen, sodass sein Gewicht nur auf den verdrehten Armen lastete. »Die habe Reinmar umbracht.«

»Haben sie?«, stieß Gerald hervor.

»Ja.«

»Vielleicht hast du recht.« Der Mann in der Schlinge wimmerte auf, aber Gerald sah ihn nicht einmal an. »Aber dann fallen sie unter die Gerichtsbarkeit des Grafen. Nicht unter deine!«

»Das isch die Straß, da gilt kei Recht!«

Gerald ballte seine Fäuste. »Wie du willst!«

Ein Schmerzensschrei lenkte ihn ab. Er fuhr herum und sah, wie einer der Spielleute sich auf dem Boden zusammengekrümmt hatte, dem anderen war es gelungen, sich loszureißen. Mit vor Wut und Angst entstelltem Gesicht ging er zum Angriff über. Im Sonnenlicht blitzte ein Messer. Gerald handelte, ohne nachzudenken. Er stürzte sich auf Dietger und trat ihm die Beine weg. Der Strick glitt aus der Hand des Imkers. Nachdem der Schmied sich vergewissert hatte, dass der Spielmann schluchzend, aber unverletzt in die Knie gebrochen war, drängte er sich zwischen die Kämpfenden. Das Messer fuhr dicht an seinem Gesicht vorbei. Gerald dachte an seinen Kampf mit Wulfhard, sprang zur Seite und donnerte dem Mann die Faust ins Gesicht. Das Geräusch, mit dem seine Nase brach, hatte jähe Ernüchterung zur Folge.

Gerald holte tief Atem und drehte sich zu Dietger um. »Reicht das jetzt?«

Dietger rappelte sich auf und wich seinem Blick aus. »Und was schlagsch jetzt vor?«

»Wir regeln das vernünftig!« Gerald baute sich vor den Spielleuten auf. »Damit ihr es wisst, wir haben ganz klar gesagt, dass ihr Buchhorn nicht verlassen dürft, bis die Morde geklärt sind. Dietger hat schon recht, eure Flucht macht euch verdächtig. Ihr werdet uns zum Anwesen des Grafen begleiten. Wenn ihr uns gutwillig folgt, macht ihr es euch selbst leichter!«

Die Spielleute sahen einander an, danach blickten sie auf Dietger. Einer nach dem anderen nickte.

»Dann los! Bis zum Nachmittag sind wir da. Dort wird sich Eckhard um euch kümmern.«

»Der singende Mönch?« Ein schwaches Lächeln huschte um die aufgeplatzten Lippen eines der Männer. »Gott sei es gedankt!«

»Läster Gott net!«

Gerald brachte Dietger mit einer Handbewegung zum Schweigen.

Sie nahmen die Spielleute in die Mitte und machten sich auf den Rückweg.

In einem langsamen, mühevollen Marsch gelangten sie am späten Nachmittag auf das gräfliche Anwesen. Anna bemerke sie als Erste. Ihr leerer Eimer polterte auf den Boden. »Um Gottes willen, was bringt Ihr da?«

»Reinmars Mörder!«, antwortete Dietger mit verkniffenen Lippen.

Ihr Mund formte ein O, sie wich zurück.

Gerald verdrehte die Augen. »Ist Eckhard noch hier?«

»Der Mönch? Ja, der sitzt in der Küche.«

»Hol ihn her!«

Sie stob davon und wäre beinahe mit Wulfhard zusammengestoßen. Anna schaute zu ihm auf und wurde rot, da er ihr den Arm um die Taille schlang und sie in den Schatten der Stallwand zog.

»Hast du mich gesucht, Kleine?«

»Lass mich, ich muss Eckhard holen«, wisperte Anna, während sie sich ohne Hast befreite. »Die haben die Mörder von Reinmar gefasst.«

»Soso.« Wulfhard schob sie ein Stück beiseite und musterte die kleine Gruppe, die sich um den Brunnen drängte, wo Gerald den drei übel zugerichteten Männern Wasser gab. »Demzufolge sollen es die Spielleute gewesen sein.« Sein Blick wurde plötzlich so hart, dass Anna zurückwich.

»Ich muss den Mönch holen!«, bat sie.

»Warte noch! Wer ist der da, der mit den Armen herumfuchtelt?«

»Das ist der Imker, Dietger.« Anna schlüpfte unter Wulfhards Arm hindurch und verschwand in Richtung der Küche.

Wulfhard blieb auf seinem Beobachterposten. Es dauerte nicht lange, bis Eckhard auf den Hof trat, dicht gefolgt von Anna, Gudrun und Rigbert. Auch der Rest der Dienerschaft hatte sich eingefunden, und bald umringte eine Menschentraube die seltsame Gruppe. Mit einem spöttischen Lächeln sah Wulfhard zu, wie sie gestikulierend ihre Meinung kundtaten. Plötzlich nahm er aus den Augenwinkeln eine Bewegung wahr. Er drehte den Kopf und sah Kunigunde. Die Gauklerin rührte sich nicht. Mit zusammengekniffenen Augen blickte sie auf die drei Gefangenen. Endlich glitt ein Ausdruck der Erleichterung über ihr Gesicht. Sie wandte sich ab und lief, ohne sich umzudrehen, zum Gesindehaus. Zögernd richtete Wulfhard seine Aufmerksamkeit wieder auf Gerald und Eckhard, die versuchten, die aufgebrachte Menge zu beruhigen. Schließlich wurden die drei Spielleute zu einem kleinen Schuppen geschoben und eingesperrt.

»Das sind Freunde vom Verräter Wulfhard! Der hat sei Straf kriegt, jetzt sind die dran!«

Wulfhard presste sich mit dem Rücken gegen die warme Stallwand, als er die Stimme hörte, die seinen Namen nannte. Sein Herz schlug hart und unregelmäßig, während er die Erinnerungen an Feuer und Tod niederkämpfte. Plötzlich spürte er, wie der kleine Hund an seinen Beinen herumschnupperte. Er lächelte blass und schob das Tier von sich. »Verrat mich nicht, kleiner

Freund«. Seine Aufmerksamkeit richtete sich wieder auf die Männer am Brunnen. »Dietger!«, flüsterte er mit kaum hörbarer Stimme. »Dietger, der Imker. Na, der sollte zu finden sein.«

VIII

Es war kühl in der Kirche des Heiligen Stephan, und die Kerzen verströmten einen Duft von Ewigkeit. Durch die Fenster fiel ein wenig Tageslicht, das das Kirchenschiff in geheimnisvolles Zwielicht tauchte. Als Wendelgard sich von den Knien erhob, lag ein stiller Glanz auf ihrem Gesicht. Sie blickte zum Kreuz des Erlösers auf. Die Pfarrkirche des heiligen Stephan war lange nicht so prächtig wie die Kirche Unsere Liebe Frau, doch die Schlichtheit des hölzernen Baus erinnerte sie an ihre Zeit als Inkluse und an Wiborada, ihre geistliche Führerin. »Wie es ihr wohl ergehen mag?«, flüsterte sie mit einer seltsamen Mischung aus Dankbarkeit und Schuldbewusstsein. Als sie sich umdrehte, fiel ihr Blick auf eine alte Frau, die das Gotteshaus unbemerkt betreten haben musste. Wendelgard zog den Schleier vor ihr Gesicht, lächelte und verließ leise die Kirche.

Vor dem Gotteshaus ergriff sofort das geschäftige Markttreiben von ihr Besitz. Obwohl der Markt außerhalb der Konstanzer Mauern beherbergt war, fand er regen Zulauf. Wendelgard hörte die örtliche Mundart ebenso wie die Klangfärbung von der Südseite des Sees. Menschen in schlichter Alltagskleidung aus grobem Leinen oder Wolle drängten sich um sie, aber auch feinere Tuche fielen ihr auf. An den hölzernen Landungsstegen wurden geschäftig Waren aus- und eingeladen. Ein exotischer Hauch veranlasste sie, den Kopf zu drehen.

»Gewürze aus Byzanz, schöne Dame«, lockte ein Händler mit dunklem Gesicht. »Wenn ihr näher treten wollt!«

»Feinste Seide! Und seht Euch die herrlichen Pelze an!«

Die Stimmen der Händler überboten sich, während sie um die Aufmerksamkeit der edlen Dame warben.

Wendelgard nickte freundlich, aber ihre Aufmerksamkeit war abgelenkt. Immer wieder sah sie sich suchend um. Plötzlich entdeckte sie eine schlicht gekleidete Frau, die ein vielleicht fünfjähriges Mädchen trug. Das Kind hatte die Arme um den Hals der Frau geschlungen und den Kopf an ihre Schulter gelehnt.

»Gunhild!«

Die Magd drehte sich nach der Stimme um und eilte auf ihre Herrin zu.

»Gunhild, ich habe dir gesagt, dass du vor der Kirche auf mich warten sollst. Wo hast du dich wieder herumgetrieben?«

Die Magd errötete hektisch. »Herrin, verzeiht!«, sagte sie mit einem unbeholfenen Knicks. »Ich habe Eure Söhne gesucht.«

Wendelgard kniff die Augen zusammen. »Sind sie dir wieder ausgebüxt!«, fragte sie scharf. »Was war diesmal?«

»Ich …«

»Sprich lauter!«, befahl Wendelgard, während sie der Dienerin ihre Tochter abnahm.

»Es war so, Herrin. Als ich mit dem Schiffer gesprochen habe …«

»Du hast dich mit einem Mann herumgetrieben und dabei meine Söhne aus den Augen gelassen?« Wendelgard musste sich beherrschen, um nicht zu schreien. Ihre Augen schweiften besorgt über die dicht gedrängte Menge, während sie die Hand ihrer Tochter fester fasste. »Wo sind Udalrich und Adalhard?«

»Sie haben die Schiffe sehen wollen.«

»Du hast sie am Hafen allein gelassen?«

Gunhild kämpfte mit den Tränen. »Herrin, ich habe doch nur kurz mit dem Mann geredet. Er …«

»Schweig, du dummes Ding! Am liebsten würde ich dich ohrfeigen. Hier, nimm das Kind und bring mich zum Hafen, wo du sie zuletzt gesehen hast!«

Zitternd hob Gunhild das Mädchen auf den Arm und bahnte ihrer Herrin einen Weg durch die Menge. Die meisten Menschen wichen beim Anblick der kostbar gekleideten Edelfrau bereitwillig zur Seite, nur einige wenige blieben gaffend stehen und mussten von Gunhild beiseite gedrängt werden. Die Stimmen der Händler folgten ihnen.

»Dort habe ich nur kurz gestanden«, sagte Gunhild und nickte zu einem Stand hinüber, an dem kostbare Stoffe und Rauchwerk feilgeboten wurden.

»Und die Zeit vergessen!«

Gunhild senkte die Lider. »Herrin, der Schiffer hat über den Anschlag auf den König, Euren erlauchten Oheim, gesprochen. Da habe ich gedacht, vielleicht interessiert Euch, was er sagt.«

Wendelgard hob die Augenbrauen, während sie sich nach ihren Söhnen umsah. »Ach? Du hast nur meinetwegen zugehört?«

Gunhild überhörte die Ironie in den Worten ihrer Gebieterin und nickte eifrig. »Ja, Herrin! Der Händler hat gesagt, dass sicher Herzog Arnulf hinter dem Mordanschlag steckt, weil der doch mit den Ungarn ein Bündnis geschlossen haben soll.« Gunhild machte ein ängstliches Gesicht. »Glaubt Ihr, dass die Ungarn uns überfallen werden? Der Händler hat gesagt …«

»Unsinn, dumme Gans!«, unterbrach Wendelgard das Mädchen scharf. »Ist das alles?«

»Nein, Herrin. Der Schiffer hat das mit Arnulf und den Ungarn auch nicht geglaubt. Der hat gemeint, wenn er Arnulf wäre, hätte er einen Mann aus König Heinrichs Umfeld bestochen oder gleich eine Gruppe in den Wald geschickt, die den König auf der Jagd abpasst.«

»Und weiter?«

»Nichts, da ist mir nämlich aufgefallen, dass die jungen Herren weg waren. Ich habe sie gesucht und … da sind sie doch! Und da ist auch der Schiffer!« Mit einem Ausdruck von Erleichterung zeigte Gunhild zum Seeufer hinunter, wo gerade die Ladung eines flachen Lastkahns gelöscht wurde. Arbeiter luden sich Säcke und Ballen auf und schleppten sie zu Fuhrwerken oder gleich zum Markt, wo die Händler sie in Empfang nahmen. Beinahe hätte Wendelgard die beiden kleinen Gestalten übersehen, die mit gespannten Gesichtern einem untersetzten Mann lauschten, der ihnen die von Holznägeln zusammengehaltenen Spanten des Schiffs zeigte.

»Ist das dein Schiffer?«, fragte Wendelgard.

Gunhild nickte so verlegen, dass die Gräfin trotz ihres Ärgers ein Lächeln unterdrücken musste. »Bring ihn her. Und meine Herren Söhne gleich mit!«, befahl sie, während sie ihr Töchterchen erneut aus den Armen der Zofe nahm und auf den Boden stellte. Sofort schob das kleine Mädchen ihre warme Hand in die ihrer Mutter. Mit nachdenklichem Gesicht sah Wendelgard zu, wie Gunhild sich dem Mann näherte. Die Worte der Magd beschäftigten sie, doch ihre Gedanken wurden unterbrochen, da ihre beiden Söhne auf sie zustürzten.

Der elfjährige Udalrich war als Erster bei ihr. Ohne auf die strenge Miene seiner Mutter zu achten, sprudelte er hervor: »Mutter, das Schiff ist den ganzen Weg aus Byzanz gekommen!«

»Sogar aus Italien!«, rief der jüngere Adalhard dazwischen.

»Dummkopf, Byzanz ist doch viel weiter als Italien!«

Bevor der beginnende Streit in einer Balgerei enden konnte, packte Wendelgard ihre Söhne. »Ihr solltet bei Gunhild bleiben! Das wisst ihr. Euer Vater wird nicht begeistert sein, wenn er von eurem Benehmen erfährt. Und das wird er, das verspreche ich euch!«

Sie unterbrach sich und errötete flüchtig, als ihr bewusst wurde, dass Gunhild mit dem Schiffer herangekommen war.

Der Mann grinste offen. Erst als Wendelgard ihre volle Aufmerksamkeit auf ihn richtete, verbeugte er sich. »Ihr wolltet mich sprechen, Herrin?«

Wendelgard strich ihr Kleid glatt und betrachtete das wettergegerbte Gesicht des Mannes. »Ich habe gesehen, dass du auf meine Söhne aufgepasst hast. Dafür danke ich dir.«

»Es sind prächtige Burschen, mit Verlaub. Ihr solltet nicht so streng mit ihnen sein, Herrin, wenn Ihr verzeiht, dass ich das sage.«

Gegen ihren Willen lächelte Wendelgard, während sie ihre Söhne anblickte, deren Eifer nur wenig gedämpft war. »Ja, das sind sie«, sagte sie weich. Ihr Gesicht wurde wieder ernst. »Meine Zofe hat mir erzählt, dass ihr über den Anschlag auf den König gesprochen habt.«

Das harte Gesicht des Mannes verschloss sich. Er kratzte an einer Narbe auf seinem Hals. »Viele Leute sprechen darüber.«

Wendelgard gab ihrer Dienerin ein Zeichen, sich mit den Kindern zurückzuziehen, ehe sie sich wieder an den Seemann wandte. »Ich bin die Nichte des Königs …« Sie hob die Hand, als der Mann Anstalten machte, auf die Knie zu fallen. »Du glaubst nicht, dass Herzog Arnulf hinter dem Anschlag steckt. Warum?«

Der Schiffer entblößte zwei Reihen fleckiger Zähne. »Ich bin rumgekommen, Herrin, und ich kenne die Menschen. Wer aus Machtgier handelt, schickt keine Anfänger.«

»Woher wisst Ihr, dass es ein Anfänger war?«

»Er hatte keinen Erfolg«, sagte der Mann trocken. Wieder kratzte er an seiner Narbe. »Der hat auf eigene Faust gehandelt.«

»Und warum?«

»Warum will man einen umbringen, Herrin? Hass!« Der Mann rieb sein stoppeliges Kinn. »Niemand bei klarem Verstand hockt im Baum und wirft ein Messer auf einen, der von Männern umringt ist, König oder nicht. Der wollte etwas zu Ende bringen, das keinen Aufschub mehr duldete. Hass, Herrin. Rache.«

»Wer könnte meinen Oheim so sehr hassen?«

Ein ironisches Funkeln blitzte in den harten Augen des Mannes auf. »Das kann ich Euch nicht sagen, Herrin, aber eins scheint mir offensichtlich. Ein König kann sich auf die gleiche Weise Feinde machen wie unsereins. Es geht nicht immer um Macht.«

Wendelgard errötete leicht und winkte ihre Zofe näher. »Gunhild, der Mann hat eine Belohnung verdient.«

»Ich danke Euch, Herrin«, sagte der Schiffer, während er die Börse blitzschnell in seinem Gürtel verschwinden ließ. »Was soll ich für dieses Geld tun? Schweigen? Oder noch etwas anderes?«

Wendelgard fühlte, wie ihr ein Schauder über den Rücken kroch, aber sie verbarg ihre Verunsicherung hinter der Maske vornehmer Gelassenheit. »Wenn es um Königsmord geht, ist Schweigen immer angebracht!«, sagte sie kühl.

Der Mann verbeugte sich.

»Habt Ihr jemanden umgebracht?«

Alle starrten den Elfjährigen an, der den Schiffer ernst musterte.

»Udalrich!«

Der Mann lachte rau und blinzelte dem Jungen zu. »Wie gesagt, ein aufgeweckter Bursche. Der wird Euch noch viel Freude machen«, sagte er zu Wendelgard, verbeugte sich und verschwand im Gewühl der Händler und Schiffsleute, ehe eine der Frauen Zeit zu einer Entgegnung fand.

Ohne auf die Proteste der Jungen zu achten, schickte Wendelgard Gunhild mit den Kindern ins Gästegemach und suchte Salomo auf. Der Fürstbischof stand mit gefalteten Händen am Fenster und blickte in den wolkenverhangenen Himmel.

»Oh, ich wollte dich nicht im Gebet stören.« Unschlüssig blieb Wendelgard in der Tür stehen.

Salomo winkte sie näher. »Es wird Regen geben«, sagte er mit einem leichten Seufzen. »Aber noch scheint die Sonne.«

»So prophetisch?«

»Die Gedanken eines alten Mannes. Was führt dich zu mir? Ich kenne dieses Blitzen in deinen Augen.« Er lächelte erschöpft. »Ich weiß nur nie, ob es etwas Gutes bedeutet.«

»Ich hatte gehofft, Udalrich bei dir zu finden.«

»Er wollte in der Krypta beten. Warum?«

Wendelgard holte tief Luft und strahlte. »Ich glaube, er muss sich wegen der Ungarn keine Sorgen mehr machen. Ich weiß, was dahintersteckt.«

»Du?« Salomo musterte Wendelgard mit hochgezogenen Brauen. Er setzte sich an seinen Arbeitstisch und griff nach seinem Becher. »Du hast das Rätsel also gelöst, Kind.« Er wirkte belustigt. »Und ich zerbreche mir den Kopf darüber.«

Wendelgard stampfte mit dem Fuß auf. »Du glaubst mir nicht!«

»Du meinst das ernst?«

»Allerdings!« Unaufgefordert nahm Wendelgard Platz. »Ich habe eben mit einem Schiffer auf dem Markt gesprochen und …«

»Du hast was?«, unterbrach Salomo sie entgeistert.

Wendelgard machte eine abwehrende Handbewegung. »Gunhild war dabei und die Kinder auch …« Salomo ließ ein leichtes Stöhnen hören, das Wendelgard ignorierte. »Der Mann hat eine sehr interessante Ansicht über den Mordanschlag vertreten.«

»Mittlerweile weiß ganz Konstanz, wie sich das zugetragen hat«, seufzte Salomo und nahm einen Schluck. »Es wundert mich, dass aus dem einen Mörder nicht schon zehn geworden sind. Und was glaubst du nun, erfahren zu haben?«

»Der Schiffer glaubt nicht an ein politisches Motiv, sondern an einen Einzeltäter, der aus Rache gehandelt hat.«

»Heinrich hat viele Feinde, persönliche wie politische. Aber«, er streckte die Hand nach dem Weinkrug aus und ließ sie wieder sinken, da er Wendelgards Stirnrunzeln sah, »wir dürfen nicht vergessen, dass dies die Meinung eines einfachen Mannes ist.«

»Es erschien mir recht klug, was er gesagt hat. Dass jemand wie Arnulf …«

»Oder Burchard.«

Wendelgard zuckte zusammen und sah sich um, als befürchte sie einen versteckten Lauscher. »Dass jemand mit Einfluss anders vorgegangen wäre«, schloss sie vorsichtig. »Und wahrscheinlich Erfolg gehabt hätte. Du glaubst das nicht?«

»Und du?« Salomo nahm ihre Hand in seine und sah ihr unverwandt in die Augen. »Warum möchtest du es so gern glauben?«

Wendelgard ließ den Kopf hängen. »Wegen Udalrich. Es geht ihm nicht aus dem Kopf. Ich glaube, er hält sich für mitschuldig.«

»Warum?«, unterbrach Salomo rasch.

»Weil immer wieder von den Ungarn die Rede ist. Er kennt die Gerüchte, er weiß, wie Ottmar hinter seinem Rücken hetzt! Was, wenn der König ihm irgendwann Glauben schenkt. Udalrich wird nicht reden, er wird lieber …«

»Was?«

»Ich weiß nicht!«, rief Wendelgard unglücklich. »Ich weiß doch auch nicht, was passiert ist. Wenn die Rede auf die Ungarn kommt, ist er ein anderer Mensch! Oh, ich wünschte, es wäre einfach ein Wahnsinniger, der den König hasst!«

»Das würde es allerdings einfacher machen.« Salomo runzelte die Stirn. »Sollte es so einfach sein? Ein Pausanias, ein Königsmörder?«

»Ein was?«

»Entschuldige.« Salomo lächelte ein gelehrtenhaftes

kleines Lächeln. »Pausanias hat Philipp den Zweiten ermordet, den Vater Alexanders des Großen, nur um berühmt zu werden. Vielleicht hast du recht, und dann könnte Heinrich beruhigt abreisen.«

»Habe ich das Rätsel gelöst?«

»Schön wäre es.« Salomo tätschelte ihre Hand, ehe er sie freigab. »Es wäre für uns alle eine Last weniger. Jetzt müsste Udalrich ihm noch die Sorge nehmen, dass Arnulf mit den Ungarn paktiert.«

»Und Burchard?«

»Macht sich erfolgreich lieb Kind.« Die Falten um Salomos Mund vertieften sich. »Aber wahrscheinlich ist das das Beste für uns alle. Burchard will den Krieg mit Burgund, da kann er keinen Streit mit Heinrich riskieren. Das ist einer der Gründe, warum Ottmars Verfehlungen nicht weiter verfolgt werden. Er braucht die schwäbischen Welfen gegen die burgundischen.« Er lachte bitter. »Es ist doch nichts schmutziger als Verwandtschaft und Politik. Und ich, Burchards alter Feind, darf vermitteln.«

»Folglich schützt Burchard Ottmar, und du unterstützt das?«, fragte Wendelgard mit einem vorwurfsvollen Unterton. »Er hätte nie freikommen dürfen!«

»Er war nie festgesetzt, Kind.« Salomo griff sich an die Schläfen und massierte sie mit den Fingerspitzen. »Es geht nicht immer nach dem, was gerecht ist. Im Großen siehst du es an Ottmar, im Kleinen an Wulfhard.«

»Dieser widerliche Mensch!«

Salomo wischte sich verstohlen den Schweiß von der Stirn. »Wo bleibt deine christliche Vergebung?«

Wendelgard warf den Kopf zurück. »Ich bin keine Heilige. Aber du, was ist mit dir? Du siehst blass aus!«

»Es geht schon wieder. Ich rede am besten gleich mit Udalrich.« Er stand auf, taumelte und sackte wieder auf seinen Stuhl.

»Salomo!«

Er hob die Hand, während er mit der anderen die Augen bedeckte. »Nur ein Schwindel«, sagte er mühsam. »Gib mir Wein!« Er trank, und während die Farbe in seine Wangen zurückkehrte, strich er beruhigend über Wendelgards Gesicht. »Vielleicht sollte ich doch auf meinen Medicus hören und mich schonen.«

»Dann tu das! Jetzt gleich!«

»Später, Mädchen. Erst muss ich deinem Mann sagen, was für eine gescheite Frau er hat.« Er lächelte gezwungen. »Siehst du, es war nichts.«

Udalrich kniete in der Krypta vor dem schlichten steinernen Sarkophag des Heiligen Pelagius. Erst vor wenigen Jahren hatte Salomo seine Gebeine in die Kirche Unsere Liebe Frau geholt und seinen Bischofssitz so nicht nur zu einem Knotenpunkt der Handelswege, sondern auch zur Anlaufstelle für Pilger und Gläubige gemacht. Der Graf betete leise, doch die Worte hallten von den niedrigen Wänden des Gewölbes wider.

»Ich bitte dich, o Herr, gib mir Kraft im Kampf gegen das Alter. Ich spüre es im Schlafen und im Wachen. Lass die Wunden meiner Gefangenschaft ausheilen und nimm die Träume von mir, die mich immer noch heimsuchen. Und bitte, Herr, lass mich Wendelgard noch sehr lange ein fürsorglicher Gemahl und meinen Kindern ein guter Vater sein. Lass sie nicht für meine Schuld büßen. Mea culpa. Mea maxima culpa.« Er hielt inne. »Und beschütze unseren König und vernichte seine Feinde.« Er bekreuzigte sich und stand mühsam auf. »Und gib, dass Ottmar mir einmal im Dunkeln begegnen möge, Herr!«

»Du meinst sicher, dass er dir nicht im Dunkeln begegnet.«

Udalrich fuhr erschrocken herum. »Salomo!«

Der Bischof trat aus dem Schatten einer der vier Säulen, die das Gewölbe stützten. »Mir wurde berichtet, dass du hier betest, und ich wollte die Gelegenheit nutzen, mit dir allein zu reden. Es ist gut, dass du den König in deine Gebete einbeziehst.«

»Er wird ein großer Herrscher werden. Er denkt über sein eigenes Herzogtum hinaus.«

»Ja, ich setze große Hoffnungen in Heinrich. Umso unzufriedener bin ich mit dir, Udalrich!«

»Mit mir unzufrieden? Ich verstehe nicht, was du meinst.«

»Oh, ich glaube, das verstehst du sehr gut. Ich weiß, dass du Schlimmes durchgemacht hast, aber du bist ein Edelmann, ein Krieger, und deine von Gott gewollte Aufgabe ist es, dass du Schwierigkeiten überwindest und deine Kraft in den Dienst des Reiches stellst. Du aber weichst berechtigten Fragen aus wie ein Feigling!«

»Salomo!«

Das Gesicht des Fürstbischofs verlor seinen strengen Ausdruck nicht. »Ich finde kein anderes Wort für dein Verhalten. Dies ist nicht das erste Attentat, das auf Heinrichs Leben verübt worden ist, und statt ihm zu helfen, verkriechst du dich in deinen selbstsüchtigen Schmerz. Udalrich, von welcher Schuld hast du eben gesprochen?«

»Verzeih, aber du bist nicht mein Beichtvater«, presste Udalrich mühsam hervor.

»Nein, das bin ich nicht. Allerdings ist jetzt der Augenblick gekommen, dich daran zu erinnern, dass du in meiner Schuld stehst. Nicht zuletzt verdankst du mir dein jetziges Leben an der Seite deiner Frau. Ich dringe nicht zu Heinrich durch, er misstraut der Kirche. Es ist an dir, deine Pflicht zu tun. Sprich mit ihm!«

Udalrich schüttelte heftig den Kopf. »Nicht über die Ungarn!«

»Du wirst mit ihm über alles sprechen, was er verlangt! Udalrich, du riskierst die Ungnade des Königs.« Salomo sah ihn durchdringend an. »Noch schützt dich deine Ehe mit Wendelgard. Willst du dir das auch noch nachsagen lassen, dass du dich hinter einem Weiberrock verkriechst?« Seine Härte verflog so plötzlich, wie sie gekommen war. »Sie leidet, Udalrich. Sie leidet unter deinem Schweigen. Um deinetwillen stellt sie Nachforschungen über den Attentäter an.« Udalrich wurde blass, und Salomo nickte. »Wenn du sie wirklich liebst, musst du deine Haltung überdenken.«

Der Graf nagte an der Unterlippe. »Du weißt nicht, was du verlangst.«

»Ich verlange, dass du dich wie ein Mann verhältst. Überwinde dich!« Salomo deutete auf den Schrein des Märtyrers. »Auch er hat sich überwunden, wie so viele, die die Wahrheit höher hielten als das Leben.«

»Wie du befiehlst.« Udalrich drehte sich schroff um und verließ die Krypta.

Nachdem seine Schritte verhallt waren, ließ Salomo sich gegen die Säule sinken. Die Härte in seinen Zügen machte tiefer Erschöpfung Platz. Mit einem Blick auf den Heiligen Pelagius ließ er sich auf die Knie nieder und faltete die Hände. »Gott gebe, dass dies der richtige Weg ist«, flüsterte er. »Und gib, dass ich nicht in meinen letzten Abendstunden einen alten Freund verliere.«

Udalrich hörte noch, wie Salomo ächzend niederkniete, aber er drehte sich nicht um. Am liebsten hätte er die nackte Faust gegen die Wand gedroschen. Mit langen Schritten verließ er die Krypta über die steinernen Stufen, die in den Altarraum führten. Erst dort beruhigte er sich, um die Gläubigen nicht zu stören, die dort in stummem Gebet knieten.

Plötzlich erhob sich einer der Betenden und stellte sich ihm in den Weg. Ein verirrter Sonnenstrahl schimmerte auf blondem Haar. »Dankt der Heimkehrer für seine sichere Rückkehr? Wieder einmal?«

»Geht mir aus dem Weg, Ottmar!«, knirschte Udalrich.

»So unhöflich, noch dazu im Haus des Herrn? Zorn ist eine Todsünde! Außerdem wird Burchard das gar nicht gefallen. Unserem neuen Herzog ist sehr daran gelegen, dass wir uns verstehen, ich meine, alle Grafen seines Landes.«

Udalrich sah sich um. Einige der Gläubigen musterten sie neugierig. Er packte Ottmar am Ellenbogen und zerrte ihn mit sich. »Reden wir im Kreuzgang.«

Als sie im Kreuzgang, der sich an den Durchgang zur Krypta anschloss, angelangt waren, befreite Ottmar seinen Arm aus Udalrichs Griff. »Ich rate Euch wirklich, Euch zu mäßigen«, sagte er kalt. »Ihr denkt wohl, mit diesem miesen Rotfuchs, den Heinrich aus der Falle gelassen hat, hättet Ihr ein Faustpfand gegen mich. Euch schützt ein begnadigter Mörder, mich ein Herzog. Was glaubt Ihr wohl, wer dieses Spiel gewinnen wird?«

»Das ist kein Spiel!«

Ottmar lehnte sich an die Wand und hakte die Daumen in den Gürtel. »Seid dankbar, solange es noch ein Spiel ist, Heimkehrer. Wenn gewisse Fragen im Ernst gestellt werden, könntet Ihr trotz Eurer schönen Gemahlin in Schwierigkeiten geraten.«

»Lasst Wendelgard aus dem Spiel!« Udalrich merkte, dass er laut wurde, und dämpfte seine Stimme. »Was habt Ihr mir zu sagen?«

Ottmar stieß sich von der Wand ab und baute sich dicht vor Udalrich auf. »Eure erstaunliche Flucht nach so vielen Jahren macht nicht nur mich stutzig. Hat Arnulf, der verehrte Herzog von Bayern, etwa doch Lösegeld für Euch bezahlt? Er ist kein Freund des Königs. Was habt Ihr ihm als Gegenleistung versprochen?«

Udalrich trat einen Schritt zurück, um sich nicht auf Ottmar zu stürzen. »Nennt Ihr mich allen Ernstes einen Verräter?«

»Den Lebensretter des Königs, der auf so wunderbare Weise wusste, aus welcher Richtung das Messer kommen würde?« Ottmar kicherte böse. »Nicht doch! Aber vielleicht habt Ihr ja selbst einen Pakt mit den Ungarn geschlossen.«

Udalrich hob die Hände und ließ sie wieder sinken. Er schloss die Augen.

»Ihr werdet ja nervös!« Ottmar folgte Udalrich und stieß ihm den Finger gegen die Brust. »Habt Ihr Arnulf gesehen? Gesprochen? Hat er Euch freigekauft, damit Ihr den König ermordet? Hat er deshalb bis heute Heinrich nicht anerkannt?«

»Haltet Euer dreckiges Maul!«

Ottmar warf den Kopf zurück und lachte laut auf. »Jemand wie Ihr kann mich nicht beleidigen!«

»Dazu bräuchtet Ihr auch Ehre! Ein Mann, der Ludowig angestiftet hat, mich ermorden zu lassen, als ich hilflos war!«

»Aber Graf, glaubt Ihr wirklich, dass ich das je zugeben werde?«

Udalrich wollte sich abwenden, doch Ottmar hielt ihn an der Schulter zurück. »Ich muss gar nichts zugeben, Udalrich. Ein Beweis für Euren Pakt mit den Ungarn, und Burchard wird Euch die Grafschaft entziehen und mir und meiner Familie zurückgeben, was uns rechtmäßig zusteht.«

Udalrichs Gesicht lief hochrot an. »Ihr habt immer noch nicht aufgegeben? Es ist mein Land!«

»Ludwig der Fromme hat es seiner Frau geschenkt, die eine Welfin war. Was ist daran unrechtmäßig?«

»Dass es ihr nicht gehörte!«, brüllte Udalrich.

»Aber Ihr! Ihr heiratet eine Sächsin, weil ihr Vater der Sohn des Herzogs war. Und dann spielt Ihr der Welt noch die große Liebe vor.«

Udalrichs Faust schnellte vor.

Ottmar tauchte weg. »Alter Mann!«, höhnte er und legte die Hand auf den Griff seines Dolches.

Udalrich packte Ottmars Gelenk und verdrehte es, bis der Welfe aufstöhnte. »Der alte Mann wird dich Anstand lehren!«, zischte er und gab Ottmar einen Stoß.

In den blauen Augen des jungen Mannes glühte plötzlich der Hass. »Fühlst du dich jetzt stark, alter Mann? Der ganze Hof lacht doch hinter deinem Rücken über dich und deine heldenhafte Flucht. Als Bettler bist du in dein eigenes Land gekrochen! Du Feigling!«

Udalrichs Faust traf Ottmar frontal im Gesicht. Seine Nase knirschte.

»Da habt Ihr meine Antwort, Junge!« Udalrich blickte eine Sekunde lang auf Ottmar hinunter, zwischen dessen Fingern das Blut hervorsickerte, dann drehte er sich um und ging mit festen Schritten durch den Kreuzgang und zum Bischofssitz.

Wendelgard erschrak, als ihr Mann die Tür aufstieß. »Was ist geschehen?«

»Nichts!« Er goss mit zitternden Händen Wein in einen

Becher. »Frag nicht! Ich habe genug unsinnige Fragen gehört!«

Sie stand wortlos auf und schmiegte sich an ihn.

Über ihren Kopf hinweg starrte er aus dem Fenster. Sein Gesicht war hart. »Salomo hat recht, es muss etwas geschehen«, flüsterte er.

Eberhard schulterte die seltsame Ledertasche, die Eckhard ihm anvertraut hatte, am Riemen und verließ die Fähre. Der mächtige Rappe schnaubte und ließ sich nur widerwillig in die Menge führen. Eberhard hatte Verständnis für ihn. Obwohl er sich alle Mühe gab, wie ein erfahrener Reisender auszusehen, betäubte ihn die Größe des Hafens und des Marktes noch immer. Während er an seinen letzten Aufenthalt in Konstanz dachte, krampfte sich sein Magen zusammen.

»Du bist der Bote des Grafen! Diesmal wird dir kein Fehler unterlaufen!«, spornte er sich an und saß auf. »He da, macht Platz!«

Die Menschen sprangen rechts und links zur Seite, als er durch die engen Gassen trabte. Er ließ die Kirche auf dem flachen Stadthügel links liegen und hielt auf den Bischofssitz zu, dessen Dach im Licht der Abendsonne aufglänzte.

Als er auf das Tor zuritt, vor dem ein Sachse und ein Schwabe gemeinsam Wache hielten, kehrte die Angst zurück. Am liebsten wäre er umgedreht, doch in diesem Augenblick rief der Sachse: »Zu wem wollt Ihr, Junker?«

Eberhard sah sich um, doch außer ihm war niemand in Rufweite. Er warf sich in die Brust. »Ich komme als Bote für den Fürstbischof.«

Die beiden winkten ihn durch. Er ritt in den Innenhof, wo ihm sofort ein Stallknecht entgegenlief. »Darf ich Euer Pferd versorgen, Herr?«

»Herr?« Eberhards Grinsen wurde breiter. Er saß ab und reichte ihm die Zügel. »Hier! Und gib gut acht darauf.«

Mit neuem Selbstbewusstsein ging er auf das Gebäude zu, aber er musste feststellen, dass sich plötzlich niemand mehr um ihn kümmerte. Er drehte sich um und sah gerade noch, wie der Junge das prächtig aufgezäumte Tier in den Stall führte. »Das Pferd also«, seufzte Eberhard und nahm seinen Weg wieder auf. Ein älterer Mönch kam auf ihn zu und hätte ihn fast umgerannt.

»Oh!«

»Verzeihung!«

Der Mönch winkte ab. »Es war meine Unachtsamkeit, junger Mann. Zu wem willst du?«

»Zum Fürstbischof. Ich bin ein Bote aus Buchhorn.«

Bei der Erwähnung von Buchhorn nickte der Mann kurz. »Der Bischof ist im Gebet, aber du kannst dich beim Grafen melden. Warte, ich bringe dich hin.«

»Danke.« Eberhard folgte dem Mann einen Gang entlang, in den durch schmale Schlitze Licht einfiel. Es erschuf ein Zwielicht, das ihm Furcht einflößte. Während er darauf wartete, vorgelassen zu werden, klopfte sein Herz in Erinnerung an die vergangene Schmach heftig.

Der alte Mönch kehrte auf den Gang zurück und nickte Eberhard aufmunternd zu. »Geh hinein. Und Gott sei mir dir.«

»Das kann ich brauchen«, murmelte Eberhard mit einem kläglichen Lächeln. Er straffte den Rücken und trat ein. Im rötlichen Schein der Abendsonne erkannte er zwei Gestalten. Eine war der Graf. Die andere eine wunderschöne Frau mit blonden Haaren, die ihn neugierig musterte. Eberhard sank auf ein Knie. »Herr. Herrin.«

»Eberhard?« Udalrich musterte den jungen Mann mit strengem Gesicht. »Was führt dich schon wieder her?«

»Ich ... also ...« Eberhard sah, wie sich die Miene des Grafen verfinsterte, und riss sich zusammen.

Wendelgard kicherte und hob ihre kleine weiße Hand. »Udalrich, lass den Ärmsten nicht so auf den Knien liegen. Steh auf. Du heißt Eberhard?«

Mit glühenden Wangen sprang der junge Mann auf. »Ja, Herrin.«

»Du bist Gudruns Sohn, nicht wahr? Ich hoffe, in Buchhorn steht alles zum Besten? Ist der Mörder gefasst?«

»Nein, Herrin«, erwiderte Eberhard mit einem winzigen Seitenblick auf den Grafen. »Der Mönch Eckhard schickt mich. Er hat diese Tasche bei den Sachen des toten Verwalters gefunden. Er sagt, sie werde den Fürstbischof interessieren.«

»Tritt näher!«, befahl Udalrich.

Eberhard nahm die Tasche ab und reichte sie dem Grafen. »Er sagt, es sei eine ungarische Tasche.«

»Diese Deckplatte ist ungarisch, ja.« Udalrichs Hände

zitterten leicht. »Aber diese Taschen sind unter ungarischen Kriegern nicht selten. Ich verstehe nicht, warum Eckhard ihr so eine Bedeutung beimisst.«

Wendelgard legte ihre schmale Hand auf Udalrichs. »Salomo wird es wissen.«

»Du hast recht. Eberhard, du wirst mich begleiten!«

Einen Herzschlag lang badete der junge Kriegsknecht in dem warmen Lächeln der Gräfin, ehe er mit heißen Wangen dem Grafen folgte. Schweigend hielt er sich hinter Udalrichs breitem Rücken, dankbar, dass er so dessen forschenden Augen entging.

Ein Diener ließ sie das Gemach des Fürstbischofs betreten. Eberhard, der sich an das gütige Lächeln des alten Bischofs erinnerte, war erschrocken, wie ernst Salomo wirkte. Er saß im Schein mehrerer Kerzen an seinem Tisch und richtete seine kühlen grauen Augen auf Udalrich, ohne den Boten zur Kenntnis zu nehmen. »Warst du bei Heinrich?«

»Nein.« Auch Udalrichs Stimme klang abweisend. »Es ist etwas dazwischengekommen.«

»Ich weiß!«

Etwas Unausgesprochenes hing in der Luft. »Ein Bote aus Buchhorn ist für dich gekommen. Eckhard schickt dir das da.« Er gab Salomo die Tasche. »Die lag bei Reinmars Sachen.«

Salomo betrachtete den Beschlag. Er hob die Augenbrauen und sah zu Udalrich auf. »Weißt du, warum er mir diese Tasche schickt?«

»Nein.«

»Setz dich.« Salomo seufzte leise. »Weil bei der Leiche des Meuchelmörders eine ganz ähnliche gefunden wurde, darum.«

Udalrich stützte den Kopf in die Hände und schwieg.

»Udalrich!« Salomo packte den Grafen am Handgelenk und zwang ihn, ihn anzusehen. »Ich werde dem König nichts von diesem Fund sagen. Und ich werde Wendelgards Theorie von dem hasserfüllten Einzeltäter stützen. Und ich werde beten, dass ich damit keine Sünde auf mich lade.«

Udalrich starrte ins Leere. »Wendelgard hat vielleicht mehr recht, als sie ahnt.«

»Wie meinst du das?«

»Nur ein Gedanke.« Udalrich strich sich über die Stirn und lächelte flüchtig. »Ich werde so schnell wie möglich nach Buchhorn aufbrechen. Aber vorher werde ich mit dem König sprechen. Eberhard!«

»Ja, Herr?«

»Lass dich verköstigen und such dir einen Platz zum Schlafen. Morgen reist du mit Wildfang zurück. Wie bist du eigentlich hergekommen?«

»Mit … mit Eurem Rappen.«

Udalrichs Gesicht verfinsterte sich. »Mit meinem Rappen?«

»Herr, verzeiht, aber Rigbert …«

»Und wie kommt Rigbert dazu, dir mein Lieblingspferd zu geben!« Udalrich machte eine herrische Handbewegung. »Du hättest den Falben oder die braune Stute nehmen können.«

Eberhard starrte angestrengt auf seine Schuhe. »Die Stute hat jetzt Gerald, Herr.«

»Oh, sie ist verkauft, an den Schmied? Na gut.«

»Und der Falbe ist krank, Herr.«

»Krank?« Udalrich schnaubte unwillig. »Nun, Rigbert muss es wissen. Du kündigst meine baldige Ankunft an. Wenn Eckhard die Morde bis dahin aufgeklärt hat, umso besser, wenn nicht …« Seine Stimme verlor sich.

»Dann kehrt ja bald Frieden in Konstanz ein«, bemerkte Salomo. »Heinrich reist ebenfalls morgen ab, und Ottmar ist seit einer Stunde fort.«

»Ach?«

»Du weißt, warum«, sagte der Fürstbischof streng.

Udalrich gestattete sich ein Lächeln, ehe sein Blick auf Eberhard fiel. »Was stehst du noch herum, Bursche!«

Eberhard schluckte und beeilte sich, aus dem Zimmer zu kommen.

Schlagartig veränderte sich Salomos Haltung. Er hieb mit der flachen Hand auf den Tisch. »Ich verstehe dich nicht! Wie konntest du dich auf diesen kindischen Streit mit Ottmar einlassen. Hast du denn nichts begriffen von dem, was ich dir gesagt habe? Ich habe gesagt, du sollst Verantwortung übernehmen, damit habe ich nicht gemeint, dass du dich in meinem Kreuzgang prügeln sollst!«

»Er hat mich herausgefordert.«

»Du bist doch keine 20 mehr!« Es klopfte. »Ja?«

Ein Soldat trat, gefolgt von zwei weiteren Männern, ins Zimmer. Es war Bernulf. »Verzeiht, Fürstbischof«, sagte er mit einer unterwürfigen Verbeugung. »Der Herzog schickt mich. Ich habe den Befehl, den Grafen von Buchhorn unverzüglich zum König zu bringen. Wenn Ihr mir also folgen wollt.«

»Mäßige deinen Ton, Mann!«

»Herr?« Bernulfs Mund verzog sich trotzig. »Ich handele im Auftrag des Herzogs.«

Salomo sah von Bernulf zu Udalrich und schüttelte den Kopf. »Burchard und Heinrich wissen von deinem Benehmen. Ich fürchte, die Suppe musst du selbst auslöffeln.«

Udalrich lächelte leicht. »Da hast du recht. Aber ich glaube, zum ersten Mal seit Langem weiß ich, was ich tue.« Er gab Bernulf einen kurzen Wink. »Du kannst gehen. Ich finde den Weg allein.«

»Wenn Ihr erlaubt, Graf, folgt Ihr mir«, erwiderte Bernulf. »Der Herzog steht immer noch über Euch!«

»Aber du nicht!«

»Udalrich, treib es nicht auf die Spitze!«, seufzte Salomo.

Udalrich zuckte die Achseln. »Du hast recht. Es ist nicht so wichtig.«

Das scheidende Licht der Abendsonne strömte durch zwei Fenster in Heinrichs Gemach und tauchte seine hochgewachsene Gestalt in rotes Licht. Der König saß am Tisch, vor sich einen Krug Wein und zwei Becher. Fackeln flackerten in ihren Halterungen neben der Tür. Er rührte sich nicht, als der Graf von Buchhorn eintrat und sich ehrerbietig verneigte.

»Ihr wollt mich sprechen?« Udalrichs Stimme durchbrach die Stille zögernd.

Heinrich nickte. »Setzt Euch und trinkt einen Becher Wein mit mir.«

Udalrich ließ sich auf dem freien Stuhl nieder und schenkte sich selbst ein. Sein fragender Blick streifte das Gesicht des Königs.

»Was habt Ihr Euch dabei gedacht, einen Edlen zusammenzuschlagen, noch dazu im Kreuzgang?«, fragte Heinrich endlich. Seine Stimme klang beinahe beiläufig.

Udalrich stellte den Krug ab. »Ottmar hat mich beleidigt.«

»Er hat Euch Fragen gestellt.«

»Unverschämte Fragen, die sich kein Edelmann anhören muss.«

»Ich halte Fragen zu Arnulfs Person nicht für unverschämt. Schildert mir den Herzog.«

»Er ist ein Mann von großer Entschlossenheit. Er ist ehrgeizig, und es mag scheinen, dass er sein Herzogtum über das Reich stellt.«

Heinrich beugte sich vor. »Wie wahr, Graf. Seinen Pakt mit den Ungarn könnte man ihm auch als Verrat auslegen. Zahlt er nur Tribut oder schmiedet er eine Allianz?«

»Davon weiß ich nichts.«

Heinrich schlug mit der Faust auf den Tisch. Die Becher klirrten leise. »Haltet mich nicht zum Narren! Auf mich ist ein Mordanschlag verübt worden! Also, wie weit geht sein Pakt mit den Ungarn?«

»Ich schwöre, Ihr fragt den Falschen.«

Heinrich schüttelte den Kopf. »Ihr habt mir das Leben gerettet. Aber Ihr seid nicht offen zu mir.«

»Das bin ich!«

»Ach?« Der König stürzte den Wein hinunter und blickte Udalrich mit einer Mischung aus Verärgerung und Verzweiflung an. »Graf, noch halte ich meine Hand über Euch. Wer weiß, wie schnell Ottmar bei Burchard ein offenes Ohr fände, wenn ich nicht wäre. Eure Sturheit und Unbesonnenheit werden Euch noch in große Schwierigkeiten bringen. Ihr seid kein grüner Junge mehr.«

»Ja, das habe ich heute schon einmal gehört.« Udalrich lächelte schief.

Heinrich sah ihn beschwörend an. »Dann nehmt es Euch zu Herzen. Ich bin bereit, diese Sache zu vergessen, aber ich verlange eine Gegenleistung. Die Wahrheit über die Ungarn.«

Udalrich lehnte sich in seinem Stuhl zurück und starrte in die sinkende Sonne. Der Wein wärmte ihn von innen und verströmte ein Gefühl von Behaglichkeit. »Ich war Sklave«, sagte er rau. »Zuerst sind mein Knappe Adalbert und ich als Kriegsgefangene verschleppt worden, danach wurden wir in ein Dorf gebracht. Unser Leben bestand aus harter Arbeit und Schlägen. Ohne Adalberts Treue und seinen tiefen Glauben hätte ich nicht überlebt. Und ohne die Hoffnung, Wendelgard noch einmal zu sehen. Die Wunden trage ich noch heute. Erst mit der Zeit wurden unsere Peiniger nachlässiger. Ob das mit Arnulf zusammenhängt, kann ich nicht sagen. Sie stellten uns keine Fragen mehr. Vielleicht dachten sie, unser Wille sei gebrochen. Oder sie fingen an, uns zu vertrauen.« Er strich mit der Hand über die verblassten Narben an seinen Handgelenken.

»Ihr könnt also Ungarisch!«

Udalrich schüttelte den Kopf. »Nicht wirklich. Ein paar von ihnen beherrschten unsere Sprache und ein paar Brocken Latein. Es reichte, um sich verständlich zu machen.«

»Und bei Eurer Flucht habt Ihr Euch Schwert und Köcher angeeignet.«

»Wir brauchten Waffen.«

Heinrich blickte in Udalrichs abweisendes Gesicht, aber der Graf schien ihn nicht wahrzunehmen. »Wo genau lag der Ort, in dem Ihr gefangen gehalten wurdet?«

»Es war ein Dorf im Westen. Nicht weit von der Donau. Sie war unser Wegweiser nach Hause.«

»Erzählt mehr von Eurer Flucht. Ich muss wissen, wo ich diese Heiden packen kann.«

»In ihrem Land gar nicht, fürchte ich. Sie nennen es Djepulve, ein Sperrgebiet, das aus Bergen und Wäldern besteht. Es gibt ein paar Vorposten, die den Wald nach Westen hin bewachen. Ein Heer dringt da nicht unbemerkt durch.«

»Aber kleine Spähtrupps?«

»Ich rate davon ab.«

Draußen war es Nacht geworden. Geistesabwesend entzündete der König einige Kerzen, deren warmes Licht sich mit dem unruhigen Schein der Fackeln mischte.

»Ich muss diese Leute verstehen lernen. Sind sie wie wir?«

»Es sind Heiden.«

Heinrich machte eine wegwerfende Handbewegung. »Vor 100 Jahren haben meine Vorfahren zu Wodan gebetet. Ich weiß, dass Ihr Salomos Freund seid, aber es gibt mehr als das Wort der Kirche. Es gibt Stolz, Ehre, Mannesmut. Wenn ich in Verhandlungen trete, werde ich diese Tugenden auch bei den Ungarn finden?«

Udalrich nickte mit zusammengepressten Lippen. »Bei einigen sicher.«

»Und das von Euch«, bemerkte Heinrich nachdenklich. »Gibt es bereits Christen bei ihnen?«

Udalrich zuckte die Schultern. »Ich glaube, nein. Sie glauben an Geister und Dämonen.«

»Demnach habt Ihr doch einiges von ihnen erfahren.«

»Ein wenig.«

Heinrich beugte sich vor. »Würdet Ihr den Weg zu dem Dorf finden, in dem Ihr gefangen gehalten wurdet?«

Udalrich schüttelte den Kopf. Sein Gesicht war grau. »Selbst wenn ich das täte, ich habe töten müssen, um zu entkommen. Das vergessen sie nicht.«

»Nun gut. Und jetzt die entscheidende Frage.« Heinrichs Augen wurden durchbohrend. »Stecken die Ungarn hinter dem Attentat auf mich?«

Udalrich holte tief Atem, ehe er den Kopf schüttelte. »Es ist möglich. Aber ich glaube es nicht.«

»Ihr glaubt wie Salomo an einen Einzeltäter?«

»Alles spricht dafür.«

»Gut, dann will ich das glauben. Aber ich möchte diese Sache geklärt wissen, bevor ich Arnulf unterwerfe. Ihr werdet mich zu ihm begleiten, wenn es so weit ist!«

»Selbstverständlich!«

Heinrich erhob sich und hielt Udalrich die Hand hin. »Ich gebe heute Abend ein kleines Gastmahl. Ich erwarte Euch und Eure Frau an meiner Tafel. Und keine Sorge, Burchard wird sich benehmen.«

»Und Ottmar ist abgereist.«

Heinrich lächelte. »Kein Verlust, möchte ich sagen. Jetzt geht und drückt meine Nichte für mich.«

Die Hände lösten sich, und Udalrich verneigte sich. »Meine Treue ist Euch gewiss.«

»Das stand nie in Zweifel. Und Udalrich …!«

Der Graf drehte sich fragend um.

»Ein guter Schlag. Ihr habt Ottmar die Nase gebrochen.«

IX

»Zum Wohl«, sagte Hannes und stellte die beiden Krüge auf den Tisch. Er warf Eckhard einen neugierigen Blick zu. Der erwiderte ihn ausdruckslos.

»Was meint Ihr zu der ganzen Sache?«, fragte der Wirt endlich und beugte sich vertraulich vor. »Ihr seid doch deswegen hier, wegen Reinmar.«

»Darüber wollte ich gerade mit Gerald sprechen. Wenn du erlaubst.«

Hannes machte ein beleidigtes Gesicht und wandte sich ab.

»War das nicht ein wenig grob?«

Eckhard sah Hannes nach, als dieser langsam zum Schanktisch zurückkehrte. Er lächelte überlegen. »Er kann das vertragen. Außerdem möchte ich in aller Ruhe mit dir sprechen, ohne dass es ganz Buchhorn weiß.«

»Hannes ist verschwiegen.«

»Der Verschwiegenste ist der, der nichts weiß.« Eckhard hob den Krug und schnupperte daran. »Prosit!« Er trank einen großen Schluck, wischte sich den Mund ab und stellte den Humpen vor sich hin. »Nicht schlecht. Ich kenne wenige Mönche, die besseres Bier brauen. Aber nun zur Sache.«

Gerald musterte seinen Freund über den Rand des Krugs hinweg. »Hast du schon eine Idee, was passiert ist?«

Eckhard strich sich mit der Hand über die Tonsur. »Diese Tasche, die ich in Reinmars Sachen gefunden habe, lässt mich nicht los. Die Verbindung zu dem, was in Konstanz passiert ist, ist so offensichtlich, dass es kein Zufall sein kann.«

»Sind Beutestücke aus dem Krieg so ungewöhnlich?« Bei der Erwähnung des Kriegs schlossen sich Geralds große Hände fester um den Krug.

Eckhard schien es nicht zu bemerken. »Nein, aber das Aufeinandertreffen. Es erscheint mir wie ein Wink Gottes. Verstehst du?«

»Ehrlich gesagt, nein. Was sollten Reinmar und der König gemeinsam haben?«

»Genau das ist die Frage.« Eckhard beugte sich vor. »Mir fällt nur eine Antwort ein: Ungarn. Heinrich sucht nach einem Weg, die Ungarn zu besiegen, und die Ungarn haben jemanden geschickt, ihn zu ermorden. Wie kam er ins Land? Wer hat ihm geholfen? Reinmar? Anna hat mir von einem Streit berichtet. Womöglich ist jemand Reinmar auf die Schliche gekommen und hat ihn umgebracht. Ich glaube, dieser Jemand war … nun?«

Gerald zuckte die Achseln.

»Rigbert natürlich!«, rief Eckhard und verdrehte die Augen. »Wer sonst?«

»Rigbert?« Gerald nahm einen kräftigen Schluck. »Rigbert ein Mörder und Reinmar ein Verräter? Das kannst du nicht ernst meinen.«

»Und warum nicht?«, fragte Eckhard mit einem Anflug von Gereiztheit.

»Weil ich Reinmar das einfach nicht zutraue. Er war ein Weiberheld, aber das macht ihn doch nicht zum Verräter! Vielleicht war es ja umgekehrt, und Rigbert …« Gerald schlug mit der flachen Hand auf den Tisch. »Ich hab gesehen, wie Rigbert in Reinmars Truhe gewühlt hat.«

»Das passt ja noch besser!«, frohlockte Eckhard. »Mir hat er gesagt, er habe nichts von Reinmars Sachen genommen. Er ist folglich ein Lügner!«

»Trotzdem. Ist das nicht etwas vorschnell?«

Eckhard winkte ab. »Es passt alles zusammen. Die Ungarn senden einen Mörder aus. Rigbert erkennt ihn an der Ledertasche. Darin befindet sich wahrscheinlich auch sein Judaslohn. Reinmar kommt dahinter. Die beiden streiten. Ich glaube, sie haben sich gehasst. Der Jüngere, der dem Älteren immer vorgezogen wurde. Wie Kain und Abel. Vielleicht kommt auch daher Rigberts Hass auf Udalrich. Denn gehasst muss er ihn haben, wenn er hinter seinem Rücken diese infame Intrige inszeniert.«

»Diese was?«

»Verzeih.« Eckhard schmunzelte. »Diese Ränke. Verrat.«

»Und warum kannst du nicht so sprechen, dass ich es verstehe?« Gerald leerte seinen Krug und gab Hannes einen barschen Wink.

Eckhard legte ihm die Hand auf den Arm. »Ich meine es ernst. Entschuldige. Was bei dem Gedanken stört dich so? Ich hatte nicht das Gefühl, dass du Rigbert sonderlich magst.«

»Eckhard, du verstehst gar nichts«, seufzte Gerald. »Dass ich ihn nicht mag, bedeutet nicht, dass ich ihn gleich für einen schlechten Menschen halte. Und selbst wenn er der Täter ist, was sollen wir dann tun? Bist du überhaupt sicher?«

»Sicher ...?«, wiederholte Eckhard stirnrunzelnd. »Natürlich bin ich nicht sicher. Aber du musst zugeben, dass alles zusammenpasst. Hilde hat Rigbert erkannt und musste sterben. Die Verstümmelungen sind ein Werk puren Hasses. Denk an die Raute auf Reinmars Stirn, von der du mir erzählt hast.«

»Die Raute vielleicht. Aber ein Bruder, der dem anderen den Penis abschneidet?«

»Eifersucht. Sie haben dieselbe Frau begehrt. Zurück zu der Raute: Ein ähnliches Zeichen findet sich auf den Deckplatten beider Taschen. Das ist kein Zufall.« Eckhards Fingerkuppen trommelten auf die Tischplatte. »Und ich will verfl... beten, dass ich den richtigen Weg einschlage.«

Gerald grinste blass. »Sag bloß, du wolltest fluchen?«

Der Mönch warf ihm einen düsteren Blick zu. »Vielleicht hat Wulfhard etwas herausgefunden. Ich frage mich, wo er bleibt. Wir waren bei Sonnenuntergang verabredet.«

»Du glaubst immer noch, dass du ihm vertrauen kannst.« Der zweite Krug wurde geleert. »Eckhard, ich verstehe dich nicht! Aber egal. Warum ist Rigbert nicht geflohen, wenn er der Mörder ist?«

»Warum sollte er? Das wäre ein Eingeständnis seiner

Schuld, und bisher hat ihn doch niemand verdächtigt. Ich denke …« Er sah zur Tür.

Alle sahen zur Tür.

Im Zwielicht, die untergehende Sonne im Rücken, stand Dietger. Sein Gesicht war kreideweiß und verzerrt. Seine Augen irrten durch die Schenke, bis sie auf Eckhard haften blieben. »Bete für uns, Mönch!«, stöhnte er und taumelte in den Raum. »Bete für uns! Der Teufel isch in Buchhorn!«

Wulfhard legte den Kopf in den Nacken. Dunkle Wolken sprenkelten den Abendhimmel, an dem die Sonne wie ein großer milchiger Fleck hing. Der kühle Wind, der über seine verschwitzte Stirn strich, kündigte einen baldigen Wetterumschwung an. Wulfhard streckte seine schmerzenden Muskeln und spuckte einen Strohhalm aus. »Zeit, dass ich mich auf den Weg mache.« In seinem Rücken hörte er das Wiehern der Pferde und das Rascheln des Strohs. Der Streuner, der sich neben ihn gehockt hatte, wedelte auffordernd mit dem Schwanz. Wulfhard schob ihn mit dem Fuß weg. »Hau ab, du Vieh. Von mir kriegst du nichts. Geh zu Gudrun. Vielleicht hat die mit dir Mitleid.« Er warf der Küche einen düsteren Blick zu, der sich aufhellte, als Kunigunde auf den Hof trat. Sie schaute zu ihm hinüber und verlangsamte ihren Schritt. »Vielleicht meint der Herr es doch noch gut mit mir«, murmelte Wulfhard und lehnte sich gegen die Wand, während sie ihren Weg zum Brunnen fortsetzte. Wulfhard war sicher, ein leichtes Lächeln um ihren Mund spielen zu sehen. Er stieß sich von der Wand ab und schlenderte näher. »Sieht nach Regen aus.«

Sie lächelte tatsächlich. »Und soll ich deshalb den Eimer auf den Boden stellen? Warten, dass der Himmel ihn füllt? Da würde Gudrun schön schimpfen«

Er zeigte seine Zahnlücke. »Die alte Hexe! Ich meinte nur, dass …«

»Dass du ein harter Hund bist?« Sie lachte spöttisch. »Wie dieser kleine Kerl da? Er ähnelt dir.«

»Der räudige Köter?«

Der Hund bellte. Kunigunde ging in die Hocke und streckte die Hand aus. »Na, komm her!«

»Das Vieh lässt sich nicht anfassen.«

»Ach nein?« Sie blinzelte Wulfhard zu, während der Hund schwanzwedelnd ihre Hand abschleckte. »Vielleicht nicht von dir. Hunde mögen mich.«

»Und Pferde?«

Kunigunde erhob sich geschmeidig. »Was meinst du?«

»Komm einmal mit. Ich will dir was zeigen.«

Sie wich zurück, da er nach ihrem Ellenbogen greifen wollte. »Was hast du vor? Ich weiß, was man über dich sagt. Ich will keinen Ärger.«

»Das hier kann sich für uns beide als vorteilhaft herausstellen. Oder ist es das Ziel deiner Wünsche, für den Rest deines Lebens für die Alte in der Küche Wasser zu schleppen?« Seine braunen Augen bohrten sich in ihre schwarzen. Er sah, wie Trotz darin aufflammte, und wusste, dass er gewonnen hatte. »Komm!«

Der Falbe hob nicht einmal den Kopf, als Wulfhard ihm die Hand auf den Hals legte und ihn sanft tätschelte. »Rigbert sagt, der ist krank. Was meinst du?«

Er machte ihr Platz und schaute zu, wie sie mit kurzen, sicheren Handgriffen die Lippen des Tiers hochschob, um seine Zähne zu betrachten. Danach tastete sie über seinen Bauch und hob schließlich den Schwanz. Ab und zu strich sie ein paar dunkle Strähnen hinter die Ohren, die ihr beharrlich in die Augen fielen. »Er wirkt zu dünn«, sagte sie endlich. Ihre raue Stimme schwebte körperlos im Dämmerlicht. »Wie nach einer Kolik.«

»Genau meine Meinung.«

»Was fragst du mich dann?«

»Um sicherzugehen. Wie kommt es, dass sich eine Gauklerin so gut mit Pferden auskennt?«

»Da, wo ich herkomme, brauchen wir Pferde. Ich bin mit ihnen groß geworden. Die Ungarn haben sie mir genommen. Sie haben mir alles genommen, was ich je geliebt habe.«

Wulfhard versuchte, ihr Mienenspiel zu erkennen. Er hatte erwartet, unterdrückte Tränen in ihrer Stimme zu hören, aber da war nur Kälte. »Wenn ich herausfinde, dass Rigbert nicht für die Aufgabe als Stallmeister taugt, werde ich dich nicht vergessen«, versprach er, während er sich näher an sie heranschob.

Sie versteifte sich, dann legte sie plötzlich die Hand auf seinen Gürtel und ließ die Finger über die Oberkante des abgewetzten Leders wandern. »Du hast das Messer immer noch. Gehört es wirklich dir?«

»Eine Frau, die Pferde und Waffen mag.« Er lächelte anzüglich, während er das Messer aus seinem Gürtel zog und ihr dicht vor das Gesicht hielt. »Da fragt man sich doch, was dir noch alles Vergnügen bereitet. Willst du es haben? Es ist ein Fundstück.«

»Ein Fundstück?« Sie griff danach, aber er hielt es blitzschnell außer Reichweite.

Seine Zähne blitzten auf. »Ich habe es bei seinem alten Besitzer gefunden. Warum willst du es denn so dringend haben?«

»Weil es einem Ungarn gehört hat. Einem Feind!«, zischte sie.

»Sind sie hinter dir her?«

»Das geht dich nichts an!« Sie zuckte zurück, als er sein Gesicht dem ihren näherte. »Was ist mit dem Mann geschehen, dem das Messer gehört hat?«

Wulfhard fuhr sich mit dem Zeigefinger über die Kehle und lachte, weil er sah, wie sie blass wurde. »Doch nicht so abgehärtet, wie du mich glauben lassen willst, meine Schöne«, raunte er und legte den Arm um ihre Taille. »Er war ein böser Mensch. Soweit ich weiß, wollte er den König töten.«

»Den König?« Ihre Augen weiteten sich. »Warum?«

»Weil er der König ist?« Wulfhard strich ihr mit dem Heft des Messers über die Wange. »Willst du es immer noch? Wer weiß, vielleicht bin ich bereit, es dir zu überlassen, wenn der Preis stimmt!«

Ihr Gesichtsausdruck wurde schlagartig kalt. »Lass mich los, Stallknecht«, herrschte sie ihn an. »Glaubst du wirklich, ich würde mit dir …« Sie stieß ein raues Lachen aus, während sie sich aus seinem Arm wand.

Wulfhard fühlte, wie ihm das Blut ins Gesicht schoss. »Holla! Wer bist du denn, Gauklerin?«

»Fass … mich … nicht … an!«

»Eben hat es dir weniger ausgemacht!« Er packte ihre Oberarme und drückte sie gegen die Stallwand. Ihre Muskeln wölbten sich hart unter seinen Händen. Er spürte, wie etwas anderes hart wurde. »Komm schon!«, keuchte er.

Sie stieß ihn mit aller Kraft von sich und rannte auf den Hof. Mit einem Fluch folgte Wulfhard ihr und fuhr zurück, als er Kunigunde bei zwei Männern stehen sah. Der eine hatte seinen Arm um ihre Mitte geschlungen. Seine Augen loderten auf, als er Wulfhard kommen sah.

»Tankmar!«, sagte Wulfhard frostig. »Und Guntram. Welcher böse Wind hat euch hergeweht? Wollt ihr euren Mörderfreunden im Loch Gesellschaft leisten?«

»Das sagt der Richtige!«, entgegnete Guntram, während er ein Kopfschütteln in Tankmars Richtung sandte. »Wie geht es ihnen, Kunigunde?«

»Und dir?« Tankmar drehte sie zu sich und berührte ihr Gesicht, das wieder ruhig und blass war.

Bei seinen Worten zwang sie sich zu einem Lächeln und strich ihm durch das lange blonde Haar. »Mir geht es gut. Den anderen auch. Sie bekommen zu essen, und ich durfte sogar ihre Wunden versorgen.«

»Wunden?«

»Es ist nicht schlimm, wirklich. Aber warum seid ihr nicht bei Ansgar?«

»Er wohnt beim Pfaffen«, antwortete Guntram. »Der hat Elsbeth und ihn aufgenommen, bis das Kind auf der Welt ist. Wir haben unser altes Lager im Wald bezogen.«

Sie schwiegen düster.

Tankmar hatte Kunigundes Kopf an seine knochige Schulter gezogen und streichelte über ihr Haar. »Warum kommst du nicht mit uns? Diesmal werde ich dich beschützen. Ich werde nicht zulassen, dass sie dir noch einmal …«

Sie legte ihm die Hand auf den Mund und lächelte traurig. »Was geschehen ist, ist geschehen. Lass gut sein.«

»Nachdem diese rührende Szene beendet ist, solltet ihr hier verschwinden«, unterbrach Wulfhard grob. Sein Blick wanderte zwischen Kunigunde und dem blonden Jungen hin und her. »Ich sag's euch im Guten. Rigbert wird da vielleicht andere Worte finden. Soll ich ihn rufen?«

»Vielleicht solltest du das wirklich«, sagte Guntram überraschend. »Wir haben nichts zu verbergen.«

»Wir nicht!« Tankmar zog Kunigunde fester an sich. »Anders als dieser rote Mörderhund. Hurenböcke, einer wie der andere!«

»Sag lieber Männer, du Hänfling!«, spottete Wulfhard. »Und was dich angeht, Guntram, dein Wunsch wird gerade erfüllt! Da kommt er schon.«

Alle drehten sich zu dem Stallmeister um, der in diesem Moment aus dem Haupthaus kam. Sein Gesicht nahm einen Ausdruck von Abscheu an, als er die Gruppe sah. »Was will das Gesindel hier?«

Guntram verbeugte sich so tief, dass sein Gesicht einen Augenblick lang unsichtbar war. Nachdem er sich wieder aufgerichtet hatte, war seine Stimme unterwürfig. »Gott zum Gruß, Herr. Wir möchten gern unsere Freunde sehen. Wir haben gehört, dass sie hier ... zu Gast sind.«

»Zu Gast? Festgesetzt sind die Mordbuben. Aber sprecht sie nur meinethalben. Sagt ihnen Lebwohl. Und dann verschwindet! Wulfhard, du passt auf. In der Gesellschaft dieses Gesindels wirst du dich sicher zu Hause fühlen! Und du«, er zeigte auf Kunigunde, »ab in die Küche!«

Sie lief wortlos davon.

»Ich sollte aber bei Sonnenuntergang in Buchhorn sein«, wandte Wulfhard ein.

»Ach ja? Du willst wohl abhauen? Hat dir die ehrliche Arbeit nicht geschmeckt? Auf keinen Fall!«

»Eckhard erwartet mich.«

Rigberts Augen verengten sich. »Der verdammte Mönch hat hier gar nichts zu sagen! Du kennst meine Befehle, und denen wirst du gehorchen!«

»Ja, Herr.« Wulfhard scheuchte die beiden Spielleute vor sich her, während er seinen eigenen Gedanken nachhing. Böse Erinnerungen erwachten, als er zusah, wie Guntram seinen Mund einer Ritze in der Schuppenwand näherte.

»Ich bin's, Guntram. Tankmar ist auch hier. Geht es euch gut?«

Drinnen raschelte Stroh. »Guntram? Gott sei Dank! Die denken, wir hätten die Morde begangen. Hol uns raus!« Die Stimme klang verzweifelt.

»Das klärt sich«, raunte Guntram. »Ihr seid unschuldig. Sie können euch nicht verurteilen.« Er warf Wulfhard einen raschen Blick zu. »Nicht wahr?«

Der zuckte die Achseln. Als Tankmar die Hand nach dem Riegel ausstreckte, packte er ihn blitzschnell am Handgelenk. »Finger weg!«

»Du weißt doch selbst, dass sie bestraft werden«, beschwor ihn der junge Spielmann. »Mach was gut und schau weg, während ich sie raushole.«

»Weg von der Tür!« Ein muskulöser Knecht lief mit zwei kräftigen Männern im Schlepptau auf den Schuppen zu und stieß Tankmar beiseite. »Reden ja, sehen nein! Und du kannst gehen!«

»Danke!« Wulfhard nickte und kehrte zum Stall zurück, während die Stimmen in seinem Rücken leiser wurden. Er klopfte dem Falben die Flanke. »Kräftig genug bist du ja«, sagte er nachdenklich.

»Wenn du ihn noch einmal anfasst, schlag ich dir die Zähne ein!«

Wulfhard zuckte zusammen, da er Rigberts Stimme erkannte, und unterdrückte einen Fluch. »Der Gaul ist nicht krank.«

Rigberts Rechte war zur Faust geballt. »Ich meine das ernst! Du bist hier, um den Stall auszumisten, nicht, um die Pferde zu stehlen.«

»Ich wollte nicht stehlen. Aber ich muss schnell ins

Dorf. Ich hab es Euch gesagt. Eckhard erwartet mich. Oder wollt Ihr Euch mit dem Vertrauten des Fürstbischofs anlegen, Herr?«

Rigberts Gesicht färbte sich blaurot. »Dann lauf oder kriech.«

Wulfhard nickte. »Also zu Fuß, ja? Ihr werdet mich nicht zurückhalten?«

»Nein! Aber wenn du das Anwesen verlässt, verstößt du gegen die Befehle des Grafen, und das wird er erfahren.«

»Wie Ihr meint.« Wulfhard drehte Rigbert den Rücken zu und verließ den Stall. »Ich hab keine Angst vor dir«, presste er hervor. »Mich schützt Gott.«

Der Weg nach Buchhorn schimmerte im Licht des frühen Abends, das die Wiese und die Felder golden glänzen und den Wald geheimnisvoller erscheinen ließ. Rote und gelbe Tupfer stachen aus dem Grün der Tannen hervor, wo Birken und Buchen sich in den Nadelwald mischten. Wulfhard ging langsamer, während er die herbstkühle Luft durch Mund und Nase einsog. Er umrundete den Ortsrand gemächlich. Nachdem er an der Schmiede vorbeigekommen war, beschleunigte er seinen Schritt. Jenseits des Waldrandes sah er eine abgelegene Hütte auftauchen, hinter der sich zum See hin eine Wiese erstreckte. Plötzlich fielen ihm Annas Worte ein.

»Dietger«, flüsterte er und drehte sein Gesicht in den immer stärker auffrischenden Wind. »Du magst doch Feuer, nicht wahr? Und noch regnet es nicht …« Er grinste gemein. »Was brennt wohl schöner, dein Haus oder deine Bienenstöcke?«

Eine einsame Gestalt bewegte sich zwischen den Körben hin und her. Wulfhard reckte den Hals. »Du bist also Dietger. Na, wie wird es dir gefallen, deine Bienen in Rauch aufgehen zu sehen? Oder … Und wen haben wir denn hier? Holla, die hätte ich dir gar nicht zugetraut!« Er pfiff durch die Zähne und musterte die Frau, die vom Haus her kam. Ihr Gesicht konnte er nicht erkennen, aber ihr Körper wirkte jung und biegsam.

»Ich brauche noch Honig für den Kuchen.« Ihre ausdruckslose Stimme stand in einem seltsamen Kontrast zu den Lichtern, die in ihren dichten, geflochtenen Haaren spielten.

Dietger fuhr herum. »Hasch den Kuche für Gudrun noch net fertig? Wege diesem Teufelsbalg?«

»Ich habe nur einer leidenden Frau geholfen.«

»Dir werd ich helfe!«, schrie Dietger. Er schlug sie mit voller Wucht ins Gesicht. Sie taumelte. Er schlug wieder zu, seine Hiebe trafen wahllos ihren Körper und ihr Gesicht. Sie schrie nicht, wehrte sich nicht einmal.

Wulfhard hielt den Atem an. In den Schatten der Bienenkörbe geduckt schlich er näher. Inzwischen hatte Dietger seine Frau auf den Boden geworfen und zerrte ihren Leinenrock hoch. Die Frau hatte die Augen geschlossen, und Wulfhard sah, wie sich ihre Lippen bewegten, aber was sie sagte, ging in dem Keuchen ihres Mannes unter. »Ich krieg noch ein Kind von dir, Weib, und wenn du dabei krepiersch. Ich bin dein Mann, ich hab Rechte!«

Sie lag unter ihm wie tot. Wulfhard fühlte, wie sich sein Glied versteifte, während Dietger sich auf seine Frau wälzte. Bilder des reglosen Körpers auf dem Boden mischten sich mit der Erinnerung an Kunigundes spöttischen Mund. In diesem Moment drehte die Frau den Kopf. Ihre Augen, die eben noch grau und leer wie Schiefer gewesen waren, weiteten sich. Ertappt wich Wulfhard zurück, aber es war zu spät.

»Was?«, schnaufte Dietger und hob den Kopf. Er sah die schemenhafte Gestalt im Zwielicht zwischen Tag und Nacht und stieß einen gellenden Schrei aus, als er Wulfhard erkannte. Stolpernd kam er auf die Füße. Mit einer Hand zerrte er die Hose hoch. Die andere war halb flehend, halb abwehrend ausgestreckt. »Du bisch tot! Tot!« Als Wulfhard einen Schritt vorwärts machte, stieß der Imker ein zweites Heulen aus und stürzte kopflos davon.

Wulfhard warf den Kopf zurück und begann schallend zu lachen. »Der Trottel! Der hält mich doch tatsächlich für einen Geist!« Er stützte die Hände auf die Oberschenkel und rang nach Atem. »Und du? Hältst du mich auch für einen rachsüchtigen Toten?« Er prustete.

Mit ausdruckslosem Gesicht schob die Frau ihr Kleid nach unten. »Geister stinken nicht nach Pferd.«

Verdutzt sah er sie an. Ihre Knöchel schimmerten dünn und weiß unter dem Rocksaum hervor. Seine Gedanken kehrten jäh zu ihrem nackten, schutzlosen Fleisch zurück.

Die Frau sah zu ihm auf. Im letzten Tageslicht war ihr Gesicht kaum noch zu erkennen. »Willst du auch?«

Wulfhard schluckte. »Hier?«

»Wo auch immer. Ich hab doch gesehen, wie du Dietger und mich angestarrt hast. Er ist weg, und dafür bin ich dir dankbar. Also komm.« Sie stand mühsam auf und ging zum Haus, ohne darauf zu achten, ob er ihr folgte.

Nachdem sie die Hütte erreicht hatte, lief er hinter ihr her. »Wie heißt du überhaupt?«

»Isentrud.«

»Willst du nicht wissen, wer ich bin?«

»Du bist Wulfhard. Der Mörder.« Sie zündete an der Glut der Feuerstelle eine Kerze an und stellte sie auf den Tisch. Der kleine Lichtfleck erhellte die nächste Umgebung, die benutzten Holzbrettchen, die von einem gemeinsamen Abendmahl erzählten, den leeren Bierkrug. Süßer Honigduft hing in der Luft. Isentrud lehnte sich gegen die Wand und raffte ihren Rock. »Mach schon.«

Er stierte auf ihre weißen Hüften. Die roten Striemen, die ein Gürtel gerissen haben musste, zeichneten sich scharf auf der hellen Haut ab. Aus ihrer Nase rann Blut.

»Du bist verrückt, Weib«, sagte er rau. »Bedeck dich!«

»Warum? Ist doch gleich, wer es tut!«

»Mir nicht! Ich nehm kein Fallobst.«

»Fallobst?« Der Saum ihrer Tunika berührte mit leisem Rascheln den Boden. In ihren Augen blitzte ungezügelter Hass. »Du findest mich abstoßend? Na und? Du bist ein

Mann. Du bist nicht besser als Dietger. Ich hab dich da stehen sehen und gaffen. Du fandest die Striemen nicht abstoßend, als mein Mann sie mir beigebracht hat.«

»Eben, er ist dein Mann.« Unschlüssig trat Wulfhard von einem Fuß auf den anderen. »Vor Gott bist du sein Weib.«

Sie wischte sich das Blut mit einer angeekelten Geste von der Oberlippe. »Und ich gehöre ihm. Ist doch egal, warum er mich totschlägt. Ich kann ihm kein Kind geben und auch sonst nichts mehr! Willst du oder willst du nicht?«

»Nein!« Wulfhard wich zurück. Der Honigduft folgte ihm.

»Du bist noch armseliger als mein Mann!«

Er fuhr herum, packte ihr Kinn und zwang sie, ihn anzusehen. »Ich soll armselig sein, weil ich mich nicht mit dir abgebe? Hör zu, Weib: Um mir zu gefallen, musst du mehr sein als nur eine Hure. Du musst eine begehrenswerte, gesunde Hure sein!«

Sie öffnete den Mund, aber kein Ton kam heraus. Einen Augenblick lang starrten sie sich durch die Dunkelheit an, dann stieß er sie mit einem Fluch ins Zimmer zurück und ging hinaus. Der Wind schlug ihm ins Gesicht. Im Westen zuckte ein Blitz über den Himmel. Donner grollte.

»Ich hätte sie doch aufbocken sollen!«, fluchte er und trat gegen die Wand. »Sie hat ja förmlich drum gebettelt!« Ein zweiter Blitz zerriss die Dunkelheit. »Oder auch nicht«, murmelte Wulfhard und bekreuzigte sich mit einem scheuen Blick zum Himmel. »Verdammte Weiber, sogar wenn man die Finger von ihnen lässt, hat man Ärger! Wenn ich jetzt zu dem Mönch gehe, wird er fragen, wo ich gewesen bin. Auf das Verhör kann ich wirklich verzichten.« Er holte tief Atem und schlug den Weg zum Anwesen des Grafen ein.

Als Wulfhard an der Schmiede vorbeikam, bemerkte er schwachen Lichtschein. Er dachte an Gerald, der dort jetzt mit seiner Frau saß, während er sich allein gegen Wind und Kälte stemmte. Die Blitze tauchten den Wald wieder und wieder in ihr unheimliches Licht. Urplötzlich öffnete der Himmel seine Schleusen. Es war kein sanfter Regenguss, sondern ein wütendes Trommeln, das auf der Haut brannte. Die Blätter wurden von den Ästen gerissen und taumelten im Schein der Blitze.

»Herr, ich habe sie doch gar nicht genommen!«, schrie Wulfhard gegen das Toben an. »Was habe ich falsch gemacht? Was? Es ist nicht meine Schuld, dass er mich für einen Geist gehalten hat. Und ich wollte sein Haus nicht abfackeln, das schwöre ich!«

Am liebsten wäre er gerannt, aber die völlige Dunkelheit machte jede schnelle Fortbewegung unmöglich. Seine Schritte schmatzten, während er sich seinen Weg ertastete. Allmählich gewöhnten sich seine Augen an die leisen Zwischentöne der Nacht, sodass er nicht mehr alle paar Schritte gegen einen Ast prallte.

Ein Platschen ganz in seiner Nähe schreckte ihn auf. Plötzlich wurde ihm bewusst, wie leicht er einem wilden Tier zum Opfer fallen konnte. Er wich zurück, um bei einem der Bäume Schutz zu suchen. Im nächsten Moment spürte er einen brennenden Schmerz. Er fuhr herum. Seine Hand streifte einen Arm, der versuchte, nach ihm zu greifen. Ohne nachzudenken riss Wulfhard sein Messer aus dem Gürtel. Der Schmerz in seiner Seite drohte ihm den Atem zu rauben. Verzweifelt sah er sich um, aber da waren nur der Sturm und das Prasseln des Regens.

Wulfhard zwang sich, weder zu röcheln noch zu keuchen. Bilder von Reinmars verstümmelter Leiche blitzten vor seinem inneren Auge auf. Er verdrängte sie und lauschte. In seinem Rücken glaubte er, eine Bewegung wahrzunehmen. Er warf sich herum. Sein Messer zerschnitt im Halbkreis die Luft. Gleichzeitig traf ihn ein Faustschlag an der Schläfe. Er taumelte, glitt aus und stürzte rücklings in den aufgeweichten Boden. Sofort war der Angreifer über ihm. Wulfhard hörte seinen Atem und stieß sein Messer dorthin, wo er den Bauch des anderen vermutete. Ein unterdrücktes Wimmern war die Antwort. Wulfhard versuchte, auf die Füße zu kommen, doch im nächsten Augenblick platschten eilige Schritte und verhallten in der Nacht.

Wulfhard stemmte sich auf Hände und Knie. »Komm zurück, du Bastard!«, brüllte er dem Fliehenden hinterher.

Nur der Regen antwortete ihm. Mit zusammengepressten Zähnen kroch er auf einen Baum zu und zog sich am Stamm hoch. Als er nach der Wunde tastete, sickerte klebriges Blut über seine Finger. Wulfhard wusste, dass sein Leben von der nächsten Entscheidung abhing: die Burg oder das Dorf.

Mit einem Stoßgebet taumelte er den Weg zurück, den er gekommen war. Seine Kräfte schwanden mit jedem Schritt. »Vielleicht hat Dietger ganz recht, wenn er mich einen Geist nennt«, flüsterte er und stieß ein Lachen aus, das in ein schmerzhaftes Husten überging. »Aber der Mönch hat gesagt, dass Gott etwas mit mir vorhat. Ich hab nicht deswegen überlebt, um jetzt von einem Wahnsinnigen abgestochen zu werden.«

Irgendwann sah er einen schwachen Lichtschein am Ortsrand. Wulfhard wusste, wessen Heim das war. Er biss die Zähne zusammen. Er wollte nicht darüber nachdenken, was geschehen würde, wenn der Schmied ihn abwies.

Er taumelte der Hütte entgegen und ließ seine Hand zwei, drei Mal gegen das nasse Holz fallen. »Holla, Schmied?« Von drinnen antwortete erst Schweigen, dann hörte er Schritte. »Ich brauche Hilfe«, sagte er so leise, dass ihn drinnen niemand verstehen konnte. »Ich …« Er lehnte sich mit der Schulter gegen die Wand, um nicht umzufallen.

Die Tür wurde einen Spalt breit geöffnet. Ein Gesicht erschien hinter einer Kerzenflamme, und eine Frauenstimme sagte: »Wulfhard? Ihr?«

»Helft mir! Um Christi Barmherzigkeit willen!« Er schwankte und fühlte, wie sich ein Arm um ihn schlang. Die Kerze verlosch.

»Ist das Blut?«, fragte Fridrun erschrocken.

»Ja. Ich …«

»Egal! Kommt erst einmal herein!« Sie packte ihn mit

überraschender Kraft unter den Achseln und schleppte ihn in die kleine Hütte. Ein Binsenlicht gloste im Fenster, und die Glut der Feuerstelle spendete eine zweite kärgliche Lichtquelle. Fridrun riss einen groben Vorhang zur Seite und schob Wulfhard vorwärts. »Setzt Euch.«

Wie in Trance nahm er wahr, dass er auf Geralds Ehebett zusammengebrochen sein musste. Er machte eine matte Geste, aber der Schmerz zwang ihn innezuhalten. »Danke.«

»Wo seid Ihr verwundet?«, fragte Fridrun sachlich.

»Im … Rücken. Seite.«

Ihre Schritte entfernten sich, und wenig später kehrte sie mit der brennenden Kerze zurück. »Dreht Euch um«, befahl sie sanft. Er gehorchte und fühlte im nächsten Augenblick, wie kühle Hände sein Wams nach oben streiften.

»Oh mein Gott«, flüsterte Fridrun. »Oh Gott! Sind das Peitschenstriemen?«

»Folter«, würgte er hervor. »In Bregenz. Nicht schlimm.«

»Na, wenn Ihr meint. War das ein Messer?«

Er nickte erschöpft.

»Reinmars Mörder?«

Seine Antwort ging in einen Schmerzensschrei über. »Wollt Ihr mich umbringen?«, keuchte er.

Fridrun starrte auf die Wunde, aus der immer noch Blut floss. »So ein Stich hat damals den Knappen des Herrn umgebracht«, sagte sie gepresst.

»Das baut mich jetzt aber auf.«

Sie stieß ein helles Lachen aus. »So war das nicht

gemeint. Legt Euch auf den Bauch. Ich werde sehen, ob ich den Blutfluss aufhalten kann. Bewegt Euch vorsichtig und drückt die Hand so lange auf die Wunde.«

Er gehorchte, so gut er konnte. Aus dem Wohnraum drangen schabende Geräusche. Als Fridrun zurückkehrte, trug sie eine Holzschale mit einer zähen Paste und eine weitere mit Wasser ans Bett. »Die Kräuter sind von Gudrun«, erklärte sie, während sie sich neben das Bett kauerte und behutsam die Wunde säuberte. »Also werden sie hoffentlich helfen. Stillhalten! Das …«

Wulfhard schnellte mit dem Oberkörper in die Höhe und stieß ein Heulen aus, als sie die Kräuterpaste auf die Wunde strich.

»… kann ein wenig brennen!«, schloss Fridrun. In ihrer Stimme schwang ein unterdrücktes Lachen.

Er grub die Zähne in die Faust und stöhnte.

»Stellt Euch nicht so an!«, befahl Fridrun belustigt. »Ich hab noch im Ohr, wie Ihr früher mit Euren Heldentaten geprahlt habt.«

»Früher?«, nuschelte er.

»Im ›Grünen Felchen‹, in Bregenz.« Sie drückte seinen Kopf nieder, da er sich mit einer unvorsichtigen Bewegung aufrichten wollte. »Ich habe dort als Schankmagd gearbeitet. Ihr habt mich wirklich nicht erkannt.« Fridrun ging zur Truhe unter dem Fenster und nahm eine Handvoll Leinenstreifen heraus. Sie waren so oft gewaschen, dass das raue Gewebe weich und mürbe geworden war. »Das wird jetzt noch einmal weh tun!«, warnte sie, während sie begann, einen festen Verband um seine Mitte zu wickeln.

Diesmal gelang es Wulfhard, das Stöhnen zurückzuhalten. »Ich kann mich wirklich nicht an Euch erinnern«, murmelte er in den Strohsack hinein. »Ich hoffe, ich habe Euch nie ...«

Fridrun kicherte. »Nicht schlimmer als andere. Keine Sorge, ich erzähle Gerald nichts. So, fertig.« Sie zog den letzten Knoten straff. »Könnt Ihr aufstehen? Ich würde Euch ja gern ausruhen lassen, aber ich kann unmöglich allein mit Euch bleiben. Wird es gehen?«

»Natürlich.« Er stemmte sich auf die Füße und kämpfte gegen den Schwindel an. »Ich werde allein gehen. Da draußen läuft ein Mörder herum. Euch darf ich nicht in Gefahr bringen!«

Er sah das schalkhafte Zucken ihrer Mundwinkel und biss sich auf die Lippen. »So schlimm?«, fragte er kleinlaut.

»Schlimmer.« Sie nahm ein Tuch aus der Truhe, warf es sich über Kopf und Schultern und leuchtete mit der Kerze den Weg. »Wird es gehen?«, fragte sie noch einmal.

Er nickte und schlang die Arme um sich, als sie die Tür aufstieß und ihm die Kälte in die nassen Kleider fuhr.

Fridrun warf ihm einen zweifelnden Blick zu. »Wir wollen es hoffen.«

In der ›Buche‹ brannten die Kerzen allmählich herunter. Regen wehte durch die schmalen Fensteröffnungen und ließ die kleinen Flammen erzittern. Die Männer, die sich an den Tischen zusammendrängten, waren nur Schemen. Die Kunde von dem Geist, den Dietger gesehen hatte, verbreitete sich wie ein Lauffeuer im Dorf, immer wieder drängten Neugierige herein, und wer kam, der blieb, denn das Unwetter tobte unvermindert heftig.

Hannes war zufrieden. Er befestigte das flatternde Tuch vor dem Fenster erneut und gesellte sich zu Gerald und Eckhard, die in ihrer Ecke fast unsichtbar waren.

»Jetzt sagt schon, ist er tot oder nicht? Ich sag es auch nicht weiter. Wäre ja dämlich, wenn ich mir das Geschäft selbst verderben würde.«

Eckhard lächelte leicht. »Er wurde jedenfalls nicht hingerichtet.«

»Wusste ich es doch! Er ist wieder hier. Warum denn?«

Die Falten in Eckhards Augenwinkeln vertieften sich, als er den Finger an die Lippen legte. »Ich dachte, du kannst schweigen.«

»Er ist begnadigt worden. Jetzt ist er auf dem Anwesen des Herrn.« Geralds Stimme klang angespannt. »Wir sollten es Dietger endlich sagen, Eckhard. Er wird stocksauer sein, wenn er es erfährt!«

»Hannes, noch drei Krüge!«, klang es aus dem vorderen Teil der Schenke.

»Komme gleich!« Vergnügt vor sich hinkichernd schob Hannes seinen massigen Leib zum Ausschank.

Eckhard sah ihm nach. Seine dunklen Augen glitzerten.

»Was hast du dagegen, wenn Dietger ein bisschen Demut lernt?«

»So wie ich, als Wulfhard mich niedergeschlagen hat? Du spielst mit den Menschen, Eckhard.«

»Ich helfe ihnen zu lernen. Wir alle müssen das.« Der Mönch blickte stumm aus dem Fenster. »Es ist wirklich eine Nacht, in der man glauben kann, die Toten stiegen aus ihren Gräbern.«

»Glaubst du, sie tun das?«, fragte Gerald. »Hast du schon einmal einen Geist gesehen?«

»Ja«, gestand Eckhard. »Er war der Grund, warum ich Mönch wurde.«

»Hat er zu dir gesprochen?«

Eckhard schaute in den fast leeren Bierkrug und trank ihn aus. »Es gibt viele Arten von Geistern. Meine sind bei meinem Eintritt ins Kloster verschwunden. Deshalb denke ich, es war vielleicht eine Vision. Oder ein Engel. Jedenfalls habe ich gelernt.«

»Wie sah dein Engel aus?«

Eckhard seufzte. »Hör auf! Merkst du nicht, dass du über Dinge redest, die du nicht verstehst?«

»Verzeih!«

»Schon gut. Es ist nicht deine Schuld. Hannes, noch zwei Krüge!« Eckhards klare Stimme durchschnitt eine zufällige Gesprächspause. Alle Köpfe drehten sich.

Dietger schob die Umstehenden zur Seite und kam auf Eckhard und Gerald zu. Er bewegte sich mit den langsamen, konzentrierten Schritten eines Betrunkenen. Er beugte sich nieder und hauchte Eckhard seinen alkoholgetränkten Atem ins Gesicht. »Ein Mönch muss doch wisse, was der Teufel vorhat! Was soll ich 'n jetzt mache?« Er zitterte.

Gerald warf Eckhard einen mahnenden Blick zu und öffnete den Mund, aber ein Tritt gegen das Schienbein ließ ihn verstummen.

Der Mönch faltete die Hände auf der rauen Holzplatte und sah mit ernstem Gesicht zu Dietger auf. »Du hast Schuld auf dich geladen. Sag, was dir auf der Seele brennt. Was weißt du zum Beispiel über Reinmars Tod?«

Dietger machte ein verblüfftes Gesicht. »Ha, nix! Was hat 'n der mit Wulfhard zu tun?«

Eckhard lächelte hintergründig. »Wer weiß? Wie standen Reinmar und Rigbert zueinander?«

»Die habe sich ghasst.« Dietger hob die Augenbrauen. »Aber das isch kei' Geheimnis. Mei Weib hat die mal gsehe, wie die gschtritte habe. Das war, als der Reinmar Verwalter worde isch.«

Eckhard nickte zufrieden, während Hannes die beiden Krüge abstellte.

»Hört nicht auf das Großmaul. Der hat Reinmar doch gar nicht gekannt.«

»Doch, hab ich! Wie du weisch, brenn ich au Met, guten Met. So bin ich mit Reinmar ins Gspräch komme.«

»Und? Worum ging es?«

»Um Met halt.«

»Nicht etwa um deine Isentrud? Auf die hatte Reinmar doch auch einmal ein Auge geworfen!«

Dietger stierte Hannes an. In seinem Gesicht arbeitete

es. »Es ging um Met«, flüsterte er verbissen. »Nur um Met. Und ich hab ihn halt doch kannt!«

»Und Rigbert?«, unterbrach Eckhard. »Hast du mit dem auch über Met gesprochen?«

»Nee, der wollt mir mal nen alte Gaul andrehe. Weil ich doch ab und zu auf'n Markt nach Aeschach gehe tu. Aber da fahr ich immer mit'm Bauern hin.«

»Rigbert wollte dir ein Pferd verkaufen?«

»Ja, so 'n Klepper. Und mei Frau ist anschtändig. Wenigschtens das!«

»Ja, ja, schon gut, du Geisterseher.« Hannes schob Dietger aus dem Weg. »Setz dich und trink noch ein Bier, wenn du es bezahlen kannst. Aber fang keinen Streit an.« Er gab dem Imker einen leichten Stoß, während er leise brummte: »Der Kerl macht mich rasend.«

Eckhard blickte nachdenklich zu der Gruppe hinüber, die sich wieder um Dietger geschlossen hatte. »Ist es wahr, dass Reinmar auch seiner Frau nachgestellt hat?«

Hannes zuckte die Achseln. »Es gab Gerede. Und damals war sie auch noch recht ansehnlich, die Isentrud. Bevor er aus ihr das gemacht hat, was sie heute ist.«

Die Tür wurde erneut aufgestoßen. Unter dem eisigen Luftzug bogen sich die Kerzenflammen, und das Geräusch des prasselnden Regens verschluckte die Stimmen. Zwei Gestalten schoben sich in die schützende Wärme der Schenke.

Ein Schemel stürzte polternd um.

»Ihr Heilige, rettet mich! Der Tote isch komme!«, kreischte Dietger und fiel auf die Knie.

Gleichzeitig sprang Gerald auf. Seine Lippen bebten vor Wut. »Wulfhard, du Schwein! Weg von meiner Frau!«

Unbeschreiblicher Lärm folgte, die Gäste sprangen zurück, Bier floss aus umgestürzten Krügen, eine Tischplatte krachte auf den Boden. Eckhard saß wie erstarrt und blickte abwechselnd auf die kopflosen Trinker und den bleichen Mann in seinem blutbefleckten Wams, der in der Tür lehnte. Aus den Augenwinkeln sah er Geralds Bewegung und warf sich über den Tisch. Im letzten Moment bekam er den Gürtel des Schmieds zu fassen und zerrte ihn zurück. »Setz dich!«, zischte er, während er ins Licht der Feuerstelle sprang und die Arme hochriss. »Im Namen Gottes, beruhigt euch, Leute!« Seine Stimme trug weit, aber es dauerte einige Zeit, ehe tatsächlich Ruhe einkehrte. Er schaute in die bleichen, verunsicherten Gesichter.

»Teufelsspuk!«, wimmerte Dietger. »Der Tote isch aus'm Grab auferschtande!«

»Das ist er nicht! Wulfhard lebt!«

Lähmende Stille breitete sich aus. Alle starrten auf Wulfhard, der die Aufmerksamkeit scheinbar unberührt an sich abprallen ließ. Erst jetzt bemerkten die meisten Fridrun, die sich schutzsuchend gegen die Wand gedrückt hatte.

»Er … lebt?«, fragte einer. »Er ist nicht tot?«

Eckhard nickte. »Er lebt. Er konnte aus der brennenden Scheune gerettet werden. Seid dankbar, dass Gott euch die Sünde des Mordes erspart hat. Und nun zu dir, Wulfhard. Was um aller Heiligen willen ist dir passiert?«

Er schob sich durch die aufgewühlten Männer, die bereitwillig vor dem Mönch zur Seite wichen. Da er Wulfhard in den Schankraum ziehen wollte, stellte sich Hannes ihm in den Weg.

»Den will ich nicht in meiner ›Buche‹ haben!«

»Hannes, kennt Ihr keine Barmherzigkeit?«

Der Wirt zuckte zusammen, als sich eine kleine, eiskalte Hand auf seinen Arm legte. Fridruns Stimme zitterte. »Er ist Reinmars Mörder nur knapp entkommen. Wollt Ihr ihn jetzt wirklich in die Nacht hinausjagen?«

Hannes musterte die zierliche Frau und machte ein verlegenes Gesicht.

»Sie hat recht«, mischte sich Eckhard ein. »Bring«, er streifte Wulfhard mit einem flüchtigen Blick, »ein Bier und etwas zu essen. Ich zahle für ihn. Ist es wahr, war es Reinmars Mörder?«

Wulfhard setzte zu einer Antwort an, doch Gerald stieß ihn vor die Brust. »Was macht meine Frau hier?«

Wulfhard japste vor Schmerz. »Sie hat mir das Leben gerettet, Schmied. Ob es Euch gefällt oder nicht, sie ist eine gute Christin.«

Gerald knurrte etwas und winkte Fridrun mit einer barschen Handbewegung zu sich. Sie gehorchte mit gesenktem Kopf.

»Und jetzt erzähl«, befahl Eckhard ungeduldig. Er riss Hannes den Krug fast aus der Hand und hielt ihn Wulfhard hin. »Setz dich!«

»Mit dem sitze ich nicht an einem Tisch!« Gerald wollte aufstehen, aber Eckhard drückte ihn auf seinen Hocker.

»Lass die Kindereien! Hier geht es um Wichtigeres. Also, Wulfhard?«

Wulfhard stellte den Krug ab. Seine Wangen hatten etwas Farbe bekommen. »Ich weiß nicht, ob es Reinmars Mörder war, aber jedenfalls war jemand verdammt entschlossen, mich umzubringen. Keine Ahnung, wer. Ich habe nichts gesehen. Hier!« Er warf sein Messer auf den Tisch, ehe er sich gierig über den Teller hermachte, den Hannes ihm hinstellte. »Danke. Ich hab den Saukerl verwundet. Keine Ahnung, wo.«

»Es gibt drei Möglichkeiten. Entweder hatte es jemand auf Wulfhard abgesehen …«

»Glaub ich nicht!« Wulfhard schluckte einen Bissen. »Der hat mich genauso wenig erkannt wie ich ihn. Außerdem, wenn ich einen umbringe, weil ich eine Rechnung mit ihm offen habe, lasse ich ihn das wissen. Und der war tödlich still. Eigentlich war das das Unheimlichste. Diese gespenstische Stille.«

»Du musst es ja wissen«, knurrte Gerald.

»Dann war es doch der Mörder«, bemerkte Eckhard, ohne auf den Einwurf einzugehen. »Und wieder gibt es mehrere Möglichkeiten. Entweder war es Zufall, oder er hat dir aufgelauert. Warum? Hast du etwas herausgefunden? Dir Feinde gemacht?«

Gerald schnaubte.

Wulfhard grinste schief. »Ich glaub, der Imker kann mich nicht leiden. Aber der wird wohl keinen Geist abgestochen haben. Und sonst? Was weiß ich! Hab ich Freunde?«

Eckhard drehte das Messer zwischen den Fingern. »Könnte es«, er sah hoch, »Rigbert gewesen sein?«

Wulfhard runzelte die Stirn. »Rigbert? Der war ganz schön sauer, als ich den Falben reiten wollte.«

Eckhard warf Gerald einen triumphierenden Blick zu.

»Ich kann nicht sagen, dass ich Rigbert erkannt hab. Ich hab niemanden erkannt«, fuhr Wulfhard mit vollem Mund fort. »Aber etwas anderes zu Rigbert. Warum der Stallmeister ist, weiß ich wirklich nicht. Ahnung hat er jedenfalls keine von Gäulen. Behauptet, dass der Falbe krank ist, aber das ist er nicht. Entweder ist er wirklich so dumm«, er machte eine Kunstpause, »oder er ist ein krummer Hund, der den Grafen bestiehlt. Keine Ahnung, ob das für einen Mord reicht.«

»Es passt alles zusammen.« Eckhard rüttelte Wulfhard an der Schulter. »Finde heraus, an wen Rigbert die kranken Pferde verkauft! Ich brauche Namen! Gleich morgen früh.« Er unterbrach sich, weil Fridrun den Kopf schüttelte. »Ach so, die Wunde. Ruh dich bis morgen aus. Hannes wird dir eine Kammer geben.«

»Der wird begeistert sein«, sagte Wulfhard trocken. »Ich werd mein Messer jedenfalls heute Nacht nicht aus der Hand legen.« Er bedachte Eckhard mit einem halb ironischen, halb erschöpften Grinsen. »Ganz so … handzahm bin ich dann doch nicht.«

»Die Buchhorner sind im Grunde anständige Menschen. Die meisten jedenfalls«, sagte Eckhard ernst.

»Die, die nicht andere Menschen abfackeln oder ihre Frauen halb totschlagen«, brummte Wulfhard, während er den letzten Bissen Brot hinunterschlang. »Ich hab gesehen, wie Dietger vorhin gegangen ist. Wahrscheinlich lässt er jetzt seine Frau für die Demütigung büßen.«

»Vielleicht.« Eckhard warf Wulfhard einen langen Blick zu. »Aber sie ist sein Weib, das geht uns nichts an. Das Weib sei dem Manne untertan, so steht es in der Heiligen Schrift. Gerald!«

Der Schmied hob den Kopf. »Hm?«

»Tu mir den Gefallen und fahr Wulfhard morgen vor Sonnenaufgang zurück zum Anwesen, damit er sich umhören kann. Dann kannst du auch gleich die Spielleute aus der Haft entlassen. Die werden es ja wohl nicht gewesen sein. Sprich mit Rigbert.«

Gerald ballte die Fäuste. »Das kannst du nicht verlangen, Eckhard. Nein!«, sagte er heftig, als Fridrun seine Wange berührte. »Ich geh nach Hause. Und du kommst mit, Frau.« Er ergriff ihr Handgelenk und zog sie aus der Schenke. Als sie im Freien standen, fuhr er sie an: »Was fällt dir ein, dich mit diesem Mörder einzulassen. Du wirst kein Wort mehr mit ihm wechseln, verstehst du mich? Sonst …!«

»Ja? Sonst schlägst du mich?« Ihre Augen waren groß und klar.

»Nein!« Er gab sie frei. »Du weißt, dass ich das nie täte. Ich bin nicht Dietger.«

Sie lächelte. »Sei lieb und tu Eckhard den Gefallen. Wenn Rigbert der Mörder ist, muss er seine Strafe erhalten.« Sie küsste ihn auf die Wange und schmiegte sich an seine Seite. Ihr Blick verlor sich im Regen. »Gerald«, flüsterte sie.

»Ja?«

»Wenn der Mörder nicht Wulfhard töten wollte, das heißt doch …« Sie sah zu ihm auf, blass und zögernd. »Das heißt doch, dass es jeden treffen kann.«

X

Gerald trat aus dem Haus und sog die Nachtluft ein. Es war kalt geworden. Zwischen Wolkenfetzen wurden vereinzelte Sterne sichtbar. Ein frischer Wind wehte Regentropfen vom Laub der Bäume, Blätter drehten sich in den Pfützen, wo sie langsam zur Ruhe kamen.

Er dachte an Fridrun, an ihre im Schlaf halb geöffneten Lippen, an die Schatten, die ihre Wimpern geworfen hatten. Er dachte auch daran, dass sie zum ersten Mal schlafen gegangen waren, ohne sich zu versöhnen. »Sie hätte sich nicht mit diesem Sauhund abgeben dürfen«, schimpfte er. »Sie hätte nicht mit ihm in die ›Buche‹ kommen dürfen! Und jetzt soll ich den Mörder auch noch zur Burg kutschieren. Womit denn? Mein Karren ist in Konstanz!«

Missmutig stapfte er durch den aufgeweichten Boden zum Stall. Die Stute hob den Kopf und schnaubte ihm ihren warmen Atem entgegen. Gerald hielt ihr auf der flachen Hand einen Kanten Brot entgegen. »Backen könnte sie auch mal wieder!«, murrte er.

Die Stute wieherte leise.

»Und wie stellt sich Eckhard das vor, dass ich mit Rigbert reden soll? Worüber denn? Soll er doch Wulfhard fragen, wenn die beiden sich so gut verstehen! Verdammt!« Die Stute scheute, da er ihr hart in die Mähne griff und sich auf ihren Rücken zog. »Und dich machen sie jetzt zum Zugpferd. Nicht meine Schuld, altes Mädchen!« Er trabte durch die menschenleere Gasse. Die wenigen Häuser drängten sich schattengleich in die feuchte Dunkelheit. Vor der Hütte des Pfaffen rutschte er vom Rücken der Braunen und klopfte. Einige Zeit später hörte er leise Schritte. Schließlich erschien die schmächtige Gestalt des Geistlichen im Licht einer Kerze. Aus geröteten Augen blinzelte er Gerald entgegen. »Wer da?«

»Ich bin's, der Schmied. Gott zum Gruß. Verzeiht die Störung. Kann ich Ansgar sprechen?«

»Warte.«

Gerald gähnte und rieb sich die Augen, während er auf die geflüsterten Worte lauschte, die im Inneren der Hütte gewechselt wurden. Kurz darauf erkannte er Ansgars gebückte Gestalt. Die Augen des Spielmanns leuchteten in der Dunkelheit. »Es ist ein Junge! Gelobt sei der Herr, ich habe einen Sohn!«

Gerald zwang sich zu einem Lächeln. »Das freut mich. Ich wollte …«

»Es war eine schwere Geburt. Aber mein Sohn ist gesund. Mein eigenes Fleisch und Blut. Tankmar ist wie ein Sohn für mich, aber das ist etwas anderes. Das heißt natürlich nicht, dass ich das Versprechen brechen werde, das ich seinen Eltern vor ihrem Tod gegeben habe. Ich glaube, ich kann jetzt erst ermessen, was für ein Gottesgeschenk eine Familie ist. Möchtet Ihr einen Becher Wein auf das Wohl …«

»Nein!« Gerald hob die Hand, um den Spielmann

zum Schweigen zu bringen. »Ich bin gekommen, um mir deinen Handkarren auszuleihen.«

»Meinen … ach so!« Ansgar nickte eilfertig. »Was Ihr wollt, Herr. Wirklich keinen Wein?«

»Nein, danke. Trinkt einen Becher für mich mit. Ich habe zu tun.«

Er wandte sich ab, aber Ansgar folgte ihm. »Fahrt Ihr zur Burg?«

»Ja.«

»Herr, könnt Ihr nicht etwas für meine Freunde tun? Ich verbürge mich dafür, dass sie keine Verbrecher sind!«

»Ich rede mit Rigbert.« Gerald suchte durch die Dunkelheit Ansgars Blick. »Das wird schon.«

»Danke. Gott wird es Euch vergelten!«

In einträchtigem Schweigen machten die beiden Männer sich daran, die Stute vor den Karren zu spannen. Das Tier sträubte sich, als Gerald ihr den Gurt um den Hals legen wollte.

Ansgar sah eine Weile stumm zu, dann nahm er Gerald den Riemen aus der Hand. »Nicht so, Herr. Ihr erwürgt sie. Darf ich?«

Gerald trat zur Seite und wartete, bis Ansgar aus dem Haus eine verschlissene Decke geholt hatte. Während der Spielmann sie um den Gurt wickelte, erklärte er: »Das nimmt den Druck. Ich hatte auch einmal ein Pferd, aber das mussten wir verkaufen.«

»Ihr habt kein einfaches Leben, nicht wahr?«

Der Spielmann zuckte die Achseln und lächelte. »Ich habe einen Sohn und eine gute Frau. Ich bin dankbar. So, jetzt könnt Ihr aufsitzen. Wenn ihr nicht zu schnell reitet, wird der Riemen halten. Sie ist ein gutes Tier.«

Gerald nickte. Sein letzter Blick galt der hageren Gestalt, die in der grauen Dämmerung stand, ehe er den Weg zur ›Buche‹ einschlug.

Im Schankraum flackerten immer noch zwei Kerzenstümpfe, doch es war der heller werdende Morgen, der es Gerald ermöglichte, die Umrisse der Tische und Hocker zu erkennen. Die Becher waren noch nicht abgeräumt, es stank nach Bier und Erbrochenem. Hannes war nirgends zu entdecken. Nachdem Gerald einen Augenblick unschlüssig in der Mitte des Raums stehen geblieben war, nahm er eine Kerze und ging in den hinteren Teil des Gebäudes, wo Eckhards Zimmer lag. Leise pochte er an die Tür. »Ich bin's, Gerald.«

»Komm herein!«

Gerald trat leise ein. »Gott zum Gruß, Eckhard. Wo ist der Kerl?«

Der Mönch erhob sich von den Knien und klopfte den Staub von seiner Kutte. »Du bist früh!« Er deutete auf einen Krug Wasser, der auf dem Fenstersims stand. »Bedien dich.«

»Danke. Ich konnte nicht schlafen.« Gerald setzte sich auf eine Truhe, die neben dem schmalen Bett das einzige Möbelstück darstellte, und nahm einen Schluck von dem eiskalten Wasser. »Mir geht zu viel im Kopf herum.«

»Wulfhard?«

»Auch.«

Eckhard wartete einen Moment, dann setzte er sich Gerald gegenüber. »Na, red schon!«

»Fridrun hätte ihn abweisen müssen! Es macht mich krank, dass meine Frau diesen Mörder angefasst hat.«

»Hätte sie ihn sterben lassen sollen?«

Gerald zuckte die Achseln.

Eckhard schüttelte den Kopf und beugte sich vor. »Freund! Vergebung ist ein Zeichen von Gottesfurcht. Deine Frau hat richtig gehandelt.«

»Aber er hat meine Eltern getötet!« Eckhard hob die Augenbrauen, und Gerald verzog das Gesicht. »Jedenfalls hat er sie nicht gerettet!«

»Hätte er das können?«

»Er hat die Mörder gedungen!«

»Hat er? Oder war es die Schuld dessen, der ihm den Befehl gegeben hat? Kannst du das wirklich entscheiden?«

Gerald knetete die Finger. »Sag einfach, was du mir sagen willst.«

Eckhard lächelte nachsichtig. »Dass alles in Gottes Hand liegt, Gerald. Ludowig ist tot, aber Wulfhard wurde verschont, weil der Herr eine Aufgabe für ihn hat.«

»Und daran glaubst du?«

»Von ganzer Seele! Wulfhard tut Buße, indem er uns hilft. Und er steht unter dem Schutz des Königs. Denk daran, wenn der Hass dich das nächste Mal übermannen will.«

Gerald biss sich auf die Unterlippe. »Ich will es versuchen«, murmelte er.

»Gut. Dann geh jetzt zu ihm. Er schläft nebenan.«

Gerald nickte und schloss die Tür hinter sich. Im Dunkeln tastete er sich weiter, bis seine Finger den Türrahmen zu fassen bekamen. Er trat mit der Fußspitze gegen das feste Holz. »Aufstehen!«

»Bin schon wach!«

Gerald hörte, wie der Riegel zurückgeschoben wurde, und drückte die Tür auf.

Wulfhard grinste ihm entgegen. »So früh schon auf, Schmied?«

»Solltest du nicht deine Wunde ausheilen lassen?«

»Die Behandlung Eurer Frau hat Wunder gewirkt.« Wulfhard reckte die Arme. »Ich bin so gut wie neu.«

»Das wird Rigbert gern hören«, sagte Gerald bissig. »Ich bin sicher, er hat gleich Arbeit für dich. Gehen wir!«

Wulfhard nahm das flackernde Binsenlicht vom Tisch und leuchtete den Weg durch das finstere Gebäude. In der Schankstube wäre Gerald beinahe ausgerutscht. Wulfhard unterdrückte im letzten Augenblick ein Lachen.

»Das war wohl noch ein fröhlicher Abend!«, bemerkte Gerald naserümpfend.

»Klar! Die Leute konnten gar nicht oft genug hören, wie ich dem Mörder entkommen bin. He, ich war der Held des Tages!«

Gerald fuhr zu ihm herum. »Held? Ein Mörder, der einen anderen Mörder in den Wald gejagt hat, das bist du. Und jetzt komm!« Er packte Wulfhard am Arm. Der sog pfeifend die Luft durch die Zähne und presste die Hand auf die Wunde.

Gerald musterte ihn verächtlich. »Stell dich nicht so an.«

»Schon recht. Muss ich laufen?«

»Nein.« Der Schmied öffnete die Tür und nickte zu dem angespannten Handkarren hinüber. »Hast Glück, der ist von den Spielleuten. Rein da.«

»Vornehm!« Wulfhard kletterte mühsam in den Karren und hockte sich mit angezogenen Knien hin. »Ganz schön eng hier. Hübsches Pferd übrigens.«

»Hab ich von Rigbert.«

»Sag bloß!« Wulfhard pfiff leise. »Rigbert und seine Gäule.«

»Was meinst du damit?«, fragte Gerald, während er sich auf den Rücken der Stute zog.

»Was ist mit dem Gaul? Ist sie alt oder krank?«

»Ich lass mir doch kein krankes Pferd andrehen!«

»Teuer?«

Gerald runzelte die Stirn und schüttelte den Kopf. »Eigentlich nicht«, antwortete er widerwillig. »Warum?«

»Weil diese braune Schönheit schon älter sein mag, aber sie ist sicher nicht billig! Da frag ich mich doch, was der Graf sagt, wenn er erfährt, dass sein Stallmeister seine Gäule unter Wert verkauft.«

»Dann finde halt eine Antwort. Du bist doch der Held.« Gerald trieb der Stute die Hacken in die Flanken, aber das Tier schnaubte nur.

Wulfhard seufzte laut. »Mein Gott, Schmied, das ist

ein Schlachtross, kein Lastesel. Ein leerer Karren ist eine Sache, aber ich wiege ein bisschen was. Ihr müsst dem Tier zeigen, wer der Herr ist.«

Gerald trieb die Stute härter an, und schließlich setzte sie sich mürrisch in Bewegung.

»Seht Ihr«, ließ Wulfhard sich vernehmen. »Ich hab es Euch gesagt.«

Sie verließen Buchhorn Richtung Norden. Auf dem Weg glitzerten dünne Rinnsale im grauen Morgenlicht, Pfützen vereinigten sich zu kleinen Seen. Immer wieder platschte es unter den Hufen der Stute. Gerald fluchte. »Verdammter Regen.«

»Ich weiß nicht recht. Mir hat er das Leben gerettet.« Als der Schmied nicht reagierte, fuhr Wulfhard vorsichtig fort: »Ich habe in meinem Leben schon einige Kämpfe ausgetragen, aber den gestern hätte ich ohne Gottes Hilfe nicht gewonnen. Wäre da nicht dieses Geräusch gewesen, hätte das Schwein mich abgestochen.«

»Woher wusstest du eigentlich, dass ich in der ›Buche‹ bin?«, fragte Gerald unvermittelt.

Wulfhard blinzelte. »Aber das habe ich nicht gewusst.«

»Nicht? Du hast von mir Hilfe erwartet?«, entfuhr es Gerald ungläubig.

»Erstens hatte ich keine Wahl und zweitens …« Wulfhard zögerte. »Ihr hättet mich schon einmal ans Messer liefern können, aber Ihr habt es nicht getan, obwohl Ihr mich hasst. Ihr seid ein anständiger Mann.«

Gerald schwieg, nur sein Atem ging schwerer. »Und der Sohn eines anständigen Mannes«, brachte er endlich hervor.

Wulfhard strich mit den Fingerkuppen über seine verschorften Gelenke. »Ich kann es nur wiederholen: Der Junker hat mir befohlen, die Männer zu finden. Ich hab ihnen gesagt, sie sollen herausfinden, was nötig ist, und tun, was nötig ist. Ich habe nie gesagt, sie sollen töten.«

Gerald warf sich herum. »Und was hast du gedacht, dass sie tun?«, brüllte er. »Hast du auch nur einen Gedanken daran verschwendet?«

Wulfhard schwieg.

»Das ist auch eine Antwort.« Gerald richtete seine Aufmerksamkeit wieder auf den Weg. Sein Tonfall war müde.

Wulfhard schloss die Faust um sein wundes Gelenk, bis er den Schmerz kaum noch ertragen konnte. »Ich habe mit Blut für meine Sünden bezahlt. Und heute Nacht hat der Herr mir gezeigt, dass er mir vielleicht vergibt.« Da Gerald stur auf den Weg starrte, der im Wald nur zu erahnen war, fuhr Wulfhard heftig fort: »Als sie mich aus Bregenz hierher geschafft haben, hab ich gedacht, es ist zu Ende. Aber dann hat es Reinmar erwischt. Und schließlich kam Konstanz, und wieder dachte ich, es wäre vorbei. Da hat mich Gott den Welfen sehen lassen, und siehe da, der König hat mich begnadigt. Gott hat etwas mit mir vor.« Wieder wartete er vergeblich auf Geralds Reaktion. Sein Tonfall wurde drängend. »Schließlich kam der blonde Engel, der …«

»Meine Frau? Die ist ganz sicher kein Engel!«

Wulfhard fuhr sich durch die Haare. »Ich wünschte, ich könnte Euch bitten, sie nicht für ihre Güte büßen zu lassen«, sagte er mit einem Anflug von Verbitterung. »Ich habe Euer Ehebett vollgeblutet, nicht sie!«

»Macht es das besser?«, fragte Gerald mit einem höhnischen Auflachen.

Wulfhard zuckte nur die Schultern.

Gerald trieb die Stute, die stehen geblieben war, weil sie den Druck der Schenkel nicht mehr gespürt hatte, erneut an. Eine Weile lauschte er den Vogelstimmen, die in der klaren Luft zu hören waren, und sah zu, wie die Ränder der Wolken sich zart verfärbten. Ganz allmählich verebbte das Singen seines Blutes. »Ihr sagt, dass alles vorherbestimmt ist, du und Eckhard. Vielleicht habt ihr recht. Aber mein Vater hat mir beigebracht, dass das, was aus einem Mann wird, von seinen Entscheidungen abhängt. Segnet Gott sie, sind sie gut, hat sie der Teufel eingegeben, bewirken sie Böses. Welche Entscheidung hast du getroffen?«

Wulfhard grinste matt. »Meine. Das habe ich immer getan.«

»Dann hoffe ich, dass Gott sie segnet. Wir sind noch nicht fertig miteinander, Wulfhard, aber ich werde mich nicht zwischen dich und die Vorsehung stellen.«

»Das klingt nach Waffenstillstand.«

»Nenn es, wie du willst.«

Die beiden Männer schwiegen. Das Anwesen tauchte aus dem Zwielicht auf und wuchs langsam zu einer beeindruckenden Silhouette heran. Die Stute trottete in den

Hof. Nur ein einzelner Knecht blickte ihnen schläfrig entgegen.

Gerald sah zu, wie Wulfhard schwerfällig aus dem Karren kletterte. Er hielt die Hand an die Seite gepresst, trotz der Kälte war seine Stirn feucht. »Ich kümmere mich um das Pferd.«

In Geralds Gesicht arbeitete es. »Bereust du?«, stieß er plötzlich hervor.

Wulfhard hob den Kopf. »Ja«, sagte er und hielt Geralds Blick stand. »Von ganzem Herzen.«

Ganz langsam ließ der Schmied den Atem entweichen und wandte sich ab.

Wulfhard packte die Zügel. Die Dunkelheit verbarg das leichte Kopfschütteln und das Grinsen, das wie ein Hauch über sein Gesicht huschte. Plötzlich schoss der Streuner über den Hof und sprang überschwänglich an ihm empor. Er stieß ein hohes Kläffen aus und wedelte mit dem Schwanz.

Gerald musste unwillkürlich lachen. »Du hast tatsächlich einen Freund gefunden!«

»Hau ab, du Flohschleuder!«, fluchte Wulfhard, während er vergeblich versuchte, den Hund abzuwehren.

Auch der Knecht grinste. Gerald winkte ihn näher. »Ich will mit den Spielleuten reden. Wo sind sie?«

Das Gesicht des Mannes verschloss sich. »Zu denen kann ich Euch nicht lassen. Sprecht das mit dem Verwalter ab.«

»Dem Verwalter?« Geralds Augenbrauen rutschten nach oben. »Du meinst doch nicht etwa Rigbert? Meines

Wissens nach hat der Graf Reinmars Nachfolger noch nicht bestimmt. Mich hingegen unterstützt der engste Vertraute des Fürstbischofs.«

»Trotzdem …«

Plötzlich ließ Wulfhard die Zügel der Stute los, trat zu dem Mann und gab ihm einen Stoß. Er zeigte auf sein Wams. »Siehst du das Blut?«, zischte er. »Das war der Mörder, der hätte mich gestern beinahe erwischt. Dieser Mann da will die Spielleute sehen, oder hast du sie entkommen lassen?«

Der Knecht wurde bleich. »Natürlich nicht!«, sagte er zu Gerald. »Ich werde Rigbert …« Er drehte sich um und rannte zum Gesindehaus.

Zum zweiten Mal lachte Gerald hell auf. »Das hat ihm Beine gemacht! Weißt du, wo die Spielleute festgehalten werden?«

»In dem Schuppen da. Kommt Ihr allein zurecht?«

Statt einer Antwort ging Gerald zu dem Verschlag und schob den Riegel zurück. Er gab sich keine Mühe, die Stimme zu dämpfen, als er rief: »Kommt raus, Leute! Ich habe gute Nachrichten für Euch.«

Zuerst antwortete nur Stille, dann schoben sich zögernd drei Gestalten ins Freie. Gerald musterte die jungen Männer, die ihm halb trotzig, halb ängstlich entgegenblickten. Ihre Gesichter trugen noch die Spuren von Dietgers Schlägen. Plötzlich wusste Gerald nicht, was er sagen sollte. »Ihr seid frei«, stieß er hervor.

»Frei?«

Gerald nickte.

»Wir können gehen, wohin wir wollen?«

»Das nicht.« Er sah den finsteren Spott, der in den verschlossenen Gesichtern aufblitzte, und sprach hastig weiter: »Geht zu Ansgar. Ihr findet ihn im Haus des Pfaffen. Es hat gestern einen weiteren Mordanschlag gegeben. Das spricht für euch. Dennoch werdet ihr euch zur Verfügung halten, bis der Graf über euer Schicksal entschieden hat.«

»Und wenn nicht?« Der Jüngste der drei schüttelte die verfilzten Haare zurück und starrte Gerald vorwurfsvoll an.

Einer seiner Gefährten stieß ihn in die Seite. »Lass gut sein. Hast du nicht am eigenen Leib zu spüren bekommen, was die mit uns machen?«

»Und das ist nicht das Schlimmste. Schläge kann man aushalten, aber ich will nicht auf irgendeinem Marktplatz totgeprügelt werden.«

Gerald sah den Mann an, dessen Platzwunden das grelle Morgenlicht unbarmherzig beleuchtete. »Ihr seid in Buchhorn, hier wird niemand totgeschlagen. Ihr steht unter dem Schutz des Grafen, wenn ihr meine Anordnungen befolgt.«

»Königsfrieden«, höhnte einer der Männer und lachte bitter auf. »Das kennen wir!«

»Dann ist es ja gut.«

»So wie damals, als der Mord in Köln passiert ist. Fünf von uns haben sie hingerichtet, einfach weil sie Sündenböcke gebraucht haben. Tankmar kann ein Lied davon singen. Er ist ohne Eltern aufgewachsen.« Er senkte den

Kopf, aber um seinen Mund zuckte Hohn. »Nichts für ungut, Herr.«

Gerald wusste nicht, was er sagen sollte. Er fragte sich, wie Eckhard an seiner Stelle reagiert hätte. Endlich zwang er sich zu einem Lächeln. »Sagt Tankmar, dass er beruhigt schlafen kann. Ihr seid frei! Nehmt den Handkarren mit, der gehört Ansgar.«

Die Männer verneigten sich. Gerald sah ihnen nach, wie sie mühsam und mit erkennbarem Hinken den Hof überquerten. Sein Herzklopfen verebbte, und er beruhigte sich. Er fragte sich, was Rigbert aufgehalten haben mochte. Als er am Stall vorbeikam, blieb er stehen, aber Wulfhards roter Haarschopf war nirgends zu entdecken. Gleichzeitig hörte er schwere Schritte vom Gesindehaus kommen.

Mit dem Sonnenaufgang im Rücken bot der Stallmeister ein beeindruckendes Bild. Dicht vor Gerald blieb er stehen und hob die geballte Faust. »Wo sind die Spielleute?«

»Weg«, sagte Gerald und verschränkte die Arme. »Ich hab sie gehen lassen!«

»Gehen lassen?«, brüllte Rigbert. »Diese verdammten Mörder! Und was ist das, dass dieser … dieser Wulfhard … der kann sich gleich wegscheren. Und dem Grafen …« Er brach ab, um zu Atem zu kommen.

Gerald ließ einen ironischen Blick über das zerzauste Haar und das feine, aber ungegürtet flatternde Leinenwams des Stallmeisters wandern. »Ich habe die Spielleute gehen lassen, weil sie nicht die Mörder Eures

Bruders sind. Wulfhard wurde gestern von genau diesem Mörder überfallen und beinahe getötet.«

»Nur beinahe? Schade! Wo ist der Kerl jetzt?«

»Als ich ihn das letzte Mal gesehen habe, hat er meine Stute versorgt. Ich würde vorschlagen, dass Ihr ihn in den nächsten Tagen etwas weniger hart anfasst, er hat eine ganze Menge abbekommen.«

»Das ist kein Kloster, und wenn er nicht tot ist, kann er arbeiten! Sagt ihm das, wenn Ihr ihn seht!«, brüllte Rigbert über die Schulter in den Stall, in dem allmählich das Leben erwachte. Er wandte seine Aufmerksamkeit wieder Gerald zu. »Schon gefrühstückt, Schmied?«

Der schüttelte den Kopf.

»Folgt mir in die Küche. Ich hab Hunger.«

Nachdem die Schritte der beiden Männer verklungen waren, war sekundenlang nur das Schnauben der Pferde zu hören, plötzlich zerriss ein leiser Pfiff die friedliche Stille. Im hinteren Teil des Stalls raschelte es. Wulfhard erhob sich aus seinem Versteck, schüttelte sich das Stroh aus den Haaren und tippte in einer spöttischen Dankesgeste zwei Finger an die Stirn.

Ein magerer Stalljunge erwiderte den Gruß und kam näher. »Und du bist wirklich von Reinmars Mörder verwundet worden?«

Statt einer Antwort hob Wulfhard seinen blutigen Kittel und gestattete dem Jungen, den Verband zu bestaunen. Sogar ein paar der älteren Knechte schauten neugierig herüber.

»Aber tot ist er nicht, oder?«

Wulfhard zuckte die Achseln. »Verwundet hab ich ihn jedenfalls. Stimmt das eigentlich? Rigbert sieht sich schon als neuer Verwalter?«

Zunächst herrschte verlegene Stille, dann spuckte der Junge aus. »Der alte Leuteschinder! Er wirft mit dem Geld um sich und uns lässt er härter schuften denn je. Wenn ich du wär, würd ich ihm aus dem Weg gehen. Glaub nicht, dass der auf den Stich da Rücksicht nimmt.«

Wulfhard nickte flüchtig, während er sich suchend umsah. »Wo ist der Falbe?«

»Draußen. Der macht es nicht mehr lange. Darum wird er auch noch heute verkauft. Damit er nicht hier krepiert, und jeder sehen kann, dass Rigbert doch nicht so gut mit Pferden …«

»Halt den Mund!«, unterbrach ein anderer barsch.

Der Junge verstummte und beäugte Wulfhard mit plötzlichem Misstrauen. Der klopfte ihm auf die Schulter. »He, glaubst du wirklich, ich verrate dich? An Rigbert? Wo verschachert er das arme Vieh denn?«

»Ich glaub, er geht immer zur Wasenmeisterei in Wasserburg. Aber genau kann ich es dir auch nicht sagen.«

»Vielleicht sollte man dem Herrn Stallmeister mal auf den Zahn fühlen«, murmelte Wulfhard und tätschelte einem der Pferde die glänzende Flanke.

»Lass das lieber«, mischte sich ein älterer Knecht ein. »Überlass das dem Grafen. Vielleicht spricht der ein Machtwort.«

»Bei einem alten Kriegskameraden?« Ein zweiter Knecht lachte bellend auf. »Das glaubst du doch selbst nicht. Aber Gisbert hat schon recht. Misch dich da nicht ein.«

Wulfhard entblößte seine Zahnlücke. »Vielleicht«, sagte er lässig und verließ unter den neugierigen Blicken der Männer den Stall.

Draußen flammte der Sonnenaufgang in satten Lilatönen hinter der rissigen Wolkendecke hervor. Wulfhard legte den Kopf zurück und tastete nach dem straffen Verband, auf dem sich ein frischer Fleck abzeichnete. Er unterdrückte ein Aufstöhnen, als er sich aufrichtete und mit erhobenem Kopf über den Hof schlenderte. Aus der Küche dröhnte Rigberts Lachen. Wulfhard blieb stehen und starrte nachdenklich ins Leere. Plötzlich machte er auf dem Absatz kehrt und betrat das Gesindehaus, wo die einfachen Knechte sich je zu zweit eine Kammer teilten, während die wenigen weiblichen Bediensteten in engen Stuben des Haupthauses schlafen durften. Auch Reinmar hatte hier sein Quartier gehabt.

Ebenso wie sein Bruder.

Wulfhard wusste nicht genau, was er zu finden hoffte. Lautlos drückte er die Tür auf und sah sich in Rigberts schmaler Kammer um. Ein Bett und eine Truhe, mehr gab es nicht. Das Tuch vor dem Fenster flatterte. Vorsichtig schob er die Hand unter den Strohsack und ließ sie die Länge des Bettes entlangwandern, danach öffnete er die Truhe. Er berührte grobes Leinen, Leder und Wolle. Metall streifte seine Haut. Wulfhard fluchte, als er sich an einer Klinge die Haut ritzte. Er holte das Schwert aus der Truhe. Sein Magen verkrampfte sich, als die Schneide aufglänzte und in seiner Seele Bilder von Hinrichtung und Tod heraufbeschwor. Er wollte seine Suche schon beenden, da ertasteten seine Finger einen Beutel. Er hob ihn hoch und ließ ihn dicht an seinem Ohr klimpern. »Dein Judaslohn?«, flüsterte er mit einem schmalen Lächeln. »Nein, das sind viel mehr als 30 Silberlinge. Sehen wir mal …« Er schnürte den Beutel auf und griff hinein. Münzen und Dreck blieben in seiner Hand zurück. Wulfhard blickte überrascht auf die zerbröselnden Blätter, ehe er sie an die Nase hob und daran schnupperte. »Das ist doch …«, entfuhr es ihm mit einem grimmigen Lachen. »Das wird Eckhard interessieren.« Er bediente sich ein zweites Mal aus dem Beutel, ehe er ihn zuschnürte und wieder in die Truhe warf. Seine Faust schloss sich um die Münzen. »Und das ist meine Belohnung.«

Gerald schüttelte verärgert den Kopf, als er Wulfhard pfeifend zum Stallgebäude schlendern sah. »Du legst es wirklich darauf an, Ärger zu bekommen. Rigbert sucht schon nach dir. Schnell, hol mein Pferd. Ich muss weiter.«

»Nach Wasserburg.«

»Red keinen Unsinn. Ich muss nach Buchhorn und …«

»Wasserburg«, zischte Wulfhard. »Ich war gerade in Rigberts Kammer.« Gerald öffnete den Mund, aber

Wulfhard ließ ihn nicht zu Wort kommen. »Und da hab ich einen schönen Beutel mit Geld gefunden.«

»Dann hatte Eckhard doch recht. Er hat von den Ungarn Geld bekommen, um …«

»Vergesst die Ungarn!« Wulfhard zog Gerald in den Stall, wo er begann, die Stute zu satteln. »Rigbert braucht keine Ungarn. Der bestiehlt den Grafen.« Er lachte, als er Geralds verständnisloses Gesicht sah. »Wisst Ihr, was das ist? Fingerhut. Den mischt er den Gäulen ins Futter, damit sie krank werden. Wie er den Handel genau abwickelt, weiß ich nicht. Jedenfalls soll heute der Falbe in Wasserburg verkauft werden. Ich kann nicht reiten. Deshalb müsst Ihr hin.«

Gerald nickte bedächtig. »Und weil Reinmar ihm auf die Schliche gekommen war, musste er sterben. Wo ist das Geld? Du hast doch nicht …« Er musterte Wulfhard mit zusammengekniffenen Augen.

»Alles im Beutel und in Rigberts Truhe.« Wulfhard grinste selbstgefällig. »Wie mache ich mich?«

»Gut genug, dass du einen Tag Ruhe vor mir hast.«

»Klingt annehmbar.« Plötzlich veränderte sich Wulfhards Gesichtsausdruck.

»Was?«, fragte Gerald. Im gleichen Augenblick hörte er die Schritte. »Ach so, Rigbert. Da kann ich dir nicht helfen.«

»Ja, schon gut. Ich dachte nur …«

Rigberts Schatten fiel über den schmutzigen Stallboden. »Ihr wollt schon gehen?«

Gerald brachte es nicht über sich, dem Stallmeister in

die Augen zu sehen. »Auf mich warten meine Frau und die Arbeit.«

»Dann Gott mit Euch!« Rigbert bemerkte Wulfhard. »Da bist du ja endlich, Bursche! Gudrun braucht Wasser! Beeil dich, bevor ich dir Beine mache!«

Gerald lachte in sich hinein und kletterte auf den Rücken der Braunen. Wulfhard reichte ihm die Zügel. Etwas in seiner Haltung bewog Gerald, sich zu ihm hinunterzubeugen. »Was?«

»Wegen Rigbert ... auf mich wirkt er nicht verletzt!«

Als die Stute die nasse, ebene Straße unter ihren Hufen spürte, beschleunigte sie von allein den Schritt und verfiel schließlich in Galopp. Gerald krampfte die Hände um die Zügel, doch gleichzeitig genoss er das Gefühl von Unbeschwertheit, das der Morgenwind, der sein Haar zerzauste, in ihm hervorrief. Die Bäume rauschten, und der See hüllte sich noch in dichte Nebelschwaden. Als der schmale Lauf der Argen vor ihm auftauchte, wollte Gerald die Braune zügeln, aber sie galoppierte unbeirrt weiter. Das eisige Wasser spritzte auf und reichte ihm bald bis zu den Unterschenkeln. Verzweifelt klammerte er sich an den Hals des Pferdes, während es das Flüsschen durchpflügte. Nach einer Ewigkeit erreichten sie das andere Ufer, wo die Stute sich schnaubend die Tropfen aus dem Fell schüttelte.

Gerald stieß den Atem aus und löste seinen Griff. »Brr!«

Die Stute tänzelte, blieb aber stehen. »Du hast das gebraucht, hm?«, raunte Gerald in ihr zuckendes Ohr. »Schon gut, ich lerne reiten, und du lernst gehorchen. Und jetzt halten wir die Augen auf, damit uns Rigbert nicht entkommt, nicht wahr?«

Die Bucht vor Wasserburg zog langsam an ihnen vorbei, und schließlich tauchten die ersten Hütten aus dem Frühnebel auf. Gerald lenkte die Stute vom Weg ab, blieb aber in der Nähe, sodass er die Straße trotz der schlechten Sicht überblicken konnte. Die Fischer waren längst auf den See hinausgefahren. Ungesehen erreichte er den kleinen Hafen, an dem er vor vier Monaten beinahe mit Eckhard Schiffbruch erlitten hätte. Er band das Pferd an einen Ast und wartete im Schutz der Bäume. Mit klammen Fingern versuchte er, seine durchnässten Hosenbeine trocken zu reiben. Plötzlich hob die Stute den Kopf.

Im Dunst wurde ein Reiter sichtbar. Gerald konnte seine Züge nicht erkennen, doch das Pferd, das der Mann an einem Strick mit sich führte, ließ keinen Zweifel aufkommen, dass es Rigbert war. Ohne sein Tempo zu vermindern, hielt der Stallmeister auf das Dörfchen zu. Mit einem Fluch warf Gerald sich auf den Rücken der Braunen und nahm die Verfolgung auf. Erst weit hinter Wasserburg wurde Rigbert langsamer. Gespannt sah Gerald zu, wie er sich aus dem Sattel schwang und die beiden Pferde zum Seeufer führte. Plötzlich war er dankbar für den Nebel, der es ihm ermöglichte, dem Stallmeister unbemerkt zu folgen. Er ließ die Stute zurück und kauerte sich in den

Schutz einer Baumgruppe. Durch das Gewirr der dürren Äste sah er Rigbert und einen zweiten Mann, der frierend von einem Fuß auf den anderen trat. Rigbert deutete auf den Falben, und der Mann nickte. Vorsichtig schlich Gerald näher, bis er verstehen konnte, was die beiden sagten.

»… vorerst das Letzte, Hubert.«

Der Pferdehändler prüfte die Zähne des Falben und kicherte zufrieden. »Wieder so ein armes krankes Tier.«

Rigbert stimmte ein. »Tragisch, nicht wahr?«

Hubert gab dem Pferd einen derben Klaps. »Ich zahle wie immer. Das Futter, mit dem ich den Gaul aufpäppeln muss, wird abgezogen.«

»Ich will diesmal mehr.«

»Nein!«

Rigbert näherte sich dem Händler, bis er ihn um Haupteslänge überragte. »Du weißt, dass der Falbe mehr wert ist! Und für mich ist es der letzte Handel für einige Zeit!«

»Das ist nicht meine Schuld!«

»Du bist nicht der Einzige, der Pferdefleisch abnimmt.«

»Aber das hier ist gestohlenes Pferdefleisch.« Der Händler lachte meckernd, als Rigbert die Faust hob. »Zu viel Wahrheit, alter Freund? Aber gut, dann kriegt der Bursche ein bisschen weniger zu fressen, ehe ich ihn auf den Markt bringe. Daran soll eine alte Freundschaft nicht zerbrechen, nicht wahr?«

Rigbert zog ein säuerliches Gesicht, aber er ließ zu, dass der andere ihm jovial in die Rippen boxte. »Also, wie viel?«

»Die Hälfte dazu.«

»Meinetwegen. Aber wozu brauchst du das Geld? Hat dein Bruder dir nichts vermacht? Der hat wohl alles mit seinen Weibern durchgebracht? Wenn du noch mehr brauchst, verkauf mir den Rappen da. Der würde in Altdorf eine Menge bringen.«

»Vergiss es! Der hat mich aus dem Krieg zurückgebracht!«

Hubert zuckte die Achseln. »Wenn du es dir anders überlegst, weißt du, wo du mich findest.«

»Und du weißt, was ich mit dir mache, wenn du mich betrügst.«

Rigbert schlug seinen Umhang zurück. Hubert quiekte auf, und Gerald ahnte, dass in Rigberts Gürtel ein Messer steckte.

»Hast du eine Laune heute«, sagte der kleine Mann und zog sich hinter das Pferd zurück. »Hab ich dich je betrogen?«

»Nein, und dabei soll es bleiben.« Rigbert streckte die Hand aus, und ein Beutel mit Münzen wechselte den Besitzer. »Ich werde nicht nachzählen. Nimm das als Abschiedsgruß. Danach sehen wir uns nie wieder!«

Hubert nahm den Falben in Empfang, worauf Rigbert sich auf seinen Rappen schwang und grußlos nach Buchhorn zurückritt.

In seinem Versteck richtete Gerald sich auf. »Und

jetzt bin ich dran!«, sagte er und zwängte sich aus dem Gestrüpp.

Der Händler zuckte zusammen, da der hochgewachsene Fremde ihm den Weg verstellte. »Ihr wünscht?«

Gerald lächelte breit. »Den Falben.«

»Der ist bereits verkauft.« Hubert packte den Strick fester.

»Ihr versteht nicht, ich will ihn nicht kaufen. Ich will ihn mitnehmen.« Geralds Lächeln wurde noch breiter. »Keine Angst, ich bin kein Wegelagerer. Ich nicht! Ich will das Pferd nur dem Grafen von Buchhorn zurückbringen, dem es gestohlen worden ist.«

Hubert stemmte die Arme in die Seiten und maß Gerald mit einem unsicheren Blick. »Das ist ja interessant. Allerdings habe ich das Pferd gerade vom Verwalter des Grafen gekauft.«

»Rigbert ist Stallmeister, nicht Verwalter.« Geralds Stimme wurde schärfer. »Außerdem ist er ein Dieb, und das seid Ihr auch. Oder warum zahlt Ihr für ein krankes Pferd einen derart hohen Preis?«

»Ihr habt …«

»Zugesehen. In der Tat. Gebt mir das Pferd, dann lässt der Graf vielleicht Gnade vor Recht ergehen.« Er streckte die Hand aus.

Einen Herzschlag lang stand der Pferdehändler wie erstarrt da. Plötzlich wirbelte er herum. Als er sich wieder zu Gerald umdrehte, hielt er eine schwere Lederpeitsche in der Hand. »So nicht, Freundchen!«, rief er mit schriller Stimme, während er die Peitsche schwang.

Gerald verdrehte die Augen. »Das war ein Fehler!«, sagte er. Er packte den Riemen und riss daran. Hubert geriet ins Straucheln. Gerald nutzte die Gelegenheit und trat ihm die Beine weg. Als der Händler vor ihm lag, packte er den Griff der Peitsche und ließ sie knallen. Der weiche Boden dicht neben Huberts Gesicht riss auf, Grasbüschel spritzten durch die Luft. »Wie lange geht das schon?«

»Ein paar Jahre«, kreischte der Höker und schlug die Arme vor das Gesicht.

»Und es endet heute! Das Pferd nehme ich mit. Der Graf wird erfahren, was in seinem Stall all die Jahre vorgegangen ist.« Er bückte sich und zerrte den Mann mit einer Hand auf die Füße. »Wegen eurem Handel sind Menschen gestorben!«

»Damit habe ich nichts zu tun!«

»Wie habt ihr den Betrug aufgezogen?«

»Ihr wisst es doch!« Huberts Stimme klang lauernd.

»Rede!«

»Rigbert hat mir einmal einen alten Klepper gebracht, damit ich den schlachte. Eigentlich bin ich Wasenmeister.« Hubert sah den Ausdruck von Geringschätzung, der über Geralds Gesicht huschte, und verzog trotzig den Mund. »Egal. Jedenfalls hab ich mir den Gaul angesehen, und danach kam mir der Gedanke, dass ich ihn vielleicht auf dem Markt in Aeschach verkaufen könnte. Für das Fleisch und die Knochen hätte ich nicht viel bekommen, aber als Arbeitstier hat der Gaul noch getaugt.«

»Und das hat Rigbert erfahren.«

Hubert nickte, ohne den Blick von der Peitschenspur

im Gras zu nehmen. »Erst wollte er nur das Geld, aber dann kam er auf die Idee, dass man auf diese Weise noch mehr Profit machen kann.«

Gerald gab sich keine Mühe, seine Verachtung zu verbergen. »Wie viele bisher?«

»Neun«, murmelte Hubert.

»Neun?«

In Huberts Gesicht blitzte ein Grinsen auf, das jäh erstarb, als er Geralds Wut sah. Er machte sich klein. »Ja, Herr.«

»Wie konnte das geheim bleiben?«

»Der alte Verwalter hat Rigbert alles geglaubt. Aber ich denke, Rigberts Bruder war einer, der genau hinsah.«

»Reinmar ist demnach dahintergekommen.« Gerald nickte vor sich hin.

»Weiß ich nicht.«

»Nun, vielleicht fällt dir ja noch etwas ein«, sagte Gerald und trat einen Schritt auf den Mann zu.

Der wich zurück, bis ein Baum in seinem Rücken ihn aufhielt. Seine Augen weiteten sich, als er sah, wie Gerald den Strick nahm, an dem Rigbert den Falben geführt hatte. »Herr … Gnade …«

Mit unbewegtem Gesicht band Gerald dem Mann die Hände zusammen und zerrte ihn hinter sich her. »Noch ein Wort und ich lasse dich zu Fuß gehen«, warnte er. »Rauf auf das Pferd. Und bete, dass der Graf dich nicht für die Morde verantwortlich macht!«

Gerald ritt mit seinem Gefangenen über die Uferstraße nach Buchhorn, vorbei am Hafen. Während er an den

Überresten des Schuppens vorbeikam, dachte er mit einem Anflug von Bedauern daran, dass er den Pferdehöker dort hätte einsperren können. Er bog in die Gasse ein, die an der ›Buche‹ vorbei zum Anwesen hinaufführte, und sah drei Männer in eifrigem Gespräch vor der Schenke. Einer von ihnen trug eine Kutte.

»Eckhard!«

Alle drei drehten sich um, und Eckhard winkte. »Gott zum Gruß, Gerald.« Er hob die Augenbraue ironisch. »Wer ist denn das?«

Gerald saß ab und bedeutete Hubert, ebenfalls abzusteigen. »Der Kerl steckt mit Rigbert unter einer Decke«, sagte er und gab dem Mann einen Stoß in Hannes' Richtung. »Kannst du ihn einsperren? Vielleicht in Wulfhards Kammer?«

»Natürlich.« Hannes schob den Mann weiter zu seinem Neffen. »Kümmere du dich darum«, sagte er zu dem Jungen, der ein trotziges Gesicht zog. »Wir sind gerade auf dem Weg zur Kirche. Die Spielleute geben eine Vorstellung«, erklärte er Gerald. »Als Zeichen der Versöhnung, heißt es. Schließ dich uns an.«

»Nein, wir kommen nach«, sagte Eckhard und hielt Gerald am Arm zurück. Er wartete, bis Hannes' Neffe mit dem Mann in der ›Buche‹ und Hannes in Richtung der Kirche verschwunden waren. Er lächelte leicht, denn beide Männer beeilten sich nicht. »Und jetzt erzähl!« Aufmerksam hörte der Mönch zu, was Gerald zu berichten hatte, endlich nickte er. »Also los!«

»Wohin?«

Eckhard starrte Gerald an. »Zu Rigbert! Wir werden ihn zur Rede stellen!«

Vom Kirchplatz her wehten Fetzen von Musik und Gelächter. Gerald sandte Hannes einen sehnsüchtigen Blick hinterher. »Aber die Vorführung …«

Eckhard schnaubte. »Du bist genauso ein Kindskopf wie Hannes' Neffe. Und außerdem …« Er lächelte mit feinem Spott. »Die schöne Kunigunde ist dort, wo wir jetzt hingehen.«

Gerald wurde rot. »Ich bin gespannt, wie Rigbert auf den Falben reagiert«, bemerkte er hastig. »Allerdings ist er bewaffnet.«

»Das könnte ein Problem werden«, räumte Eckhard ein.

»Aber er wird nicht wagen, das Schwert gegen uns zu benutzen.«

»Dein Wort in Gottes Ohr!«, sagte der Mönch trocken. »Lass uns gehen!«

Sie durchquerten das Wäldchen. Das Hufgetrappel scheuchte ein Rudel Rehe auf, das davonstob. Eckhard schaute ihnen nach und lächelte versonnen. Gerald schwieg. Ihm war der Wald schon immer unheimlich gewesen. Noch schien die Sonne, aber über den Bergen im Norden drohten schon die nächsten Gewitterwolken. Der Sonnenschein begleitete sie den Hügel hinauf in den Hof, in dem sie Gudruns Stimme begrüßte.

»Kunigunde!«

»Im Stall! Ich habe Wulfhard etwas zu essen gebracht.«

»Stirbt er?«

»Nein.«

»Pech! Tu deine Arbeit!«

Gerald fühlte Eckhards Blick auf sich, als Kunigunde in den Sonnenschein hinaustrat. Er wandte den Kopf ab, um sein erneutes Erröten zu verbergen. Im gleichen Augenblick erschien Wulfhard und lehnte sich an die Stalltür. Auch er sah der jungen Frau nach.

»Unser Schwerenöter findet ins Leben zurück.«

»Pah! Der und diese sch…«

»Schöne Frau?« Eckhard lachte. »Gerald, du solltest lernen, deine Sätze zu beenden. Außerdem wirst du schon wieder rot!« Eckhard rutschte vom Falben und gab Wulfhard einen Wink, sich um die Pferde zu kümmern.

Der betrachtete das Tier mit hochgezogenen Brauen. »Hatte ich recht?«

»Ja. Und jetzt wollen wir Rigbert sprechen.«

»Der ist nicht hier.«

»Er müsste doch längst …«

Eckhard hob mahnend die Hand. »*Den* Satz beendest du besser nicht! Wo ist Rigbert?«

»Hab ich doch gesagt, nicht hier. Im Übrigen kam der Hinweis mit dem Falben von mir. Ihr könnt offen sprechen.« Wulfhard klang verstimmt.

Über Eckhards schmales Gesicht huschte ein Lächeln. »Nichts für ungut. Also, wo könnte er sein? Hat er dich gesehen und sich abgesetzt, Gerald?«

Der Schmied schüttelte den Kopf. »Das glaube ich nicht.«

»Geht doch einfach in seine Kammer und schaut nach, ob sein Geld noch da ist«, schlug Wulfhard vor. Er wirkte immer noch beleidigt.

»Gute Idee.«

»Darf ich mitkommen?«

Eckhard nickte und ging mit Gerald voran. Wulfhard folgte mit einem übertriebenen Humpeln, und da ihn niemand beachtete, begann er, leise vor sich hinzuschimpfen.

Ohne sich umzudrehen, bemerkte Eckhard: »Das habe ich gehört. Wer sich mit einer Magd vergnügen kann, kann einem Mönch das Vergnügen bereiten, etwas schneller zu laufen!«

Wulfhard trat einen Kiesel beiseite, beschleunigte aber seinen Schritt.

Die drei betraten Rigberts Kammer, die unverändert wirkte. Wulfhard deutete auf die Truhe. »Da drin.«

»Dann wird Rigbert wiederkommen«, sagte Eckhard, nachdem er den Beutel herausgeholt und in der Hand gewogen hatte. »Das ist ein kleines Vermögen, das man nicht mit Pferdehandel zusammenbringt. Ich glaube immer noch an die Ungarn.«

Gerald ertappte sich, wie er zu Wulfhard hinübersah, der leicht den Kopf schüttelte. »Und jetzt?«, fragte er.

»Wir warten. Vielleicht hat Gudrun einen Bissen Brot für uns übrig. Wulfhard hält im Stall die Augen offen und warnt uns, wenn Rigbert kommt.«

Nachdem Wulfhard sich getrollt hatte, verließen Eckhard und Gerald das Gesindehaus. Sie wollten gerade die Küche betreten, als ein Reiter auf den Hof preschte. Er sprang aus dem Sattel und rannte an ihnen vorbei ins Haupthaus.

»Was will der denn?«, fragte Gerald verwundert.

Eckhard zuckte die Achseln. »Drinnen erfahren wir es am ehesten. Ich bin sicher, vor Gudrun bleibt nichts verborgen!«

In der Küche fanden sie die Frauen in heller Aufregung vor.

»Der Herr kommt morgen zurück!«, ächzte die Köchin. »Kunigunde, sieh nach, wie viele Hühner wir noch haben. Anna, du holst deinen nichtsnutzigen Bruder!«

»Eberhard ist zurück?«, fragte Eckhard hastig, aber Gudrun schob ihn einfach beiseite.

»Nicht nur der Herr, der Herzog kommt auch. Ein leibhaftiger Herzog! Etwa 100 Mann im Tross. Wir werden Fleisch in rauen Mengen brauchen! O heilige Muttergottes, wie sollen wir das nur schaffen! Anna, ist Eberhard endlich da? Er soll bei den Bauern Vieh zusammentreiben!«

Eckhard gab Gerald einen verstohlenen Wink. »Hier bekommen wir nichts zu essen, fürchte ich. Und für unsere Neuigkeiten finden wir auch kein Gehör.«

»Zurück in die ›Buche‹?«, fragte Gerald.

Eckhard machte ein zweifelndes Gesicht. »Aber Rigbert …« Er unterbrach sich, da er mit Wulfhard zusammenstieß, der eben in die Küche platzte.

»Hat gerade jemand Rigbert erwähnt? Sein Pferd ist wieder da.«

»Ha!«, rief Eckhard. »Jetzt wird er uns Rede und Antwort stehen!«

»Wohl kaum, wenn Ihr nicht mit Tieren sprechen könnt.« Wulfhard schüttelte mit einem flüchtigen Grinsen den Kopf. »Sein Pferd ist zurück, Mönch. Von ihm habe ich nichts gesagt!«

»Er ist geflohen! Verdammt!«

»Ohne Pferd?«

Eckhard öffnete den Mund und schloss ihn wieder. Verbissen drehte er sich zu Gerald um. »Wir müssen ihn finden. Wir reiten den Weg entlang, den er genommen haben muss. Wulfhard, du bleibst hier. Schon deine Wunde. Ich werde dich später brauchen.«

XI

Dietger schob sich durch die Menge, die sich um den freien Platz vor der Leutkirche drängte. Isentrud zerrte er am Handgelenk hinter sich her. »Komm schon! Ich zeig dir, was für ein sündiges Pack das isch!«

»Ja, Mann.«

»Und danach red ich mit dem Pfaffe ein ernschtes Wort.«

Isentrud nickte nur.

Dietger drängte zwei Männer beiseite und baute sich in der ersten Reihe auf, ohne auf die Umstehenden zu achten. Jetzt konnten er und Isentrud den ganzen Platz überblicken, auf dem die Menge einen Halbkreis bildete, der von ein paar Bäumen überschattet wurde. Die Spielleute stimmten gerade ein neues Lied an. Die bekannte Melodie entlockte den Umstehenden beifälligen Applaus. Ansgars tiefe Stimme hallte über den Platz, woraufhin Isentrud den Kopf hob. Wehmütig dachte sie daran, wie brüchig sie geklungen hatte, als er Gott angefleht hatte, seine Frau und sein ungeborenes Kind zu retten. Sie blinzelte die Tränen zurück und konzentrierte sich auf die derben Verse, die die Menschen immer wieder zu Lachsalven antrieben. Sie glaubte Dietgers Blick zu spüren und klatschte halbherzig mit. Irgendwo hörte sie das helle Lachen des Pfaffen.

Während das Publikum begeistert in den letzten Vers

einstimmte, bemerkte Isentrud, wie sich im Schatten der Leutkirche drei Männer bewegten. Sie erkannte die Spielleute, die bis vor Kurzem auf dem Anwesen des Grafen gefangen gewesen waren, und ballte ihre Hände zu Fäusten. Ihre Gesichter schillerten noch von den Schlägen, und Isentrud wusste aus eigener Erfahrung, was es sie kostete, ein Humpeln zu verbergen. Während Ansgar sich unter dem Beifall der Menge zurückzog, nahmen sie den Platz der Musikanten ein, und sofort tanzten bunte Bälle und Holzmesser durch die Luft. Beinahe automatisch tastete Isentrud mit der Zunge über einen lockeren Backenzahn und warf ihrem Mann einen verstohlenen Blick zu.

Dietgers kantiges Gesicht hatte sich verfinstert. »Ich glaub das net«, rief er halblaut, »das sind die Mörder!«

Obwohl die Spielleute die Worte gehört haben mussten, flogen ihre Bälle lustig weiter, und einer der drei wirbelte in waghalsigen Überschlägen über den Platz. Erst beim dritten Salto stürzte er. Nur Isentrud stimmte nicht in das Gelächter ein. Sie schaute sich um. Ganz Buchhorn war gekommen. Sie erkannte den Pfaffen, der mit zerzaustem Haar und hellen Augen der Vorstellung folgte und offenbar keinen Anstoß an dem Treiben der Gaukler nahm. Auch Hannes entdeckte sie. Der massige Wirt sah von Zeit zu Zeit über die Schulter und lachte. Isentrud kniff die Augen zusammen, da sie eine flüchtige Bewegung im Schatten einiger Bäume wahrnahm. Überrascht stellte sie fest, dass dort die Frau des Schmieds, Fridrun, stand, die offensichtlich keinen Wert darauf legte, gesehen zu werden. Isentruds Gesicht verzog sich zu einem bitteren Lächeln, denn sie überlegte, ob die junge Frau wohl auch bald mit ähnlichen Spuren im Gesicht wie sie selbst herumlaufen würde. Sie wollte ihre Aufmerksamkeit schon wieder auf die Kunststücke der drei Gaukler richten, als sie Ansgar und Guntram bemerkte, die halb verdeckt an der Seitenwand der Kirche standen. Ansgar wollte seine Hand auf Guntrams Schulter legen, aber der jüngere Spielmann wich der beruhigenden Geste aus. Er schüttelte wütend den Kopf. Einen Augenblick lang vergaß Isentrud Dietgers Nähe und trat einen Schritt vor, aber da schob der Anführer der Truppe Guntram in Richtung des Kirchplatzes. Er selbst folgte ihm dicht auf den Fersen und verkündete mit einem unverändert freundlichen Gesicht: »Werte Damen und Herren aus Buchhorn, Ihr werdet jetzt etwas erleben, was Euch das Herz stocken lässt. Guntram wird seine Messer werfen. Nein, habt keine Furcht, er wirft sie auf uns!«

Vereinzeltes Gelächter erhob sich, das rasch verstummte, nachdem Guntram sein Wams abgestreift hatte und nachlässig auf den Boden fallen ließ. Seine harten Muskeln bewegten sich unter der sonnenverbrannten Haut, doch es waren die drei langen Messer, die die Aufmerksamkeit auf sich zogen.

Tiefe Stille breitete sich aus, und Isentrud war sicher, dass in diesem Moment alle an Reinmar und Hilde dachten. Sie hätte gern gewusst, ob Guntram die Anspannung wirklich nicht bemerkte. Der Gaukler machte eine knappe Geste, worauf die drei Akrobaten Strohpuppen herbeischleppten und vor sich aufstellten. Jede trug einen alten Kittel, und auf jeden Kittel war in Höhe des Herzens ein kleiner Kreis eingestickt. Guntram drehte seinen Gefährten den Rücken zu und fixierte die Zuschauer. »Und nun stellt Euch vor«, sagte er langsam, »das sind die wahren Mörder!« Mit dem letzten Wort wirbelte er herum und warf in rascher Abfolge seine Messer. Die Akrobaten sprangen zurück, während die Strohpuppen lautlos auf den Boden fielen. Die Zuschauer reckten die Hälse, bis die Gaukler die Puppen hochhoben. Jede war mitten ins Herz getroffen.

Lauter Beifall belohnte das Kunststück.

Isentrud sah wieder zu Hannes hinüber, neben dem inzwischen sein Neffe stand. Fridrun lugte hinter dem Baum hervor. Als sie die Frau des Imkers erkannte, legte sie den Zeigefinger auf die Lippen. Isentrud nickte.

Ansgar und Guntram waren in der Zwischenzeit hinter der Kirche verschwunden. Ihren Platz hatten wieder die Musikanten eingenommen. Sie spielten bekannte Tanzweisen, aber der Klang von Flöten und Fiedeln drohte mehr und mehr im Getuschel der Leute unterzugehen.

Dietger legte die Hand an den Mund und grölte: »Geht das endlich weiter?«

Sein Ruf wurde von den Umstehenden aufgenommen. Die Musikanten taten, als bemerkten sie es nicht, aber von ihrem Platz aus konnte Isentrud die Blicke sehen, die sie tauschten.

Die Leute begannen, aufgestachelt von Dietger, zu rufen und zu pfeifen. Ansgar nahm wieder seinen Platz ein, und die Unruhe legte sich. Sein Gesicht war ernst. »Werte Damen und Herren aus Buchhorn, soeben wurde mir Kunde zugetragen, dass ein Drache sich diesem lieblichen Ort nähert. Aber«, er hob den Finger, als unterdrücktes Raunen und nervöse Lacher ihn unterbrachen, »wir haben einen Drachentöter unter uns. Habt keine Furcht, er wird das Untier bezwingen.« Er trat zur Seite und streckte den Arm aus.

Der Drache tappte hinter der Kirche hervor. Ein grotesker Kopf wippte am Ende eines langen Stoffleibes, unter dem vier Menschenfüße in staubigen Schuhen hervorlugten. Trotzdem war der Beifall zögerlich, und als plötzlich ein Feuerstrahl aus dem Maul des Untiers loderte, wichen die Menschen zurück. Der Pfaffe war nicht der Einzige, der sich bekreuzigte.

»Teufelei!«, zischte Dietger böse.

Isentrud schloss die Augen.

Der Drache fauchte und schlenkerte seinen Kopf hin und her. Plötzlich drängte sich ein junger Mann durch die Menge. Er trug einen ledernen Harnisch, und seine blonden Locken leuchteten mit dem Schwert in seiner Hand um die Wette.

»Ausgeburt des Leibhaftigen!«, rief Tankmar mit heller Stimme. »Stell dich!« Er lief auf die Bestie zu und hielt ihr sein Schwert entgegen. Der Drache zuckte herum. Mit dem Vorderbein stampfte er wie ein Pferd auf. Lachen mischte sich in die Beifallsrufe, die dem mutigen Drachentöter galten. Sobald der Drache nahe genug heran war, warf sich Tankmar mit einem waghalsigen Sprung beiseite und hob sein Schwert. Als er auftrat, knickte er um und fiel hin. Sein Gesicht verzerrte sich vor Schmerz. Die Menge erstarrte. Isentrud warf ihrem Mann einen hasserfüllten Blick zu.

Das Untier hüpfte näher, aber Tankmar rollte beiseite, riss sein Schwert hoch und stach es von unten in den Bauch des Drachen. Der fiel mit einem Brüllen um. Unter dem begeisterten Applaus der Buchhorner rappelte Tankmar sich auf. »Möge es jedem Werkzeug des Satans so ergehen«, sagte er laut und verbeugte sich. Als er sich wieder aufrichtete, blinzelte er und deutete auf die Akrobaten, die mit Kappen in den Händen in die Menge traten. »Und mögen die Taten edler Leute stets ihre Belohnung finden.«

Wieder lachte das Publikum, gleichzeitig fühlte Isentrud, wie ihr Mann ihren Arm fasste und sie fortzog.

»Das fehlte noch, dass wir dene unser sauer verdientes Geld gebe!«, schnaubte er. »Du packsch dich jetzt nach Haus. Aber hurtig, damit der Herr seine Honigkuche rechtzeitig bekommt.«

»Und du?«

»Das geht dich gar nix an, Frau. Und wehe, ich erwisch dich, wenn du mit dem Gauklerpack auch nur ein Wort wechselsch.« Er verstärkte den Druck seiner Hand, bis Isentrud aufstöhnte, dann ließ er sie los. »Fort jetzt!«

Wortlos drehte sie sich um und schob sich durch die Menge. Ihre Zähne bearbeiteten ihre Unterlippe, aber ihre Augen waren trocken. Sie hob den Kopf nicht, weil sie den Menschen nicht ins Gesicht sehen wollte.

»Isentrud?«

Die Frau des Imkers blieb zögernd stehen.

Fridrun lächelte scheu. »Geht es Euch gut? Ich hab gehört, dass Ihr der Frau des Sängers geholfen habt. Hat Euer Mann Euch deshalb …« Sie berührte mit den Fingerspitzen ihre Wange unterhalb des Auges.

Isentrud presste die Lippen aufeinander.

»Ihr solltet das behandeln.«

»Das lohnt nicht.«

Fridruns Hand sank herab. »Oh«, machte sie leise.

Isentrud verschränkte die Arme und legte den Kopf schief. »Ihr habt den Mörder gepflegt. Hat Euer Mann Euch nicht geschlagen?«

»Gerald?« Um Fridruns Lippen zuckte ein Lachen, aber sie biss es zurück. »Nein, er würde mich nie schlagen. Obwohl er wirklich verärgert war.« Ein Schatten fiel über ihr Gesicht.

Isentrud stieß mit der Zungenspitze so heftig gegen den losen Zahn, dass es schmerzte. »Dieser Wulfhard«, zischte sie.

»Ach, ich weiß nicht«, Fridrun zwinkerte verschmitzt, »vielleicht ist er gar nicht so schlimm. Was Frauen angeht, ist er ein ziemlicher Maulheld, glaube ich. Ich bin sicher, dass er mich nicht einmal mit der Fingerspitze anrühren würde.«

»Aber Ihr seid hübsch!«, platzte Isentrud heraus.

»Und eine ehrbare Frau.« Jetzt konnte Fridrun das Kichern nicht mehr zurückhalten. »Nein, wenn der keine willige Magd findet, die für ihn die Beine breit macht, wird er hier eine einsame Zeit verleben. Eine anständige Frau würde er nie … was habt Ihr denn?«

»Er ist ein Dreckskerl. Er …« Isentrud schlug die Hände vor das Gesicht und zuckte, als sie die aufgeschlagene Lippe berührte. »Ich muss fort!« Fridruns überraschter Abschiedsgruß folgte ihr, aber sie blieb nicht stehen.

Gerald saß ab und folgte Eckhard zum Brunnen. Der Rücken des Mönchs wirkte schmal und sehr gerade. Gerald unterdrückte einen Seufzer. »Wulfhard scheint sich an den kleinen Kerl gewöhnt zu haben«, sagte er und nickte zu dem Streuner hinüber, der kläffend zwischen ihnen und dem Stall hin- und herrannte.

»Vielleicht hat er endlich Demut gelernt.« Eckhard drehte mit wütender Energie an der Kurbel des Brunnens und tauchte seine Hände in das eiskalte Wasser. Glitzernde Tropfen rannen ihm über Stirn und Wangen, als er Gerald endlich Platz machte, damit dieser seinen Durst löschen konnte.

»Wir finden ihn sicher noch!«, beruhigte der Schmied zwischen zwei Schlucken. »Wenn der Nebel sich ganz gelichtet hat …«

»Wenn der Nebel sich gelichtet hat, ist Rigbert längst über alle Berge!« Eckhards Augen funkelten. »Gerald, wir haben es mit einem Mörder zu tun.«

»Ich weiß.«

»Dann wäre ich dir dankbar, wenn du die Sache mit

etwas mehr Ernst angehen würdest. Ich …« Er unterbrach sich mit einem scharfen Atemholen. Die Blässe auf seinen Wangen vertiefte sich.

Gerald drehte sich um. »Ich werd verrückt!«, stieß er hervor und beugte das Knie. »Ich dachte, der kommt erst morgen.« Auffordernd schaute er zu dem Mönch empor, der der näherkommenden Reiterschar mit zuckenden Lippen entgegensah. Gerald senkte den Kopf. Gleichzeitig wurde es auf dem Hof lebendig. Knechte liefen herbei, und wenig später erschien auch Gudrun im Seiteneingang des Haupthauses. Sie fiel auf die Knie und ihr Gesicht strahlte. »Der Herr! Gott sei's gedankt, der Herr ist zurück!«

Udalrich wischte sich den Schweiß aus dem Gesicht, während er die Unruhe mit leichtem Lächeln überblickte. Nach einer Weile bedeutete er allen mit einer Geste, sich zu erheben. Er schwang sich vom Pferd und winkte Gudrun näher. »Morgen werden Herzog Burchard und meine Frau auf Buchhorn eintreffen. Ich wünsche ein Festmahl. Ich gehe davon aus, dass du das schaffst.«

»Seid unbesorgt, Herr«, versicherte Gudrun. »Wir haben eine neue Magd. Wollt Ihr sie sehen? Sie …«

Udalrich brachte sie mit einer Handbewegung zum Schweigen. »Ich lege die Vorbereitungen in deine Hände«, sagte er freundlich, aber sein Blick schweifte bereits suchend über den Hof. Er runzelte die Stirn. »Wo ist Rigbert?«

Eckhard gab sich einen Ruck. Er trat vor und verbeugte

sich. »Herr, dazu kann ich Auskunft geben. Gefallen wird sie Euch aber nicht.«

»Sprecht!«

»Ich denke, ich habe die Morde geklärt.« Eckhard senkte die Stimme. »Vielleicht ...« Er nickte vielsagend zum Haupthaus hinüber.

»Sprecht!«

»Euer Stallmeister wird nicht kommen.« Eckhard faltete die Hände. Die Adern traten dunkel hervor. »Er ist geflohen.«

»Geflohen?«

»Geflohen wie Kain, nachdem er Abel erschlagen hatte. Herr, Rigbert hat seinen Bruder Reinmar ermordet. Ich bin mir nicht ganz schlüssig, ob er auch mit dem Mordanschlag in Konstanz zu tun hat oder ob Reinmar nur erfahren hat, dass Rigbert Eure Pferde stiehlt, aber ...«

Udalrich hob die Hand. »Wie war das?«

»Rigbert bestiehlt Euch, indem er Eure Pferde verkauft.«

»Und dafür habt Ihr Beweise?« Seine Worte klangen weniger wütend als müde.

Eckhard nickte. »Einen Pferdehöker. Gerald hat ihn festgesetzt. Der Mann hat die Tiere, die Rigbert krank machte, aufgepäppelt und weiterverkauft. Reinmar ist dahintergekommen und musste sterben.«

Udalrich fuhr sich mit der Hand über die Stirn und winkte Gerald näher. »Wo ist der Mann?«

»In der ›Buche‹, Herr. Er erwartet Euer Urteil.«

»Und das wird er erhalten. Um wie viele Pferde geht es?«

»Neun, Herr. Den Falben habe ich Euch zurückgebracht.«

Der Graf fasste sich an die Schläfen. »Rigbert ein Dieb! Ein Mann, der an meiner Seite gekämpft hat. Aber so ist das eben.« Für die Dauer einiger Herzschläge verschleierte sich sein Blick, ehe er sich wieder scharf auf Gerald richtete. »Und du hältst ihn auch für einen Mörder?«

Gerald sah hilfesuchend zu Eckhard, der mit versteinertem Gesicht neben ihm stand. »Ja.«

»Schau mich an!«

Gerald wurde rot. »Ich ... ja ... nun ja ... Es deutet viel darauf hin.«

»Und was nicht?«

»Sein Geld!«, platzte Gerald heraus. »Es liegt noch in seiner Kammer. Und er ist nicht verletzt, Herr!«

»Der Reihe nach, Mann!«

Auf Geralds Stirn bildeten sich feine Schweißtropfen. Aus den Augenwinkeln sah er Eckhards Mund eine dünne Linie bilden. »Wulfhard hat mich darauf gebracht. Der Mörder hat ihm aufgelauert. Sie haben gekämpft, und Wulfhard schwört, dass er den Mann verwundet hat. Er selbst ist auch verletzt.«

»Aber nicht tot?« Udalrichs Stimme war keine Gefühlsregung anzumerken. »Nun?«

»Nein, Herr.« Da Udalrich ihn weiter schweigend musterte, setzte er gepresst hinzu: »Es ist keine leichte Wunde. Meine Frau hat ihn verarztet.«

»Soso. Und Rigbert hat keine Verletzung.«

»Keine sichtbare, Herr«, warf Eckhard steif ein.

Udalrichs Aufmerksamkeit richtete sich wieder auf den Mönch. »Ich will Rigbert! Findet ihn! Möglicherweise ist er mit einem Boot geflohen. Findet den, der ihn übergesetzt hat.«

»Niemand aus Aeschach oder Wasserburg hat ihm geholfen«, erklärte Eckhard. »Wir haben nachgefragt.«

»Er kennt die hiesigen Fischer«, unterbrach Udalrich ihn schroff. »Ihr habt Zeit, bis der Herzog eintrifft. Dann will ich Ergebnisse. Salomo hält große Stücke auf Euch, und ich vertraue seinem Urteil. Seht zu, dass Ihr mich nicht enttäuscht.« Er drehte sich um und ging mit langen Schritten zum Haupthaus.

Sekundenlang stand Eckhard reglos, schließlich löste er die Faust. Auf seiner Handfläche hatten seine Fingernägel blaurote Halbmonde eingegraben. »Ja, Herr«, zischte er. »Natürlich, Herr!«

»Eckhard …«

Der Mönch fuhr herum. »Und du hast mich bloßgestellt! Mich! Dass Wulfhard den Mörder verletzt hat, wissen wir nur von ihm!«

»Glaubst du ihm auf einmal nicht mehr? Außerdem ist deine Logik mehr als löchrig. Wenn es wirklich nur um Pferdediebstahl geht, wie du dem Grafen weismachen wolltest, warum dann der abgeschnittene Penis? Oder hast du Hilde ganz vergessen?«

»Gar nichts habe ich vergessen. So gut solltest du mich kennen.« Eckhard wandte Gerald den Rücken zu. Die Kutte flatterte um seine Beine, als er zum Stall lief. Der Schmied hörte, wie der Mönch Wulfhard scharfe Befehle erteilte. »Drei Pferde! Du begleitest uns! Nimm den Falben.«

»Und mir sattelst du Wildfang!« Gerald hatte sein Pferd zwischen den Rössern des Grafen entdeckt und streichelte seine Ohren.

Wulfhard grinste. »Wildfang? Sag bloß, die Braune ist nicht der erste Klepper, den Rigbert Euch angedreht hat.«

»Halt lieber dein Schandmaul! Wildfang ist vom Grafen persönlich! Er hat ihn meinem Vater geschenkt.«

Wulfhard zuckte die Achseln. »Na, dann sollte ich mich wohl entschuldigen. Wohin geht es?«

»Rigbert suchen. Richtung Aeschach.« Eckhard bestieg das Pferd, das Wulfhard ihm gesattelt hatte. Die beiden anderen schlossen sich ihm an. Wenig später verließen drei Reiter den Hof, gefolgt von einem kleinen Hund, der hechelnd Schritt zu halten versuchte.

Der Fischer kratzte die Stoppeln an seinem Kinn und sah Eckhard mit einer Mischung aus Überraschung und Belustigung an. »Ein Boot? Nee, da fehlt keins. Sind alle zurück, die heut Morgen raus sind.«

»Ganz sicher?«

»Ich kenn doch die Boote, Herr.«

»Und niemand hat Rigbert gesehen? Den Stallmeister? Kräftig, groß …«

»Ja, ja, ich kenn den. Aber heut war er net da.«

»Wie lange braucht man von hier zur anderen Seite?«

»Rudern oder segeln?«

»Egal.«

»Lang!«

Eckhard ballte die Fäuste und öffnete den Mund.

Gerald schob sich rasch zwischen ihn und den Fischer. »Er kann nicht während der Vorstellung der Spielleute übergesetzt haben?«

»Das ist wie ein Markt gewesen. Als die fertig waren, haben wir den Fang verkauft. Alle waren da.«

Wulfhard hörte auf, den Streuner mit kurzen Fußtritten zu reizen. Ohne den Kopf zu drehen, bemerkte er: »Der lügt doch! Der hat wie alle anderen den Spielleuten zugesehen.«

Der Fischer verschränkte die Arme und schob sein Gesicht dicht an Wulfhards heran. »Ich sag's noch mal. Ich bin der Letzte gewesen, der vom See zurückgekommen ist. Da war's Mittag.«

Eckhard stieß einen ungeduldigen Seufzer aus. »Kommt schon! Wir vergeuden unsere Zeit.«

»Wo ist denn der Scheißköter jetzt!«, murrte Wulfhard.

»Der kleine Kerl ist dir wohl ans Herz gewachsen?«, spottete Gerald. »Lass doch, der kommt schon wieder.« Er zog sich auf Wildfangs Rücken, während Wulfhard unschlüssig am Hafen stehen blieb und nach dem Hund Ausschau hielt. »Er sollte ihm einen Namen geben.«

Zum ersten Mal huschte ein dünnes Lächeln über Eckhards Gesicht.

»Und du«, Gerald warf dem Mönch einen vorsichtigen Blick zu, »solltest vielleicht noch eine andere Möglichkeit bedenken.«

»Ach? Und welche soll das sein?«

»Dass Rigbert nach Bregenz ist, in ein … so ein Haus.«

»Ohne Pferd?«

»Kann doch sein.«

»Verdammter Köter!«

Gerald und Eckhard drehten sich gleichzeitig zum See um und brachen in Gelächter aus. Wulfhard hatte den kleinen Hund am Nackenfell gepackt, doch das Tier zappelte und schnappte. Endlich riss es sich los und schoss wie ein Blitz davon. Der Fischer widmete sich dem Flicken seiner Netze, doch auch in seinen Augen funkelte Belustigung.

Wulfhard war hochrot im Gesicht. »Hau doch ab, du Mistvieh!«, knirschte er und hob einen der Steine auf, die im seichten Wasser lagen. Aber ehe er ihn werfen konnte, fiel Eckhard ihm in den Arm.

»Warte!«

Mit einem Schmerzenslaut ließ Wulfhard den Stein fallen. »Verdammt, Mönch! Ich …«

»Du hast Blut an der Hand.«

»Dann hat das Mistvieh mich auch noch gebissen. Dem brech ich das Kreuz, wenn ich ihn erwische.«

»Und wo ist die Wunde?«

Wulfhard blickte überrascht auf seine Hand.

Eckhard ließ das Handgelenk los und folgte dem Kläffen des Hundes, das aus dem nahen Uferwäldchen ertönte. Dornen und Zweige rissen an seiner Kutte, und noch immer hingen Reste des dichten Morgennebels über der Wasseroberfläche. Das Bellen steigerte sich zu einem aufgeregten Heulen. Verbissen bahnte Eckhard sich einen Weg durch das Gesträuch, bis er das rotbraune Fell des Hundes im Unterholz entdeckte. Er befreite den Saum seiner Kutte und schob die dünnen Zweige auseinander. Der Hund hockte mit gefletschten Zähnen vor einem menschlichen Körper, dessen nackte Haut sich kränklich von dem dunklen Boden abhob. Der Mann lag auf dem Bauch, die Arme ausgebreitet, die Beine geschlossen. Eckhard bekreuzigte sich automatisch, während er sich über die klaffende Stichwunde im Rücken des Toten beugte. Hinter sich hörte er Schritte.

»Hierher!«, rief er. Es überraschte ihn, wie gepresst seine Stimme klang.

»Mein Gott! Ist das …«

»Natürlich ist es Rigbert, wer sollte es sonst sein?« Wulfhard marschierte an Gerald vorbei und ging neben dem Toten in die Hocke. Obwohl er sich Mühe gab, unbeteiligt zu wirken, war sein Gesicht kreidebleich. Er packte den Hund und schleudert ihn beiseite. »Still, du Vieh, oder ich schlag dich tot!«, brüllte er, und tatsächlich verstummte der Streuner. »Ein Stich in die Seite, wie bei mir. Nur hat Rigbert weniger Glück gehabt. Aber was hat er hier gewollt?«

»Nichts«, presste Eckhard hervor. »Siehst du nicht die Schleifspuren? Er wurde nach seinem Tod bewegt. Genau wie Reinmar. Oh Gott, es passt alles zusammen. Er wurde erstochen und so hingelegt. Außerdem hat er eine Wunde am Hinterkopf. Demnach hat der Mörder doch nicht so gut getroffen. Vielleicht war er in Eile. Dreh ihn um! Wir wissen ja noch nicht einmal, ob es wirklich Rigbert ist.«

Wulfhard zögerte, zuckte die Achseln und packte den Toten an den Schultern. Der Hund winselte aufgeregt, während der schwere Körper mit einem dumpfen Geräusch herumgewälzt wurde. Mit einem Fluch fuhr Wulfhard zurück und gab den Blick frei.

»Mein Gott!« Gerald würgte. »Wer tut so etwas? Wer?«

Eckhard schüttelte den Kopf und starrte auf seine gefalteten Hände. »Das ist das Werk des Teufels«, flüsterte er endlich.

»Unsinn!« Wulfhard betrachtete die Verstümmelungen. Der Leiche fehlten Glied, Hoden und beide Augen. Er nahm eine Handvoll Laub und wischte klumpige Erde und Schmutz vom weichen Bauch des Toten. Eine weitere Wunde wurde sichtbar, eine Raute, die ein kleineres Kreuz einschloss. »Das ist grässlich«, flüsterte er, »aber der Kerl, der mich angegriffen hat, war aus Fleisch und Blut!«

»Und er hasst Christus! Die Raute verschlingt das Kreuz.« Eckhard legte Gerald, der immer noch vor Abscheu zitterte, die Hand auf den Arm und drückte ihn kurz. »Eine Raute wurde auch Reinmar eingeritzt, oder?«

»Vielleicht, ja, auf der Stirn. Ich weiß nicht.«

»Der Mörder hasst Christus«, wiederholte Eckhard. »Ein Heide, so viel ist offensichtlich.«

»Aha! Und was hat der Heide gegen Rigberts Schwanz?«, warf Wulfhard ein. »Du hast gesagt, der Mörder hat Reinmar gehasst. Wie nennst du dann das hier?«

»Wahnsinn«, sagte Eckhard leise. »Der Fürstbischof hatte recht, ich war stolz, und Stolz ist eine Todsünde, für die Gott mich jetzt bestraft. Ich hätte diesen Mann retten können. Und wie stehe ich vor dem Grafen da? Das wäre zu verhindern gewesen, wenn ich …«

»Das bringt doch nichts!«, unterbrach ihn Wulfhard barsch. »Überlegen wir lieber, wer jetzt als Täter infrage kommt.«

»Das tue ich doch!«, blaffte Eckhard. »Und du vergreifst dich besser nicht wieder im Ton!«

»Ich kann mich auch ganz raushalten.« Wulfhard trat nach dem Hund. »Herr!«

»Und wenn es doch die Spielleute waren«, mischte sich Gerald ein. »Sie waren nicht alle eingesperrt.«

»Aber es sind keine Heiden«, widersprach Eckhard. »Und mit Hilde hatten sie auch nichts zu tun. Um sie geht es doch bei den Verstümmelungen. Außerdem waren sie alle auf dem Platz, und halb Buchhorn kann das bezeugen.«

»Und wer war es sonst?«, fragte Wulfhard gereizt.

»Ich muss nachdenken.« Eckhard ließ sie stehen und bahnte sich einen Weg zum Seeufer. Das Plätschern der Wellen beruhigte ihn. Er drehte sich wieder um. »Wir schaffen Rigbert zum Grafen. Außerdem nehmen wir diesen Hubert mit.«

»Mit der Leiche durch Buchhorn?« Wulfhard zog die Brauen hoch.

»Wir werden den Körper natürlich verdecken.«

Wulfhard schnaubte. »Lassen wir ihn doch liegen! So liebenswert war er nicht, dass ich mich seinetwegen zum Gespött mache.«

»Hier geht es nicht um Liebenswürdigkeit, hier geht es um Christenpflicht«, sagte Eckhard scharf. »Außerdem sollen die Tiere den Leichnam nicht noch schlimmer zurichten. Vielleicht haben wir etwas übersehen. Los jetzt, tu etwas!«

»Und was?«

Während die beiden sich gereizt gegenüberstanden, streifte Gerald seinen knielangen Leibrock ab. Ohne auf die Gänsehaut zu achten, die sich augenblicklich auf seiner Haut bildete, reichte er Wulfhard das Kleidungsstück. »Zieh ihm das an, und dann reiten wir außen herum durch den Wald.«

Eckhard klopfte dem Schmied anerkennend auf die Schulter. »Sehr gut, Gerald. Ich hole in der Zwischenzeit Hubert.«

Orangerote Sonnenstrahlen fielen schräg durch das schmale Fenster und beleuchteten den verhüllten Umriss des Toten. Eckhard kniete am Fußende des Bettes und betete leise. Auch Gerald hatte die Hände gefaltet, während Wulfhard mit schief gelegtem Kopf lauschte. Als er die Schritte hörte, versuchte er unauffällig, mit den Schatten zu verschmelzen. Im nächsten Augenblick wurde die Tür von Rigberts Kammer aufgestoßen, und Udalrich stürmte herein.

»Ist es wahr? Rigbert ist tot?«

Eckhard erhob sich. »Ja, Herr.«

Udalrich riss das Leintuch vom Gesicht des Toten und prallte zurück. »Bei allen Heiligen!«, rief er heiser. »Welcher Teufel war das?« Da er keine Antwort in Eckhards ausdruckslosem Gesicht fand, fixierte er Wulfhard. Sekundenlang betrachtete er den notdürftig geflickten Riss und die Blutflecke auf seinem Kittel. »Du! Dich hat er auch verwundet. Wer war es?«

»Ich weiß es nicht, Herr.«

Udalrich schnaubte und richtete seine Aufmerksamkeit von Neuem auf den Mönch. »Rigbert ist ein Mörder? Wie Kain?« Eckhard öffnete den Mund, aber Udalrich ließ ihn nicht zu Wort kommen. »Salomo hält viel von Eurem Verstand, nicht wahr?«

Eckhard starrte an Udalrich vorbei. »Ja«, knirschte er leise.

»Nun, ich nicht! Dieser Mann könnte noch leben, wenn Ihr ihn gleich zur Rede gestellt hättet. Ihr habt die Morde aufgeklärt? Gar nichts habt Ihr!« Udalrich warf den Zipfel des Tuchs wieder über das entstellte Gesicht seines Gefolgsmannes und holte zitternd Atem. »Ihr seid schuld an dem Tod dieses Mannes.«

»Ja, Herr. Vielleicht wollt Ihr Euch anhören, was der Pferdehändler zu sagen hat.« Eckhard deutete auf den gefesselten Hubert, der kreideweiß in einer Ecke neben der Tür stand.

»Wozu? Nichts, was dieser elende Kerl sagen kann, ändert etwas an Eurem Versagen. Hatte ich mich nicht verständlich ausgedrückt, als ich sagte, dass ich den Mörder haben will, bis Burchard kommt?«

»Ja, Herr.« Eckhards Stimme klang so gepresst, dass sie kaum zu hören war.

»Ihr!« Udalrich sah Wulfhard und Gerald an. »Ihr bringt den Leichnam ins Dorf, damit er anständig beerdigt werden kann. Den Pferdedieb sperrt ihr in den Schuppen. Über ihn werde ich später Gericht halten.« Der Mann fing an zu wimmern, aber Udalrich brachte ihn mit einem Faustschlag, der ihn gegen die Wand taumeln ließ, zum Schweigen. »Kein Wort«, donnerte er. »Oder du erhältst deine gerechte Strafe gleich hier!«

Gehorsam packten Gerald und Wulfhard den Toten. Der Schmied warf Eckhard einen scheuen Blick zu.

Auf dessen Wangen hatten sich rote Flecken gebildet. »Herr, ich schwöre, ich finde den Mörder, bevor …«

»Ihr findet ja nicht einmal Euren eigenen Arsch! Dieser Mann hat mir treu gedient. Sein Bruder ebenso! Dass er mich betrogen hat, nun«, Udalrich machte eine wütende Handbewegung, »das ist schändlich. Doch wie er gestorben ist, ist teuflisch. Und das ist Eure Schuld!«

»Ja, Herr.« Eckhard verbeugte sich und verließ, ohne

sich noch einmal umzudrehen, die Kammer. Niemand folgte ihm auf dem Weg nach Buchhorn.

Am Waldrand blieb Eckhard stehen und starrte in den wolkenverhangenen Himmel. Einen sündigen Moment lang wünschte er, dass der Mörder zwischen den Bäumen auf ihn wartete. Udalrichs verächtliche Worte dröhnten in seinem Kopf. »Er hat ja recht«, murmelte er zwischen zusammengebissenen Zähnen. »Ich war eitel und verblendet. Aber wer ist dieser Teufel?« Er setzte sich erneut in Bewegung. Die feuchtkalte Erde quoll in seine Sandalen. »Und ich werde nicht aufgeben! Salomo erwartet von mir, dass ich den Mord aufkläre, und ich werde ihn aufklären. Zu deinem Ruhm, Herr!« Er schlug die Faust in die geöffnete Linke. »Aber was habe ich übersehen?«

Vom Anwesen her ertönte das Knirschen von Rädern auf dem weichen Waldboden. Als er sich umdrehte, erkannte er Wildfang, der Geralds Karren zog. Die Stute war angebunden und trottete brav hinterher.

Gerald ließ die Zügel locker und klopfte neben sich auf den schmalen Holzsitz. »Steig auf, Eckhard. Auf dem Wagen liegt die Leiche, aber hier ist genug Platz.« Er wartete, bis der Mönch sich zu ihm gesetzt hatte, dann trieb er Wildfang von Neuem an. Von Zeit zu Zeit bedachte er Eckhard mit einem unbehaglichen Blick. »Gibst du jetzt wirklich auf?«, fragte er endlich.

»Nein!«

Gerald quittierte den Ausbruch mit einem Nicken.

»Und haben wir noch Aussicht, den Mörder zu finden? Ich meine, bevor der Herzog kommt?«

Ein Lächeln huschte über Eckhards verkniffenes Gesicht, als er das ›wir‹ hörte. »Ich vertraue auf Gott. Er wird … uns helfen.«

»Ich hoffe es«, antwortete Gerald und versank in Schweigen.

Der Weg war holprig und mit Karren und Pferd schwer gangbar. Außerdem wurde ihnen inmitten der sinkenden Schatten mehr denn je bewusst, dass irgendwo ein Mörder sein Unwesen trieb. Als sie die Schmiede erreichten, seufzte Gerald erleichtert auf. »Da wären wir. Möchtest du mit uns zu Abend essen? So gut wie in der ›Buche‹ schmeckt es allemal.«

Eckhard zögerte und nickte dann müde. »Gern. Ich danke dir.«

Gemeinsam spannten sie Wildfang aus und brachten die Pferde in den kleinen Stall. Als sie wieder ins Freie traten, stand Fridrun in der Tür. An der Seite ihres Mannes erkannte sie den Mönch, worauf sich ihr Lächeln ein wenig veränderte. »Gott zum Gruß!« Sie schaute verunsichert von Gerald zu Eckhard. »Wir haben einen Gast?«

»Wie du siehst. Ich hoffe doch, das macht dir keine Schwierigkeiten.«

»Natürlich nicht. Warum sollte es?« Fridrun lächelte Eckhard zu und ging mit schwingendem Rock ins Haus.

In der Stube half Eckhard Gerald, den Tisch aufzubauen und die Hocker heranzuziehen. Fridrun stellte Brot und Bier auf den Tisch. Ein intensiver Duft zog von der Feuerstelle herüber.

Eckhard schnupperte. »Das riecht wunderbar.«

»Frischer Fisch. Ich habe einen Eintopf gemacht.« Fridrun machte sich an dem Topf zu schaffen, der über dem Feuer hing. »Er war nicht teuer«, setzte sie mit einem Blick auf Gerald hinzu. »Ich hoffe, es ist dir recht.«

»Du bist heute im Ort gewesen?«

»Es gab einen Markt.«

»Ich weiß.«

Schweigend nahmen die drei Platz und senkten die Köpfe, während Eckhard den Segen sprach. Fridrun und Gerald vermieden es, einander anzusehen.

»Es hat übrigens einen Grund, warum Eckhard hier ist«, sagte Gerald plötzlich in die Stille hinein. »Rigbert ist tot.«

Fridrun ließ ihren Löffel fallen. »Was? Wer hat das getan? Derselbe, der Wulfhard … und Reinmar …« Sie biss sich auf die Lippen und verstummte.

»Wir wissen es nicht«, sagte Eckhard. »Allerdings deutet alles darauf hin.«

»Ist er auch entmannt worden?«

»Fridrun!« Gerald hieb mit der flachen Hand auf den Tisch.

Die junge Frau zuckte zusammen. »Verzeiht, Herr«, flüsterte sie.

Eckhard schob ihr das Brot hin. »Das ist er in der Tat. Und auch die heidnische Raute hat der Mörder ihm eingeritzt.«

»Aber warum?«

»Weil der Mörder Heide ist. Das hat Eckhard doch gerade gesagt, Frau!«, rief Gerald barsch.

Fridrun spielte mit ihrem Löffel. »Aber warum beides?« Da sie Eckhards hochgezogene Brauen sah, setzte sie hinzu: »Das passt doch nicht zusammen, die Verstümmelung und das Zeichen. Als ob es zwei Mörder wären.«

»Was für ein Unsinn! Wenn es zwei Mörder gewesen wären, wäre Wulfhard jetzt tot! Sei dankbar, dass es nur einer ist!« Geralds Gesicht war dunkel vor Ärger. »Hol Bier, Frau, und hör auf von Dingen zu reden, die du nicht verstehst.«

Fridrun erhob sich hastig. Ihre Hände zitterten so heftig, dass sie kaum den Krug füllen konnte. »Hier«, flüsterte sie mit schwankender Stimme.

»Danke.« Eckhard nahm ihr den Krug aus der Hand und füllte Geralds Becher. »Hast du auf dem Markt auch die Spielleute gesehen?«

Fridrun nickte scheu.

Gerald verschluckte sich fast. »Du warst da? Allein?«

»Es hat mich kaum jemand gesehen. Nur Hannes und sein Neffe. Und Isentrud.« Sie fuhr sich über die Augen und sah ihren Mann an. »Dietger hat sie wieder verprügelt.«

Eckhard kaute geräuschlos. Die Talgkerzen auf dem Tisch zischten. Gerald senkte die Augen als Erster. »Ich habe die Vorstellung nicht gesehen. Wie war sie denn?«

Ein sanftes Lächeln erhellte Fridruns Gesicht. Sie

berührte mit den Fingerspitzen Geralds Hand, während sie nach dem Brot griff. »Ansgar hat eine wunderbare Stimme. Aber man hat doch gesehen, dass einige noch arge Schmerzen hatten. Dietger hat sie zusammengeschlagen, nicht wahr? Eigentlich haben nur Ansgar und Guntram wirklich gesund gewirkt. Einer«, sie kicherte plötzlich mädchenhaft, »ist auf den Hintern geplumpst. Und der Drachentöter ist hingefallen, als er mit seinem Schwert den Drachen erstechen wollte.«

»Das klingt eher nach einem Reinfall«, bemerkte Gerald trocken.

Fridrun schüttelte lebhaft den Kopf. »Nein, es war wirklich schön. Und den Leuten hat es gefallen. Besonders Guntram mit seinen Messern war unglaublich. Das hättest du sehen sollen!«

Eckhards Hocker schrammte misstönend über den Boden.

»Ihr wollt schon gehen?«, fragte Fridrun erschrocken. Ihr Blick flog zu der Schüssel. »Hat es Euch nicht geschmeckt?«

Er lächelte. »Sehr gut sogar, ich danke euch beiden für die Gastfreundschaft. Aber ich fürchte, ich bin heute keine gute Gesellschaft. Gute Nacht, Gott mit euch.«

»Warte, ich begleite dich!« Gerald sprang auf und folgte dem Mönch. Er schloss die Tür hinter sich und ließ den Kopf gegen die Wand sinken. »Eckhard, was soll ich nur tun?«

»Wegen Fridrun? Und das fragst du mich, einen Mönch?«

»Gerade dich. Sie benimmt sich manchmal so … unbedacht.«

Eckhard lächelte. »Gerald! Sie ist jung, und so verhält sie sich auch! Geh wieder zu ihr und verbring einen schönen Abend mit ihr. Sie liebt dich, für Eifersucht besteht kein Grund.« Seine Stimme bekam einen beinahe wehmütigen Tonfall. »Was kannst du mehr erhoffen?«

»Wenn du meinst.«

»Das meine ich. Darf ich mir deine Stute ausleihen? Ich muss noch etwas erledigen.«

»Natürlich. Du hast doch nicht etwa einen neuen Verdacht?«

Eckhard legte Gerald die Hand auf die Brust und schob ihn sacht zur Tür. »Nichts, was dich heute noch kümmern müsste.«

Diesmal drangen aus dem Lager der Gaukler keine frohen Stimmen. Ein Feuer warf seinen flackernden Schein in die Nacht und verwandelte die Spielleute in geisterhafte Schemen. Eckhard konnte die Worte nicht verstehen, die gewechselt wurden, aber die Stimmen klangen ernst. Ein Säugling begann zu schreien, und eine leise Frauenstimme stimmte ein Wiegenlied an. Eckhard seufzte. Er band die Stute an einen Baum und trat auf die Lichtung. »Gott zum Gruß!«

Die Männer am Feuer erstarrten. Nur Ansgar erhob sich sofort und ging dem nächtlichen Besucher entgegen.

Der Feuerschein warf einen rötlichen Glanz auf seine ergrauten Haare. »Seid willkommen!«, rief er und lud den Mönch mit einer Handbewegung in ihre Mitte ein. »Esst mit uns. Die Großzügigkeit der Buchhorner hat uns eine üppige Mahlzeit beschert.«

Eckhard schüttelte den Kopf, während er sich fragte, ob die Worte ironisch gemeint waren. »Habt Dank, aber ich habe schon zu Abend gegessen. Doch einen Platz an Eurem Feuer nehme ich gern.«

»Wein?« Guntram reichte ihm einen Krug.

Eckhard trank und gab ihn weiter. »Ich habe gehört, die Vorstellung war ein Erfolg?«

»Ihr habt sie nicht gesehen?«

»Leider nicht. Ist es wahr, dass sogar der Imker euch zugeschaut hat?«

»Ja, und Mörder hat er uns auch genannt!« Einer der Akrobaten spuckte ins Feuer. »Ganz vorn ist der gestanden, mit seinem Weib. So wie die aussah, prügelt er wohl nicht nur Fremde. Dreckskerl!«

»Und er war von Anfang an da?«

Guntram ließ überrascht sein Brot sinken. »Nicht ganz, wir hatten gerade unser erstes Lied beendet«, erwiderte er. »Warum?«

»Weil Rigbert tot ist. Der Stallmeister des Grafen.« Eckhard ließ die Worte in der Luft hängen und sah den Männern nacheinander ins Gesicht.

Nur Ansgar bekreuzigte sich.

Guntram starrte ins Feuer.

Tankmar brach die Stille als Erster. Seine Stimme klang

noch jünger und erregter als sonst. »Warum erzählst du uns das, Mönch? Ist es eine Warnung? Oder warten hinter diesen Bäumen die Männer des Grafen? Ist es das? Eine Falle?«

»Nein, im Gegenteil!«

»Im Gegenteil?« Tankmar lachte schrill auf. »Welches Gegenteil soll es denn geben? Wir sind doch immer schuld!«

»Tankmar!«, herrschte Guntram ihn an. »Lass den Mönch ausreden.«

Eckhard nickte dem Messerwerfer zu. »Ihr wollt bald weiterziehen, nicht wahr?« Er wartete, bis Ansgar bejaht hatte, und fuhr fort: »Aber ihr habt die Gelegenheit zu einem weiteren guten Verdienst hier in Buchhorn. Einem sehr guten sogar!«

»Lasst hören!«

»Allerdings dürftet ihr euch keine Fehler erlauben. Ich habe gehört, ihr seid nicht alle bei Kräften. Stürze, Stolperer …« Er musterte erst die Akrobaten, dann Tankmar.

»Ich bin umgeknickt!«, rief der Junge beleidigt. »Ich bin nicht ungeschickt!«

»Und wo sollen wir auftreten?«, erkundigte sich Ansgar.

Eckhard streckte die Beine aus und ließ sich mit der Antwort Zeit. »Auf dem gräflichen Anwesen. Vor dem Grafen, seiner Frau und dem Herzog Burchard von Schwaben.«

»In der Höhle des Löwen.« Ansgar stand auf, umrundete das Feuer und ging vor Eckhard in die Hocke. »Schwört, dass das keine Falle ist.« Seine Stimme klang tief, und es lag eine leise Bitte darin. »Erinnert Euch an die Lieder, die wir gemeinsam gesungen haben!«

Eckhard erwiderte den Blick fest. »Ihr seid unschuldig?«

»Ja!«

»Folglich habt Ihr nichts zu befürchten. Hier, meine Hand darauf.« Er streckte die Rechte aus. Ansgar besiegelte den Pakt mit einem Händedruck.

»Und du musst dich nicht mehr zu deiner Kunigunde schleichen!«, witzelte einer der Akrobaten und stieß Tankmar in die Seite.

»Kunigunde geht dich gar nichts an. Sie gehört mir!«, brauste Tankmar auf und schlug den Arm beiseite. »Ihr wisst doch alle gar nicht, was Liebe ist!«

Alle bis auf Guntram lachten. Der Messerwerfer baute sich vor Tankmar auf und packte ihn am Wams. »Ich habe lange genug mitangesehen, wie du deine Pflichten wegen dieses Weibs vernachlässigst. Ansgar, ich bin dafür, dass sie hierbleibt, wenn wir weiterziehen.«

»Niemals!« Tankmar stieß Guntram zurück und sprang auf die Füße. Schmerz zuckte um seinen Mund, aber sein Bein gab nicht nach. Er presste die Hand auf den Oberschenkel. »Seht ihr?«, rief er. »Ich bin immer noch der Beste. Und nicht nur bei Tag. Find dich damit ab, Guntram, sie will mich!« Im Gehen rempelte er den Messerwerfer an und schlug sich in die Büsche.

Guntram ballte die Hände zu Fäusten. »Wie oft denn noch!«, brüllte er. »Ich will sie nicht!«

Ansgar schüttelte bekümmert den Kopf. »Ich hoffe, Ihr bekommt keinen falschen Eindruck von dem Jungen, Herr«, sagte er zu Eckhard. »Liebe kann nun einmal weh tun. Und du«, er sah Guntram an, »lass ihn in Ruhe. Es kommt immer wieder vor, dass wir den Ablauf umstellen.«

»Darum geht es nicht. Ich ertrage einfach nicht mehr, wie er sich wegen dieses hergelaufenen Weibsstücks aufführt. Er spaltet die Gruppe! Ich habe es vorhin ernst gemeint. Ich will, dass sie hierbleibt!«

»Das entscheiden wir später«, erwiderte Ansgar mit Schärfe. »Vergiss nicht, dass wir einen Gast haben.«

»Hergelaufenes Weibsstück?«, fragte Eckhard und hob die Brauen. »Ein hartes Urteil von einem Spielmann.«

Guntram stieg das Blut in die Wangen. »Sie bringt Unfrieden, seit sie bei uns ist«, sagte er schroff. »Das ist alles, was ich sagen wollte.«

XII

»Platz da!«, schrie Bernulf und trieb sein Pferd durch die Schweine und Rinder, die den Weg blockierten. »Macht Platz für den Herzog!«

Die Kühe brüllten, als die Bauern und Knechte auf sie einprügelten.

»Geht das nicht schneller? Macht schon!«

Wendelgard beugte sich zu Burchard hinüber, der sein unruhiges Pferd dicht an ihrer Seite hielt: »Ist Euer Gefolgsmann immer so grob?«

Bernulf machte ein finsteres Gesicht, aber der Herzog lachte nur. »Ein ruppiges Wesen gehört zum Soldatenhandwerk, Gräfin. Immerhin bringt er uns durch dieses stinkende Durcheinander.«

Wendelgards Lächeln wurde kühler. »Gewiss, Herzog«, stimmte sie zu. Sie deutete auf einen jungen Bauern, der halbherzig seinen Stock einer Kuh in die Flanke stieß. »Gunhild, der Mann da!«, befahl sie. »Ich will ihn sprechen.«

Die Magd gehorchte, und wenig später verbeugte sich der junge Bursche vor der Gräfin. »Herrin?« Über das Brüllen von Mensch und Vieh hinweg war seine Stimme kaum zu verstehen.

Wendelgard lächelte huldvoll. »Du bist aus Buchhorn, nicht wahr?«

»Ja, Herrin.«

»Dann sag den anderen meinen Dank, auch im Namen des Grafen, dass ihr so zuverlässig eure Abgaben entrichtet. Und nun treib das Vieh zur Seite.«

»Ja, Herrin.« Mit hochrotem Gesicht drehte der junge Bauer sich um. »Platz für die Gräfin!«, brüllte er. »Platz für die Herrin!«

Allmählich öffnete sich eine Gasse, die Reitern und Wagen Durchlass gewährte. Wendelgard lehnte sich im Sattel zurück und lächelte.

Ihre Söhne sahen sie verwirrt an, aber während Adalhard Bernulf weiterhin bewundernd anstarrte, platzte Udalrich heraus: »Das war ein Bauer, Mutter!«

Sie zupfte ihn am Ohrläppchen. »Du wirst lernen, mein Sohn, dass sich Stärke nicht notwendigerweise in lautem Gebrüll zeigt. Und ein freundlicher Befehl ist immer noch ein Befehl.«

Sie ließ sich von Gunhild ihre Tochter reichen. Während vor ihnen das gräfliche Anwesen sichtbar wurde, schmiegte sie ihre Wange an das weiche Haar des Mädchens. Am liebsten wäre sie an der Stelle des Reisigen gewesen, der vorausritt, um die Ankunft des Herzogs und der Gräfin zu melden. Ihr Herz schlug mit jedem Schritt des Pferdes freudiger. Sie beneidete ihre Söhne, die sich ungeniert in den Steigbügeln aufstellten und stritten, wer den Vater als Erster sehen würde.

Endlich gelangten sie in den Hof. Flüchtig nahm Wendelgard die vertrauten Gesichter ihrer Diener wahr, aber ihre ganze Aufmerksamkeit galt der einsamen Gestalt, die in der Mitte des freien Platzes stand, um den Zug

Willkommen zu heißen. Das silbergraue Haar des Hausherrn bewegte sich leicht im Wind. Ihre Blicke berührten sich, und Wendelgard musste alle Zurückhaltung aufbringen, um nicht aus dem Sattel zu springen und sich ihrem Mann in die Arme zu werfen. »Udalrich«, flüsterte sie in die Haare ihrer Tochter hinein. »Mein Udalrich.«

Bebend vor Ungeduld sah sie zu, wie sich ihr Mann an Herzog Burchard wandte, der abstieg und seinem Gastgeber entgegenging. Die Stimmen der beiden Männer klangen laut genug, dass jeder der Umstehenden ihre Worte verstehen konnte.

»Gott zum Gruß, Herr! Willkommen auf diesem Anwesen.«

»Gott zum Gruß, Graf!« Burchard wartete Udalrichs respektvolle Verbeugung ab, ehe er seine Hand ergriff. »Ihr besitzt ein stattliches Anwesen. Man könnte es zu einer Wehrburg ausbauen. Die Vorarbeit wurde ja schon geleistet.«

Udalrich betrachtete mit leisem Stolz das feste Obergeschoss des Haupthauses. »Das war mein Vater. Er war ein weitsichtiger Mann. Gegen die Ungarn wäre ein Ausbau sinnvoll, doch bis dahin müssen wir auf Euren Schutz zählen. Gestattet nun, dass ich meine Frau begrüße.«

Burchard lächelte mit einem Anflug von Spott, aber er nickte nur und wandte sich seinen eigenen Gefolgsleuten zu. Während die einfachen Knechte auf der Wiese vor dem Anwesen lagerten, war es einigen seiner engeren Vertrauten gestattet, im Haupthaus Quartier zu beziehen. Udalrichs Pferdeknechte eilten herbei und kümmerten sich um die Tiere, während einige der jüngeren Mägde den Gästen Wein und andere Erfrischungen brachten. Der Hausherr vergewisserte sich, dass sein Gesinde ihm keine Schande machte, ehe er auf Wendelgard zuschritt, die ungeduldig auf ihrer Rappstute saß. Sie fühlte die Augen ihres Mannes auf sich und begann zu strahlen.

»Udalrich, endlich!«

Für die Dauer eines Herzschlags betrachtete der Graf seine Frau und seine jüngste Tochter schweigend, ehe er die Arme ausstreckte, um ihr aus dem Sattel zu helfen. Gleichzeitig sprangen seine Söhne auf den Boden und stürmten ihrem Vater entgegen. »Vater, Adalhard ist auf der Fähre nach Immenstaad schlecht geworden!«

»Ist mir nicht!«

»Ist dir doch!«

Udalrich packte seinen jüngeren Sohn lachend unter den Armen und hob ihn hoch. »Frieden, ihr beiden! Benehmen sich so die Erben von Buchhorn? Lasst mich eurer Mutter helfen.« Ohne darauf zu achten, dass Burchard ihn mit ausdrucksloser Miene musterte, hob er Wendelgard vom Rücken ihres Pferdes und drückte ihr einen Kuss auf die Stirn. »Willkommen daheim.«

Sie lehnte ihre Wange an seine Brust. »Es tut gut, wieder hier zu sein. Alles ist wie immer und …« Plötzlich versteinerte ihr Gesicht. »Was will der hier?«, fragte sie schrill.

Udalrich sah sich um und bemerkte Wulfhard, der das Pferd der Gräfin am Zügel gefasst hatte, um es in den

Stall zu führen. »Du weißt doch, dass er jetzt in meinen Diensten steht.«

Wendelgards Gesicht verfärbte sich. »Ich will ihn nicht hier haben! Nicht in der Nähe meiner Kinder. Nicht einmal in der Nähe meines Pferdes!«

Udalrich unterdrückte einen Seufzer und gab Wulfhard einen Wink. Der übergab mit verschlossenem Gesicht die Zügel einem Knecht und machte Anstalten, sich eines der anderen Tiere anzunehmen.

Wendelgard packte Udalrichs Arm und rüttelte ihn. »Warum liegt er nicht auf den Knien vor dir, der elende Verräter?«

In Wulfhards Wange zuckte ein Muskel. Er legte die Hand auf seine Wunde und zögerte.

»Hast du deine Herrin nicht gehört, Verräter?« Bernulf kam näher und gab Wulfhard einen Stoß. »Auf die Knie!«

Wulfhard ballte die Faust. »Redest du mit mir?«

»Ich rede mit einem Verräter!«

»Wulfhard!«

Wulfhard zuckte zusammen. Er drehte sich um und sah den ausgestreckten Zeigefinger des Grafen. Vorsichtig, um die Wunde zu schonen, kniete er nieder. Seine Lippen waren fest aufeinandergepresst, sein Blick ging ins Leere.

Wendelgard nickte knapp und legte ihrem Mann die Hand auf den Arm. »Wir sollten unsere Gäste ins Haus geleiten, Liebster«, bemerkte sie mit hocherhobenem Kopf und einem blassen Lächeln in Richtung des Herzogs.

Wulfhard hörte, wie die Edelleute sich entfernten. Ohne einem der Umstehenden in die Augen zu sehen, hob er den Kopf. Er wollte aufstehen, aber ein Tritt ins Kreuz schleuderte ihn mit dem Gesicht in den Pferdemist. Er spürte, wie unter dem Verband etwas riss.

»Da gehörst du hin, du Schweinehund. In den Dreck!«, höhnte Bernulf.

Wulfhard wappnete sich gegen einen zweiten Tritt, da sprach eine feste Stimme: »Das genügt. Der Mann soll arbeiten. Und er untersteht nicht Euch.«

Wulfhard lächelte schief. Vorsichtig kam er in die Hocke und wischte sich den Dreck vom Gesicht. »Danke, Lebensretter«, sagte er und nickte Eberhard zu. »Lass es nicht zur Gewohnheit werden. Und du«, er starrte Bernulf ins Gesicht, »als ich sagte, lauf weg, meinte ich die andere Richtung!«

Bernulf ballte die Faust, aber Eberhards Blick war eine deutliche Warnung. Mit einem wüsten Fluch machte Burchards Gefolgsmann kehrt. Auch Eberhard kümmerte sich nicht weiter um Wulfhard, der mühsam auf die Füße kam. Er tastete unter seinen Kittel und betrachtete mit einer Verwünschung das Blut an seinen Fingern. »Dafür bring ich dich um!«, zischte er. »Ich schwöre, ich töte dich, Bernulf.« Er drehte sich um und blickte in zwei steingraue Augen, die ihn ausdruckslos musterten.

»Jetzt weißt du, wie ich mich fühle.« Isentrud verschränkte die Arme. Die Blutergüsse in ihrem Gesicht zeichneten sich dunkel auf ihrer hellen Haut ab. »Jeden Tag, den ich lebe!«

Wulfhard verbarg seine Verwirrung hinter einem anzüglichen Grinsen. »Dann passen wir ja vortrefflich zueinander.«

»Bist du jetzt so tief gesunken, dass du dich nicht einmal mehr vor mir ekelst? Kein Anspruch mehr auf eine gesunde, gut aussehende Hure?« Ihre Stimme war tonlos.

Er schüttelte seine Verunsicherung ab und grinste so breit, dass seine Zahnlücke zu sehen war. »Ich nehme das als erneutes Angebot?«

Sie stieß einen seltsamen Laut aus, drehte sich um und rannte in die Küche. Wulfhard sah ihr nach, dann zuckte er die Achseln und schlenderte zum Stall.

Ansgar und Guntram zerrten den Handkarren mit ihren wenigen Habseligkeiten über den unebenen Waldboden. Eigentlich war das die Aufgabe der Frauen, doch Kunigunde war fort, und Elsbeth trug den glucksenden Säugling auf den Armen. Im Licht der Herbstsonne setzten sie ihren mühseligen Weg zum Anwesen des Grafen fort, vorbei an Bauern und Reisigen, die sie mit einer Mischung aus Neugier und Verachtung anstarrten.

»Seht euch das Teufelspack an!«, rief ein Soldat und hob einen Stein auf. »Mörder sind das!«

Guntram drehte sich zu dem Mann um, aber Ansgar packte den Griff des Karrens fester und beschleunigte den Schritt. »Komm weiter«, befahl er leise. »Streit können wir nicht brauchen. In wenigen Stunden geht die Sonne unter, und dann müssen wir vor den hohen Herren unser Bestes geben!«

»Warum sagst du das ausgerechnet mir? Sag es Tankmar!«

Ansgar schaute zu dem Jungen hinüber, der mit gesenktem Kopf durch das knöchelhohe Laub trottete. »Lass ihn in Frieden!«, sagte er müde. »Der denkt an seine Kunigunde.«

»Schau mal, da vorn!« Elsbeth drängte sich dichter an Ansgar und wies mit dem Kinn auf den Mann, der ihnen im Gegenlicht des Herbstnachmittags entgegenkam. »Will der was von uns?«

»Das ist nicht der Mönch«, murmelte Ansgar verbissen. Er überließ seinen Platz am Karren einem der Musikanten und ging auf den einsamen Wanderer zu. »Gott zum Gruß.«

Der Mann nickte kurz. »Mein Name ist Eberhard. Eckhard schickt mich. Ich soll euch sicher zum Anwesen bringen und euch zeigen, wo ihr lagern könnt. Kommt, Leute.«

Schweigend legten sie den Rest des Wegs zurück. Der junge Kriegsknecht führte die Spielleute in den Hof und zum Mauerumgang, der vor dem Gesindehaus abrupt abbrach. »Wartet hier, bis der Graf nach euch schickt.«

Ansgar sah sich in der engen Nische um und nickte. »Der Platz genügt. Lasst uns anfangen.«

Tankmar warf sein Bündel auf den Boden. »Später! Ich muss …«

»Dich vorbereiten wie alle anderen auch!« Guntram packte ihn an der Schulter und stieß den jüngeren Mann gegen die Mauer.

»Befiehlst du jetzt?«

»Nein, aber ich!« Ansgars sonore Stimme klang brüchig vor unterdrücktem Ärger. »Wir bereiten uns auf den Auftritt vor, alle. Kunigunde kann herkommen, wenn sie mit dir sprechen will, Tankmar. Sorg du lieber dafür, dass dein Auftritt heute nicht wieder ein Fehltritt wird!«

»Sonst prügel ich dich in den See!«, drohte Guntram.

»Und dir sage ich es nicht noch einmal!«, herrschte Ansgar seinen Freund an. »Lass ihn in Ruhe und kümmere dich um deine Messer.« Seine Züge wurden milder beim Anblick von Tankmars hängenden Schultern. »Guntram! Hast du ganz vergessen, wie es war, als du jung warst? Bohr nicht in seiner Wunde herum.«

»In welcher?«, fragte Guntram böse.

Ansgar wandte sich kopfschüttelnd ab und strich über die Wange seiner Frau, die versuchte, das Kind zu beruhigen, das während der Auseinandersetzung der Männer erwacht war und zu schreien begonnen hatte. »Kannst du ihn nicht füttern? Vielleicht hat er Hunger.«

»Ich hab nicht genügend Milch«, flüsterte sie mit zitternder Unterlippe.

Der Spielmann blickte zum Himmel, aber dort tanzten nur die bunten Bälle der Akrobaten.

»He, die fangen schon an!«, rief ein Knecht und kam näher. Andere folgten seinem Ruf, und bald hatte sich eine kleine Gruppe Neugieriger vor der Nische eingefunden.

Ansgar wollte eben etwas sagen, als er ein bekanntes Gesicht entdeckte.

Gerald lächelte und schob sich zu den Spielleuten durch. »Gott zum Gruß, Ansgar. Ich sehe, ihr habt doch noch eine Möglichkeit zu einem guten Verdienst gefunden. Ich wünsche euch viel Glück heute Abend.«

Ansgar rang sich ein Lächeln ab. »Danke, Herr. Das können wir brauchen.« Er fühlte, wie seine Frau ihn am Ärmel zupfte. »Wenn ich eine Bitte äußern dürfte«, er zögerte, aber Gerald nickte ihm aufmunternd zu, »ein wenig Milch für unseren Kleinen. Elsbeth ist immer noch geschwächt und …« Er zuckte die Achseln.

»Natürlich.« Gerald schmunzelte. »Gudrun würde mir die Haut abziehen, wenn ihr zu Ohren käme, dass ich einen Säugling hungern lasse. Komm, Frau.« Er winkte Elsbeth näher. »Und ihr macht Platz. Denkt an Gudruns Zorn.«

Grinsend traten die Knechte beiseite, nur einer blieb stehen. Die Narbe in Bernulfs Braue leuchtete rötlich. »Und wer bist du, dass du die Speisen für den Herzog diesem Teufelspack geben willst?«

»Mein Name ist Gerald. Ich bin der Schmied des Grafen und habe hier sicher mehr zu sagen als du.« Wie zufällig ließ Gerald seine Muskeln spielen, während er einen Schritt auf Bernulf zutrat. »Wer du bist, hab ich schon gehört. Mach dir nicht die Mühe, dich vorzustellen.«

»Dann hast du sicher auch gehört, dass ich nicht deinesgleichen bin, Kerl! Also bring mir den gebührenden

Respekt entgegen.« Bernulf griff nach dem Schwert an seiner Seite und zog es halb hervor. »Das Weib bleibt, wo es ist.«

»Soll er vor dir Respekt haben, oder vor der Waffe da?«

Alle drehten sich zu Wulfhard um, der unbemerkt näher gekommen war. Gerald machte ihm ein wütendes Zeichen, aber Wulfhard achtete nicht darauf. Bedächtig zog er sein Messer aus dem Gürtel und betrachtete es. »Ob der Mann des Herzogs so schlau ist, hiervor Respekt zu haben?« Er hob den Blick und grinste frech.

Bernulfs Augen wanderten von Wulfhards abgerissener Erscheinung zu dem Messer. Ein hässliches Lächeln blitzte auf. »Ein wertvolles Stück für einen Lumpen wie dich. Ich wette, wenn man dazu eine Untersuchung anstellt, wird man schnell einen anderen Besitzer finden. Und dann hängst du!«

»Ich habe das Messer in der Hand des Mönchs gesehen«, mischte Tankmar sich ein. Guntram versuchte, ihn zum Schweigen zu bringen, aber der junge Mann ließ sich nicht beirren. Er starrte Wulfhard hasserfüllt ins Gesicht. »Ich glaube sogar, es war das gleiche.«

Bernulfs Lächeln vertiefte sich. Er streckte die Hand aus. »Her damit!«

»Hol's dir!«

»Wie du willst.«

»Schluss!« Gerald drückte Wulfhards Arm nieder. »Wenn es sich um Diebstahl handelt, wird der Graf das klären. Solange nehme ich an, dass die Waffe Wulfhard gehört.« Er drehte sich zu Tankmar um. »Zumal der Mönch nie Klage erhoben hat.«

Die Knechte murmelten ihre Zustimmung.

Bernulf schob das Kinn vor. »Du weißt wohl doch nicht, wer ich bin!«

»Doch!« Gerald sah ihm direkt in die Augen. »Ein Gast auf diesem Hof.«

Bernulf öffnete den Mund und schloss ihn wieder, weil er die grimmigen Gesichter der Knechte hinter Gerald sah. »Dann frag dich mal, auf wessen Land dieser Hof steht, Bursche«, knirschte er und stapfte davon.

Wulfhard strich über den Messergriff. »Es gehört wirklich mir.«

Gerald drehte sich mit einer wütenden Bewegung zu ihm um. »Weißt du, wie egal mir das ist? Ich wollte nur verhindern, dass ein Mann des Grafen von dem da Prügel bezieht. Geh in den Stall und mach dich nützlich, wenn du das überhaupt kannst. Ist das frisches Blut?«

Wulfhard zuckte die Achseln und legte die Hand auf die Seite.

»Lass das von Gudrun versorgen. Und nimm die Frau gleich mit.« Er zeigte auf Elsbeth. Die zog den Kopf zwischen die Schultern.

»Dann komme ich mit!« Tankmar legte seinen Arm um die Schulter der jungen Frau. »Sie geht nicht mit diesem Hurenbock ...«

»... zu Kunigunde!«, rief einer der Männer halblaut, und die anderen lachten.

Ansgar verdrehte die Augen. »Wenn dann Ruhe ist,

meinetwegen. Aber du kommst sofort zurück, und du suchst auch keinen Streit.« Der alte Spielmann senkte die Stimme. »Ich habe das Messer auch gesehen. Und? Es geht uns nichts an. Ich bin nicht dein Vater, Tankmar, aber ich schwöre dir, wenn du dich weiter so aufführst, bekommst du eine gewaltige Tracht Prügel. Hast du mich verstanden?«

Tankmar nickte, und plötzlich ließ er den Kopf hängen. »Es tut mir leid«, stieß er hervor und folgte Wulfhard, der zielstrebig zur Küche ging.

Das Gebrüll von Vieh wurde lauter und erinnerte Elsbeth und die beiden Männer daran, dass hinten im Hof geschlachtet wurde. In der Küche herrschte Hochbetrieb. Gudruns Stimme kommandierte die Frauen, die unter ihrer Aufsicht standen, unbarmherzig herum. Wulfhard blieb in der Tür stehen. Plötzlich schob er Elsbeth zu Tankmar. »Sie gehört zu dir. Sag du Gudrun, was du brauchst.«

Tankmar setzte zu einem Protest an, aber Wulfhard verschränkte die Arme vor der Brust. »Ich geh da nicht rein. Die Alte hasst mich.« Er trat einen hastigen Schritt zur Seite, als Anna mit einem flatternden Huhn hereinkam. »Los jetzt!« Er gab Tankmar einen Stoß. Der packte Elsbeth an der Hand und führte sie zur Köchin. Als Wulfhard fluchtartig die Küche verließ, stieß er mit Kunigunde zusammen. Seine Augen wurden groß. Ihr Haar hatte sich teilweise gelöst, ihr Gesicht und Kleid sprenkelten Spritzer von Blut. Mit ihrem runden Gesicht kam sie ihm vor wie eine Wilde.

Sie sah seinen Blick und lachte kurz auf. »So zart besaitet? Das passt zu dem, was ich von dir gehört habe. Bernulf hat dich in den Schmutz getreten.«

Wulfhard ballte die Fäuste. »Der Feigling ist von hinten gekommen.«

»Hättest du denn zugestochen?«

»Vor der Gräfin? Du bist verrückt.«

Ihr Mund wurde hart. »Du bewunderst sie?«

»Ich hänge an meinem Leben«, antwortete Wulfhard trocken. Er spürte, wie sie näher kam. Hin- und hergerissen zwischen Verlangen und Abscheu rührte er sich nicht.

»Ich hab noch was gehört. Bernulf will dein Messer.«

»Woher weißt du das? Hast du etwa …«

Sie legte ihm die Hand auf den Mund. Ihre Augen funkelten. »Gib es mir. Ich passe darauf auf.«

Er schüttelte ihre Finger ab. »Das lass meine Sorge sein. Pass du lieber auf deinen Verehrer auf.«

Kunigunde fuhr herum und sah Tankmar, der mit fassungslosem Gesicht zu ihnen herüberstarrte. Sie schnaubte unwillig, versetzte Wulfhard einen Stoß vor die Brust, der ihn rückwärts taumeln ließ, und lief davon. »Hilf beim Schlachten!«, rief sie über die Schulter und war fort.

»Das ist also Buchhorn!« Burchard drehte sich schwungvoll um und sah dem Grafen direkt ins Gesicht. Seine grünblauen Augen funkelten.

»Ja, das ist Buchhorn«, antwortete Udalrich. Er füllte zwei Becher mit Wein und wartete, bis der Herzog getrunken hatte. »Meine Heimat.«

»Dann wundert es mich umso mehr, dass Ihr so ruhig dulden könnt, dass hier in Buchhorn der Teufel umgeht!«

Udalrich brach mitten in der Bewegung ab. »Herr?«

»Ihr wolltet die Morde aufklären. Stattdessen ist mir zu Ohren gekommen, dass ein weiterer Eurer Gefolgsleute tot ist. Ist das so?«

»Mein Stallmeister, Rigbert. Ich betrauere seinen Tod. Er war ein treuer Freund im Ungarnkrieg.« Udalrich ließ seinen Finger um den Rand des Bechers kreisen. »Sie scheinen den Krieg nur überlebt zu haben, um hier zu sterben.«

»Eben!« Burchard hieb mit der Hand auf den Tisch. Der Schlag hallte sekundenlang von den Wänden wider. »Ihr trauert, aber Ihr handelt nicht. Vergesst Ottmar und regelt erst einmal Eure eigenen Angelegenheiten.« Mit einer herrischen Handbewegung schnitt er Udalrich das Wort ab. Sein Mund verzog sich verächtlich. »Was ist mit diesem Mönch, auf den unser verehrter Fürstbischof so große Stücke hält? Er hat auch nichts herausgefunden?«

»Bisher hat er nicht die Ergebnisse erzielt, die ich erhofft hatte, das ist wahr.« Udalrichs Adamsapfel hüpfte, während er trank.

Burchards stechender Blick ließ ihn nicht los. »Bisher?«

»Ich lasse ihn holen.«

»Tut das.«

Udalrich gab einem Diener den Befehl, Eckhard in die Gemächer des Herzogs zu führen. Durch die Fenster drangen das Grunzen der Schweine und die Stimmen der Knechte. Als Eckhard wenig später eintrat, hing das Schweigen schwer zwischen den beiden Männern. Er verbeugte sich und wartete.

Burchard stand auf und schaute auf den Mönch herunter, den er um einen guten halben Kopf überragte. Seine blonde Augenbraue rutschte in die Höhe. »Ihr seid folglich der Mann, dem Salomo zugetraut hat, den Mörder zu entlarven, der hier sein Unwesen treibt. Er scheint sich geirrt zu haben. Noch ein Toter und kein Mörder, so sehe ich das.«

Eckhard verschlang die Hände und hielt seinem Blick stand. »Ich gebe zu, ich habe mich getäuscht. Gott hat mich für meinen Stolz gestraft. Aber jetzt«, er straffte die Schultern, »wage ich zu hoffen, dass er mich erleuchtet hat.«

»Und was heißt das genau?«

»Ich hege einen Verdacht, für den mir noch der letzte Beweis fehlt. Aber wenn es dem Herrn gefällt, werde ich Euch heute Abend noch den Mörder ausliefern.«

Auch Udalrich stand auf. Seine Silhouette zeichnete sich scharf gegen den Abendhimmel ab. »Heute Abend?«

»Heute Abend, Herr.«

»Und wenn es wieder der falsche Mann ist?« Burchard lachte ein hartes Lachen. »Sollen wir bis zum nächsten Abend warten? Und dann wieder ein Abend? Wo wird das denn enden? Verdächtigt Ihr Euch am Ende selbst?«

Eckhard lächelte dünn. »Nun, ich denke, Herr, in diesem Raum sind alle Anwesenden über jeden Zweifel erhaben. Und ich denke auch, dass wir auf Gott vertrauen sollten.«

»Auf Gott schon«, spottete Burchard und setzte sich wieder.

Eckhard erwiderte mit fester Stimme: »Das ist gut. Wenn Ihr gestattet, werde ich mich jetzt zurückziehen. Um zu beten.«

Hohn verdunkelte das attraktive Gesicht des Herzogs. »Daran tut Ihr gut. Geht nur. Ich erwarte Euch beim Fest.«

Eckhard verbeugte sich.

»Wir erwarten Euch, Eckhard«, sagte der Graf leiser. »Sprecht ein Gebet für uns.«

Die Tür schloss sich. Schweigen und Dunkelheit blieben zurück.

»Er ist ein Versager«, sagte Burchard hart.

»Warten wir den Abend ab.«

Eckhard lächelte flüchtig, als Anna sich über ihn beugte und an ihm vorbei eine große Platte mit Fleisch auf den Tisch stellte. Auf der langen Tafel drängten sich die Köstlichkeiten. Scharf gewürztes Fleisch verströmte seinen Duft, und die Fackeln an den Wänden heizten die Luft so stark auf, dass den Gästen der Schweiß über die Gesichter strömte. Burchards Gelächter dröhnte immer wieder über die Tafel hinweg.

»Schmeckt es Euch nicht?«

Eckhard fuhr auf und stellte fest, dass Wendelgard ihn besorgt musterte. Auch ihr Gesicht war stark gerötet, und ihr heller Schleier klebte an den Schläfen.

»O doch!« Eckhard spießte ein Stück Fleisch mit dem Messer auf. »Gudrun ist eine Meisterin!«

»Ich weiß. Umso mehr wundert es mich, dass Ihr ihre Kochkunst so verschmäht. Ihr und mein Gemahl. Was beschäftigt Euch?« Sie legte den Kopf schief.

»Ihr seid ebenso klug wie schön, Herrin.«

Wendelgard hob die Hände und ließ sie wieder sinken. »Und das ist die einzige Antwort, die ich erhalten werde«, seufzte sie. »Keine Sorge, ich dringe nicht weiter in Euch.«

»Danke.« Der Mönch vermied es, sie anzusehen.

Beunruhigt stellte Wendelgard fest, dass er zu ihrem Mann hinüberschaute. Auf einen Wink des Grafen hin lief ein Diener durch den Saal und öffnete die Tür. Ein Schwall kalter Nachtluft ließ die Fackeln erzittern. Die Stimmen der Gäste verstummten überrascht. In der nächsten Sekunde erklang Musik, und drei Akrobaten schossen in waghalsigen Überschlägen in die Halle. Lauter Applaus belohnte sie, und Wendelgard legte ihrem Mann die Hand auf den Arm. »Udalrich! Das ist eine wunderbare Überraschung. Danke!«

Sein Lächeln war mechanisch. Wendelgard fiel der

rasche Blick auf, der zwischen ihm und Eckhard gewechselt wurde. Sie ließ seinen Arm los und legte die Hand auf den Bauch. In der Zwischenzeit hatte Ansgar eine bekannte Weise angestimmt. Flötenspiel begleitete ihn, und am unteren Ende der Tafel wurde fröhlich der Takt auf die Tische getrommelt. Burchards Augen funkelten im Fackelschein. Ihr Ausdruck wirkte lauernd.

Drei Spielleute liefen nebeneinander an. Mitten im Lauf federten sie ab und schlugen einen Salto. Der Mann in der Mitte ging in den Handstand, tappte auf die Gräfin zu und knickte seine Knie in der Parodie einer Verbeugung ein. Die Zuschauer lachten.

»He, kannst du nicht auf deinen Füßen gehen?«, brüllte Bernulf.

»Doch, aber meine Füße wissen das nicht.«

Das Lachen verstärkte sich, während der Mann auf die Beine kam und drei Bälle aus der Luft pflückte, die auf ihn zusausten.

»Warum sieht er so zerschlagen aus?«, fragte Wendelgard Eckhard leise.

»Es gab Ärger im Dorf.«

Die Gräfin schüttelte missbilligend den Kopf und hob die Hände, um den Männern Beifall zu klatschen. Nach und nach zeigten die Spielleute die Kunststücke, die sie schon in Buchhorn aufgeführt hatten, und wieder war es vor allem Guntrams Waffenfertigkeit, die die Männer begeisterte. Drei Mal musste er sein Können unter Beweis stellen, ehe Ansgar ihm ein Zeichen gab. Mit einer geschmeidigen Verbeugung trat der Messerwerfer zur Seite und gab den Blick auf die Tür frei. Ein Untier mit monströsem Kopf tappte herein, sah sich um und blies einen Feuerstoß durch das offene Maul.

Die Mägde kreischten auf, und Udalrich nahm Wendelgards Hand in seine. »Sei unbesorgt.«

»Liebster, ich weiß …«

Ihre Worte gingen in dem Gelächter der Zuschauer unter, als Tankmar mit seinem Holzschwert in das Halbrund der Tische trat.

»Damit machst du nicht mal einem Weib Angst!«, grölte Bernulf.

Tankmar ließ sich nicht aus der Ruhe bringen. Geschmeidig lieferte er seine Vorstellung ab, tänzelte, sprang und stürzte schließlich mit erhobener Waffe auf den Drachen zu.

»Eckhard«, zischte Udalrich.

Der Mönch hob die Hand und beugte sich vor.

Tankmar wirbelte sein Schwert, ließ es um Hals und Hüften tanzen und warf es hoch in die Luft, um es am Griff aufzufangen. Plötzlich schwang er es gegen den Drachen und führte einen wuchtigen Hieb auf dessen Kopf. Die Zuschauer klatschten.

»Mach das mal mit ’nem echten Schwert!« Bernulf schlug sich auf die Schenkel.

»Eckhard!«

»Geduld, Herr.«

Wieder stieß der Drache einen Feuerstoß aus dem Maul. Tankmar duckte sich und rammte das Schwert in den Bauch des Untiers. Der Stoff riss auf, die Akrobaten traten aus der Umhüllung und verbeugten sich. Tankmar warf sein Schwert hoch empor zu den Deckenbalken.

Laut in die Hände schlagend stand Eckhard auf. »Eine gute Vorstellung. Und nun noch das Kunststück, das du damals am Lagerfeuer gezeigt hast! Du weißt schon, den Überschlag, während du dein Schwert wirfst.«

Das Lächeln auf dem schmalen jungenhaften Gesicht erstarb.

»Du erinnert dich, nicht wahr?« Eckhard musste die Stimme nicht mehr erheben, um verstanden zu werden. Der Feuerschein flackerte auf seinem Gesicht. »Tankmar?«

»Ja, ich erinnere mich. Nur dass ich mir den Knöchel verstaucht habe. Verzeiht.«

»Den Knöchel?«, wiederholte Eckhard. Aus den Augenwinkeln bemerkte er, wie die Spielleute sich zusammendrängten. Er schluckte und straffte sich. »Wirklich?«

Tankmar fuhr sich mit der Zunge über die Lippen. »Ja.«

»Nicht etwa den Oberschenkel?«

»Ich verstehe nicht, was Ihr meint, Herr.«

»Ich glaube dir nicht. Zeig uns dein Bein!«

Tankmar wich zurück.

»Ich nehme an, dies ist Eure Überraschung, kluger Mönch!«

Eckhard drehte sich nicht zu Burchard um. »Ja, Herr.«

»Dann zeig uns dein Bein oder den Überschlag! Jetzt!« Burchard hatte die Fingerspitzen zusammengelegt und musterte den Spielmann mit einem gespannten Lächeln. »Die Unterhaltung gefällt mir, Mönch.«

Ein Schatten huschte über Eckhards Gesicht. »Das freut mich, Herr«, sagte er, ohne Ansgar, der sich neben Tankmar gestellt hatte, in die Augen zu schauen.

»Worum geht es hier?«, fragte der alte Gaukler.

»Das will ich dir sagen.« Eckhard umrundete die Tafel und zeigte auf Tankmar. »Dieser Mann ist der Mörder von Reinmar, Hilde und Rigbert. Es tut mir leid.«

Ansgars Hand verkrampfte sich. »Es war also doch eine Falle«, sagte er tonlos.

Eckhard sah ihm fest in die Augen. »Eine Falle für den Mörder, Ansgar, nicht für euch, wenn ihr unschuldig seid. Sind sie unschuldig, Tankmar?«

Das Gesicht des jungen Mannes war kreideweiß. Seine Lippen bewegten sich, ohne dass ein Ton hervorgekommen wäre. »Ich … ich bin unschuldig«, krächzte er.

»Du bist während der Vorstellung im Dorf absichtlich gestürzt, um eine Erklärung für dein Hinken zu haben. Aber in Wahrheit war es Wulfhards Messer, nicht wahr?«

»Nein!« Tankmar warf Ansgar einen flehenden Blick zu.

Die Augen des Sängers waren traurig. »Zeig uns dein Bein, Tankmar.«

»Du glaubst ihm?«

Der Herzog schnalzte mit der Zunge. Auf sein Zeichen hin sprang Bernulf auf und stürzte sich auf Tankmar. Obwohl der Junge sich mit katzenhafter Wildheit wehrte, drückte Bernulf ihn auf den Boden und zückte sein Messer. »Jetzt zeig uns einmal deine Wunde.«

Udalrich sprang auf. »Nicht vor meiner Gemahlin!«, donnerte er.

Tankmar bäumte sich auf und schlug um sich, aber Bernulf war zu stark für ihn. Seine Klinge zerfetzte den dünnen Stoff der Hose. Ein blutiger Verband wurde sichtbar.

Udalrich ließ sich auf seinen Sitz fallen, während Bernulf den Verband aufschlitzte und die Wunde freilegte.

»Ein sauberer Stich, nicht tief!«, rief er.

»Das war Wulfhard«, sagte Eckhard. »Nicht wahr?«

»Nein!«, kreischte Tankmar. »Nein! Nein!«

Bernulf hob die Faust, aber Udalrichs scharfer Befehl hielt ihn zurück. »Halt! Lasst ihn aufstehen.«

Wütend ließ Bernulf Tankmar los. Mit einem Rest seiner alten Grazie kam der Junge auf die Füße. Sein Gesicht zuckte, und sekundenlang schien es, als würde er in Tränen ausbrechen.

»Und das geschieht im Namen Gottes?«, fragte Ansgar. Seine klaren Augen bohrten sich in Eckhards.

»Im Namen Gottes und der Gerechtigkeit!« Eckhard nickte. »Ja.«

Ansgar wandte sich von ihm ab und Tankmar zu. »Ich habe dich aufgenommen wie einen Sohn, dir eine Zukunft gegeben. Sag mir, dass du unschuldig bist!«

»So unschuldig wie meine Eltern, die sie in Köln abgeschlachtet haben.«

»So unschuldig wie Kunigunde?« Eckhard sah, wie

Tankmar blass wurde, und trat einen Schritt näher. »Ich habe ihren zerrissenen Rock gesehen. Hat Reinmar ihr Gewalt angetan? Wieder ein hoher Herr, der glaubt, sich an einer hilflosen Frau schadlos halten zu können.«

»Nein!«

Eckhards Augen wurden hart. »Hast du zugesehen, wie er sie genommen hat? Hast du einfach dabeigestanden, während sie dich angefleht hat, ihr zu helfen. Hast du …«

»Nein! Sie kam erst später zu mir und hat mir alles erzählt. Sie …« Tankmar verstummte erschrocken.

Eckhard hätte gern gewusst, warum der Triumph so schal schmeckte. »Und anschließend hast du Reinmar getötet. Für Kunigunde, für deine Eltern. Das verstehe ich. Und Rigbert?«

Ein Zucken lief durch Tankmars Körper. »Er war auch nicht besser«, flüsterte er. »Er. Wulfhard. Alle. Kunigunde hat mir erzählt, wie sie sie angestarrt und begrapscht haben. Ich musste sie retten. Sie gehört mir!«

»Und Hilde?«, fragte Eckhard leise. »Wer hat sie gerettet?«

Tankmar spuckte aus. »Die Hure des Fronboten! Sie wollte es doch. Eine anständige Frau würde sich wehren, aber sie war Dreck!«

»Und wie anständig war Kunigunde, als sie dein Lager geteilt hat?«, fragte Eckhard mit einem Anflug von Verachtung. »Du machst es dir sehr einfach, Junge.«

»Kunigunde liebt mich! Sie braucht mich!«

Eckhard wandte sich stumm ab. Sekundenlang

herrschte Totenstille, die von Burchards lautem Händeklatschen zerrissen wurde. »Der Fürstbischof hatte doch nicht unrecht mit Eurem Verstand, Mönch. Ihr habt Wort gehalten und mir einen unterhaltsamen Abend beschert. Und nun«, er hob seinen Becher, »kommen wir zum Urteil. Dieses gelungene Fest braucht einen krönenden Abschluss. Bernulf!«

Wendelgard stieß einen unterdrückten Schrei aus.

»Herzog, sollten wir nicht vorher zu Gericht sitzen?«, mahnte Udalrich, indem er die Hand seiner Frau tätschelte.

»Was wollt Ihr, Graf? Der Verbrecher hat gestanden.« Ein boshaftes Grinsen huschte um Burchards Mund. »Und wenn ich das nicht erledige, landet der auch noch in Euren Diensten.«

»Wie Ihr befehlt.«

Wendelgard erhob sich. Das feine Leinen ihres Kleides raschelte. »Ich werde nicht …« Sie fing Udalrichs warnenden Blick auf und schob die Finger ineinander. »Ich werde für die Seele dieses Jungen beten, wie Wiborada es mich gelehrt hat. Tut ihr, was ihr tun müsst, ich bete zu Gott.«

Burchard betrachtete sie mit hochgezogenen Brauen. »Eine fromme Einstellung, auch wenn sie eher zu einer Nonne passt als zu der Nichte des Königs. Ist Euch nicht daran gelegen, dass hier wieder Recht und Gerechtigkeit einziehen?«

Udalrich machte eine heftige Geste, aber Wendelgard hob die Hand. Sie musterte Burchard von Kopf bis Fuß, um ihre Lippen zuckte ein geringschätziges Lächeln. »Ich glaube nicht, dass Ihr mich an meine Herkunft erinnern müsst, Herzog. Auch ich wünsche mir Recht und Gerechtigkeit, wie Ihr es nennt. Gleichzeitig bete ich, dass uns in einem anderen Leben nicht Recht, sondern Gnade zuteil wird. Und das solltet Ihr auch.«

Eckhard sah ihr nach, als sie hoch aufgerichtet den Saal verließ. »So verhält sich eine wahre Fürstin«, sagte er leise. »Ich wünschte, ich könnte ihrem Beispiel folgen.«

»Aber das könnt Ihr nicht.« Burchard hatte seine Erstarrung abgeschüttelt und fixierte den Mönch verärgert. »Ihr habt diesen Mann angeklagt, und Ihr werdet zugegen sein, wenn Gerechtigkeit geübt wird. So wie diese …« Er machte eine lässige Handbewegung in Richtung der übrigen Spielleute. »Und jetzt schafft das Stück Dreck in den Hof. Hier sollte doch früher schon eine Hinrichtung stattfinden. Gibt es ein gutes Schwert?«

»Es ist im Dorf!«, antwortete Eckhard an Udalrichs statt. »Der Schmied hat es in Verwahrung.«

»Dann lasst es holen. Ich sehe nicht ein, dass mein Gefolgsmann seine ehrliche Klinge an diesem Mörder beschmutzt.«

Der Graf winkte einen Diener näher. Um seinen Mund hatten sich weiße Linien eingegraben, aber seine Stimme klang ruhig. »Lass dem Schmied ein Pferd satteln und sag ihm, er soll sich beeilen. Ich möchte diese ganze Angelegenheit so schnell wie möglich hinter mich bringen.«

Der Mann rannte davon, und Udalrich schloss sich

dem Zug an, in dessen Mitte der Verurteilte in den Hof geführt wurde.

Das dunkle Viereck lag in gespenstischer Ruhe da, nur aus den Ställen und der Küche drangen gedämpfte Stimmen.

»Fackeln!«, bellte Burchard.

Verwunderte Knechte stürzten herbei.

»Bringt Fackeln!«, wiederholte Bernulf den Befehl seines Herrn. »Das Fest geht hier draußen weiter! Und legt dem Mörder da Fesseln an.« Er stieß Tankmar in Richtung der Knechte. Die blickten fragend zu ihrem Herrn.

Udalrich nickte. »Tut, was Euch gesagt wird!«, befahl er rau. »Rasch!«

Wenig später umschloss ein Ring aus Fackeln die Gruppe. Der rote Feuerschein flackerte auf den Hauswänden und ließ ihre Umrisse schemenhaft sichtbar werden und wieder verschwinden. Die Menschen verschmolzen zu einer grauen Wand, die gesichtslos gewirkt hätte, wenn das spärliche Licht sich nicht immer wieder in weit aufgerissenen Augen oder vereinzelt auf dem Goldschmuck der Edelleute gebrochen hätte. Der Verurteilte stand allein da, und auch um die Spielleute bildete sich eine schmale, doch unüberwindliche Kluft. Eckhard stand mit gesenktem Kopf da und starrte auf seine gefalteten Hände.

»Ob Kunigunde kommt?«, flüsterte Ansgar.

Als ob er den Namen verstanden hätte, hob Tankmar den Kopf, aber er sagte nichts. Er hatte einige Schläge abbekommen, während er in den Hof gezerrt worden war, und das Blut, das aus seiner Nase rann, zog eine dunkle Spur über sein Gesicht.

»Was sollte sie hier?« In Guntrams Stimme zitterte unbeherrschte Wut. »Bei einem Mörder.«

»Der noch heute Mittag unser Gefährte und Freund war.«

Guntram machte eine heftige Bewegung. »Du verstehst nichts, Ansgar. Diese Edelleute da«, er deutete zum Hof, »halten uns für ehrlos. Schau doch, wir sind unschuldig, und dennoch stehen wir hier mit dem Mörder und sie da hinten. Aber haben sie nicht recht, wenn wir einen Schlächter wie den da unter uns dulden?«

Ansgar wandte sich ab. Er sah plötzlich alt aus. »Trotzdem …« Er verstummte, als eine schwarze Gestalt auf sie zukam. Es war Eckhard. Im unsicheren Feuerschein schwebte sein blasses Gesicht wie körperlos über der dunklen Kutte. Niemand hielt ihn auf, sogar das aufgeregte Murmeln erstarb. Plötzlich begann Tankmar zu lachen. Sein Gesicht verzerrte sich zu einer Fratze, und sein Körper krümmte sich.

»Tankmar!« Eckhards Stimme übertönte das wahnsinnige Gelächter. »Du stehst bald vor deinem Richter. Bereue deine Sünden, solange du kannst!«

»Sünden?«, schrie Tankmar. »Ist es Sünde zu lieben? Ist es für unsereins Sünde zu leben?«

»Tankmar, mach deinen Frieden mit Gott!«

»Ich habe meinen Frieden. Für meine Eltern hab ich die herrschaftlichen Schweine abgestochen, für Kunigunde habe ich sie gezeichnet. Oh ja, ich habe meinen Frieden!«

»Tankmar!« Eckhards Stimme klang beschwörend. Er versuchte, den jungen Mann auf die Knie zu drücken. »Du lästerst! Bete!«

»Ich knie nur noch vor meiner Heiligen, meiner Geliebten, meiner Göttin. Ich …«

»Stopft ihm endlich das Maul!«, brüllte eine Stimme aus der Menge.

Der Ruf wurde aufgegriffen. Rücksichtslos riss Bernulf Tankmars Kopf in den Nacken und zwang ihm einen Knebel zwischen die Zähne, dann schleuderte er ihn vor dem Mönch auf die Knie. »Jetzt kannst du für ihn beten, wenn du willst.«

Eckhard ließ den Kopf sinken, aber der Bann war gebrochen. Seine Stimme ging unter in den Rufen der Schaulustigen, die immer lauter nach dem Richtschwert riefen. Endlich ertönte Hufschlag.

Gerald preschte auf dem Rücken der Stute heran, saß ab und kniete vor Udalrich nieder. »Hier, Herr«, keuchte er und reichte ihm einen länglichen Gegenstand, der in ein Tuch eingewickelt war. »Das Richtschwert.«

Udalrich gab Bernulf ein Zeichen, worauf dieser Gerald die Waffe aus der Hand riss und sie enthüllte. Die Klinge glänzte im Fackelschein, als er sie über den Kopf reckte.

»Reinmars Schwert«, sagte Udalrich leise. »Es ist gerecht.«

Burchard zeigte mit ausgestrecktem Arm auf Tankmar. »Steh auf!«

Der Verurteilte tat, als höre er den Befehl nicht. Sein Gesicht war aufwärts zu den Sternen gekehrt.

»Auch gut!«, rief Burchard. »Deine Schuld ist erwiesen, und Bernulf mag jetzt das Urteil vollstrecken. Los, Bernulf. Und denk daran, wir haben Zeit.«

Für den Bruchteil einer Sekunde blickte Tankmar in die kalten hellen Augen über sich, dann verschwand sein Gesicht wieder hinter dem blonden Vorhang seiner Haare. Der Herzog trat zurück. Bernulf riss Tankmar auf die Füße und zog ihm den Knebel aus dem Mund. Er hob das Schwert. Die Klinge schlitzte Tankmars Leib vom Brustbein bis zum Bauchnabel auf. Der Verurteilte sackte in die Knie, starrte auf die Eingeweide, die aus seiner Bauchhöhle quollen, und warf den Kopf zurück. »Kinga!«, schrie er. »Kinga!«

Die Klinge blitzte ein zweites Mal, und die Stimme des Jungen verwandelte sich in ein unartikuliertes Schmerzgeheul. Die Blutlache wurde größer, aber die Todesschreie wollten nicht aufhören. Allmählich verstummten die Zurufe der Zuschauer, nur die Schreie des Sterbenden durchschnitten die Nacht. In der Ferne wurden sie von klagendem Hundegejaul beantwortet, das jäh abbrach.

Wulfhard versetzte dem Streuner einen zweiten Tritt, und lehnte sich gegen die Stallwand. Sein Hemd schützte ihn kaum gegen die feuchte Kälte, die das Holz abstrahlte. Als die Schreie wieder einsetzten, biss er die Zähne zusammen.

»Warum bist du nicht bei der Hinrichtung?«

Hitze schoss ihm durch den Körper, als er die leise Frauenstimme hörte. Obwohl er das Gesicht nicht erkennen konnte, wusste er, wer dort im Schatten stand und zu ihm hinübersah. »Isentrud.«

»Ich dachte, eine Hinrichtung sei ganz nach deinem Geschmack.« Sie kam näher, und das Mondlicht malte Schatten auf ihre bleiche Haut. Ihr braunes Haar wirkte schwarz und ihre Augen viel zu hell. »Was ist? Denkst du daran, dass es deine sein könnte?«

Sie roch nach Honig, und Wulfhard dachte an die Szene in ihrer Hütte. Seine Hand schoss vor, er packte ihr Handgelenk und zog sie näher, ohne auf ihr Sträuben zu achten. »Bist du so eiskalt oder tust du nur so?«

Isentrud wehrte sich nicht mehr. »Ich bin, was aus mir gemacht worden ist«, sagte sie tonlos.

»So wie ich.« Er nahm auch ihre zweite Hand in seine und schaute ihr ins Gesicht. »Ich könnte heute Nacht Gesellschaft brauchen, wenn du verstehst, was ich meine.«

Ihre Lippen zuckten. »Oh, glaub mir, das verstehe ich.«

Wulfhard zog sie näher. Ohne auf ihren Tonfall zu achten, fragte er: »Und du? Du bist auch nicht dort, um zuzusehen, wie Bernulf diesen armen Teufel abschlachtet. Du hast recht, ich denke daran, dass ich es sein könnte, dem sie da die Gedärme herausschneiden. Ich sehne mich nach Wärme.« Er berührte ihre Wange. »Nach einer Frau.«

»Einer wie mir?«

»Komm in den Stall. Ich will die Schreie nicht mehr hören.« Er zog sie in das Gebäude und atmete auf, da der warme Pferdegeruch die schneidende Nachtluft ablöste. Stroh raschelte, als Isentrud sich in einer Ecke auf den Boden kauerte. Er fühlte ihren Blick mehr, als dass er ihn sah. Wortlos drückte er sie nach hinten und schob ihren Rock hoch, während er mit der anderen Hand die Kordel löste, die seine Hose in der Taille hielt.

»Noch kannst du sagen, dass ich abhauen soll«, sagte er rau.

Statt einer Antwort packte sie ihn und riss ihn so heftig nach unten, dass heißer Wundschmerz durch seine Seite flammte. Mit kräftigen Stößen drang er in sie ein, während in der Ferne die Hinrichtung endlich ihr Ende fand.

»Wulfhard!«

»Hast du das gehört?« Wulfhard stöhnte und stemmte sich auf den Handballen ab. Er lauschte in die Nacht. »Ich glaube, das war Gerald. Man wird mich suchen.«

Isentrud schwieg. Ihr Gesicht war so dicht unter dem seinen, dass er ihre Züge trotz der Dunkelheit erkennen konnte. Seine Erregung kehrte zurück.

»Wulfhard!«, brüllte Gerald, näher diesmal. »Wo steckst du? Hat dir die Hinrichtung nicht gefallen?«

Einige Knechte lachten.

»Du kannst mich mal!«, zischte Wulfhard, drehte Isentruds Kopf und biss ihr sanft ins Ohr. Ihr Stöhnen war tief und kehlig. Als seine Hände ihre Brüste umschlossen, reagierte sie, indem sie ihre Beine um seine Hüften schlang. Ihre Fingernägel kratzten unter dem Hemd über seinen Rücken.

»Vorsicht!«

»Bei den Narben machen die paar Kratzer keinen Unterschied mehr. Folter?«

»Ich hätte es kaum besser machen können.« Er lachte freudlos. »Sehen wir uns wieder?«

Sie sahen sich an, und plötzlich war die Kälte zwischen ihnen wieder greifbar. Sie schob ihren Rock nach unten. »Vielleicht.« Langsam ging sie zur Tür. Plötzlich blieb sie stehen. »Warum ich? Du weißt, wo du landest, wenn du beim Ehebruch erwischt wirst. Sehnst du dich so nach dem Tod?«

»Und du?«

Sie zuckte die Achseln. »Ich bin mit Dietger verheiratet. Was kann mir noch passieren?«, flüsterte sie und schlüpfte hinaus.

Er sah ihr nach und wünschte, sie wäre geblieben. Als der kleine Hund sich an seine Seite drängte, kraulte er ihm gedankenverloren den Nacken. Plötzlich hörte er Schritte. Mit einem Lächeln hob er den Kopf.

Die Hitze in der Küche raubte Eckhard für Augenblicke den Atem. In der Hölle konnte es nicht heißer sein. Der Boden war rotgesprenkelt, und in den Blutlachen klebten die Federn der Hühner, die für die herrschaftliche Tafel geschlachtet worden waren.

Die Gestalt der alten Köchin wirkte ungewöhnlich klein in diesem Moment der Ruhe. Sie wischte sich den Schweiß von der Stirn und schenkte dem Mönch ein erschöpftes Lächeln. »Setzt Euch, Herr, und verzeiht, dass ich Euch keine Gesellschaft leisten kann. Ich muss die nichtsnutzigen Mädchen beaufsichtigen, sonst schwatzen die nur, statt in der Halle aufzuräumen. Gott sei Dank ist Isentrud noch hier.«

»Warum Gott sei Dank?«, fragte Eckhard, während er zusah, wie Gudrun aus dem Durcheinander einen vollen Bierkrug nahm und vor ihn hinstellte.

»Weil dieses gottverlassene Mädchen, die Kunigunde, nirgends aufzutreiben ist.«

»Sie hat gerade den Mann verloren, den sie geliebt hat.«

»Pah! Wer weiß, was der elende Mörder mit ihr angestellt hätte, früher oder später!«, rief Gudrun, in der das alte Feuer erwachte. »Sie soll Gott und Euch auf Knien danken, dass sie den Mörder los ist!«

»Nicht mir, bloß nicht mir«, flüsterte der Mönch, aber Gudrun hörte seine Worte nicht mehr. Eckhard schenkte Bier in einen Holzbecher und trank ihn leer. Der Gestank nach dem Blut und Fleisch der Schlachtungen erinnerte ihn unbarmherzig an Tankmars blutiges Ende. Er presste die Hand auf den Mund und würgte. Der Raum drehte sich, aber ehe er stürzen konnte, fingen ihn kräftige Hände auf.

»Eckhard, um Gottes willen!«

Ein blasses Lächeln huschte um Eckhards strengen Mund. »Gerald, du? Keine Sorge, es geht mir gut. Wahrscheinlich hat mich das Klosterleben verweichlicht. Hier!« Er schob ihm einen Becher hin. »Trink mit mir.«

Gerald nickte, doch statt zu trinken, schlug er Eckhard kräftig auf die Schulter. »Du hast es tatsächlich geschafft. Der Mörder ist gerichtet.«

»Ja.«

»Was ist? Bist du nicht stolz? Erleichtert?«

»Es war beinahe zu leicht. Er hat kaum versucht, die Taten abzustreiten.«

»Ja und?«

»Er hat nicht einmal um Gnade gefleht.« Eckhard stützte den Kopf in die Hände. »Er ging offenen Auges in den Tod.«

Gerald zuckte mit den Schultern. »Deine Beweise haben ihn überführt. Warum hätte er leugnen und die Folter auf sich nehmen sollen?«

»Er hätte Zeit gewonnen!« Eckhard starrte in die klebrigen Bierlachen. »Vielleicht hätte er sogar von Kunigunde Abschied nehmen können. Aber er ist lieber gestorben. Warum?«

»Eckhard, komm zu dir! Er wollte die Folter vermeiden, weil jeder die Folter vermeiden will. Frag Wulfhard, der zeigt dir ein paar gute Gründe auf seiner Haut!« Gerald leerte den Becher und schenkte sich kopfschüttelnd nach. »Du grübelst zu viel. Dein Rat war übrigens gut. Fridrun und ich …«

»Ist Tankmar Christ?«

»Was?«

»Erinnere dich an das, was deine Frau gesagt hat. Dass die Verstümmelungen und die Zeichnung nicht zueinander passen. Und jetzt frage ich dich: Ist Tankmar Christ?«

»Du grübelst wirklich zu viel.« Gerald stieß Eckhard in die Scite. »Ich meine, erst waren es die Ungarn, dann Rigbert und Hubert, und jetzt hast du einen geständigen Mörder, und das reicht dir auch nicht.«

»Eben, die Ungarn. Die Tasche, das Messer, der Tote im Konstanzer Wald. Tankmar hat keinerlei Verbindung zu Ungarn.«

Gerald stieß ein Stöhnen aus. »Eckhard!«

»Siehst du denn nicht, dass es zu viele lose Fäden gibt?«

»Ich sehe nur, dass du einfach keine Ruhe geben kannst! Trink und entspann dich.« Nachdrücklich drängte Gerald Eckhard den Becher in die Hand. »Trink!«, wiederholte er streng.

Eckhards blasses Lächeln kehrte zurück. Er wollte etwas sagen, doch ein Poltern, gefolgt von einem Wutschrei unterbrach ihn.

»Bernulf, du Feigling!«

»Das ist Wulfhard.«

Gerald sprang gereizt auf. »Kann der Kerl nicht einmal Ruhe geben? Aber wenn ich ihn rufe, stellt er sich taub!« Er riss die Küchentür auf und prallte mit Wulfhard zusammen.

Der taumelte, an seiner linken Gesichtshälfte klebte geronnenes Blut. »Ist er hier? Bernulf? Dann rechne ich ein für allemal mit ihm ab!«, tobte er.

»Was ist passiert?«

Wulfhard blinzelte gegen das Schwindelgefühl. »Die Drecksau hat mir eins über den Schädel gezogen. Hier.«

Er schlug auf den leeren Gürtel. »Er hat mein Messer gestohlen.«

»*Dein* Messer?«, ließ Eckhard sich vernehmen. Er lächelte dünn.

Wulfhard warf ihm einen verwunderten Blick zu, dann errötete er. »Den Ungarndolch jedenfalls. Er ist weg!«

»Und du bist sicher, dass es Bernulf war?«

»Wer denn sonst!«, brüllte Wulfhard. Seine Wut kehrte schlagartig zurück. »Wenn ich den erwische, ist er dran! Wo ist er?« Er stolperte durch die Küche.

Gerald feixte. »Du kannst dich ja kaum auf den Füßen halten.«

»Ach ja? Wenn es sein muss, nehm ich es mit euch beiden auf!«

Gerald lachte höhnisch.

Eckhard packte seinen Becher und schleuderte ihn quer durch die Küche. »Macht, was ihr wollt, schlagt euch meinetwegen tot«, fauchte er. »Ich habe eure Kindereien so satt! Ihr findet mich in der Kapelle.« Er stieß Gerald und Wulfhard beiseite und verließ mit flatternder Kutte die Küche.

»Was hat der denn?«, fragte Wulfhard ernüchtert.

Gerald hob den Becher auf. »Er ist ein Mönch. Erzähl mir lieber, was passiert ist.«

»Ich hab ein Geräusch gehört und gedacht, dass … na, jedenfalls hab ich dann nur noch den Schlag gespürt. Und als ich aufgewacht bin, war mein Messer weg!«

»Bernulf traue ich das zu.«

»Eben!« Wulfhard schüttete sich Wasser über den Kopf

und wischte sein Gesicht mit dem Ärmel sauber. »Also, wo finde ich ihn jetzt?«

Gerald öffnete den Mund, verstummte aber. Er lauschte. »Hörst du das?«

»Da schreit jemand um Hilfe!« Mit einem Schritt war Wulfhard bei der Tür.

»Das ist Eckhard!«, schrie Gerald. Er sprang auf und rannte durch den Gang ins Haupthaus, Wulfhard folgte ihm dicht auf den Fersen.

Sie fanden Eckhard auf dem Boden im Halbdunkel des Ganges. Aus der Kapelle in seinem Rücken drang schwacher Kerzenschein. Dann sahen sie die zweite Gestalt. Gerald riss eine Fackel von der Wand und leuchtete, während aus der anderen Richtung laute Frauenstimmen erklangen. Die Mägde trafen in dem Augenblick ein, in dem der Fackelschein über die ausgestreckt daliegende Frau fiel. Ihr Leibrock war über der Brust rot verfärbt. Die Mädchen kreischten.

»Das ist Gunhild!«

»Mein Gott, sie ist tot!«

»Nein, sie atmet noch.« Eckhard kam auf die Füße. Sein Gesicht war schneeweiß. Er ließ zu, dass die Frauen ihn von der Verletzten fortdrängten. »Die Gräfin ist fort«, raunte er Gerald zu. »Ich wusste, dass ich etwas übersehen habe.«

»Aber wer …«

»Egal!« Wulfhards Stimme klang leise, aber fest. »Wir müssen sie suchen. Sofort! Stellt einen Suchtrupp auf, Schmied. Vielleicht haben auch die Spielleute etwas gesehen. Eckhard, benachrichtigt Ihr den Grafen. Ich begleite Euch. Wer weiß, wo Bernulf sich herumtreibt.«

Der Mönch blickte Wulfhard nachdenklich an, schließlich nickte er. Gemeinsam erklommen sie die dunkle Treppe. Vor dem Gemach der Eheleute zögerte Eckhard. »Und was soll ich ihm sagen?«

»Woher soll ich das wissen?«, zischte Wulfhard. »In meinen besten Tagen war ich der Schlagtot des Junkers. Macht schon!«

Eckhards Augen wurden schmal, aber er gehorchte. »Herr?« Er lehnte sich gegen das dicke Holz der Tür. »Graf Udalrich?«

»Lasst mich allein, verdammt!«, brüllte Udalrich von drinnen. »Raus!«

»Aber Herr, ich …« Weiter kam Eckhard nicht, denn Wulfhard packte ihn an der Kutte und riss ihn zurück.

Sein mageres Gesicht wirkte angespannt und fremd. Mit ein paar lauten Schritten entfernte er sich von der Tür, ehe er geräuschlos zurückschlich. »Da stimmt was nicht, das spüre ich«, flüsterte er.

»Er ist wütend.«

»Er hat Angst.« Wulfhard drückte sich gegen die Tür, die Eckhard nicht ganz geschlossen hatte, und spähte durch den Spalt. »Verdammt!«, wisperte er.

Udalrich lehnte an der Wand. Sein Gesicht war grau, sein Atem ging stoßweise. »Bitte«, flehte er, während er die dunkelhaarige Frau nicht aus den Augen ließ, deren Messer gegen Wendelgards Kehle drückte. Ein feines Blutrinnsal hatte bereits den Weg über ihre helle Haut gefunden. »Wenn du Rache willst, räch dich an mir. Sie ist unschuldig!«

»So wie mein Kind! Ich habe es verloren, wie meinen Mann und meine Heimat, als du geflohen bist, Sklave!« Während die letzte Farbe aus Udalrichs Gesicht wich, lachte sie auf. »Sklave!«, wiederholte sie. »Der Kreis schließt sich, da ich als Magd vor dir stehe. Aber ich habe den Dolch. Ein Kind für ein Kind, eine Liebe für eine Liebe. Rache und Gerechtigkeit! Du hättest schon im Wald von Konstanz sterben sollen.«

Um Udalrichs Mund zuckte es verächtlich. »Dann hast du den armen Jungen in den Tod geschickt? Noch ein Tankmar, dem du dich um deiner Blutlust willen hingegeben hast?«

Eine Sekunde lang stand tiefer Schmerz in Kunigundes Augen, aber sie verdrängte ihn rasch. »Er war mein Gefolgsmann«, sagte sie hart. »Er wusste, was seine Pflicht war. Aber das versteht ein Christensklave nicht!«

Wendelgard stieß ein Wimmern aus.

»Kinga, nein!« Udalrichs Blick tastete auf der Suche nach seinem Schwert durch den Raum.

Kunigunde bemerkte es und lachte. »Warum nicht? Vielleicht lasse ich sie am Leben, wenn du dich selbst richtest. Bist du bereit, für sie in die Hölle zu gehen, Christ?«

»Udalrich, bitte …« Das Messer ritzte erneut Wendelgards Haut und ließ sie verstummen. Nur ihre Augen flehten.

Udalrichs Mund wurde hart. »Dein Mann war ein guter Mensch, aber du bist ein Ungeheuer.«

»Du stirbst nicht für sie? Natürlich nicht! Ihr Christen kennt keine Ehre!«

Wendelgard machte eine schwache Bewegung. »Und das sagst du, nachdem sich dieser Junge heute für dich geopfert hat? Es ist schlimm, dass Reinmar dir Gewalt angetan hat, aber …«

Kunigundes Gelächter unterbrach sie. »Glaubst du wirklich, ich hätte zugelassen, dass einer der Schlächter meines Volkes mich anrührt? Und was Tankmar angeht, meinen Retter«, sie lachte schrill auf, »der hat doch damit geprahlt, wie er den fetten Stallmeister abgestochen hat. Er war dumm. Ein Werkzeug. Dreck.«

Udalrich schloss die Augen, dann bückte er sich langsam nach dem Schwert. »Du hast gewonnen, Kinga«, sagte er müde.

Das schwere Holz der Tür prallte krachend gegen die Wand. Kunigunde schrak zusammen und lockerte den Griff. Sofort grub Wendelgard ihre Zähne in die Hand ihrer Feindin. Kunigunde stieß einen Fluch aus und stach mit ihrem Messer nach der Gräfin, doch die Schneide verfing sich in den Falten des kostbaren Kleides. Ehe die Ungarin erneut zustoßen konnte, schleuderte Wulfhard Wendelgard in die Arme ihres Mannes und schlug Kunigunde die geballte Faust ins Gesicht. Knochen knirschten. Gleichzeitig packte er ihren rechten Arm, um ihr das Messer aus der Hand zu schlagen. »Das gehört mir!«

Kunigundes dunkle Augen glühten. »Knecht!«, zischte sie und stach mit der Bewegung einer geübten Kämpferin nach seinem Hals. Geistesgegenwärtig brach

Wulfhard ihren rechten Arm über sein Knie. Als sie mit einem gellenden Schrei das Messer fallen ließ, stieß er sie von sich und bückte sich nach der Waffe. Aus den Augenwinkeln sah er, dass sie mit der gesunden Linken nach Udalrichs Schwert griff. Er fuhr herum und rammte ihr den Dolch in den Hals. Lautlos sank sie zusammen, nur Wut und grenzenlose Enttäuschung standen in ihren Augen.

Wendelgard schluchzte haltlos.

»Kunigunde also. Die Raute für sie, die Kastration für Tankmar«, murmelte Eckhard schwach. »Eine Hand, aber zwei Mörder. Ich hätte …«

»Nicht jetzt«, unterbrach Udalrich, während er seine Frau in den Armen wiegte. »Geht! Wartet in der Küche!«

Nachdem Wulfhard und Eckhard das Zimmer verlassen hatten, führte Udalrich Wendelgard zum Bett. »Du musst dich ausruhen.«

Sie setzte sich wie eine Schlafwandlerin und starrte vor sich hin. »Sie hätte uns beide umgebracht, nicht wahr?« Plötzlich verkrallte sie ihre Hand in Udalrichs Wams und zerrte daran. »Dich und mich und unseren Sohn! Was hast du ihr nur angetan?«

Er seufzte. »Ich habe auf der Flucht ihren Mann getötet. Es war ein ehrlicher Kampf. Vielleicht hat Gott deshalb zum zweiten Mal meine Gebete erhört und dich mir wiedergegeben.« Er löste ihren schweißnassen Schleier und strich ihr über die Haare. »Denk nicht mehr daran. Die Rachefurie ist tot. Sie kann uns nichts mehr anhaben.

Schlaf dich aus, auch unseres ungeborenen Kindes wegen.«

Gehorsam schloss Wendelgard die Augen und ließ zu, dass er sie auf das Laken drückte, aber unter ihren geschlossenen Lidern sickerte eine Träne hervor. »Bleibst du noch?«

»Natürlich.« Er küsste sie auf Stirn, Nase und Mund und strich ihr durchs Haar. »Und nun schlaf!« Er wartete, bis ihre Atemzüge gleichmäßig gingen, dann erhob er sich leise. Sein Fuß stieß gegen die tote Kunigunde. Er bückte sich und schleifte den Leichnam aus dem Zimmer. Auf dem nachtdunklen Flur wäre er beinahe gefallen. Die Wände drehten sich um ihn und die Tote, während die Vergangenheit auf ihn einstürzte.

»Herr?«

Erst auf den zweiten Blick erkannte er Fridrun, die sich scheu in den Schatten drückte. »Geht es Euch gut, Herr?«

»Wo kommst du her?«

»Von Euren Kindern, Herr. Gerald hat gesagt, ich soll bei ihnen Wache halten. Sie schlafen wie die Engel.« Ihr Blick streifte mit einer Mischung aus Scheu und Ekel die Tote. »Und sie ist wirklich eine Mörderin?«

Udalrich nickte nur. Er fühlte sich zu müde, um Fridrun für ihre vorlaute Frage zurechtzuweisen. »Schick jemanden, der die Leiche nach unten zu ihrem Mörderbuhlen schafft«, befahl er heiser. »Und schick den Mönch und diesen Wulfhard zu mir. Lauf!«

Im ersten Augenblick hatte Wulfhard seinen neuen Status als Held genossen. Vor ihm standen Wein, guter Wein, und die besten Bissen, die vom Gastmahl übrig geblieben waren, aber plötzlich war er zu ausgelaugt, etwas davon zu nehmen. Er hörte, wie Eckhard die Fragen der Köchin und der Mägde beantwortete, ohne genau zu verstehen, was gesagt wurde. Er vergrub das Gesicht in den Händen und war dankbar für die Dunkelheit, die sich um ihn auszubreiten schien. Sein Schicksal hatte eine neue Wendung genommen, aber zum ersten Mal in seinem Leben ertappte er sich dabei, wie er sich nach Ruhe sehnte. Von irgendwoher stahl sich Honigduft in seine Erinnerung.

»Wulfhard!«

Er sah verwirrt auf und blickte in Eckhards dunkle Augen. Auch das Gesicht des Mönchs war eine Larve der Erschöpfung.

»Was?«

»Hast du nicht gehört? Der Graf hat uns zu sich befohlen.« Er lächelte. »Wer weiß, vielleicht schenkt er dir sogar die Freiheit. Immerhin hast du die Gräfin gerettet.«

»Hm.«

Eckhard kniff die Augen zusammen. »Keine Freudenstürme? War es nicht das, was du immer gewünscht hast?«

Wulfhard zuckte nur die Achseln und folgte dem Mönch durch das dunkle Anwesen zur Kammer des Grafen.

Udalrich saß am Fenster und sah ihnen entgegen. Sein Gesicht war im Zwielicht nicht zu erkennen. Wortlos ließ Wulfhard sich auf die Knie nieder und senkte den Kopf.

»Der Verräter hat wenigstens Manieren gelernt«, ließ Udalrich vernehmen. Seine Stimme hatte den rauen Klang vollkommener Ermattung. »Du magst aufstehen.« Er wartete, bis Wulfhard sich erhoben hatte, dann stellte er sich dicht vor ihn. Wulfhard fühlte, wie die kühlen Augen sein Gesicht durchforschten. »Gottes Wege sind tatsächlich unergründlich. Ich stehe in deiner Schuld«, sagte er endlich. »Du hast mein Weib und mein ungeborenes Kind gerettet. Ich hatte mir überlegt, ob ich dich zum Dank freilassen sollte, aber«, fuhr er mit erhobener Stimme fort, als Wulfhard rasch den Kopf hob, »der Gedanke, einen Mann wie dich ohne Aufgabe durch meine Grafschaft streifen zu wissen, würde mir zu viele schlaflose Nächte bereiten. Außerdem verrichtest du gute Arbeit. Du wirst Rigberts Stelle einnehmen.« Seine Augen blitzten beinahe boshaft, als er Wulfhards Gesicht sah. »Ich nehme dein Schweigen für sprachlose Dankbarkeit. Du darfst gehen. Lass dich von Gudrun verwöhnen, bis sie sich daran erinnert, was für ein Schurke du bist.«

»Ja, Herr.« Die Dunkelheit verbarg das Lächeln, das sich langsam über Wulfhards Züge stahl. Im Gehen tauschte er einen Blick mit Eckhard, und er wusste, dass sie beide das Gleiche dachten: schlauer alter Mann.

Mit dem Mönch allein ließ Udalrich sich wieder am Fenster nieder und bedeutete Eckhard, sich zu ihm zu setzen. »Und nun zu Euch. Ich denke, ich schulde Euch eine Erklärung. Euch und Salomo. Berichtet ihm, was ich Euch jetzt sage, danach vergesst es!«

»Gewiss, Herr.« Eckhard verschränkte die Hände. »Es gab demnach doch eine Verbindung zu den Ungarn. Kunigunde … Kinga?« Udalrich nickte. »Sie war mehr als eine einfache Magd, nicht wahr?«

»Eine … wir würden sagen, eine Gräfin und eine Kriegerin. Ihrem Mann war die Aufsicht über die kriegsgefangenen Sklaven übertragen, folglich auch über Adalbert und mich.« Seine Lippen zuckten in der Erinnerung. »Das Schwert, das ich trage, hat ihm gehört. Bevor ich ihn getötet habe.«

»Wer war er?«

Udalrich holte tief Luft, und eine Weile schien es so, als wolle er die Antwort verweigern. »Ein hochrangiger Krieger aus der Gefolgschaft des ungarischen Stammesfürsten«, sagte er, ohne Eckhard anzusehen. »Kinga war seine Frau. Sie war schwanger. Ich habe sie nur ein paar Mal aus der Ferne gesehen. Besonders gern hat sie den Züchtigungen der Sklaven zugeschaut.« Er fuhr sich durch die Haare und verstummte.

»Wie habt Ihr ihn getötet? Im Kampf?«

»Ja … nein …« Er sah Eckhard fest an, aber in seinen Augen flackerte die Qual einer alten Schuld. »Adalbert und ich haben unser Gefängnis aufgebrochen, sind in seine Hütte geschlichen, und ich habe ihn im Schlaf getötet. Sie waren nachlässig geworden, weil wir gute Sklaven waren. Wir haben alle getötet in jener Nacht, fünf Männer. Damals erschien es mir gerecht.«

Eckhard legte seine gefalteten Hände auf Udalrichs. »Gott hat Euch vergeben.«

Der Graf lächelte verzerrt. »Aber nicht Kinga. Sie hat durch mich alles verloren. Sie hat ihr Kind verloren, danach ist sie wohl fortgejagt worden. Diese Heiden sind zu ihresgleichen ebenso hart wie zu ihren Gefangenen. Für die Witwe eines Mannes, der versagt hatte, war kein Platz in ihrer Mitte.«

»Deshalb hat sie sich Tankmar, einen einfachen Jungen, hörig gemacht. Sie hat seinen eigenen Hass für ihre Zwecke benutzt.« Eckhard lehnte sich zurück. »Der Anschlag in Konstanz hat Euch gegolten. Nachdem er fehlgeschlagen war, wollte sie so lange unter denen wüten, die mit Euch gegen ihr Volk gekämpft haben, bis Ihr zurückkehrt.«

»Und ihr Plan ist aufgegangen. Ich hatte keine andere Wahl als zurückzukehren.« Udalrich seufzte. »Es ist meine Schuld, dass Reinmar und Rigbert tot sind. Meine, nicht die Eure.« Er sah Eckhard in die Augen.

Der nickte unmerklich. »Wir sind alle nur Menschen. Ihr, ich … Kunigunde.«

Eine Weile blickten beide stumm vor sich hin. Das Mondlicht, das in kalten, silbrigen Streifen durch das Fenster fiel, beleuchtete ihre Gesichter und gab ihnen das unwirkliche Aussehen von Toten.

»Ihr denkt, ich soll vergeben, Mönch?«

»Wir sind alle nur Werkzeuge, Herr.«

Udalrichs Hand bewegte sich unruhig. Plötzlich schloss er sie zur Faust und stand auf. Der verletzliche

Zug um seinen Mund war entschlossener Härte gewichen. »Sie ist tot, Wendelgard lebt. Beim jüngsten Gericht mag ihr das zum Heil werden. Grüßt Salomo von mir. Gute Nacht.«

Eckhard verbeugte sich. »Gott sei mit Euch.«

Aus dem Gesindehaus drang der Lärm eines spontanen Gelages. Wulfhard spähte durchs Fenster. Eberhard bemerkte ihn und hob mit großer Geste seinen Becher. »Komm rein, du Held! Hier, trink.« Er fluchte, als der Wein ihm über die Hand floss.

Wulfhard betrachtete ihn spöttisch. »Nein danke, Lebensretter. Wieso ist Bernulf nicht bei euch?«

»Was willst'n von dem?«

»Vielleicht mich entschuldigen. So einen Tag sollte man nicht im Streit beenden.« Wulfhard zeigte seine Zahnlücke.

»Such in der ›Buche‹«, meinte ein Knecht mit glasigen Augen. Auf seiner Kleidung trug er das Wappen des Herzogs.

»Danke.«

Der Mann fixierte ihn. »Große Sache, das!«, lallte er. »Ein Weib töten, echt große Sache! Bernulf wird dich bewundern, das sag ich dir.«

Wulfhard sah ihn kurz an. »Du bist doch Soldat. Wenn jetzt ein Weiberheer auf dich zumarschiert, heiratest du die dann?«

Die anderen lachten. Wulfhard zog sich lautlos aus der überhitzten Stube zurück und schlug den Weg in den Wald ein. Seine Hand ruhte aus alter Gewohnheit auf dem Messergriff. Aber der Mörder war tot. Die Mörder. Wulfhard setzte seinen Weg fort, bis er das verschlafene Buchhorn vor sich sah. Die Häuser zeichneten sich gegen das Sternenlicht ab, in einigen Fenstern flackerten Kerzen.

Im Schatten einer Hauswand gegenüber der Schenke wartete er. In kleinen Gruppen verließen die Männer die ›Buche‹. Betrunken diskutierten sie das, was sie aus berufenem Mund gehört hatten. Wulfhard lachte in sich hinein. Wenn er nicht dabei gewesen wäre, hätte er die tollen Geschichten sicher auch geglaubt.

»Bernulf ist ein Pfundskerl!«

»Auf jeden Fall sehr spendabel.«

»Die Hinrichtung war sicher eine tolle Sache!«

Wulfhards Grinsen erstarb. Er packte das Messer fester. Endlich sah er die kräftige Gestalt, die dunklen Haare, die Narbe, die sogar im Mondlicht wie ein schwarzer Krater sichtbar wurde. Bernulf torkelte und verschwand murmelnd in einer schmalen Gasse hinter der ›Buche‹. Wenig später war das Geräusch von Wasser auf Holz zu hören, gefolgt von Bernulfs erleichtertem Aufstöhnen. Wulfhard trat näher. Bernulf zog die Hose hoch, drehte sich um und erstarrte. »Was willst du denn!«

»Mich entschuldigen.« Wulfhard lächelte verzerrt. »Entschuldige, dass ich dich in Verdacht hatte, ein Dieb zu sein.«

»Hä?«

»Allerdings ändert das nichts. Du bist und bleibst ein Scheißkerl. Und jetzt werde ich meine Schuld begleichen.«

Bernulfs Hand zuckte an seinen Gürtel. Er wurde blass. »Ich bin unbewaffnet!«, stieß er hervor.

»Ja und?« Wulfhard trat einen Schritt näher und ließ das Messer aufblitzen.

Bernulfs Adamsapfel hüpfte. »Das wirst du nicht tun«, röchelte er. »Das wagst du nicht. Ich stehe im Dienst des Herzogs!«

»Ja und?«, wiederholte Wulfhard.

Bernulf wich zurück, bis er die Hauswand im Rücken spürte. »Wenn du das tust, bist du tot. Ich habe Freunde!«

Wulfhard stieß ein Lachen aus. »Die Art Freunde kenne ich«, sagte er und drückte das Messer zwischen die Stoppeln auf Bernulfs Hals.

»Ich … ich bin die rechte Hand des Herzogs!«, rief Bernulf mit schriller werdender Stimme. Eine Schweißperle rollte über seine Stirn. »Wenn du mich tötest, wird er dich bestrafen. Da schützt dich auch dein Graf nicht mehr! Er wird …« Bernulfs Worte endeten mit einem Aufschrei, als Wulfhard das Messer mit einer blitzschnellen Drehung des Handgelenks nach oben zog. Mit einem verächtlichen Lachen sah Wulfhard zu, wie der Betrunkene die Arme hochriss und wieder sinken ließ. Nur ganz allmählich wich die Todesangst aus Bernulfs Zügen, während er die blutige Schramme betastete, die sich quer über

Hals, Kinn und Wange zog. »Du Schwein«, keuchte er. »Ich werde …«

Wulfhards Faust schnellte vor, seine Knöchel trafen blutiges Fleisch. »Gar nichts wirst du! Du wirst nicht einmal darüber reden, du feiges Stück Scheiße.« Mit beiden Händen packte er Bernulfs Wams und rammte ihm das Knie zwischen die Beine. Bernulf heulte auf. »So fühlt sich das an, wenn man wehrlos ist! Aber keine Sorge«, Wulfhard stieß Bernulf wieder gegen die Wand, »ich werde dich nicht umbringen. Das bist du nicht wert. Ich werde jetzt zurückgehen und mich als Retter der Gräfin feiern lassen, während du hier liegst und Blut pisst. Und du wirst es nicht wagen, mich anzuschwärzen, und das wissen wir beide!« Er drehte sich um.

»Du …«, röchelte Bernulf.

Wulfhard fuhr herum. »Ja?«

Bernulf schwieg. Wulfhard wartete einige Herzschläge lang, dann warf er einen Blick zum Himmel, wo der Mond die Ränder der Wolkenfetzen zum Glühen brachte, nickte und machte sich auf den Rückweg.

ENDE

Nachwort

Konstanz

Schon zur Römerzeit wurde das antike Constantia als feste Siedlung genutzt, in der Waren umgeschlagen wurden. Innerhalb der römischen Stadtmauer bildete sich das mittelalterliche Konstanz heraus, das unter Bischof Salomo an Bedeutung gewann. Von den römischen Bauten ist heute jedoch fast nichts mehr erhalten.

Auch die Bauwerke des frühen Mittelalters sind weitgehend verschwunden. So steht das Konstanzer Münster zwar am selben Platz, an dem Salomos Domkirche stand, aus der karolingischen Zeit ist aber nur die Krypta erhalten, in der noch heute die Gebeine des Märtyrers Pelagius ruhen, die Salomo aus Rom mitbrachte.

Die heutige Stephanskirche außerhalb der alten Stadtmauer befindet sich am Ort von Salomos Pfarrkirche, ist aber ebenfalls jüngeren Datums.

Den Grundriss der frühmittelalterlichen Stadt kann man sich im Archäologischen Landesmuseum ansehen. Dort sind auch Reste alter Lastkähne ausgestellt, auf denen einst die Waren transportiert wurden. Bereits im frühen Mittelalter legten Fähren von Meersburg oder Immenstaad in Richtung Konstanz ab, was archäologische Zeugnisse belegen. Die Kähne hatten kaum

Tiefgang und wurden im Hafen an Land gezogen. Der Markt bei der Stephanskirche, den Salomo ins Leben gerufen hatte, entwickelte sich zu einem Umschlagplatz für Waren aller Art.

Historische Personen

Zu den aus ›Die Herren von Buchhorn‹ bekannten historischen Figuren Wendelgard, Udalrich und Salomo treten in diesem Buch Heinrich I., König von 919–936, und Herzog Burchard von Schwaben hinzu.

Es ist belegt, dass Heinrich I., vielleicht besser als Heinrich der Vogler bekannt, Wendelgards Onkel war, wie allerdings das Verhältnis zwischen Onkel und Nichte aussah, und ob er ihrem Gemahl Udalrich je begegnet ist, ist nicht historisch belegt. Dokumentiert sind hingegen seine Lebensdaten: Heinrich war seit 912 Herzog von Sachsen und wurde im Mai 919 zum König gekrönt. Ihm war sehr daran gelegen, die Herrschaftsverhältnisse in seinem Reich neu zu regeln. Daher ist es sehr wahrscheinlich, dass er auch mit dem Adel am Bodensee zusammengetroffen ist oder Bischof Salomo III. in Konstanz aufgesucht hat. Salomo war als Berater und Vertrauter von Heinrichs Vorgänger Konrad I. und als Kirchenfürst trotz seines langsam sinkenden Sterns immer noch sehr einflussreich.

Die Legende von seiner Krönung während der Vogeljagd ist wahrscheinlich ein romantisches Produkt späterer Vorstellungskraft, überliefert ist hingegen, dass er ein leidenschaftlicher Jäger war. Darauf, und auf die Tatsache, dass es Attentate auf das Leben des Königs gab, stützt sich das erste Kapitel des Romans.

Im Jahr 912 plante der Erzbischof von Mainz, Hatto,

einen Anschlag auf den neuen Herzog von Sachsen. Heinrich entkam nur, weil er rechtzeitig gewarnt wurde. Es ist anzunehmen, dass Heinrich auch deswegen die kirchliche Salbung bei seiner Krönung ablehnte. Er distanzierte sich von der Kirche aber vor allem deshalb, weil er deren großen Einfluss auf die Politik des Königs eindämmen wollte. Er benötigte für die Durchsetzung seiner Ziele vielmehr die Unterstützung der drei anderen Stämme Schwaben, Franken und Bayern, deren Herzögen er in ihren Gebieten mehr Handlungsfreiheit einräumte.

Burchard erlangte seine Anerkennung als Herzog (919–926) durch seine Unterwerfung unter Heinrichs Königtum. In den Jahren zuvor hatte er gegen Konrad I. und auch gegen Salomo Krieg geführt, um Schwaben zu einem gleichberechtigten Herzogtum zu machen. Er führte damit den Kampf seines Vaters, der 911 hingerichtet wurde, fort. Somit hat deren Feindseligkeit im Roman ihre historische Parallele.

Burchard hatte sich durch seine Unterwerfung unter Heinrich den Rücken für einen anderen Gegner freigehalten, Herzog Rudolf II. von Hochburgund. Von diesen burgundischen Welfen spalteten sich die schwäbischen Welfen ab, die in Süddeutschland seit der Mitte des 8. Jahrhunderts bezeugt sind. Zu Beginn des 9. Jahrhunderts gewannen sie an Macht und Einfluss, als König Ludwig der Fromme eine Welfin heiratete. Er beschenkte sie unter anderem mit den Grafschaften am Bodensee, die Ludwig der Deutsche um 855 wieder an die Grafen von Buchhorn zurückgab. Nach 900 begann der erneute Aufstieg der Welfen unter Graf Heinrich, der Altdorf bei Ravensburg zum Stammsitz ausbaute.

Die Ungarn

Die Ungarn, auch als Magyaren bekannt, stammten aus den Steppen Asiens und folgten den Spuren der Hunnen und Awaren, die vor ihnen das pannonische Becken besiedelt hatten. Sie nutzten die inneren Machtkämpfe im ostfränkischen Reich, um unterschiedliche Bündnisse einzugehen und ihre Raubzüge durchzuführen. Im Jahr 911 schlugen sie das ostfränkische Heer vernichtend. Zu den Gefallenen zählten hochrangige Adlige und auch Bischöfe, die sich diesem Kampf der Christen gegen die Heiden angeschlossen hatten. Der bayrische Herzog Arnulf bot zwei Jahre später ein eigenes Heer auf, zu dem auch Udalrich zählte. Die christlichen Streitmächte siegten über ein kleineres ungarisches Heer, und Arnulf handelte mit den Ungarn aus, dass er sie durch Bayern ziehen ließ, wenn sie im Gegenzug sein Land verschonten. Der Pakt war mit hohen Tributen an die Ungarn verbunden. In den ersten Jahrzehnten des 10. Jahrhunderts verging kaum ein Jahr, in dem die Ungarn keinen Raubzug unternahmen. 915 stießen sie bis nach Bremen und Dänemark vor. Die überlegene Waffe der Ungarn waren die leichten Bögen, deren Pfeile im Reiten abgeschossen wurden. Ihr Sperrgebiet nach Westen nannten sie Gyepüelve, das im Norden und Süden von Gebirge, im Westen von undurchdringlichem Wald abgeriegelt war.

Die ständige Gefahr durch die Ungarn veranlasste Heinrich, ein Reichsheer aufzubauen, das unter seiner Ägide stand. 933 besiegte er die Ungarn an der Unstrut, sein Sohn Otto I. schlug sie 955 in der Schlacht auf dem Lechfeld erneut. Doch erst mit der Christianisierung der Ungarn um 1000 war die Gefahr gebannt. Das mittelalterliche Rittertum verdankt seine Entstehung den Ungarn und Heinrichs zentralem Reichsheer.

Gaukler und Fahrende

Spielleute sind seit dem frühen Mittelalter belegt. Bonifatius, der Missionar der Germanen, verurteilte sie als gottlose Sünder. Sie galten wegen ihrer Lebensweise, die sie von Ort zu Ort ziehen ließ, als ehrlos. Denn sie waren unsesshaft, und ihre Heimat war die Straße, die im Mittelalter ein rechtloser Raum war. Dennoch waren ihre Kunststücke bei Volk und Adel beliebt, weil sie für Abwechslung sorgten. Weihnachten 911 lud Konrad I. sie sogar ins Kloster Sankt Gallen ein. Salomo III. war als Abt des Klosters und Freund des Königs an jenem Abend Zeuge. Als die Gaukler im Speisesaal sangen, tanzten und musizierten, herrschte einem Bericht zufolge im Kloster eine recht weltliche Feststimmung.

Weitere Krimis finden Sie auf den folgenden Seiten oder im Internet: www.gmeiner-verlag.de

BIRGIT ERWIN / ULRICH BUCHHORN

Die Herren von Buchhorn

323 Seiten, Paperback.
ISBN 978-3-89977-767-3.

BLUTIGE INTRIGEN Vor vier Jahren ist Wendelgard, Gräfin von Buchhorn, in das Kloster St. Gallen eingetreten, nachdem ihr Ehemann auf dem Schlachtfeld für tot erklärt worden war. Doch der grausame Mord an ihrem ehemaligen Diener lässt ihren gerade gewonnenen Seelenfrieden wie ein Kartenhaus zusammenstürzen. Und offenbar gibt es Mächte, die ganz und gar nicht davon begeistert sind, dass die junge Frau in ihre alte Heimat Buchhorn zurückkehren möchte. Auch Gerald, der Sohn des Ermordeten, wird gezwungen sich mit seiner Vergangenheit auseinanderzusetzen. Als Schmied hat er sich im fernen Bregenz eine Existenz aufgebaut, nun sieht er sich in die Geschicke der Mächtigen hineingerissen. Eine wertvolle Brosche, ein weiser Bischof und eine blonde Magd lenken sein Schicksal in eine neue Richtung.

BETTINA SZRAMA

Die Konkubine d. Mörders

321 Seiten, Paperback.
ISBN 978-3-8392-1040-6.

VON RACHE GETRIEBEN Bayern im Jahre 1632. Die Bauern leiden unter den Schrecken des Dreißigjährigen Krieges. Versprengte Truppen des gefallenen Feldherrn Johann t'Serclaes von Tilly ziehen plündernd und mordend durch das Land. Auch Marie, die in einem kleinen Dorf bei Ingolstadt lebt, muss mit ansehen, wie ihre Familie getötet und die Pferde geraubt werden.

Jahre später trifft sie in Hannover auf den skrupellosen Dieb, Vergewaltiger und Mörder Jaspar Hanebuth. Seine Stimme kommt Marie verdächtig vor – doch sein wildes, zügelloses Wesen zieht sie auch magisch an …

GMEINER

Wir machen's spannend

URSULA NEEB

Madame empfängt

419 Seiten, Paperback.
ISBN 978-3-8392-1050-5.

GEFÄHRLICHE LIEBSCHAFTEN Frankfurt, 1836. Eine Serie von Giftmorden an jungen Dienstmädchen, die alle nebenbei der Prostitution nachgingen, erschüttert die Stadt am Main. Augenzeugen haben keine Zweifel, dass der Täter der besseren Gesellschaft angehört. Der ebenso verschlafenen wie korrupten Polizeibehörde gelingt es aber nicht, dem Mörder auf die Spur zu kommen.

Empört über so viel Unfähigkeit und Ignoranz beginnt die Frankfurter Dichterin Sidonie Weiß, gemeinsam mit ihrem Jugendfreund Johann Konrad Friedrich, auf eigene Faust zu ermitteln …

HERBERT BECKMANN

Mark Twain unter d. Linden

276 Seiten, Paperback.
ISBN 978-3-8392-1051-2.

IM DEUTSCHEN CHICAGO Berlin, 1891. Der Kaiser steht stramm, um Mark Twain zu empfangen. Wissenschaftler wie Virchow und Helmholtz schmücken sich mit seinem Besuch. Und beim amerikanischen Botschafter geht er mitsamt seiner Familie ein und aus. Als Mark Twain im Herbst und Winter des Jahres 1891 in Berlin lebt, kann er sich über öffentliche Würdigungen nicht beklagen. Doch hinter der heilen Fassade spielen sich mysteriöse Dinge ab: Twains Scherze kommen nicht bei allen gut an, er wird von einer fremden Frau verfolgt, und auch die Berliner Unterwelt scheint sich auf einmal für den Schriftsteller und seine Familie zu interessieren …

GMEINER

Wir machen's spannend

NORBERT KLUGMANN

Die Adler von Lübeck

373 Seiten, Paperback
ISBN 978-3-8392-1004-8.

VOM STAPEL GELASSEN Lübeck 1602. Nach dem mysteriösen Tod des ebenso erfolgreichen wie gehassten Reeders und Werftbesitzers Rosländer rätselt die Stadt, was mit seinem Unternehmen passieren wird. Doch statt die Werft zu verkaufen, plant die Witwe Anna, ein Schiff zu bauen, wie es Lübeck, die Hanse und der Raum um das Baltische Meer noch nicht gesehen haben. Das Schiff soll sogar noch größer werden als die legendäre »Adler von Lübeck«.

Die Lübecker Kaufleute sind empört, sprechen von Größenwahn und fürchten um ihre Geschäfte. Nur die Hebamme Trine Deichmann und ihre Freundinnen stehen auf Annas Seite. Ihre Hilfe kommt zur rechten Zeit, denn auf der Rosländer-Werft geschehen merkwürdige Dinge …

SABINE KLEWE

Die schwarzseidene Dame

373 Seiten, Paperback.
ISBN 978-3-8392-1007-9.

TÖDLICHES GEHEIMNIS Düsseldorf, November 1819. Im Rhein wird ein toter Mann entdeckt: Dietrich Lohner, Tagelöhner und Gelegenheitsgauner. Am selben Tag beginnt in der ehemaligen Kreuzherrenkirche die Suche nach der Gruft der mehr als 200 Jahre zuvor ermordeten Herzogin Jakobe von Baden. Die junge Schreibkraft Isolde Heinrich protokolliert die Grabungen. Als sie am Abend nach Hause geht, steht plötzlich eine schwarz verschleierte, geisterhafte Frau vor ihr.

Während die Polizei nach Lohners Mörder fahndet, versucht Isolde das Geheimnis um die mysteriöse Dame in Schwarz zu lösen. Bis sie merkt, dass beide Fälle zusammenhängen …

GMEINER

Wir machen's spannend

Das neue KrimiJournal ist da!

2 x jährlich das Neueste
aus der Gmeiner-Krimi-Bibliothek

KRIMIJournal

Wien hard-boiled

E-Books

Tödliches Spiel

In jeder Ausgabe:

- Vorstellung der Neuerscheinungen
- Hintergrundinfos zu den Themen der Krimis
- Interviews mit den Autoren und Porträts
- Allgemeine Krimi-Infos
- Großes Gewinnspiel mit ›spannenden‹ Buchpreisen

ISBN 978-3-89977-950-9
kostenlos erhältlich in jeder Buchhandlung

KrimiNewsletter

Neues aus der Welt des Krimis

Haben Sie schon unseren KrimiNewsletter abonniert?
Alle zwei Monate erhalten Sie per E-Mail aktuelle Informationen aus der Welt des Krimis: Buchtipps, Berichte über Krimiautoren und ihre Arbeit, Veranstaltungshinweise, neue Krimiseiten im Internet, interessante Neuigkeiten zum Krimi im Allgemeinen.
Die Anmeldung zum KrimiNewsletter ist ganz einfach. Direkt auf der Homepage des Gmeiner-Verlags (www.gmeiner-verlag.de) finden Sie das entsprechende Anmeldeformular.

Ihre Meinung ist gefragt!

Mitmachen und gewinnen

Wir möchten Ihnen mit unseren Krimis immer beste Unterhaltung bieten. Sie können uns dabei unterstützen, indem Sie uns Ihre Meinung zu den Gmeiner-Krimis sagen! Senden Sie eine E-Mail an gewinnspiel@gmeiner-verlag.de und teilen Sie uns mit, welches Buch Sie gelesen haben und wie es Ihnen gefallen hat. Alle Einsendungen nehmen automatisch am großen Jahresgewinnspiel mit ›spannenden‹ Buchpreisen teil.

GMEINER

Wir machen's spannend

Alle Gmeiner-Autoren und ihre Krimis auf einen Blick

WOLFGANG: Puppenjäger (2006) **KLAUSNER, UWE**: Odessa-Komplott (2010) • Pilger des Zorns • Walhalla-Code (2009) • Die Kiliansverschwörung (2008) • Die Pforten der Hölle (2007) **KLEWE, SABINE**: Die schwarzseidene Dame (2009) • Blutsonne (2008) • Wintermärchen (2007) • Kinderspiel (2005) • Schattenriss (2004) **KLÖSEL, MATTHIAS**: Tourneekoller (2008) **KLUGMANN, NORBERT**: Die Adler von Lübeck (2009) • Die Nacht des Narren (2008) • Die Tochter des Salzhändlers (2007) • Kabinettstück (2006) • Schlüsselgewalt (2004) • Rebenblut (2003) **KOHL, ERWIN**: Flatline (2007) • Grabtanz • Zugzwang (2006) **KOPPITZ, RAINER C.**: Machtrausch (2005) **KÖHLER, MANFRED**: Tiefpunkt • Schreckensgletscher (2007) **KÖSTERING, BERND**: Goetheruh (2010) **KRAMER, VERONIKA**: Todesgeheimnis (2006) • Rachesommer (2005) **KRONENBERG, SUSANNE**: Kunstgriff (2010) • Rheingrund (2009) • Weinrache (2007) • Kultopfer (2006) • Flammenpferd (2005) **KURELLA, FRANK**: Der Kodex des Bösen (2009) • Das Pergament des Todes (2007) **LASCAUX, PAUL**: Feuerwasser (2009) • Wursthimmel • Salztränen (2008) **LEBEK, HANS**: Karteileichen (2006) • Todesschläger (2005) **LEHMKUHL, KURT**: Nürburghölle (2009) • Raffgier (2008) **LEIX, BERND**: Fächertraum (2009) • Waldstadt (2007) • Hackschnitzel (2006) • Zuckerblut • Bucheckern (2005) **LOIBELSBERGER, GERHARD**: Die Naschmarkt-Morde (2009) **MADER, RAIMUND A.**: Glasberg (2008) **MAINKA, MARTINA**: Satanszeichen (2005) **MISKO, MONA**: Winzertochter • Kindsblut (2005) **MORF, ISABEL**: Schrottreif (2009) **MOTHWURF, ONO**: Werbevoodoo (2010) • Taubendreck (2009) **MUCHA, MARTIN**: Papierkrieg (2010) **NEEB, URSULA**: Madame empfängt (2010) **OTT, PAUL**: Bodensee-Blues (2007) **PELTE, REINHARD**: Inselkoller (2009) **PUHLFÜRST, CLAUDIA**: Rachegöttin (2007) • Dunkelhaft (2006) • Eiseskälte • Leichenstarre (2005) **PUNDT, HARDY**: Deichbruch (2008) **PUSCHMANN, DOROTHEA**: Zwickmühle (2009) **RUSCH, HANS-JÜRGEN**: Gegenwende (2010) **SCHAEWEN, OLIVER VON**: Schillerhöhe (2009) **SCHMITZ, INGRID**: Mordsdeal (2007) • Sündenfälle (2006) **SCHMÖE, FRIEDERIKE**: Bisduvergisst (2010) • Fliehganzleis • Schweigfeinstill (2009) • Spinnefeind • Pfeilgift (2008) • Januskopf • Schockstarre (2007) • Käfersterben • Fratzenmond (2006) • Kirchweihmord • Maskenspiel (2005) **SCHNEIDER, HARALD**: Wassergeld (2010) • Erfindergeist • Schwarzkittel (2009) • Ernteopfer (2008) **SCHRÖDER, ANGELIKA**: Mordsgier (2006) • Mordswut (2005) • Mordsliebe (2004) **SCHUKER, KLAUS**: Brudernacht (2007) **SCHULZE, GINA**: Sintflut (2007) **SCHÜTZ, ERICH**: Judengold (2009) **SCHWAB, ELKE**: Angstfalle (2006) • Großeinsatz (2005) **SCHWARZ, MAREN**: Zwiespalt (2007) • Maienfrost • Dämonenspiel (2005) • Grabeskälte (2004) **SENF, JOCHEN**: Kindswut (2010) • Knochenspiel (2008) • Nichtwisser (2007) **SEYERLE, GUIDO**: Schweinekrieg (2007) **SPATZ, WILLIBALD**: Alpenlust (2010) • Alpendöner (2009) **STEINHAUER, FRANZISKA**: Wortlos (2009) • Menschenfänger (2008) • Narrenspiel (2007) • Seelenqual • Racheakt (2006) **SZRAMA, BETTINA**: Die Konkubine des Mörders (2010) • Die Giftmischerin (2009) **THÖMMES, GÜNTHER**: Das Erbe des Bierzauberers (2009) • Der Bierzauberer (2008) **THADEWALDT, ASTRID / BAUER, CARSTEN**: Blutblume (2007) • Kreuzkönig (2006) **VALDORF, LEO**: Großstadtsumpf (2006) **VERTACNIK, HANS-PETER**: Ultimo (2008) •Abfangjäger (2007) **WARK, PETER**: Epizentrum (2006) • Ballonglühen (2003) • Albtraum (2001) **WICKENHÄUSER, RUBEN PHILLIP**: Die Seele des Wolfes (2010) **WILKENLOH, WIMMER**: Poppenspäl (2009) • Feuermal (2006) • Hätschelkind (2005) **WYSS, VERENA**: Todesformel (2008) **ZANDER, WOLFGANG**: Hundeleben (2008)